Bir İstanbul Gecesi

KÜBRA NUR

REN

BİR İSTANBUL GECESİ
Kübra Nur

Editör: Kübra Nur Ocak
Düzelti: Feyza Nur Hisar
Kapak Çizimi ve Tasarımı:Arife Şeyma Gök
Grafik: Ren Kitap

Basım:
1. Baskı Ağustos 2021
ISBN: 978-625-7310-95-6
Yayınevi Sertifika No: 30492

Baskı:
Egem Basım Yayın
Gümüşsuyu Cad. Odin İş Merkezi B Blok Kat 2 436
Topkapı/İstanbul Tel: 0212 554 75 72
Sertifika No: 43624

Ren Kitap
Maltepe Mah. Davutpaşa Cad. Yılanlı Ayazma Sok. No:8 Kat:2 D:8
Zeytinburnu/İstanbul - Tel: 0212 641 34 76

www.renkitap.com

Bir İstanbul Gecesi

KÜBRA NUR

REN

1

Nesneler zamanla ağırlaşırlar. Bunu kanıtlayan bir deney ya da bu konu hakkında kapsamlı bir teori var mıydı bilmiyordum ama bu cümleye sonuna dek inanıyordum. Zira *"Taşırım ben bunu ya."* diyerek el attığım on kiloluk valizim asansörsüz apartmanın ikinci katına ulaştığımda yaklaşık beş buçuk tonluk bir ağırlığa ulaşmıştı. Ciddi diyorum. İkinci katın son merdivenini adımlayıp artık taşımaktan ziyade sürüklediğim valizimi düzlüğe çıkardığımda kalp krizi geçirmek üzereydim. Beş buçuk tonluk ağırlığın kanıtı değilse neydi bu bilmiyorum. Ama bende bu valizi bir kat daha çıkaracak derman kalmamıştı.

Merdivene çöküp çantamda taşıdığım pet şişeden birkaç yudum su içerken kardeşim Efe'nin bu kadar eski bir apartmanda yaşıyor olmasının nedenlerini düşünüyordum. Ailemin parası vardı. Kendileri gayet lüks bir evde yaşayıp asansör gibi muhteşem icatların nimetlerinden faydalanabiliyorlardı. Ama erkek kardeşim Efe, öğrenci evini her nedense böyle bir apartmandan seçmişti; eski, asansörü olmayan, duvarlarındaki boyaları yavaş yavaş dökülmeye başlamış bir yer. Normalde bunu umursamazdım ama sağ kolumdaki ağrı huysuzlanmama sebep oluyordu. *Kaç para ulan bir asansör?*

İtiraf etmem gerekirse asansörün yokluğundan ya da binanın eskiliğinden ziyade aşağı inip beni karşılama nezaketinde bulunmayan kardeşime öfkeliydim. Havaalanında taksiye bindiğim andan evin önünde indiğim ana kadar yaklaşık otuz kere aramıştım ama beyefendi telefonu açma zahmetine bile girmemişti. Olacak iş miydi? Ablan kalksın, kalbinde yarasıyla aylar sonra başka şehirlerden gelsin, anasını babasını görmeden önce kardeşinin yanına gelmeyi seçsin ama sen çıkıp onu karşılama! İnanabiliyor muydunuz buna? Yani küçük erkek kardeşlerin faydalı olduğu yalnızca birkaç alan vardı ve onlardan en mühimi de ağır eşyaları taşımaktı. Fakat Efe Arıkan bu küçük görevi bile umursamayarak beni ne hâllere düşürmüştü?

Ona haddini bildirmeme yalnızca bir kat kaldığını düşünerek gücümü topladım, tekrar doğruldum ve valizimi tekrar kavradım. Bismillah deyip yola koyulduktan birkaç dakika sonra nefes nefese kalmış bir şekilde üçüncü kata ulaşmıştım. Bu katta iki daire vardı. Efe beş numaralı dairede kaldığını söylediği için valizimi çekiştirerek beş numaranın kapısının önüne getirdim ve nefesimi düzene koyar koymaz zile bastım. Aptal kardeşimi karşılamak için suratıma yorgun ve çirkef bir ifade yerleştirip kapıya bakmaya başladım. Bu esnada onun suratına karşı bağıracağım hakaretleri zihnimin içinde bir sıraya diziyordum.

Yaklaşan ayak seslerini duymamdan bir iki saniye sonra kapı hızla açıldı. Kendimi Efe'nin mavi gözleriyle karşılaşmaya ve derhâl çemkirmeye hazırlamıştım ama bir çift kara gözle karşılaşınca kalakaldım. Suratımdaki yorgun ve çirkef ifadeye bir de şaşkınlık eklendi. Karşımdaki kesinlikle kardeşim Efe değildi çünkü. Benim kardeşim en son gördüğümde sarışın, civciv gibi bir çocuktu. Bu genç adamsa çikolata kadar esmerdi. Üstelik bana çok tuhaf bakıyordu.

"Affedersiniz." dedim başımı çevirip kapı numarasını tekrar kontrol ederken. "Işık Apartman beş numara değil mi burası?"

Çocuk sanki Türkçe değil de İbranice konuşmuşum gibi hayretle gözlerini kırpıştırdı. Sonra, "Ha?" dedi kabaca. Fakat toparlanması ve medeniyet basamaklarında hızla yükselmesi uzun sürmedi. "Evet. Işık Apartman burası. Beş numara da burası."

Geç de olsa soruma bir cevap alabilmenin mutluluğuyla hafifçe tebessüm ettim. "Efe Arıkan'a bakmıştım ben ama?"

Esmer çocuk bu ismi tanıdığını belli eder şekilde kaşlarını yukarı kaldırdı. "Efe burada yaşıyor." dedi. Nihayet takılmadan konuşmaya başlamıştı. Ama yüzündeki hayret ifadesi hâlâ silinmiş değildi. "Ama şu an evde değil."

Son cümlesiyle ağzım hayretle açıldı ve kendimi, "Evde değil mi?" diye bağırırken buldum. Sesim istediğimden daha yüksek ve tiz çıkmıştı ama bunu pek umursamadım. Zira kardeşim gerçekten beni hayal kırıklığına uğratmakta boyut atlamıştı ve ben bu durumu hazmetmeye çalışıyordum. Beni karşılamaya gelmemesi bir kenara, telefonlarımı açmaması bir kenara, adam resmen evde yoktu! Kapıyı bana bu esmer çocuk açmasa kim bilir kaç saat burada beklemek zorunda kalacaktım. Hem de beş tonluk valizimle! Bu arada kapıyı açan esmer çocuktan bahsetmişken…

"Sen kimsin?" diye sordum çocuğa hafifçe kaşlarımı çatarak. "Kardeşimin kapısını neden sen açıyorsun?"

Esmer çocuğun dudaklarında hafif bir gülümseme belirip kayboldu. "Ayaz ben." derken gür, koyu kahverengi saçlarından alnına düşen perçemi eliyle geriye attı. "Efe'nin ev arkadaşıyım."

Yeni öğrendiğim bu bilgiden sonra zihnimde hızlı bir tarama yaptım ve Efe'nin bana ev arkadaşından bahsetmesine dair hiçbir şey bulamadım. Ama bu şaşırtıcı değildi. Efe konuşmazdı. İnsanlar konuşarak anlaşırdı. Ama zaten Efe anlaşmazdı da. O yüzden böyle bir şeyle ilk karşılaşmam değildi bu. Bir keresinde beni Ankara'ya ziyarete geldiğini havaalanından taksiye bindiği ve adres istemek için aradığı zaman öğrenmiştim.

"İçeri girmek ister misin?" diye sordu esmer çocuk. Aslında artık adının Ayaz olduğunu öğrendiğim için kafamdan esmer çocuk etiketini kaldırmam gerekiyordu.

"Teşekkür ederim." deyip oflayarak valizime yöneldiğim sırada Ayaz benden önce davranıp kulpunu kavradı ve tek hamlede beş buçuk tonu kaldırıp valizi içeri aldı. Sanırım teşekkürümü biraz erken etmiştim ama boş verip ayakkabılarımı çıkararak içeri girdim.

Apartmanın eski olduğundan bahsetmiştim. Daireler de yeni değildi hâliyle. Duvardaki boyalar dökülmüyordu belki ama epey solmuştu. Kapılar eski ama sağlamdı. Yürüdüğümüz koridor dar ve uzun, zemin ise tahtaydı. Ayaz'ın adımlarını takip ederek evin salonuna vardım. Salon çok büyük değildi ama ferahtı. Dekorasyonu ise tam manasıyla içler acısıydı. İki kanepe, bir orta sehpa, bir halı ve duvara monte edilmiş bir televizyondan ibaretti yalnızca.

Ayaz valizimi bir köşeye bıraktığında geçip kanepelerden birine oturdum. O da bir süre ayakta kalıp etrafa bakındıktan sonra geçip karşıma oturdu. Göz göze geldiğimizde ise ikimiz de gergince gülümsedik. Benim gülümsemem muhtemelen çıldırmama çeyrek kalmış gibi bir manzara çiziyordu. Çünkü öyleydi, gerçekten de çıldırmama çeyrek kalmıştı.

"Adını söylemedin." dedi Ayaz, kara gözlerini yüzümde sabitlemişken.

"Zeynep." diyerek bu sorunu derhâl bertaraf ettim. Ve ardından araya başka bir sessizlik girmemesi için, "Ne zamandır Efe'yle yaşıyorsun?" diye sordum.

Kısa bir süre düşündükten sonra, "Yaklaşık üç ay oldu." dedi.

"Aynı sınıftan mısınız?" Kendimi bir anda çocuklarının arkadaşlarıyla tanışınca şeceresini dahi soran meraklı anneler gibi hissettim. Sanırım bunun sebebi ilerleyen yaşlarda tam da böyle bir anne olacağım gerçeğiydi. Şimdiden pratik yapıyordum işte. Bir de Efe'nin bana hiçbir şey anlatmadığı gerçeği vardı. Ama bu aralar hayatımda olan biten korkunç dramaları ben de ona anlatmadığım için bu gerçeği görmezden gelmeye çalışıyordum.

"Hayır, ben mezun oldum." diye cevap verdi Ayaz. "Efe'yle arkadaş ortamında tanıştık. Kalacak yere ihtiyacım olduğunu öğrenince evini açtı sağ olsun."

İşte bu da Efe'nin yapacağı şeylerden biriydi. Her ne kadar umursamaz ve sinir bozucu görünürse görünsün yardıma ihtiyacı olan birini asla görmezden gelemezdi. Derinlerde bir yerde iyi bir çocuktu. Çok derinlerde.

Bu cevabın üzerine ben ağır ağır başımı salladım ve kaçınmaya çalıştığım o tuhaf sessizlik maalesef gelip aramıza girdi. Şu an bana yabancı bir evde, bana yabancı bir adamın karşısında ellerimi dizlerimin arasına sıkıştırmış oturuyordum ve bunların hepsi Efe'nin suçuydu.

"Ben bir Efe'yi arayayım." deyip elimi çantama götürdüğüm sırada Ayaz başını iki yana salladı.

"Açmaz."

Kaşlarımı çatarak, "Neden?" diye sordum.

"Halı saha maçında şu an."

Aldığım cevap birden öfke ibremin bin beş yüze fırlamasına sebep oldu. Benim geleceğim günde, benim geleceğim saatte halı saha maçlarına giderek ne yapmak, nereye varmak istemekteydi bu Efe? Amacı neydi? *Dünyanın En Hayırsız Kardeşi* yarışmasının seçmelerine mi hazırlanıyordu? "Aptal çocuk." diye homurdandım oturduğum yerde. "Geleceğimi biliyordu!"

Ayaz yine başını iki yana salladı. "Aslında o senin yarın geleceğini zannediyordu. En azından bana böyle söylemişti."

Oflamamak için kendimi zor tuttum. "Dediğim gibi... Aptal." Keşke ilk önce Efe'nin yanına gelmek yerine annem ve babamın yanına gitseydim. Sırf havaalanına daha yakın diye ve köprüdeki akşam trafiğini çekmemek için Efe'nin yanına gelmiştim. Fakat apaçık bir şekilde görülüyordu ki bu yanlış bir karardı. Zaten hayatım bu aralar yanlış kararların uğrak merkezi değil miydi?

Ayaz'ın güldüğünü ve bunu saklamaya çalıştığını fark edince içimde biriken öfke, kendisine yeni bir hedef bulduğu için sevindi. "Bir şey mi oldu?" diye sorarken sesim oldukça ters çıkmıştı.

Omuz silkerek, "Bir şey mi olması gerekiyordu?" diyerek karşılık verdi Ayaz. Gülüşü hâlâ dudağının bir kenarına tutunmuş, oradan yaramazca sarkar hâldeydi. Sinirimi bozuyordu.

"Gülünecek ne var?" derken daha açık olmayı denedim.

Belli ki Efe kendisi gibi aptal arkadaşlar seçmişti. Her şeyi tane tane açıklamayınca olmuyordu.

Ayaz sahte bir merakla etrafına bakındı. "Gülen birisi mi var?"

Gerçek anlamda sinirlenmeye başlarken bakışlarıma düz bir ifade yerleştirdim ve kaşlarımı çattım. "Neden her soruma soruyla cevap veriyorsun?" Acaba bizim oralardan mıydı? Genelde annemin memleketi Trabzon'da böyle tuhaf diyalogların içinde bulurdum kendimi.

Sanki benim gittikçe yükselen öfkemle eğleniyormuş gibi açıkça sırıttı Ayaz. "Sen neden soruya soruyla cevap veriyorsun?"

Onu daha fazla keyiflendirmek istemediğime karar verdim. "Bu konuşma tam şu an resmi olarak bitmiştir." deyip arkama yaslandım ve telefonumu alıp Efe'yi aramaya koyuldum. Ayaz'ın beni izlediğinin elbette farkındaydım ama bunun beni etkilemesine izin vereceğimi zannediyorsa çok ama çok yanılıyordu.

"Yarım saat daha telefonuna cevap veremez."

Cümlenin sahibine annemin biricik kız kardeşi Nisan teyzemden öğrendiğim en boş bakışı attıktan sonra bakışlarımı tekrar telefona çevirdim. Gelen mesajlara cevap vermek şu an yapabileceklerimin arasında en makul seçenek olduğu için mesajlaşma uygulamasına girdim. Birikmiş bir sürü konuşma vardı. Okulla alakalı olanları hızlıca es geçip kuzenlerimle ortak grubumuza geldim. Ben yokken elbette çeneleri düşmüştü. Yüzlerce mesajı hızlı bir şekilde kaydırıp önemli bir şey var mı diye göz atarken gönderdikleri bir fotoğrafı görünce durdum.

Hem kuzenlerim hem de en yakın arkadaşlarım olan Hare,

Bahar ve Nehar bir aradaydı. Kameraya gülerek poz verdikleri bir fotoğrafı atmışlar ve altına *"Seni bekliyoruz Zeynep Başkan"* yazmışlardı. Üçünün bir arada *Charlie'nin Melekleri* gibi göründüğü gerçeğini fark edip gülümsedim. Hare, Akın amcamın tek kızı, annesinden aldığı kızıl, gür saçlarıyla ortadaydı. Nisan teyzemin kızları olan Bahar ve Nehar onun iki yanında bana gülümsüyorlardı. Bahar sarı saçlarını güzel bir modelle örmüş, kardeşi Nehar ise kahverengi saçlarını alelade bir topuz yapmıştı. Onları bir arada gördüğüm anda tekrar buraya geldiğime pişman oldum. Şimdi eve giden bir takside olup onlara kavuşmaya dakikalar sayıyor olabilirdim ama hayır, burada oturmuş bir tarihi kavrayamayacak kadar aptal olan erkek kardeşimi bekliyordum.

Hayatımda tek bir şeyin bile yolunda gitmeyişi ciğerlerimdeki bütün dermanı kapıp götürürken kırılıp dökülmüş kalbimi ferahlatmak için derin bir nefes almayı denedim. Ama işe yaramadı. Ankara'dan buraya gelirken kaçtığım her şeyi beraberimde getirmiş olduğumu fark etmekten öteye gidemedim. Kaçamadığım yetmezmiş gibi bir de hiç bilmediğim bir evde, hiç tanımadığım bir adamın karşısında az kalsın ağlamak üzereydim.

Dikkatimi hayatımın acınası yanlarından koparıp tekrar telefona odaklandım ve bütün gözyaşlarımı yuttum. Kızlara hızlıca durumu özetleyen bir mesaj yazıp bolca ağlama emojisi yolladım. Çok gecikmeden tepkiler gelmeye başladı. Bahar çok üzüldüğünü, eğer istersem hemen gelip beni alabileceğini söyledi. Hare eğer intikam istersem Efe'nin sosyal medya hesaplarının şifresini derhâl ele geçirebileceğini ve onu herkese rezil edecek bir şeyi mutlaka bulabileceğimizi söyledi. Nehar ise, *"Yakışıklı mı?"* diye sordu.

Son soruyu ilk saniyede anlayamadım fakat ikinci saniyede gizli öznenin karşımdaki esmer çocuk olduğunu fark edince gayriihtiyari bir hareketle başımı kaldırıp Ayaz'a baktım. O da bana bakıyordu ve göz göze geldiğimiz an sanki mesajlarımızı görme ihtimali varmış gibi telaşlanıp utandım. Hızla başımı tekrar telefona çevirdim ve yanaklarımın pespembe kesilmediğini umdum.

Bahar'a ve Hare'ye teşekkür edip ne gelip beni almalarına ne de Efe'nin zaten ayda yılda bir kullandığı sosyal medya hesaplarının şifresine ihtiyacım olduğunu söyledim. Nehar'a ise, "*Evet*" diye cevap verdim. Bu cevabı vermeden önce Ayaz'a kaçamak bir bakış atmış ve alıcı gözle şöyle bir değerlendirmiştim. Tüm kızgınlığıma rağmen kör değildim. Ayaz efendi tam bir esmer güzeliydi. Ona baktığınızda dikkatinizi çeken ilk şey kuşkusuz ki gür, koyu renk saçları oluyordu. O saçları o kondisyonda muhafaza edebilmek için kim bilir günde kaç saatini harcıyordu? Kimse kusura bakmasın ama bu saçların doğal hâlinin böyle güzel olduğuna inanmam imkânsızdı.

Kendi sönük, düz saçlarımın farkındalığı üzerime çökünce saçma bir kıskançlık hissedip bakışlarımı tekrar telefona çevirdim. "*Fotoğraf istiyorum.*" yazmıştı Nehar. Ardından bir sürü emoji yollayıp büyük harflerle, "*HEMEN!*" diye eklemişti.

İtiraf etmem gerekirse ilk defa yakışıklı bir çocuğun fotoğrafını gizlice çekip kuzenlerime yolluyor değildim. Bununla gurur duymuyordum, hatta hiç etik olmadığının farkındaydım ama yakışıklı bir beyefendi görüp onlarla fotoğrafını paylaşmazsam ve hep beraber bu yakışıklılığı takdir etmemize olanak vermezsem nasıl bir kuzen olurdum? Ve Nehar bu hayatta peşimi bırakır mıydı? *Her iki sorunun cevabını da çok iyi biliyorsunuz.*

O yüzden sanki mesajlaşmaya devam ediyormuş gibi davranmaya dikkat ederek kamerayı açtım. Telefonu doğru ama ne yaptığımı çok da belli etmeyecek bir açıda tuttum. Ayaz bana değil, elindeki telefona bakıyordu. Bu da işimi kolaylaştırıyordu doğrusu. Gözlerimi telefonun ekranından ayırmadım ve net bir görüntü alabildiğim an ekranın ortasındaki yuvarlağa dokunup fotoğrafı çektim. Fakat tam fotoğrafı çektiğim esnada Ayaz'ın bakışları bana dönmüştü. Çektiğim fotoğrafta elindeki telefona değil tam olarak kameraya bakıyordu. Bu görüntü gözlerimin dehşetle irileşmesine sebep oldu. Bir an bakışlarımı çevirip Ayaz'a bakmak istedim ama bunu yapmam kendimi ele vermem anlamına geleceği için o anki konumumu korumaya karar verdim. Fotoğrafı kızlara yolladıktan hemen sonra hızlıca galerimden sildim. Kendimi delilleri ortadan kaldırmaya çalışan bir cinayet zanlısı gibi hissediyordum. Ve her katil cinayet mahalline geri döndüğü için ben de mecburen bakışlarımı usulca kaldırıp Ayaz'a baktım.

Bana bakıyordu. Sırıtıyordu. *Hayırdır inşallah.*

Acaba ne yaptığımı fark etti mi diye düşündüğüm sırada konuştu. "Ee, güzel çıktım mı bari?"

Sorusunu duyduğum anda utanç, bir kova kaynar su misali başımdan aşağı aktı ve ben bu duyguyla sırılsıklam oldum. Yanaklarım bir kibritle tutuşturulmuş gibi alev alev alırken, "Ne?" dedim. Ayağa kalkıp SENİN GİZLİCE FOTOĞRAFINI ÇEKTİM YAKIŞIKLI diye bağırsam muhtemelen ne yaptığımı daha az belli etmiş olurdum. Yine de kendi kendimi bozacak değildim. *Sonuna kadar inkâr, sonunda kadar direniş.* "Neden bahsettiğin hakkında hiçbir fikrim yok."

Ayaz söylediklerimi yutmamıştı. Sırıtışı daha da genişlerken rahat bir tavırla arkasına yaslanıp saçlarını eliyle geriye attı. "Rica etseydin poz da verebilirdim."

Çenemi bu sözlerin bana etki etmediğini ispat etmek istercesine yukarı kaldırdım ve "Anlamsız şeyler geveliyorsun." dedim.

Kahkahası beni hazırlıksız yakaladı. Dudaklarından dökülen melodik gülüş sesi, başını arkaya atması ve gür saçlarının geriye doğru dökülüşü, bembeyaz dişlerinin parlaması, kısılan gözlerinin cazibesi... *Anladık hoş çocuksun Esmer Güzeli. Uzatma bu kadar. Hoş çocuklara karnımız tok bizim.* "Bu yaptığın çok kabaydı." derken daha fazla orada oturmamın daha büyük felaketlere, maazallah dünyamızı yutacak kara deliklere falan neden olacağını düşünerek ayağa kalktım ve Efe'nin odasını bulma umuduyla valizimi de sürükleyerek salondan çıktım. Salon kapısının karşısında kalan iki kapı daha vardı. Tahminimce bunlardan birisi Efe'nin odasıydı. Diğeri de...

Bir an arkamı dönüp Ayaz'a Efe'nin odasının hangisi olduğunu soracak olsam da hâlâ onun yüzüne bakmaktan utandığımı fark edip vazgeçtim. Yüzde elli şansım vardı ve muhtemelen yanlış odayı seçecektim. Yine de bu beni durdurmadı. İleri atılıp sağdaki kapıyı açtığım sırada arkamdan Ayaz'ın sesini işittim.

"Sen hep tuvalete valizinle mi gidersin?"

Açtığım kapı tuvalet kapısıydı ve ben de bir valizle eşikte dikiliyordum. *Oldukça mantıklı başlayan bir günün bu noktaya gelmesinden kimler sorumlusuyla devletin onları birer birer bulup cezalandırmasını talep ediyorum. İnlerinize gireceğiz sizin, inlerinize!*

Ağır ve havalı olduğunu umduğum bir hareketle başımı

arkaya çevirdim ve omzunu salon kapısının pervazına yaslamış, dudağında çarpık bir gülüşle beni izleyen Ayaz'a gayet doğal bir tavırla, "Evet." dedim. "Bir problem mi var?"

Ayaz gülmeye hazır dudaklarını büzüp omuz silkti. "Hayır. Sen nasıl rahat edeceksen." Sonra kapıdan uzaklaşıp birkaç adımla yanıma yaklaşıp yüzüme baktı. Kara bakışları yüzümü dolaşırken kalp atışlarımda bir miktar artış gözlemledim. Buna mecali olduğunu bilmiyordum, aldığı son darbelerden sonra perişan bir hâlde olduğuna emindim hâlbuki. "Eğer tuvalette valizinle işini hallettikten sonra Efe'nin odasına geçmek istersen..." Eliyle koridorun karşısındaki kapıyı işaretti. "Şurası."

Çenemi yukarı kaldırdım, valizimi de tek elimle yüklenip tuvaletin eşiğine koydum. "Teşekkürler." dedikten sonra Ayaz'a daha fazla bakmayı ve bu saçma ânı daha fazla uzatmayı reddederek tuvalete girdim. Valizimle. Neyse ki tuvalet küçük bir lavabo kısmıyla bitişik olduğu için genişti ve yerde yumuşak banyo halılarından vardı. Valizi bir köşeye bırakıp elimi yüzümü yıkamak için musluğu açtım ve aynada kendime bakarken Efe geldiğinde onu nasıl öldüreceğime dair planlar kurmaya başladım. Çıldırmama çeyrek kalmamıştı. Artık çıldırmanın kıyısındaydım.

2

Bir sabaha ne kadar perişan uyanılabilirse öyle perişan bir şekilde uyandım dostlarım. Bunun öncelikli sebebi dün üç kat boyunca beş buçuk tonluk bir valizi taşımamdı elbette, hatırlıyorsunuzdur. Kol kaslarım da hatırlıyordu. Unutmaları mümkün olmadığı için gece ben uyurken o korkunç anların intikamını almak adına bir araya gelmişler ve topluca ağrımaya karar vermişlerdi. Bu devirde kimse kol kaslarına bile güvenmesin, duyuyor musunuz beni? Benim kolum benim kasım, nefes almasam oksijensiz kalır falan demeyin hiçbiriniz. İlk fırsatta size pusu kurarlar diyorum, dikkate alın beni.

İçime işlemiş güven problemleri kol kaslarıma kadar sirayet etmiş. Ben bu hâllere düşecek insan mıydım?

Perişanlığımın ikinci sebebi ise Efe'nin odasındaki eski kanepede uyuyakalmış olmamdı. Kol kaslarımın isyan hareketini görüp benimseyen boyun ve omuz kaslarım da gece boş durmamış ve güzelce tutulmuşlardı. Bir nevi iş bırakma grevi gibi bir şeydi bu. Boynum hafifçe sağa yatmış bir şekilde kalakalmıştım. Düzeltemiyordum.

Kaslarıma öfkeyle, "Kaç para istiyorsunuz ulan işinizi doğru yapmak için?" diye homurdandığım sırada kendi rahat yatağında, tabirinin caizliğine adım kadar eminim, dana gibi uyuyan kardeşim gözlerini açıp bana baktı. Yüzüne tükürmek istedim bir an ama aramızdaki mesafe çok fazlaydı, halıyı kirletmek istemezdim.

En yapmacık ses tonumla, "Ooo! Paşam! Uyandınız mı?" derken korku filmlerinden bir sahneye benzediğimi düşünüyordum. Sağa yatmış, kımıldamayan bir boyun; sonuna kadar açılmış parlak mavi gözler; rahatsız bir uyku nedeniyle şiş, beyaz bir surat ve bütün bunları süsleyen öfkeli bir bakış... *Efe sen bunu hak ettin oğlum!*

Efe dün gece ben uyuduktan sonra gelmiş arkadaşlar, bunu sabah fark ettim. Ben o eski, rahatsız kanepede uyuduktan sonra gelmiş! Aslında ben onun yatağa girip uyumasını da bilirdim elbette. Çok mükemmel bir abla olduğumdan değil, temiz çarşafların yerini bulamadığımdan Efe gelene kadar kanepeye kıvrılmıştım. Uyandırmamış beni şerefsiz. Üstüme bir pike bile örtmemiş. Sanırsın erkek kardeşim değil de devlet eliyle atanmış özel işkence memurum herif! *Gerçekten erkek kardeşlik kontenjanı kapatılsın artık, biz yandık bizden sonrakiler yanmasın.*

Benim aksime hiç de perişan görünmeyerek uyanan ve yatakta doğrulan kardeşim boğuk bir sesle, "Günaydın." dedi. Geçirdiğim cinnetten nasıl bu kadar habersiz olabildiğini sorgularken bana baktı ve beni taklit ederek boynunu sağa yatırdı. "Niye öyle duruyorsun kızım, manyak mısın?"

Manyak mıydım? *Belki.* Şu insan prototipiyle bir ömür

geçirdikten sonra akıl sağlığımın yerinde kalması ne kadar olasıydı sonuçta...

"Boynum tutuldu senin yüzünden mankafa! Keyfimden böyle durmuyorum herhâlde."

Boynunu düzeltip daha düz bir açıdan boş bir bakış attı bana. "Niye koltukta yattın ki sen?"

"Senin ter kokulu çarşafınla yatmak istemedim." dedim yüzümü buruşturup. "Sen gelene kadar koltuğa kıvrılayım dedim ama gece kaçta geldiysen artık, uyandırmamışsın."

Sanki derdimi anlatmıyorum da havadan sudan bahsediyormuşum gibi yüzünde bir mimik bile oynatmadan dinledi beni Efe. Sonra yataktan kalkıp kapıya doğru ilerlerken, "Öyle saçma sapan işler yaparsan böyle kalırsın işte." dedi ve beni cinnetin eşiğinde bırakarak kapıdan çıkıp gitti.

Sinir katsayım uzaya fırlatılan bir roketin hızıyla yükseldi. Aklım beynimden kapsül kapsül ayrılırken boynumun acısını umursamayarak ayağa fırladım. "Sen beni delirtecek misin ya?" diye bağırarak koridora çıktığım sırada aklımda Efe'nin beynini mikserden geçirmek dışında bir şey yoktu. *Zombi usulü milkshake yapacağım oğlum seni!*

"Hem benim geleceğimi unutup bana beş buçuk tonluk valizi taşıttırıyorsun hem gece yarılarında eve geliyorsun hem de üstüme bir örtü örtme zahmetine dahi girmiyorsun. Bu ne terbiyesizlik, bu ne aymazlık böyle?"

Bağırış seslerim duvarlara çarpıp yeniden bana yansıdı. Etrafa bakacak kadar kendime geldiğim sırada boş bir koridorda ulusa sesleniş yaptığımı fark ettim. Efe'yi bulmak amacıyla sağa sola bakındım, ardından karşıma çıkan kapılardan kafamı uzatıp içeri bakarak ilerlemeye başladım. Kafa uzatmaktan kastım boynumu oynatamadığım için yarı bedenimle odaya girmekti tabii. "Bir de ortadan kayboluyorsun. Başçavuşun eşeği mi konuşuyor burada oğlum? Neredesin sen?"

Birden, "Borodoyom." diye bir ses duyunca sesin geldiği yöne dönüp şüpheli bir bakış attım. Ses Efe'nin sesine benziyordu ama aksan biraz kafa karıştırıcıydı. Hızlı birkaç adımla koridoru arşınlayıp sesin kaynağına vardım. Zaten açık olan bir kapıdan içeri bakınca genişçe bir mutfakla ve mutfak masasının başında ağzına bir şeyler tıkıştıran Efe'yle karşılaştım.

"Şu tipe bak ya..." dedim suratı buruşturarak. "Bir de kızlar gelip sana âşık falan oluyor. Şu sıfatla bunu nasıl beceriyorsun acaba?"

"Moslok sorro." şeklinde bir homurdanma daha duyduğumda yüzümü hepten ekşittim. Kardeşimin kafasına bir şaplak indirmek için ileri doğru uzanmaya yeltendiğim sırada ise duyduğum sesle irkildim.

"Günaydın Zeynep."

Bu ses... Bu adam... Esmer güzeli... Onun varlığını bu keşmekeş içinde tamamen unutmuştum işte. Ya da unutmak değil de hesaba katmamıştım diyelim biz ona... *Efe'ye kızıyorum falan ama ben de az tek hücreli değilim he.*

Hızlıca kendimi toparlayıp omzumdan kayan bol tişörtümü biraz çekiştirip, "Günaydın." dedim Ayaz'a bakmadan. Zaten boynum işlevini yitirmişti, çocuğa robot gibi dönüp bir de onu korkutmak istemedim.

"Sebzeli omlet yapıyorum, ister misin sen de?" diye sordu Ayaz, sanki dün valizle tuvalete girdiğimi görmemiş gibi. Ya da onun gizlice fotoğrafını çektiğimi unutmuş gibi... *Böyle bunları peşi sıra yazınca ben biraz deli gibi göründüm, farkındayım ama siz işlerin aslını biliyorsunuz arkadaşlar.*

"Olur, tabii." derken vücudumla birlikte hafifçe Ayaz'a doğru çevirdim kafamı. "Çok teşekkürler. Ben müsait bir yerde Efe'yi öldürdükten sonra yemek için geri dönerim." Bunu söyledikten sonra kardeşimi ensesinden yakaladığım gibi mutfaktan sürükleyerek çıkarttım. Biraz zor oldu, biraz direnişle karşılaştım ve Ayaz'ın gülüşünü işitmek eşikte bir miktar oyalanmama sebep oldu ama salona varana kadar sızlanıp duran Efe'yi bırakmadım.

"Ne yapıyorsun abla ya?" diye homurdanarak elimden kurtulduğunda gözlerimi kısıp en tehditkâr bakışımı savurdum onun yüzüne.

"Ankara'dan kalktım geldim gecenin köründe. Evde yoksun! Telefonlarımı açmıyorsun! Bir de kim bilir saat kaçta eve gelip, gelince de hiç umursamıyorsun! Dayak mı istiyorsun evladım sen? Derdin ne senin?"

Sözlerime baygın bakışlarla karşılık verdi. "Bu akşam geleceksin zannediyordum." derken özrünün kabahatinden üç arşın büyük olduğunun idrakinde bile değildi. "Hem kapıda mı kaldın sanki? Ayaz almış işte içeri seni. Gece de çok güzel uyuyordun, kıyamadım uyandırmaya."

Ne kadar ufak atsa da civcivlerin dahi yemeye tenezzül etmeyeceği bu acemi yalanına yüz ifadelerim arasından en nemrut olanıyla baktım. "Vah vah... Kıyamamışmış... Yüreğin adeta pamuk tarlası oğlum senin. Seni çok üzerler bu diyarlarda böyle."

"Of ne uzattın ama ya..." dediği sırada dizine tekmeyi yedi. *Öyle ablaya of falan derseniz çarpılırsınız işte. Bizzat abla gelir çarpar.*

"Tamam ya, tamam. Özür dilerim. Eve arabayla bırakırım seni, ödeşiriz. Olur mu?"

Nihayet duymak istediğim bir cümle duydum ve yüzüme bir gülücük gelip keyifle yerleşti. Öfkem geldiği hızla ortadan kaybolurken bunu Efe'ye çok sezdirmemeye çalıştım. Soğuk bir sesle, "Bu sözünden de dönersen seni parçalar ve üç koli kargoyla yollarım eve, haberin olsun." dedim.

Efe oflayıp puflayıp sözünden dönmeyeceğini söyledikten sonra, çok şükür biraz rahatlamış bir şekilde salondan ayrılıp lavaboya yöneldim. Hızlı bir temizlik faslının ardından daha insani bir şekilde ve boynumu da eskisine oranla daha işlevsel kullanabilerek döndüm mutfağa.

Mutfakta oldukça güzel bir kahvaltı sofrasıyla karşılaşmak beni şaşırttı. Ortada Ayaz'ın bahsettiği sebzeli omlet, etrafında birbirinden renkli kahvaltılıklar ve bir köşede güzelce doğranmış salatalıklarla domatesler vardı. Bir bekâr evi için oldukça hoş bir manzaraydı bu. Dün gece gördüklerimden sonra sabah da mısır gevreği ve sütle karşılaşsam hiç yadırgamazdım.

Masadaki boş kalan iki sandalyeden birine, Efe'nin yanına, Ayaz'ın da karşısına oturduğum sırada Ayaz yerinden kalktı ve ocaktan çaydanlığı alıp yanıma geldi. "Açık mı içersin, demli mi?"

Bu minik hareketin hoşluğuna kendimi kaptırmam çok kolay olurdu ama dik durdum. Vakti zamanında böyle nazik hareketlere kanmanın acısını hâlâ içimde bir yerlerde şiddetle hissettiğimi unutmadan, "Demli olsun lütfen." dedim. Ayaz hızlıca bardağımı doldurduktan sonra aynı güçlü duruşu koruyarak ona teşekkür ettim. *Görüyorsunuz ne kadar dirayetliyim...*

Kahvaltıya başladığımız sırada tabağıma kahvaltılıklardan birer parça doldururken Efe'ye, "Bir ev arkadaşın olduğundan bahsetmemiştin." diye laf attım.

Sanki kahvaltılıklar bir anda ayaklanıp kaçmaya çalışacakmış gibi telaşlı bir hızla yemeğini ağzına tıkıştıran Efe de bana, "Sormadın ki." dedi.

Gel de iletişim kur şimdi bununla. Lütfen, yapabilen varsa buyursun arkadaşlar. Ben yirmi küsur senedir uğraşarak ancak bu kıvama getirebildim adamı. Şimdilik yalnızca sorduğunuz şeylere cevap verebiliyor. Biraz daha uğraşırsak acil durumlarda çığlık atma ayarlarını falan da açarız diye düşünüyorum ama durun bakalım.

"Bana bir şeyi söylemen için sana o konuda soru sormuş olmam şart değil Efeciğim. Bunu biliyorsun, değil mi?" Bu sözleri erkek kardeşime tane tane söylerken Ayaz'ın beni izlediğini hissettim. Bu his yüzümün ona dönük olan kısmında kıvılcımlanıp enseme doğru ilerledi. Oralarda biraz oyalanırken onu görmezden gelmeye çalıştım ve delici bakışlarımı Efe'den ayırmadım.

"Ne bileyim? Annem falan söylemiştir diye düşündüm."

Çok şükür annemler biliyormuş diye geçirdim içimden. Ama bunu sesli söylemedim. Bunun yerine sevimli olduğuna inandığım bir gülümsemeyle, "Söylemediler." dedim. "Hâliyle bana biraz sürpriz oldu akşam." Cümlemin sonunda nihayet cesaret edip Ayaz'a kısa bir bakış atabildim. Sabahki sinir krizim esnasında üstündeki ince beyaz gömleğin ona ne kadar yakıştığına ya da duştan yakın zamanda çıktığını işaret eden nemli saçlarının ne kadar güzel durduğuna pek dikkat edememiştim. Ama şimdi bunları fark etmemi engelleyebilecek hiçbir şey yoktu. *Keşke olsaydı.*

"Ben eğlendim." dedi Ayaz hafifçe gülümserken. "Hoş oldu böylesi de."

Hafifçe gözlerimi kısma dürtüme karşı koyamadım. Bu çocuğunun çekiciliğinin yanı sıra bir de inkâr edilemez bir sinir bozuculuğu vardı. Siz de hissettiniz, değil mi? Konuştuğunda sanki benimle dalga geçiyormuş ya da anlamadığım bir şaka yapıyormuş gibi hissediyordum. Bu yüzden cevap verirken de geriliyor, hâliyle saçmalıyordum. *Yoksa ben mantığın sözlükte karşılığımdır, kime sorsanız söyler.*

"Sevindim eğlenmene." derken kibar olmaya çalıştım. Zihnimde Ayaz'a doğru elindeki tespihi sallayıp, *"Kes lan!"* diye bağıran kamyoncu Zeynep'in önüne geçmem böyle anlarda biraz zor oluyordu.

Bu kısa sohbetin ardından bir süre sessizce kahvaltımızı yaptık. Fakat bu sessizlik beni biraz gerdiği için bir şeyler söylemeye karar verdim ve yine Efe'ye dönüp, "Ne zaman gideceğiz?" diye sordum. Bu sorunun cevabını öğrenip kızlara mesaj atmak ve acil bir buluşma düzenlemek istiyordum. Yaşadığım onca şeyden sonra en yakın arkadaşlarımla geçireceğim uzun saatlere delicesine muhtaçtım.

Efe omuz silkip, "Öğleden sonra çıkarız." dediği sırada Ayaz merakla bize baktı ve erkek kardeşim üstün bir zekâ belirtisi sergileyip bu soran bakışların manasını kavradı, ardından Ayaz'a "Ablamı bugün bizimkilerin yanına götüreceğim de…" diye açıklama yaptı. *Bakın, çabalarımızın meyvelerini alıyoruz yavaş yavaş.*

"Öğleden sonra dersin yok muydu senin?" diye sordu Ayaz tabağındaki omletten bir parça bölerken. "Ben de karşıya gideceğim, istersen bırakırım Zeynep'i de."

Ben şaşkınca kaşlarımı kaldırırken Efe'nin bu teklifle gözleri parladı. O baygın bakışlarına bir anda can geldi. "Abi, valla harika olur ya." derken benim şoka girmiş bakışlarımdan tamamen habersizdi. "Dersi ekecektim ben bunun çenesinden kurtulmak için."

Masanın altından Efe'nin dizine bir tekme geçirmek için ikinci kez düşünmedim bile. Tiz ve umduğumdan yüksek bir sesle, "Söz vermiştin!" derken kelimelerin ağzımdan bu kadar dramatik çıkacağını tahmin etmemiştim. Ama hayal kırıklığım mutfak dolaplarında yankılandı. "Bu yaptığın gerçekten çok ayıp ama Efe."

"İyi de götürecektim zaten." derken yüzüne masumlar masumu bir ifade yerleştirdi kardeşim. "Ama şimdi fırsat ayağımıza gelmiş, ne yapayım? İlla dersi mi ekeyim? Yaz okulu bu. Ne kadar para ödüyoruz bu derslere biliyor musun sen?"

Sonunu düşünen yaz okuluna kalmaz oğlum, diye yükseleceğim sırada Ayaz'ın varlığını hatırlayıp sakin kalmayı başarabildim ve "Ayaz'ı yormayalım ama şimdi." dedim. "Bizim ev gideceği yere yakın değildir belki. Hem beni sen eve bırakırsan annemle babamı da görmüş olursun, olmaz mı?"

Efe'den önce Ayaz, "Benim için sıkıntı olmaz." diye açıkladı. "Evinizi biliyorum ve yolumun üstünde." Efe'ye dönüp onun anlayacağı kısa bir açıklama ekledi. "Abimin yanına gideceğim."

Arkadaşına başını sallayarak karşılık veren kardeşim geldiğimiz noktadan oldukça memnun görünüyordu. "Ben de annemleri daha bu hafta sonu gördüm." Küçük bir omuz silkme hareketiyle başını hafifçe sağa yatırdı. "Düşündüğün kadar çok özlemiyorlar beni."

Yarım ağızla *neden acaba* diye mırıldandığım sırada bakışlarım beni izleyen Ayaz'a takıldı. Ben bir şeyler söylemeye hazırlanırken o, bana fırsat vermeden, "Hem benim arabam daha güzel." dedi. "Kırmızı ve üstü açık. Ben olsam benim arabamla gelirdim."

Bu sözleri bir kızı tavlamak istiyormuş gibi değil de en sevdiği oyuncak arabasından bahsediyormuş gibi çocuksu ve tatlı bir ses tonuyla, ayrıca buna eşlik eden sevimli mimiklerle söylediği için kendimi tutamayıp gülümsedim. Bu, esmer güzeliyle karşılaştığımdan beri onu samimi bulduğum ilk an olabilirdi.

Kafamın içinde Ayaz'a karşı aniden beliren sempatim ile Efe'ye olan öfkem birbirine girmiş hâldeyken çok da hevesli olmayan bir sesle, "Tamam." dedim ve bakışlarımı kardeşime çevirdim. "Madem dersin var, öyle olsun bu seferlik..." *Sözlerimdeki alt metni okumayı başarabilmişsindir umarım Efe. Alt metinde sana sevgi dolu şiirler yazdım.*

Bardağımdaki çayı ve tabağımdaki kahvaltılıkları bitirince Ayaz'a, "Ellerine sağlık." diyerek sofradan kalktım. Madem kardeşim beni yarı yolda bırakmıştı ve madem eve kadar Ayaz'la gidecektim, o hâlde üzerimdeki eşofman ve tişörtten kurtulmam gerekiyordu. Ayrıca biraz kendime çekidüzen versem fena olmazdı. Ben aylardır Ankara'da sefalet içinde yüzen bu hâlime alışmıştım fakat ailem beni bu hâlde görsün istemezdim.

Valizimi açıp bir kot pantolon, beyaz bir tişört, bir çift çorap ve bir tarak çıkardım. Moda anlayışım rahat ve sade sözcükleriyle tanımlanabileceği için herhangi bir yere giderken giydiğim kıyafetler hep bu minvalde oluyordu. Aslında içten içe süslü bir kızdım ama bunu dışarıya yansıtmaya çok üşendiğim için her şeyi olabildiğince basit tutuyor ve içimdeki o süslü kızı da dudaklarıma sürdüğüm koyu renk bir rujla biraz olsun yatıştırıyordum.

Tamamen hazırlanmam ve saçma derecede beyaz tenim yanmış tavuğa dönmesin diye kendimi yüksek korumalı güneş kremine bulamam yarım saatimi aldı yalnızca. *İşte bu yüzden minimal giyimi savunacağız.* Kot pantolonumun paçalarını bileklerimin üstüne kadar katladıktan sonra Efe'nin odasından çıkıp salona geçtim. Ayaz da oradaydı ve o da hazır görünüyordu. Sabahki ince, beyaz gömleği hâlâ üzerindeydi. Kollarını dirseklerine kadar kıvırmış, altına da koyu renk bir pantolon giymişti. Saçları da artık kuruydu ve bir parçası hacimli bir şekilde alnına dökülüyordu. *Ayaz, senin en çok duyduğun sorunun, "Hangi şampuanı kullanıyorsun?" olduğuna o kadar eminim ki...*

Benim içeri girdiğimi fark edince bakışları yüzümü buldu ve küçük bir gülümsemeyle, "Hazırsan çıkalım mı?" diye sordu.

Tam bu esnada cebimdeki telefon titredi. Kızlardan bir mesaj gelmiş olabileceğini düşünerek hemen alıp bildirime baktım. Ama bir Instagram bildirimiydi. İçinde benim olmadığım bir fotoğrafa etiketlenmiştim. Fotoğrafı görünce göğsümde yükselen ağlama hissini yutkunarak bastırmaya çalıştım. Fotoğrafın altında yazan açıklamayı okumaya bile tenezzül etmeden telefonu tekrar cebime attım.

Derin bir nefes aldım, omuzlarımı hafifçe dikleştirdim ve sanki yola çıkıyormuş gibi değil de bir muharebeye gidiyormuş gibi hissederek, "Hazırım." dedim. "Hadi çıkalım."

3

Güneşli bir yaz gününde, yanımda yakışıklı bir çocukla, üstü açık kırmızı bir arabanın içinde, rüzgâr saçlarımı dağıtırken ve radyoda Yann Tiersen'den neşeli bir parça çalarken İstanbul'un Avrupa yakasına doğru yolculuk etmekteydim. Gördüğünüz gibi hayatın bana gülümsediği, göz falan kırptığı, ne bileyim yanımdan geçerken selam verdiği anlar da oluyordu. *Henüz son dört buçuk ay içinde yaşadıklarımdan habersiz olduğun için abarttığımı, ajitasyon yaptığımı falan düşünebilirsin sevgili arkadaşım ama inan bana olan biteni öğrendiğinde sen de bana hak vereceksin. Fakat şu an böyle tatsız konuların sırası değil. Şu an hayatın keyfini sürme sırası.*

Evden çıkalı henüz on beş dakika falan olmuştu. Ayaz'ın arabasında keyfim bir parça da olsa yerindeydi. Kızlara mesaj atıp yola çıktığımı haber vermiş ama henüz detaylara girmemiştim çünkü Nehar, eve Ayaz ile beraber geldiğimi öğrenirse Ayaz'ı görmek için mutlaka bir numara çevirirdi, kuzenimi çok iyi tanıyordum. Dün gece esmer güzeline gizlice fotoğrafını çekerken yakalandığım hesaba katılırsa Nehar'ın öngörülemez hareketlerinin riskini almam pek akıllıca değildi. Adama zaten bir kere rezil olmuştum, ikincisi için kaşınmanın lüzumu yoktu. Nasılsa eve vardığımda kızlara, görüşemediğimiz uzun aylar boyunca olan her şeyi en ufak detayına kadar anlatacaktım. Bu araba sahnesini de anlattıklarıma güzel bir son vermek için kullanabilirdim. *Dünyam başıma yıkılmıştı ama bakın, buraya gelirken keyfim yerindeydi.*

Aklımdaki tüm endişeleri ve rezil oluşumun yanaklarımı pembeleştiren hatıralarını süpürüp kendimi yüzüme vuran rüzgârın serinliğine ve duyduğum şahane melodinin ahengine bıraktım. Sanki tatlı ve neşeli bir Fransız filminin içindeymişim gibi hissediyordum. Bu hissin güzelliğine kapılıp gitmek çok kolaydı. Böyle güzel anların çabucak biteceğini unutmak hep çok kolaydı. Mutluluğun sonsuza dek süreceğini sanmak çok ama çok kolaydı.

Sakince iç geçirip başımı hafifçe yana çevirdim ve şoför koltuğundaki adama baktım. Rüzgâr onun da saçlarının arasında dolanıyor fakat sanki ona torpil geçiyormuş gibi o havalı şeklini hiç bozmuyordu. Güneş gözlüklerinden yansıyan ışık bile sanki adamın etrafında sinematik bir efekt oluşsun diye oradaydı. Ayaz'ın giydiği tarzda kıyafetler giyen, onun gibi hareket eden birçok erkek görmüştüm ama tanıdıklarım arasında doğayla bu kadar iş birliği içerisinde olup bütün bunları sadece kendisine hasmış gibi gösterebilen bir tek Ayaz'dı. Kendisiyle başlarda pek elektriğimiz uyuşmamış olabilirdi ama bu yanı başımda duran güzelliği içten içe takdir etmeyeceğim manasına gelmezdi. Hem zaten ben bundan sonra bütün güzellikleri içten içe takdir etme kararı almış birisiydim. Kimseye zararım yoktu.

Ben ona bakarken Ayaz da bakışlarımı hissetmiş olmalı ki bana doğru döndü ve hafifçe gülümsedi. "Rahat mısın?"

Sorduğu soruyla birlikte ben de ona gülümseyerek karşılık verdim. Dün geceki sinir bozucu tavırları bu sabah Ayaz'dan epey uzaklaşmış gibiydi. Kahvaltıdan beridir daha bir kibar, daha bir hoş davranıyordu. "Evet." derken yüzüme gelen saçlarımı elimle çekiştirdim. Herkesin saçları rüzgârda ahenkle dans etmiyordu ne yazık ki. "Teşekkür ederim bıraktığın için."

"Ne demek." dedi bakışları yoldayken. "Asıl ben teşekkür ederim beni tercih ettiğin için."

Sesindeki neşe gülümsememin büyümesini sağladı. Bu yolculuk onun için bir yükmüş gibi davranmasını beklediğimden sanırım, böyle içten bir tavır beni hazırlıksız yakalamıştı ama şikâyetçi değildim. Sessizliğe geri dönmek istemediğim için, "Efe'yle nasıl tanıştınız?" diye sordum. Aslında bundan kısaca bahsetmişti ama detayları da merak ediyordum ve bunları Efe'den öğrenemeyeceğimi çok iyi biliyordum.

Ayaz gözlerini trafiğin hızla aktığı yoldan ayırmadan anlatmaya koyuldu. "Benim bir arkadaşım var. Adı Mahmut. O tanıştırdı bizi Efe'yle. Kafalarımız uyuşunca da arkadaş olduk işte. Sonra ben geçen aylarda kaldığım evden çıkmak zorunda kalınca Efe onunla kalabileceğimi söyledi, sağ olsun. Öyle işte... Çok da romantik bir hikâyemiz yok anlayacağın."

Küçük bir gülüş benden izin istemeden dudaklarımdan kopup havaya karıştı. "Efe'yle romantik olabilene aşk olsun zaten." dedim. "Onunla konuşup anlaşabilen insanların olması bile mucize."

Ayaz sözlerime hafifçe gülümsese bile itiraz etmek için başını iki yana salladı. "Burada arkadaşımı savunmak zorundayım. Kendisi çok beyefendi bir insandır."

Gözlerimi devirmemek için kendimi zor zapt ederken, "Beyefendilik tanımın ne tam olarak?" diye sordum. Zira Efe ile beyefendi kelimesinin aynı cümlede geçtiğini duyan kulaklarım bile dehşetengiz bir şaşkınlık içerisindeydi.

"Beyefendi işte." dedi Ayaz omuzlarını hafifçe silkip. Sanki bu kelimenin anlamını daha önce hiç oturup düşünmemiş gibiydi. "Bir kere mekândan çıkarken bıraktığı kapı arkasından gelen kızın yüzüne çarpınca dönüp ondan özür dilemişti. Şu nahifliğe bakar mısın?"

Kahkaham Yann Tiersen notalarına karışıp İstanbul semalarına dağıldı. Ani gülüşümden utanıp yüzümü ellerimle kapatırken parmaklarımın arasından Ayaz'a baktım. Onun da yüzünde keyifli, geniş bir gülümseme vardı. Bakışları bir an bana dönüp yüzümü dolaşsa da trafiğe geri dönmesi çok uzun sürmedi. Ellerimi indirip gülüşümü zapt edince tekrar sordum. "Beyefendilik konusunda çıtan hep mi bu kadar düşüktü yoksa Efe'yi tanıdıktan sonra mı yerlere indi?"

"Çevrem kötüydü, biliyor musun?" derken yüzünde yapmacık bir yakınma ifadesi vardı. "Asıl Efe'yi tanıdıktan sonra çıtam bu kadar yükselebildi."

Başımı eğip, "Yazık sana." dedim en az onun kadar yapmacık bir şekilde. "Siz zaten hep kader kurbanısınız."

"Öyleyiz tabii." Bu hararetli onayının ardından tam başka bir şey söylemeye hazırlanıyordu ki cep telefonunun melodisi araya girdi. Bana hızlıca bir affedersin dedikten sonra tek eliyle kulağına kulaklığını yerleştirip aramayı cevapladı. Yüzünü bir anda sıkıntılı bir ifade sarıvermişti. Bu da beni meraklandırdı hâliyle. Uzanıp radyonun sesini kısarken bir yandan da Ayaz'ın söylediklerine kulak kabarttım. *Ne var? Siz olsanız dinlemeyecek miydiniz sanki? Dibimde konuşuyor adam.*

"Yoldayım, karşıya geçiyorum." diyordu telefonun diğer ucundakine. "Abimin evine uğrayıp akşam da Taksim tarafına geçeceğim."

Sonra duraklayıp birkaç saniye karşıdakinin konuşmasını dinledi. Bu sırada dudakları bir çizgi hâlindeydi.

"Neredesin sen şimdi?" diye sorduğunda sesi biraz bezgin çıkıyordu.

Yine kısa bir dinleme süresinin ardından, "Tamam." dedi. "Tamam, on dakikaya oradayım."

Telefonu kapatıp tek bir hareketle kulaklığını çıkardıktan sonra birkaç saniye yola baktı, ardından bana, "Bir arkadaşımı almam gerekiyor." dedi. "Senin için sıkıntı olur mu?"

Başımı iki yana salladığımda saçlarım yine yüzüme çarptı. Elimle onları düzeltirken, "Olmaz." dedim. "Niçin olsun?" *Hem olacak desem ne yapacaktın acaba Esmer Güzeli? Ne değişecekti?*

Ayaz başka bir şey söylemedi. Araba çok geçmeden ana yoldan ayrılıp bir ara yola saptı. Biz de hâliyle yavaşladık. Bilmediğim, yaşadığım şehirde var olan ama daha önce hiç yolumun düşmediği sokaklarda ilerleyip en sonunda bir kafenin önünde sağa çektik. O sırada Ayaz kadar esmer olmayan ama beyaz tenli de sayılmayacak, tahminen yirmili yaşlarının başında, zayıf ve uzunca bir çocuğun koştura koştura arabaya yaklaştığını gördüm. Ortalama zekâ seviyesindeki herkes bu çocuğun Ayaz'ın bahsettiği arkadaşı olduğunu hemen kavrar. Ben ortalamanın da çok üstünde olduğum için saliseler içinde doğru sonuca ulaştım. Bu sırada çocuk arabanın yanına vardı ve beni fark edince suratına geniş, gevşek bir gülüş yayıldı.

Ayaz'a bakarak, "Ooo! Manita yapmışız." dediğinde gözlerim kocaman açıldı. Ama ön yargıları ışık hızından daha hızlı olan beyefendi Ayaz'a göz kırpmakla meşgul olduğu için bunu fark edemedi. "Ben de diyorum bu Ayaz neden bana ayak yapıyor? Manitacılık işleri yüzünden biricik kardeşini unutmuş meğerse." *Hay Allah. Durup dururken Ayaz Bey'in manitası oluverdik. Şu dünyanın işine bak.*

Ayaz güneş gözlüğünü çıkarıp arkadaşına sert bir bakış attı. "Mahmut." dedi buz gibi bir sesle. "Bu hanımefendi, Efe'nin ablası Zeynep." Sonra bakışlarını bana çevirdi ve biraz olsun yumuşayan çikolata renkli gözleriyle "Kusuruna bakma lütfen. Densizdir biraz." diye mırıldandı.

"Efe'nin ablası mı?" Hayret dolu bu nidanın ardından densiz sıfatıyla aklıma kazınan bu genç adam aniden ileri atılıp elime yapıştı. "Abla affet. Ver öpeyim elini. Terbiyesizlik ettim, kusura bakma lütfen."

Dudaklarımdan kopan küçük bir çığlıkla geriye doğru sıçrarken elimi çekiştirip kurtardım. "Ne yapıyorsun oğlum sen?" diye çemkirdiğim sırada Ayaz'ın güldüğünü işittim. Ama hemen kızmayın çünkü asabı bozuk birinin gülüşüydü bu. Keçilerimi kaçırmama son on saniye kaldı gülüşü... Nerede duysam tanırım.

"Ben Mahmut Kulaklı." diye devam etti karşımdaki çocuk, sanki Ayaz ve benden farklı bir boyutta yaşıyormuş gibi kayıtsızdı tüm hareketlerimize. "Ama arkadaşlar bana Atakan der. Memnun oldum tanıştığımıza." Bunları söyler söylemez arabanın arka koltuğuna atlayıverince ben de bir miktar rahatladım. Bir kere daha elimi öpmeye çalışsa üstün kungfu yeteneklerimi sergilemek zorunda kalacaktım çünkü.

"Atakan mı?" diye şaşkınca mırıldandığım sırada takıldığım noktanın bu oluşu beni de biraz düşündürdü doğrusu. Yani *bu adam kimdir, neden elimi öpmeye çalışmıştır* gibi sorular bir köşede dururken ilk bunu sormam kolaya kaçmak olmuştu sanki.

"Kimse ona Atakan demiyor." dedi Ayaz arabayı tekrar çalıştırdığı sırada.

"Ama deseler ne iyi olur." diye araya girdi Mahmut. "Anam babam zamanında cahilmiş. Yapmışlar bir hata ve oğullarının playboy olacağını öngöremeyip ona Mahmut ismini vermişler. Oysa beni biraz tanıyan herkes benden on numara bir Atakan olacağını hemen fark eder, değil mi sağdıç?"

Sondaki o soruyu arka koltuktan kafasını uzatıp Ayaz'a bakarak sormuştu. Ayaz tek elinin avuç içini Mahmut'un yüzüne yapıştırıp onu iterken, "Değil sağdıç, değil." dedi. "Tam bir Mahmut'sun sen. Seni on metre öteden gören herkes, 'İşte Mahmut geliyor.' der."

Bu sözler sanırım Mahmut'u biraz incitti. Birkaç saniye sessizleşip olayı yorumsuz bıraktıktan sonra başını tekrar uzatıp bu defa bana baktı. "Demek sen bizim Efe'nin ablasısın he." derken sesinde manasız bir heves vardı.

"Aynen." dedim bu muhabbetin beni nereye götüreceğini için için merak ederken. "Ablasıyım."

"Efe var ya, çok kıyak çocuktur." Bunu öyle içten bir şekilde dedi ki söylediği şeye inandığına bir saniye bile şüphe etmedim. "Az konuşur biraz ama sıkıntı değil. Ayaz konuşuyor da ne oluyor mesela?" Pekâlâ, Mahmut'un yorumsuzluğu konusunda biraz erken kanıya varmışım sanırım. Zira son cümlesi, Mahmut oluşunun öcünü Ayaz'dan alır gibi çıkmıştı ağzından.

Ayaz pek alınmışa benzemiyordu gerçi. "Bunu söyleyen sen misin sağdıç?" derken tek kaşını kaldırıp dikiz aynasından Mahmut'a bir bakış attı.

Mahmut bir anda omuzlarını dikleştirip, "Ben konuşurum, iş bağlarım." dedi. Bu sırada iki elini, kendisini işaret etmek, bahsettiği kişinin ta kendisi olduğunu göstermek ister gibi göğsüne koydu. "Ben konuşurum, kızları kendime âşık ederim. Ben konuşurum, ahbaplık kurarım. Fakat sen konuşunca hiçbir yere varamıyoruz Ayaz. Yanlış mıyım sağdıç?"

Ayaz keyfi yerine gelmiş bir şekilde gülümseyerek omuzlarını yukarı kaldırdı. "Ne diyebilirim ki kardeşim? Çok haklısın." Ben daha aralarındaki olayı çözemeden onlar her şeyi tatlıya bağladılar. Adeta ışık hızıyla aralarındaki sürtüşme sonlanıverdi. Bana düşen tek şey de mutluluklar dilemek oldu. *Bize her aşktan geriye kalan...*

Zihnime bir anda üşüşen dertlerimi geldikleri yere göndermek için başımı iki yana sallayıp Mahmut'a döndüm ve "Sen Efe'yle nasıl tanıştın?" diye sordum. *Konuş Mahmut, dağıt kafamdaki hüzün bulutlarını kardeşim, ne olursun.*

"Okulda tanıştık biz." dedi Mahmut bana cevaben. Umduğumdan daha sıradan bir cevap olmuştu bu açıkçası. *Nasıl yani Mahmut, Efe'nin elini öpmeye çalışmadın mı?*

"Aynı bölümde misiniz?"

"Yok, ben yanlış bölümün dersine girmişim iki hafta. İkisinde de Efe'nin yanına oturdum. Öyle tanıştık. Sonra benim o dersi aslında almadığım ortaya çıktı ama Efe'yle çoktan kırılmaz bir bağ kurmuştuk bile. Şimdi sen bizim sağdıçlığımıza kader değil diyebilir misin?"

Diyebilir miydim? Ne haddime. Bundan daha az romantik olan aşk hikâyeleri duymuşluğum bile vardı sonuçta. Bu konuşmanın sürmesini istediğim için yanımda, şoför koltuğunda oturan esmer güzeline hızlı bir bakış atıp, "Peki Ayaz'la nasıl tanıştınız?" diye sordum.

Mahmut'un gülümseyişi dikiz aynasında bir güneş gibi doğdu. "Ayaz sağdıcımla ben çocukluk arkadaşıyız Balıkesir'den." derken elini uzatıp Ayaz'ın saçlarını karıştırdı. "Bebeliğini bilirim ben bu keratanın!"

Bu hareket Ayaz'da küçük çaplı bir öfke fırtınasına sebep oldu. "Mahmut ya!" diye bağırırken başını sola yatırıp onun ellerinden uzaklaştı. "Yapma şunu diyorum sana!"

Mahmut bu sinirli çıkışmaya hiç aldırmayıp bana döndü. "Nefret eder saçlarına dokunulmasından." diye fısıldadı sanki Ayaz asla duyamayacakmış gibi. Yüzünde öyle keyifli bir ifade vardı ki gülmemek için alt dudağımı ısırmak zorunda kaldım.

Tıpkı Mahmut gibi gereksiz ve işlevinden yoksun bir fısıltıyla, "O saçları o hâle getirmek için saatlerini harcıyordur." dedim. "Normal yani nefret etmesi."

Mahmut küçük bir kahkaha atarken Ayaz, "Hiç de bile." diye araya girdi. Birazdan bizi mızıkçılık yapmakla suçlayacak küçük bir çocuk gibi görünüyordu. "Saçlarımın doğal hâli bu. Kıskançlık yapıyorsunuz şu an."

Hafifçe arkaya dönüp, "Doğru mu söylüyor acaba?" diye sordum. "Çocukluk arkadaşı olduğunuza göre sen bilirsin."

"Benim sağdıcım hiç yalan söyler mi ya?" dedi Mahmut içine sevgi katıp sözcükleri uzatarak. Hemen sonra ekledi. "Gerçekleri bir miktar çarpıtır sadece."

Ayaz'dan homurtuyla kahkaha arası bir ses yükseldi. "Uğraşmayın benimle." derken dudağının kenarına asılı kalmış bir gülümsemeyle yola bakıyordu. Ama çok geçmeden bana doğru döndü ve gözlerimin içine oyunbaz bir bakış attı. "Gerçi bu vesileyle Zeynep Hanım'ın saçlarımı beğendiğini öğrenmiş olduk."

Duyduğum cümle tiz bir sesle, "Ne münasebet?" diye ciyaklamama sebep olunca bir miktar utandım ama kızaran yanaklarım çatılan kaşlarımın gölgesinde pek belli olmuyordur diye düşündüm.

Ayaz cevap veremeden Mahmut arka koltuktan uzanıp kafasına bir şaplak indirdi. "Oğlum o senin ablan, ablan!"

Kahkaham dudaklarımdan püskürerek çıktı adeta. Çok çirkin bir sesti ama başka nasıl bir tepki vereceğimi tamamen şaşırmış vaziyetteydim. Ayaz arka koltuktaki Mahmut'a yarım yamalak vurmaya çalışırken bir yandan da bana bakıp gülümsüyordu. Çok sürrealist bir ortamdaydım sevgili arkadaşlar. *Buraya nasıl geldiğimi hatırlıyor musunuz? Ben biraz unutmaya başladım da.*

"Ben ondan büyüğümdür bir kere." dedi Ayaz tekrar yola dönerken.

"Of, doğru ya." diye onayladı Mahmut onu. "Senin ihtiyar bir dede olduğunu unutuyorum sürekli."

"Artık sesini duymak istemiyorum Mahmut." deyip arabanın radyosuna uzandı Ayaz ve sesi iyice yükseltti. Mahmut birkaç sefer konuşmayı denese bile radyodan dökülen notaları yenemeyeceğini anlayıp geri çekildi.

Yolun geri kalanı da aşağı yukarı hep bu şekilde geçti. Bir ara Mahmut telefonda kız arkadaşıyla konuştuğu için müziğin sesini kısmak zorunda kaldık ve Ayaz'la birbirimize sürekli kaçamak bakışlar attık. Sonra bir şarkıda Ayaz ve

Mahmut şarkının sözlerine eşlik edip sürekli sözleri karıştırarak komik duruma düştüler, derken en nihayetinde bizim evin önüne geldik.

Araba durduğunda ilk olarak arkaya dönüp Mahmut'a, "Tanıştığımıza memnun oldum." dedim.

"Ben de Zeynep ablacığım. Görüşürüz yine. Kendine iyi bak." derken içten bir şekilde sırıtıp başını salladı Mahmut da.

Sonra Ayaz'a döndüm. Yüzüme küçük bir gülümsemeyle bakıyordu ve hafifçe alnına dökülen saçlarıyla çok hoş görünüyordu. "Teşekkür ederim." dedim ben de gülümseyerek. "Zahmet verdim biraz."

"Zahmet olmadı." diye hızlı bir cevap verdi. "Benim için bir zevkti. Rica ederim."

Görüşürüz, kendine iyi bak tarzı bir şeyler mırıldandıktan sonra arabadan indim, valizimi aldım ve Ayaz tekrar arabayı çalıştırıp uzaklaşırken onlara el salladım. Sonra derin bir nefes aldım, önünde durduğum kapıyla bir süre manasızca bakıştım ve en sonunda pes edip zile bastım. Arıkan malikânesinde işleri birazcık karıştırmak üzereydim fakat bunu geciktirebildiğim kadar geciktirecektim.

4

Sevgili dostlarım… Sizi bu âna kadar hayatımın trajik yönlerinden uzak tutmak için çok çabaladım. Kendimi de öyle. Sanırım artık gerçekleri öğrenmenizin ve yüreğimdeki kanayan yarayı görmenizin vakti geldi de geçiyor.

Bundan yaklaşık beş ay kadar önce ben, bir buçuk senelik erkek arkadaşımla nişanlanmıştım. Nişan dediğim şey, aklınıza gelen o büyük organizasyon değildi elbette. Sevgilim bana evlenme teklifi etmişti, ben de kabul edip yüzüğü parmağıma geçirince kendimi nişanlı ilan etmiştim. Çok mutluydum. Beni seven, bana değer veren ve ömrünü benimle geçirmek isteyen bir adam bulduğumu zannediyordum. Annemle babam gibi mutlu bir yuva kurup huzur içinde yaşayacaktım. Ömür boyu sevip sevilecek, beş tane çocuk doğurup dünyanın en güzel annesi olacaktım. Tüm bu güzel hayaller, sevgilime evet dediğim anda zihnime üşüşmüş, etrafımı sarmış ve beni bu dünyadan alıp götürmüştü.

Beni dünyaya geri getiren hatta bir gök taşı gibi dünyaya çakılmama neden olan şey ise sevgili nişanlım Nedim Berk'in çok sevgili ailesiyle tanışmam olmuştu. Nedim Berk Candar, Candar ailesinin tek oğlu ve koskoca bir servetin veliahdıydı. Onunla tanıştığımda onun şımartılmış bir çocuk olduğunu elbette fark etmiştim fakat ailesinin onu küçük bir ülkenin prensi zannettiğini asla tahmin edemezdim. Lütfen abarttığımı düşünmeyin, zira Nedim Berk'in beni terk etmesine neden olan şey ailesinin, daha doğrusu biricik annesinin beni ona yakıştıramamasıydı.

Berk beni ailesi konusunda uyarmıştı aslında. Ama ben 'En fazla ne kadar kötü olabilir ki?' diye düşünerek iyimser bir tavır sergilemeyi seçmiştim. Onlarla tanışacağım gün hanım hanımcık bir elbise giymiş, Berk'in boyuna biraz olsun yetişebilmek için topuklu ayakkabılarımı ayağıma geçirmiş ve çok az makyaj yapıp yüzümü koca bir gülümseme ile süsleyerek karşılarına çıkmıştım. Majesteleri İkinci Elizabeth ile karşılaşmayı beklemiyordum tabii. Nereden bileyim? Nedim Berk'in annesi Refika Hanım kesinlikle yanlış zamanda doğmuştu. Zira dik duruşu, acımasız bakışları, asla gülümsemeyen ince dudakları ve sürekli çatık görünen ince kaşları ile saltanat zamanlarında doğmalı, hinliği ile tüm sarayı birbirine kattıktan sonra sürgüne gönderilmeliydi. Sürgün kısmı benim naçizane fikrim olsa bile kendisi de bir saray kadını olduğuna inanıyordu bence. Yoksa bu tavırlarının başka ne açıklaması olabilirdi ki?

Beni gördüğü anda belirgin bir hoşnutsuzluk ifadesiyle önce yüzüme, sonra da kıyafetlerime bakmıştı. Beğenmediği oldukça açıktı zira bunu gizleme gereği duymuyordu. Bunun sebebi de muhtemelen tüm kıyafet ve takılarımın toplam fiyatının onun giydiği ayakkabının fiyatının yarısı bile etmeyişiydi. Bakın sevgili arkadaşlarım, benim ailemin maddi durumu oldukça iyidir. Bugüne kadar para sıkıntısı asla çekmedim ama lükse özel bir düşkünlüğüm veya saçma bir marka takıntım yoktu, hiçbir zaman olmamıştı. Ne ben ne de çevremdeki insanlar bu tarz şeyleri önemserdik. Bu yüzden başkaları da önemsemez zannediyordum. Ta ki Refika Candar ile tanışana dek.

Refika Hanım benim fakir olduğumu düşünmüş, hatta birkaç sözüyle bunu ima bile etmişti. Kulağa şaka gibi geliyor, biliyorum. Bu devirde böyle insanlar kaldı mı, diyorsunuz ama kalmıştı işte. Ankara'da yaşadığım mahalleden bahsettiğimde gözlerini devirerek, "Mütevazı kesimler oralar." demesi bunun bir kanıtıydı. Fakir zannedildiğim için hor görülüyordum. İçimdeki kamyoncu Zeynep'e uyup aniden ayağa fırlayarak, "Fakir olsam ne olacak lan? Fakir olsam ne olacak?" diye bağırmama ramak kaldığı anlarda muazzam bir sağduyu göstererek sakin kalmayı başarabildiğim için hâlâ kendimle gurur duyuyordum.

Babamın ve annemin mesleğinden bahsedip bu küçük yanılgısını yatıştırmam bile Majesteleri Refika'yı memnun etmeme yetmemişti. Aniden Candar ailesinin ne kadar köklü bir aile olduğundan, soylarının kim bilir nerelere dayandığından, her zaman sosyetenin göz bebeği olduklarından, asla ama asla bir skandala karışmadıklarından ve isimlerinin hiç lekelenmediğinden bahsedip durdu. Bütün bunlardan o kadar çok bahsetti ki geçen zaman içerisinde açlıktan kan şekerim düştü, başım dönmeye başladı ve en sonunda lavaboya gitmek için izin istemek zorunda kaldım.

Gerçek felaketin başlangıç zamanı da işte tam bu noktaya tekabül ediyordu. Lavaboya gitmek için saraya benzeyen evin ikinci katına çıkmış, çıkana kadar altın varaklı bir sürü çerçevenin önünden geçmiş, en nihayetinde banyoya vardığımda ise rahat bir nefes almıştım. Başıma geleceklerden henüz haberim yoktu tabii. Yanaklarıma soğuk su çarptıktan sonra aynada feri gitmiş gözlerimle karşı karşıya geldiğimde moralimi yükseltmek adına çok çabalamış, kendime telkinler verip durmuştum. Bu sadece tanışma faslıydı. İlk karşılaşmalarda ön yargılar hep olurdu. Zamanla sevgili kayınvalideciğimle birbirimizi tanıyacak ve daha iyi anlaşmaya başlayacaktık. Evet, cesaretim çokça kırılmış olsa da hâlâ Refika Hanım ile anlaşacak bir nokta bulacağımıza inanıyordum. Çünkü ben saftım, on yaşına kadar tek boynuzlu atların gerçek olduğuna da inanmıştım. Her neyse.

Lavaboda kendime çekidüzen verdikten ve biraz olsun moralimi düzeltmeyi başardıktan sonra dışarı çıktığım ve merdivenlerin başına geldiğim sırada hayatımdaki en korkunç yaratıkla karşılaştım. Bir tarantulayla! Şaka yaptığımı düşünüyor olabilirsiniz ama inanın çok ciddiyim. İlk başta merdivenin korkuluğunda ilerleyen şeyin ne olduğunu anlayamadım fakat gözüme ilişen siyahlığa biraz dikkatle baktığımda onun kocaman, tüylü bir örümcek olduğunu fark ettim. Bir tarantula.

İnsan kayınvalidesi olacak kadınla tanışmak için geldiği evde bir sürü kraliyet zırvalığıyla ve ardından koca bir örümcekle sınanmayı beklemiyor tabii. Kim bekler ki? Örümceği görür görmez kanımın beynime sıçraması ve dudaklarımdan kopan bir çığlığın ardından merdivenden koşarak inmeye başlamam oldukça normaldi bu yüzden. Peki, örümceğin beni takip etmesi ve hiç beklemediğim bir hızla peşimden gelmesi normal miydi? İşte buna pek ihtimal vermiyordum ama tam olarak böyle oldu.

O korkunç yaratık beni kovaladı. Saraya benzeyen bir evde, bir örümcek tarafından kovalandım.

Çığlıklar atarak salona girdiğimde Refika Hanım'ın yüzündeki ifade görülmeye değerdi sahiden. Fakat asıl, örümcekten kaçmak uğruna ayakkabılarımı çıkarıp milyarlık mobilyalarının üzerine çıktığımda, ardından bir delirme hâliyle Nedim Berk'in sırtına atladığım sırada içeri tanımadığım iki kadın girdiğinde şaşkınlıktan ruhunu teslim etmek üzereydi majesteleri. Hepsi tam bu sırayla olmuştu. Ve ben Refika Candar'ın saygıdeğer misafirlerini Nedim Berk'in sırtında çığlıklar atarak karşılamıştım.

"Bu ne terbiyesizlik? Oğlumun sırtından in hemen!" diye bana çıkıştığında ise benim beynimde şalterler atmıştı tabii. Örümceğin artık bana yaklaşmadığını fark edince bir parça rahatlayarak Refika Hanım'ın pek sevgili oğlunun sırtından bir hamleyle atladım. Sonra elimdeki topuklu ayakkabıları Refika Hanım'ın suratına sallayarak, "Asıl bu nasıl bir manyaklık?" diye çemkirdim. "Evinizde kocaman bir örümcek var, örümcek! İnsan bir uyarır değil mi? İnsan bir haber verir!" Ayakkabılarımı ayağıma geçirirken korkunç yaratık hâlâ göz hapsimdeydi. Eğer bana doğru yeniden koşmaya başlarsa bu öfkeyle muhtemelen üstüne basar geçerdim. O an kendimi herkesin, her şeyin üstüne basıp geçebilecekmiş gibi hissediyordum. "Oğlumun sırtından inmiş! Keyfimizden çıkmadık herhâlde oğlunun sırtına!"

Refika Hanım birkaç saniye dut yemiş bülbül misali tek kelime edemedi. Ardından ağlamaklı bir sesle, "Nedim Berk." dedi. "Tansiyonum düşüyor oğlum benim. Ay bir fena oluyorum."

Elini alnına götürüp arkasındaki koltuğa yığılır gibi uzandığı sırada gözlerimi devirdim. Nedim Berk telaşla annesine doğru koştururken, "Refika Hanım." dedim. "Omzunuzda örümcek var."

Refika Hanım'ın düşen tansiyonu aniden yükseldi, o baygınlık hâli falan hızla geçiverdi. Çığlık atarak koltuktan Nedim Berk'in kollarına doğru fırladı. Ben de kıs kıs gülerek onları izledikten sonra saçlarımı havalı bir şekilde savurup oradan ayrıldım. Sonra Nedim Berk de benden ayrıldı tabii. Beraber geçirdiğimiz onca zamanı, bana verdiği sözleri, yeşerttiği umutlarımı hiçe sayarak aramızdaki her şeyi bitirdi.

İşte bütün bu olanları karşımdaki üç kuzenime anlatırken yer yer güldüğüm, yer yer ağladığım garip anlar yaşıyordum şimdi. "Ertesi gün Berk karşıma geçip süklüm püklüm bir hâlde ailesinin bu evliliği onaylamadığını söyledi ve yüzüğümü geri istedi." derken sarıldığım yastığa yüzümü gömdüm.

Nisan teyzemin büyük kızı Bahar dudaklarından dökülen ağlamaklı bir sesle bana sarılırken kız kardeşi Nehar, "Tükürseydin yüzüne." diye çemkirdi. "Şerefsiz soyu ya! Hemen çark etmiş. Nerede kaldı o eski aşklar? Nerede kaldı bütün zorluklara el ele göğüs germeler?"

Amcamın kızı Hare ise sakin bir ifadeyle, "İyi yanından bakmak lazım." diye mırıldandı. "Refika'yla koca bir ömür geçirmek zorunda kalabilirdin. Nedim Berk buna değer miydi?"

Başımı Bahar'ın başına yaslarken iç çekerek, "Bilmiyorum." dedim. "Değmezmiş sanırım." *Değer gibi gelmişti, anlıyor musunuz? Değer zannetmiştim.*

Parmağına kızıl saçlarından bir tutamı dolayarak başını yana eğerken bana merak dolu gözlerle baktı. "Alakasız bir şey sormak istiyorum. Örümceğin evde ne işi varmış?" Ortadaki dramdan ziyade gizeme odaklanması beni şaşırtmamıştı.

Dudaklarımdan sinirli bir homurtu döküldü. "Nedim Berk'in sevgili kuzeni Muazzez'in evcil hayvanıymış." On iki yaşındaki çocuğun adının Muazzez olması mı daha tuhaftı yoksa evcil hayvan olarak devasa örümcek beslemesi mi bilmiyorum. Belki de zavallı ergen, isminin intikamını ebeveynlerinden bu şekilde alıyordu ama bu hikâyede her şekilde yanan ben olmuştum.

Cevabımı birkaç saniyelik bir sessizlik takip etti. Hemen ardından Nehar yüksek sesle, "Zaten tipsizin tekiydi." dedi yüzünü buruşturarak. "Boyu uzun diye biraz beğenmiştin o kadar. Yoksa hiç senin tipin değil."

Elimde olmadan güldüm ve burnumdan tuhaf bir ses çıktı. "Bir buçuk senedir birlikteydik Nehar." diye cevap verdim. "Tipi, önemini yitireli epey olmuştu." Durakladım. Dudaklarımdan titrek bir nefes sıyrılıp giderken, "Bir şey daha var." dedim.

Kızların üçü de yüzüme soru dolu bakışlar attı.

"Biri... Çok büyük ihtimalle Berk'in eski sevgilisi benimle uğraşıp duruyor. Sürekli Instagram hesabımı Berk'in olduğu fotoğraflara etiketliyor. Okulda hakkımda dedikodular yayıyor. Dört aydır her gün Berk'le ayrılığımıza dair asılsız bir başka haber çalınıyor kulağıma. Aldatmalardan tutun da neler neler..."

Kuzenlerimin yüzüne yayılan hayret ve öfkeyi iç çekerek izledim. Üçü de aynı anda konuşmaya başladı. Hare bunu yapanın kim olduğunu sorgularken Nehar sinirle hakaretler sıralıyor, Bahar ise böyle bir saçmalığa inanamadığını söylüyordu. "Kim olduğunu tam olarak bilmiyorum." dedim onların sesini bastıracak kadar yüksek bir sesle. "Sadece Berk'in eski sevgilisinden şüpheleniyorum ama emin değilim. Zaten artık mühim de değil. Aylarca Ankara'ya dönmeyeceğim ve ben dönene kadar bunları yapan her kimse benimle uğraşmayı da bırakacaktır."

"Eğer devam edecek olursa sessiz kalmayı sürdüremezsin." diye atıldı Hare. "Siber zorbalık için şikâyette bulunabilirsin belki."

"Umarım iş oralara varmaz." derken kendimi kilometrelerce koşmuş gibi yorgun hissediyordum.

Bu meseleden daha fazla bahsetmek istemediğimi fark eden Bahar, "Annenlere hâlâ söylemedin, değil mi?" diyerek konuyu değiştirdi. "Berk'le ayrıldığınızı yani."

Tekrar iç çektim ve "Hayır." dedim. "Daha söyleyemedim. Cesaret edemiyorum."

Bunun sebebi babamın Nedim Berk'i hiç sevmemesi ve evlenme teklifini kabul ettiğimi duyunca ortalığı birbirine katmasıydı. Hayatımda ilk defa babamla karşı karşıya geldiğimiz ve birbirimize sesimizi yükselttiğimiz anlar yaşamıştık. Şimdi olan biteni öğrenirse yapacaklarından korkuyordum. Bana değil elbette, Nedim Berk'e yapacaklarından. Bu yüzden Ankara'dayken söylemek istememiştim. Yüz yüze konuşursak onu sakinleştirmem daha kolay olacağı için İstanbul'a dönmeyi beklemiştim ama zaman geçtikçe babama söylemek daha zor bir hâl alıyormuş gibi hissediyordum. Keşke bunu ondan sonsuza dek saklayabilseydim fakat bir noktada düğün hazırlıklarına başlamadığımızı mutlaka fark ederdi herhâlde.

"Amcam ne kadar soğukkanlı kalabilir sizce?" diye sordu Hare. "Bence stratejik davranmalıyız. Önce yengeme söyleyelim. Sonra Nisan teyzeyi ve annemi işin içine katalım. Ufaktan babamla Kuzey amcaya çıtlatsınlar. Herkes olan biteni kabullendikten sonra amcamı bir köşeye sıkıştırıp tüm çıkışları kapattıktan sonra her şeyi anlatabiliriz. El birliğiyle sakinleştirmek daha kolay olur."

"Zannetmiyorum." dedi Nehar başını iki yana sallayarak. "Asıl Arın eniştem, babamı ve Akın amcayı çok kolay gaza getirir ve üçüyle asla baş edemeyiz. Biz ne olduğunu anlamadan onlar Ankara yolunu yarılamış olurlar."

Oflayarak başımı Bahar'ın omzundan kaldırdım. "Zaten babam Nedim Berk'i öldürmek için bahane arıyordu. Bulmuş oldu işte."

"Bırakalım öldürsün." diyen kişi kısık gözleri ve duygusuz bakışlarıyla oldukça tehlikeli görünen Hare'ydi. "Cesedi ortadan kaldırmamız amcamı sakinleştirmekten daha kolay olur."

Nehar saçma bir hevesle başını sallayarak onayladı. "Doğru. Zaten Nedim Berk zibidisinin bunu hak etmediğini de söyleyemeyiz."

"Saçmalamayın." diye araya girdi Bahar. "Şu an hiç yardımcı olmuyorsunuz." Sonra bana dönüp sevgi dolu bir şekilde gülümsedi ve destekleyici bir tavırla elimi sıktı. "Her şey yoluna girecek Zeynep. Evet, Arın eniştem muhtemelen çok sinirlenecek ama onu sakinleştirmeyi başarabileceğimize eminim. Lütfen canını sıkma. Kimse kimseyi öldürmeyecek ve sen de Nedim Berk denen o çocuktan çok daha iyisini bulacaksın."

Bu sözlerin doğru olması için içimdeki tribünler âmin diye bağırarak şaha kalktı. Gerçi Nedim Berk'ten çok daha iyisini bulmak için bile bir daha bu işlere bulaşasım yoktu ama yine de "İnşallah." dedim. "Aksi takdirde ne yapacağımı hiç bilmiyorum."

Yüzümün asılması ortamda birkaç saniyelik sessizliğe sebep oldu. Sonra bu sessizlik yine Nehar'ın, "Aman!" diye uzatarak bağırmasıyla bölünüverdi. "Gına geldi şu Nedim Berk çirozundan. Dün fotoğrafını gönderdiğin şu yakışıklıdan bahsetsene. Efe'nin yeni ev arkadaşından..."

Bu konu Hare ve Bahar'ı da heyecanlandırdı, ortamın havası bir saniye içerisinde değişiverdi. "Ay adı neydi?" derken doğrulup benden biraz uzaklaştı Bahar. "Ayaz mıydı?"

"Ayaz, evet." diye onayladı Hare. "Çok hoş çocuk hakikaten. Efe hiç bahsetmedi bize, biliyor musun? Ama abim tanıyormuş tabii Ayaz'ı."

Hare'nin abisi Ateş, Efe'nin en yakın arkadaşı sayılırdı, o yüzden bilmesine şaşırmadım. Yüzümü buruşturarak "Efe kime neyden bahsediyor ki?" diye sordum. Hemen peşinden de Ayaz'ı düşünüp kızlara şımarıkça gülümsedim. "Ayaz sahiden de hoş çocuk, evet. Dün beni biraz sinirlendirmişti ama bugün yolda oldukça sevimliydi."

Nehar'dan tiz bir çığlık yükseldi. "Yolda mı? Onunla beraber mi geldiniz?"

Şaşkınlıkla gözlerimi kırpıştırırken, "Nehar." dedim. "Berk'in bana evlenme teklifi ettiğini söylediğimde bile bu kadar heyecanlanmamıştın."

"Berk'i hiç beğenmiyorum çünkü." diye açıkladı bu dünyanın en geçerli sebebiymiş gibi. "Ama Ayaz'ı beğendim. Sen sarı, o kara. Ne güzel yakışırsınız bak!"

Gözlerim hayretle kocaman açıldı. "E yok artık!"

Nehar elini havada sallayıp beni susturdu. "Var artık." diye itiraz ettikten sonra hevesle yerinde kıpırdandı. "Hem bırak şimdi Nedim'i Berk'i. Son yirmi dört saatte yaşananları duymak istiyorum ben."

"Ben de." diye katıldı Hare. "Berk şansını kaybetti. Elimizdeki diğer adayları değerlendireceğiz artık."

Kuzenlerim arasında en zekisi ve en mantıklısı olan Hare'ye *"Sen de mi Brütüs?"* diye dile gelmek üzere olan bakışımı attıktan sonra pes ederek bir iç çektim ve anlatmaya koyuldum. Üç kat taşımak zorunda kaldığım beş buçuk tonluk valizimden başlayarak hiçbir detayı atlamadan, Mahmut Kulaklı da dâhil olmak üzere her şeyi kuzenlerime tek tek anlattım. Çocuğun benim elimi öpme girişimi bizimkileri biraz eğlendirdi *ama yaşarken hiç komik değildi arkadaşlar.*

"Böyle işte." dedim anlatmayı bitirince. "Dün akşam fena rezil oldum ama bugün toparladık gibi. Bir daha karşılaşır mıyız bilmiyorum."

"Neden karşılaşmayasınız?" diyen Bahar olunca biraz şaşırdım. Zira ben anlatırken kendisi epey sessiz kalmıştı. Nehar ve Hare gibi şuursuzca şeyler dillendirmemişti. "Efe'nin ev arkadaşı sonuçta. Sizin evi de bildiğine göre epey yakınlar demek ki."

"Sosyal medyadan takip etsene!" diye atıldı Nehar. Bunu, sanki dünya üzerindeki henüz düşünülmemiş en parlak fikir buymuş gibi söylemişti.

"Olmaz." diyerek başımı iki yana salladım. "Yani tuhaf olur. Gerek yok böyle şeylere."

"Aynen." dedi Hare. Beni onaylaması içimi rahatlattı çünkü dediğim gibi, ailenin en zekisi oydu. Yani çoğu konuda en zekisi. "Takip etme ama biraz kurcalayabiliriz hesaplarını. Sevgilisi olup olmadığını öğreniriz en azından."

"Evet, evet!" Nehar kendisini kanepeden yere yuvarladı ve emekleyerek şarj olan telefonuna ilerledi. "Soyadını biliyor muyuz biz bu çocuğun?"

Hafızamda kısa bir yoklama yaptıktan sonra, "Hayır." dedim.

"Fakat sağdıcının adını ve soyadını biliyoruz." diye araya girdi Hare. "Yaz bakalım arama çubuğuna; Mahmut Kulaklı."

"Efe'nin hesabından da bulabilirdik." diye isteksizce mırıldandım ama Nehar başını iki yana salladı.

"Yok. Böyle yaparsak Mahmut'u da görmüş oluruz. Belki onu da Bahar'a ayarlarız." Son cümlesiyle birlikte sinir bozucu bir şekilde kıkırdayınca ablasının ona fırlattığı minderle yüzleşmek zorunda kaldı fakat yıkılmadı.

Nehar telefonunu alıp yanımıza geldikten sonra hiç oyalanmadan hızlıca arama çubuğuna aradığı ismi girdi ve karşımıza tek bir hesap çıktı. Yani yeryüzünde kaç tane Mahmut Kulaklı olabilirdi ki zaten? Nehar hesaba tıklayınca birden heyecanlandığımı fark ettim. Ne alakaydı şimdi bu? İşte kuzenleriniz, arkadaşlarınız, canım dedikleriniz sizi böyle yok yere gaza getirebilirlerdi arkadaşlar. Yok yere heveslendirip manasız durumlara sokabilirdi. Bunlara hep dikkat edilmeliydi.

"Çok orijinal bir insanmış bu Mahmut." dedi Bahar profildeki fotoğrafları incelerken. "Eğlenceli birisine benziyor."

"E ayarlayalım sana diyorum işte." diyerek sataştı ablasına Nehar ama Hare onları konudan sapmamaları için uyarınca hızlıca toparlandı. Mahmut'un takip ettikleri kısmına girdi ve oradaki arama çubuğuna Ayaz yazdı. Yazar yazmaz karşımıza bir hesap çıktı; Ayaz Sarıcalı. Profil fotoğrafı kısmındaki tanıdık gülümseme kalp atışlarımı aniden hızlandırdı.

"Bu mu?" diye sordu Nehar.

"Evet." derken sesim fısıltı şeklinde çıkmıştı. Bunlar hep kolay gaza gelmem yüzündendi işte. Gerçi aşka tövbe etmiş olmam böyle küçük ve zararsız heyecanlar yaşamama engel olmamalıydı değil mi? Sadece fotoğrafa bakıyordum sonuçta, çocuğa evlenme teklifi etmiyordum.

Nehar, Ayaz'ın ismine tıklayıp profili açınca dikkatimi çeken ilk şey Ayaz'ın takipçi sayısı oldu ve gözlerim yerinden fırlayacakmışçasına açıldı. "On beş bin mi?" dedim neredeyse bağırarak. "Yok artık. Ne alaka?" Bu tepkiler içimdeki kamyoncu Zeynep'in kontrolünü aniden kaybetmem yüzünden bir anda çıkıp gitmişti dudaklarımdan.

"Ayaz popüler çıktı Rıza baba." dedi Nehar profili hızla kaydırırken. Çok fazla fotoğrafı da yoktu adamın. Niye üşüşmüştü bu kadar insan buraya acaba?

"Şu en üstteki fotoğrafı açsana." diye elimle işaret ettim Nehar'a. Beni ikiletmedi sağ olsun ve Ayaz'ın bir binanın çatısının kıyısına oturup kameraya gülümsediği fotoğrafı açtı. Fotoğrafı iki bin beş yüz yirmi üç kişi ve *efearikan* isimli kullanıcı beğenmişti. *efearikan isimli kullanıcının profiline köpekler işesin emi. Benim fotoğraflarımı asla beğenmez hırbo.*

"Gerçekten yakışıklı birisi." diyen bu defa Bahar oldu. *Evet, oy birliğiyle Ayaz'ın yakışıklılığına karar vermiş bulunuyoruz. Başka fikir belirtmek isteyen var mı? Yok mu arkalardan çıkıp sahiden yakışıklı birisi diye bağıracak kimse?*

"Eh." dedim yüzümü buruşturarak. "Çok da abartmamak lazım. Hoş çocuk ama boyu Berk kadar uzun değil mesela."

Nehar'ın gırtlağından tuhaf bir ses yükseldi. "O kadar uzun olup da ne yapacak acaba? Gökten yıldız mı toplayacak?"

Uzanıp kuzenimin elinden telefonu kaptım ve Ayaz'ın profilinden çıkıp tekrar onun eline tutuşturdum. "Aman! Ne saçma iş! Bize ne elin Ayaz'ından. Ben daha yeni terk edilmişim. Anam babam beni hâlâ nişanlı zannediyor. İşin içinden nasıl çıkacağımı da bilmiyorum. Bunca şeyin ortasında bir de şampuan reklamı artistleriyle baş edemem."

Nehar bana oflarken Hare, "Haklısın." diye araya girdi. "Ayaz falan, bunlar sonraki mesele. Bizim önceliğimiz Zeynep'in keyfini yerine getirmek."

"Evet." dedi Bahar hevesle ellerini çırparak. "Ve bunun için harika bir fikrimiz var!"

Gözlerimi şüpheyle kısıp kızlara baktım. Yani bizde pek *"harika"* fikirler olmazdı, biliyor musunuz? Genelde ilk başta harika gelen ama daha sonrasında bizi felaketlere gark eden fikirler üretirdik. Bu yüzden, "Neymiş bakalım bu harika fikir?" diye sorarken oldukça temkinliydim.

Ama Hare rahat bir tavırla uzanıp yanağımdan bir makas aldı ve göz kırparak, "Sürpriz." dedi. Ne yazık ki bu kelime şüphelerimi gidermek yerine onları iki katına çıkarmaktan başka bir işe yaramadı.

5

Erarslan ailesinin evindeydik. Size bir teyzem olduğundan bahsetmiştim, işte o Nisan Erarslan'dı ve biz cümbür cemaat onun evindeydik. Muazzam bir gen havuzundan meydana gelen küçük grubumuza iç çekerek baktım. Rengârenk bir sürü kafa vardı karşımda. Ekibe Hare'nin abisi Ateş ile Bahar ve Nehar'ın abisi Yağız eklenmişti. Ateş, kız kardeşi Hare gibi kızıl saçları olan uzunca boylu, heybetli bir adamdı. Her geçen gün heybetine biraz daha heybet katmaktan hiç gocunmuyordu. Yağız ise esmer, Ateş'ten bile uzun ama daha zarif yapılı bir adamdı. Aramızda bir tek benim sarı kafalı kardeşim Efe eksikti.

Bu arada pek sevgili kuzenlerimin muazzam planının akşam bir eğlence mekânına kız kıza gitmek ve bayılana kadar dans etmek olduğu ortaya çıkmıştı. Kurtlarımızı döküp eğlenecekmişiz. Erkekleri yanımıza almamak konusunda kesin ve katı bir kuralımız varmış ama bizi mekâna kadar bırakabilirler ve eğer çok isterlerse çıkışta almaya gelebilirlermiş. Daha önce de dediğim gibi, plan yapmakta çok da usta bir grup değildik biz.

"Hoş geldin civciv." dedi odaya yeni teşrif etmiş olan Yağız ona sarılmam için kollarını açarken. Civciv kelimesinden, bu kelimenin bana hitaben kullanılmasından esasen nefret ediyordum ama Yağız ısrarla bunu kullanmak istiyordu. Onu çok sevdiğim için müsaade etsem de bana her civciv dediğinde göz devirmeden yapamıyordum. *Küçükken tatlılar belki ama büyüyünce tavuk oluyor onlar.*

Tabii ki bu, koşup ona sarılmama engel olmadı. Yağız, yaşça bana en yakın kuzenim olduğu için aramızda daha farklı bir bağ vardı. Diğerleri aramıza katılana kadar ikimiz çok macera yaşamıştık. Bu yüzden Yağız'ı ve onunla eğlenmeyi çok seviyordum. Gerçi Yağız'ı herkes severdi. Kendisi tam anlamıyla bir altın çocuktu, herkesin kalbini fetheden popüler bir beyefendiydi.

"Hoş bulduk paşam. Nasılsın?"

Yağız bana, "Bildiğin gibi." derken ben uzanıp onun yanındaki Ateş'in kıvırcık kızıl saçlarını karıştırdım. Uysal bir aslan gibi başını eğdi.

"Senden n'aber turuncu?"

"Aynı." dedi sakin bir sesle. Yanağımdan bir makas almak için ileri uzandı. "Asıl seni sormalı. Aylardır buralara uğramayan sensin."

Adı Ateş olan kızıl kafalı bir adamın biraz hiddetli, hiç değilse bir tutam heyecanlı olmasını beklersiniz, değil mi? Ama Ateş'te bir parça bile hiddet yoktu, heyecanlandığı da nadir görülürdü. Dünyanın en sakin insanıydı kendisi, adeta bir Zen üstadıydı. Bu yönü bazen bizi, en çok da Nehar'ı çileden çıkarsa da genel olarak onun bu dinlendirici tabiatını seviyordum. Bizimkilerin cümbüşü başımı ağrıttığında Ateş'le sessiz birkaç saat geçirmek oldukça yatıştırıcı oluyordu. Ayrıca ne zaman biraz içimi dökmek istesem kimsenin beni Ateş gibi dinlemeyeceğini biliyordum.

"Okul işleri işte." diye geçiştirdim Ateş'i. İç dökmeye ihtiyacım olsa bile şu an uygun bir zamanda değildik. "Başımı kaşıyacak vaktim yoktu ki." *Doğru söylüyorum Ateş, ağlarken akan sümüklerimi silmekten başımı kaşımaya fırsat bulamadım hiç.*

Bu kısa selamlaşma faslının ardından Yağız beni bırakıp çatık kaşlarıyla kardeşlerine döndü. "Gece gece ne eğlencesiymiş bu, anlatın bakalım. Bahar telefonda bir şeyler geveledi ama anlamadım pek."

Nehar ablasına bakıp bariz bir şekilde göz devirdikten sonra bir saniye içinde yüz ifadesini değiştirdi ve tatlı bir gülümsemeyle Yağız'a çevirdi yüzünü. "Akşam kız kıza eğlenmek istiyoruz biraz." derken sesi dünyanın en masum insanıymış gibi çıkıyordu. Yeryüzünde Nehar'ı tanıyıp da bu numarayı yiyecek kimse yoktu oysaki. "Malum, Zeynep aylardır buralarda değildi. Çok bunalmış Ankara'da. Keyifsiz biraz. Onu keyiflendirelim istiyoruz."

Yağız Nehar'ın sözlerini doğrulamak ister gibi bana baktığında yüzüme ağlamaklı bir ifade yerleştirdim. Bu oturup provasını yaptığımız bir tiyatro oyunu değildi, her şey doğaçlama gelişiyordu.

"Hani şu sizin bahsettiğiniz bir yer vardı ya." diye devam etti Nehar. "İt kopuk yok hiç demiştiniz. Güzel mekân demiştiniz. Hatırladın mı?" Sanki bir şeyi hatırlatma gayretinde gibi değil de Yağız'ı hipnoz altına almaya çalışıyormuş gibi konuşuyordu. *Gözlerini kapat ve kimsenin kadınlara sarkıntılık etmediği güzel bir mekân düşün...*

"Eee..." dedi sabırsızca Yağız. "Ne olmuş oraya?"

Nehar'ın cici kız görüntüsü bir anda dağıldı ve altından gerçek kişiliği çıktı. Umursamaz bir tavırla omuz silkip, "İşte oraya gideceğiz." diye açıkladı. "Babamla konuştuk. Aradığımızda gelir bizi alırsınız."

Yağız bu söylenenlerden hiç hoşlanmasa da karşısındaki dört kıza şöyle bir bakınca herhangi bir itiraz girişiminin boşuna çabalamak manasına geleceğini anlayacak kadar zeki birisiydi. "Bakın cozutmak yok." dedi yine de son bir gayretle. "Sabaha kadar durmak da yok. Makul bir saatte gelir sizi alırım. Anlaştık mı?"

"Anlaştık." diyerek elini uzattı Nehar. Yağız'la kısaca tokalaştıktan sonra kızlara döndü. "Hadi hazırlanalım o zaman."

Tam arkamızı dönüp hazırlanmak için kızların odasına gidecekken Yağız bizi durdurdu. "Sizi Ateş bıraksın. Benim biraz işim var. Almaya ben gelirim."

Nihayet nasıl gideceğimiz ve nasıl döneceğimiz ayarlandıktan sonra kendimizi Bahar ve Nehar'ın gardırobunun önüne atabildik. İki farklı tarzın iç içe geçtiği, dört kapılı devasa bir dolaptı bu. Bir yanı Nehar'ın eşofmanları, kot pantolonları, çoğunluğu siyah olan tişörtleriyle doluyken diğer yanında Bahar'ın rengârenk elbiseleri ve etekleri vardı. Bahar'ın kısmı artık taşmak üzereydi. Hatta çoktan Nehar'a ait olan kısımdan küçük alanlar işgal etmeye başlamıştı bile.

Herkesin ne giyeceğine karar vermesi hiç abartısız bir saatimizi aldı. Hepimizin giyinmesi, makyaj yapması, saçlarına şekil vermesi ne kadar sürmüştür buradan yola çıkarak siz tahmin edin artık. En sonunda hazırlandığımızda ve elimizde ayakkabılarla evin salonuna geçtiğimizde zavallı Ateş uyukluyordu.

"Biz hazırız." dediğimde kafasını kaldırıp şöyle bir bize

baktı. Dağılmış kıvırcık saçlarını eliyle şöyle bir düzelttikten sonra, "Çıkalım o zaman." diye mırıldandı.

Arabaya bindiğimizde hiç durmadan konuşan Nehar'dan öğrendiğim kadarıyla bu mekânı bizim oğlanlar keşfetmişler. Keşfetmişler dediğim de onların bir arkadaşı işletiyormuş burayı. Sıkı bir güvenliği varmış, öyle sarhoş olup etrafa sarkıntılık eden tipler yokmuş. Hem kaliteli de bir mekânmış. Eğer şanslıysak yakışıklı bir ünlüyle bile karşılaşabilirmişiz. Açıkçası ben çok eğlenip dans etme havasında değildim ama kızlar beni neşelendirmek konusunda öyle hevesliydi ki surat asıp oyunbozanlık etmek istemiyordum. Bu yüzden eğleniyormuş gibi yapmaya karar vermiştim. Ne vardı yani? Birkaç pop şarkıya bağırarak eşlik edip biraz dans etmek ne kadar zor olabilirdi? Bunu düşünürken aniden dans pistinin ortasına çöküp ağlamaya başladığım bir sahnenin görüntüsü zihnime doluşunca gülesim geldi. Histerik bir gülüş ama. Deli bir kadın gibi kahkaha atarak sokaklarda koşmak istedim.

Kızların anlata anlata bitiremediği mekâna vardığımızda Ateş de bizimle birlikte içeri girdi. Arkadaşıyla bir konuşacağını ve bize güzel bir yer ayarlayacağını söyledi. Keyfine düşkün insanlar olduğumuz için ona karşı çıkmadık. Arabayı valeye verip içeri girdiğimizde bizi elbette gürültülü bir müzik karşıladı. Saat nispeten erken olduğu için içerisi çok da kalabalık değildi. Çok geçmeden yanımıza yirmili yaşlarının sonunda olduğunu tahmin ettiğim esmer, uzun boylu bir adam geldi ve Ateş'i büyük bir coşkuyla karşıladı. Ateş'in buna verdiği karşılığın samimi bir tebessümden öte olmayışına aldırmadığına göre birbirlerini tanıyorlardı. Birkaç dakika sonra adamın adının Poyraz olduğunu öğrendim. Bize çabucak bir loca ayarladılar. Poyraz Bey defalarca kez bir sıkıntı olursa üst kata çıkıp onu ofisinde bulabileceğimizi söyledi ve Ateş nihayet kimsenin bizi kaçırıp götürmeyeceğinden emin olunca gitmeye karar verdi.

"Sonunda kız kıza kalabildik." dedi Nehar bir koltuğa güzelce yerleşirken. Bu sırada bizimle ilgilenmesi için bir görevliyi yanımıza çağırıyordu. "Bir an hiç gitmeyecek zannettim. Bütün gece burada olsa ne korkunç olurdu. Yakışıklı ünlüler yanımıza yaklaşmak istemezlerdi."

Masamıza biraz çerez ve alkolsüz olan sınırlı sayıda içecekten birer bardak sipariş ettikten sonra eğlence başladı. Kızlar zaten buna dünden hazırdı. Müziğin gürültüsü saat ilerledikçe kendi düşüncelerimizi dahi duyamayacağımız şekilde yükseldi. Başta hevessiz olan ben bile yarım saat sonra kendimi saçma sapan dans hareketleri yapıp Hare'yle karşılıklı kahkahalar atarken buluverdim.

Zaten kızlarlayken hep böyle olurdu. Aç değilim derdim ama gece yarısı dürümcüye sürüklenince onlarla beraber bir acılıyı oracıkta gömerdim. Yok, ben bu diziyi izlemek istemiyorum der, sonra haftasına kalmadan kendimi dizinin müptelası olmuş bir hâlde bizimkilerle karakter dedikodusu yaparken buluverirdim. Bu üçlü beni bir şeylere ikna etmek konusunda çok başarılıydı. Ayrıca bu kızların dâhil olduğu her şey seveceğim bir hâl alıyordu eninde sonunda. *Sonra işte, bir bakmışsın bağırarak şarkı söylüyor, bir yandan da dans ediyorum. Karabiberim, vur kadehlere diye haykırıyorum.*

Müzik değişip daha alaturka şeyler çalmaya başladığında Nehar müzikten daha hızlı değişti ve bir anda parmaklarını şıklatmaya, gerdanını kırmaya başladı. Hare'nin göğsüne doğru oynayarak bayılırken Hare masadan aldığı peçeteyi onun alnına yapıştırdı. Bir yandan da Bahar kıvırtıyor, kalçasıyla kardeşinin kalçasına vuruyordu. Bu oyunlardan pek anlamadığım için koltuğa oturdum ve hem biraz dinlenmeye hem de onları izleyip eğlenmeye karar verdim.

İşte o sırada gözüm masanın üzerindeki cep telefonuma takıldı ve ekranına şöyle bir baktığımda yedi cevapsız arama gördüm. Kim böyle art arda arıyor diye merak edip bakmaya karar verdim fakat ben daha bildirime dokunamadan telefonum tekrar çalmaya başladı. Ekranda gördüğüm isim önce kaşlarımı çatmama, ardından sıkıntıyla yutkunmama sebep oldu. Arayan haftalardır sesini bile duymadığım eski sevgilim Berk'ten başkası değildi. Karnıma tuhaf bir ağrı yayılırken ne yapacağımı bilemedim. İlk başta görmezden gelmeyi düşündüm ama telefon susacak gibi değildi. Telefonumu kapatsam ve babam beni aradığında ulaşamasa evde azarlanacağım yaşı ne yazık ki henüz geçememiştim. Bu yüzden telefonu açmaya karar verdim fakat bu gürültüde bir şey duyamayacağım açıktı. Ayrıca kızlar Berk'le konuştuğumu fark ederse bunu pek hoş karşılamazlardı. Şu an ne kadar dağıttıkları göz önüne alınırsa çılgınca şeyler de yapabilirlerdi. O yüzden hızlıca bir karar verdim ve telefonumu alıp kızlara lavaboya gideceğimi söyledim. Fakat umumi tuvaletlerle aram çok iyi olmadığı için tuvalete değil de üst kata yöneldim. Merdiven başındaki güvenlik görevlilerine Ateş'in ismini verdiğimde hemen geçmeme izin verdiler.

Ben üst kata çıkıp, kapısı açık bir oda bulup, kimsenin aldırmayacağını umarak içeri girene kadar telefon kapandı. *Eee? Boşuna mı bu kadar aksiyon yaşadım ulan ben? Nedim Berk, sen her seferinde beni bu duruma sokmayı nasıl başarıyorsun oğlum?*

Kamyoncu Zeynep bedeni ele geçirirken ve öfkeyle telefonu duvara çarpmak ya da kendimi yerlerde yuvarlamak arasında gidip gelirken telefon bir daha çalınca bir parça sakinleştim. Sırf hemen açmış olmamak için birkaç kez daha çalmasını beklerken etrafıma bakındım. Bir ofisteydim. Kimin ofisi olduğuna dair bir fikrim yoktu ama bu durumdan hoşlanmamıştım. İçeri biri girerse yanlış anlaşılmak istemiyordum ama çıkıp koridorda da konuşmak istemiyordum. Bu sırada bir balkon kapısı çarptı gözüme. Bunun daha zekice bir fikir olduğuna inanarak kendimi ofisin küçücük balkonuna attım. Aramayı nihayet yanıtladığımda en düz sesimle karşımdaki adama, "Efendim?" dedim. *Umarım sesimdeki soğukluk seni zatürre eder Nedim Berk.*

"Zeynep! Sarı papatyam! Nasılsın? Seni çok özledim. Neden açmıyorsun telefonlarımı?"

Bir an, cidden ama cidden gözlerimi kırpıştırdım ve etrafıma bakındım. Acaba bir rüyada mıydım? Yoksa Nedim Berk, beddualarım sonucunda bazı musibetlere uğramıştı da yavrucak hafızasını mı kaybetmişti? Evet, durdum ve bunları düşündüm çünkü eğer rüyada değilsek ve hatırladığım her şey gerçekten yaşandıysa, Berk de hâlâ bunları hatırlıyorsa kurduğu cümleleri ancak yetersiz sayıdaki beyin hücreleri ile sebeplendirebilirdik. Bu da beni üzerdi çünkü kısacık bir süreliğine olsa dahi beyinsiz bir adamla nişanlanmış olmak istemezdim.

"Ne diyorsun sen ya?" derken sesim biraz yüksek çıkınca kendimi hemen sakinleştirdim. Beni sinirlendirmesine izin vermeyecektim. Sakin ve asil olacaktım.

"Seni özledim diyorum." diye cevap verdi Nedim Berk. "Bak, kötü birkaç şey yaşadığımızı biliyorum ama..."

Kendimi sakinleştirdim demiştim, değil mi? Eh, pek becerememişim çünkü tam anlamıyla bağırarak, "Kötü birkaç şey mi?" diye Berk'in sözünü kestim.

"Bazı tatsızlıklar oldu." diye devam etti Berk. "Bazı yanlışlar yaptığımın farkındayım..."

Sinirlerim o kadar bozuldu ki kendimi bir anda gülerken buldum. "Bazı tatsızlıklar." dedim kahkahalarımın arasında. "Şeyden mi bahsediyorsun? Annen beni hanedanınıza layık bulamadığı için beni terk etmenden... Sonra yüzüğümü benden geri alırken bana, *'Keşke annemin seveceği bir kız olsaydın.'* demenden mi bahsediyorsun? Berk, bu kötü bir şey değil, tatsızlık hiç değil. Bu bir terbiyesizlik. Bazı yanlışlar değil, çok büyük terbiyesizlikler yaptın. Üstelik bunların telafi edebileceğin şeyler olduğunu da hiç zannetmiyorum. Lütfen beni bir daha arama. Rahatsız etme. Nihayet senden uzaktayım ve nihayet biraz huzur bulabileceğim. Anladın mı?"

Burnumdan ateş fışkırmadan ya da gözlerimi dolduran yaşlar yüzümü ıslatmaya başlamadan üç salise önce telefonu kapattım ve öfkeyle balkon demirlerine vurdum. "Özlemişmiş... Geri zekâlı!"

Kalbimin ortasında katı bir kütlenin varlığını hissediyordum. Etrafını öfkem çevirse de o katı kütlenin tam merkezinde aşamadığım bir kırgınlık vardı ve kendisini bana ne zaman hissettirse gözlerimin dolmasına sebep oluyordu. Yaşananları kabullendim zannediyordum ama sonra kendimi bir anda dermansız bir şekilde karanlığa bakarken buluveriyordum. Bu duygularla gözlerimi gökyüzüne dikmiş ağlamamak için mücadele verirken birisinin, "Kim var orada?" diye seslendiğini işitmemle kendime geldim. Nerede olduğumu ve buraya neden geldiğimi hatırlayınca bir anda sersemledim. Ayak sesleri balkona yaklaşırken arkamı dönüp gelen kişiyle yüzleşmek istedim ama yapamadım. Berk'le konuşurken kendimi nasıl kaybettiysem ayağımı balkonun demir korkuluğunun arasına sıkıştırmıştım. Sesi işittiğimde ayağımı geri çeksem de kurtaramadım. Bu yüzden dönme hareketim bileğimin burkulmasıyla sonuçlandı ve dudaklarımdan da acı dolu bir inleme döküldü.

"Zeynep?"

Bu şaşkın sesi tanıyordum. Başımı arkaya çevirip hayretler içerisinde balkon kapısında duran Ayaz'a baktım. "Ayaz?" dedim tıpkı onunki gibi her yanından hayretler akan bir sesle. "Senin ne işin var burada?"

"Burası benim ofisim." dedi kaşlarını yukarı kaldırarak. "Asıl senin ne işin var burada?"

Bu bilgi zihnimin içinde küçük bir aydınlanmaya sebep oldu. Buraya ilk geldiğimizde bizim çocukların bu kulübü Poyraz Bey'le tanışıklıkları sayesinde bulduğunu zannetmiştim. İçten içe bunun biraz ilginç geldiğini de düşünmüştüm çünkü Poyraz Bey bizimkilerden yaşça biraz daha büyüktü. Fakat şimdi Ayaz karşımda duruyor ve burasının onun ofisi olduğunu söylüyordu. İsimlerindeki uyuma bakacak olursak Ayaz'ın Poyraz Bey'in kardeşi olabileceğine inanıyordum. Yani bizim çocukların arkadaşı olan asıl kişi Ayaz'dı. Ve evet, bütün bu sonuca şimdi, tek başıma ulaşmıştım.

Yaşadığım aydınlanmanın ve hâlâ beni terk etmemiş şaşkınlığımın izin verdiği kadarıyla Ayaz'a olanları özetledim. Eski sevgilimden bahsetmedim elbette. Acil bir arama olduğunu söyledim sadece. "Şimdi de ayağımı balkon demirine sıkıştırdım galiba." diye bitirdim konuşmamı. *Bu çocuk hâlâ biraz olsun zekâya sahip olduğuma inanıyorsa dünyanın en iyimser insanıdır, diyeyim size.*

Yüzünde yarım, sevimli bir gülümsemenin eşliğinde bir şey söylemeden yanıma kadar geldi Ayaz. Ardından eğildi ve bir saniye sonra bileğimde soğuk bir dokunuş hissettim. Midem bu hisle burulurken sakin kalmaya çalıştım. Önce ayağımdaki topuklu ayakkabı çıktı, ardından ayağımı döndürüp rahatlıkla korkuluğun demirlerinden çıkardım. Ayaz, tekrar ayakkabımı giymeme de yardım edip ayağa kalktı.

"Teşekkür ederim." dedim utançla gülümseyerek. Kıpkırmızı kesildiğimi biliyordum ve şu an ayın cılız ışığına şükrediyordum. "Karşında hep saçma sapan durumlara düştüğüm için benimle içten içe dalga geçiyor olmalısın."

"Geçmiyorum." diye cevap verdi tek nefeste. Sesi dürüst, bakışları da samimiydi. "Beni gülümsetiyorsun."

Bu sözle ne yapacağımı, kalbimin çarpıntısını nereye koyacağımı bilemedim. Gülüşümle başımı öne eğdiğimde saç tutamlarım yüzüme döküldü. "Demek burada çalışıyorsun." diye mırıldanırken buldum kendimi sonra.

"Aile işi sayılır." dedi Ayaz. "Abimle beraber işletiyoruz." *Size söylemiştim.*

Başımı kaldırıp tekrar Ayaz'a baktım. "Güzel bir yer. İyi iş çıkarmışsınız."

Mütevazı bir tebessümle başını eğen bu defa o oldu. "Teşekkürler." Gözlerimiz tekrar buluştuğunda birkaç saniye ne diyeceğini bilemiyormuş gibi göründü. "Kızlarla geldik demiştin. Onlar aşağıdalar mı?"

Bu soruyla beraber gözlerim fal taşı gibi açıldı. "E ben kızları unuttum!" derken sesimdeki telaş ânın nahifliğini alıp götürdü. "Lavaboya gideceğim, demiştim onlara. Merak etmişlerdir."

"Aşağı inelim o zaman?" diye önerdi Ayaz. Mükemmel

bir fikirdi. Başımı sallayarak onu onaylamamın ardından hızlıca ofisten ayrıldık. Alt kata inen merdivenlerde attığımız her adımda müzik sesi artarken bakışlarım bir adım önümden giden Ayaz'ın saçlarındaydı. Saçları o kadar iyi görünüyordu ki insanın elini uzatıp bunlar gerçek mi diye bir yoklayası geliyordu fakat Ayaz'ın bu dokunuşlardan hoşlanmadığını öğrenmiştim. *Mahmut Kulaklı sağ olsun.*

Aşağı indiğimizde oturduğumuz yeri işaret edip, "İşte, kızlar şurada." dedim. Daha doğrusu bağırdım. Telepati yeteneğiniz yoksa bu gürültüde anlaşabilmenin tek yolu bağırmaktı.

Locaya vardığımızda karşılaştığım ilk şey Hare'nin öfkeli kahverengi bakışları oldu. "Neredesin sen ya?" dediği sırada Ayaz'ı fark edip gözlerini kıstı sevgili kuzenim. Pek arkadaş canlısı birisi değildi kendisi.

"Yolda Ayaz'la karşılaştım." dedim masum bir gülümsemeyle. "Sohbete dalmışız." Yalan sayılır mıydı? Hiç zannetmiyorum.

Hare anlattığıma pek de inanmış gibi görünmüyordu ama şüpheli tavrı Nehar'ın coşkusuyla gölgelendi. Nehar ileri atılıp büyük bir hevesle kendisini Ayaz'a tanıttıktan sonra ona burada ne işi olduğunu sordu. *Bu nasıl soru Neharcığım,* dememe kalmadan Ayaz kibarlıkla her şeyi açıkladı. Bahar ve Hare'ye de kendini tanıttıktan sonra bana döndü.

"Siz eğlenmenize bakın o zaman." dedi. "Kızlar gecesini bölmeyeyim."

"Tekrar teşekkür ederim." derken gülümsememi engelleyemiyordum.

Neyse ki Ayaz da gülümsüyordu. Hem de iç eriten bir renkte. "Rica ederim. Seni gördüğüme sevindim."

"Ben de öyle." derken ilk tanışmamızda beni sinir eden o adamın nereye kaybolduğunu merak ediyordum doğrusu. Geri gelmesini istediğimden değil tabii ama sanki onunla baş etmek daha kolaydı.

Ayaz küçük bir baş selamı verip yanımızdan ayrıldıktan sonra kızlara döndüm. Üçü de parlayan gözler ve gizli, imalı gülüşlerle suratıma bakıyordu. Onlara kızmak istedim. Onları tersleyip işlerine bakmalarını söylemek istedim ama bir anda o kadar keyifli bir ruh hâline bürünmüştüm ki küçük bir kahkaha atıp aralarına karışmaktan ve çalan şarkıya eşlik ederek dansa başlamaktan fazlasını yapamadım.

Nedim Berk beni terk ettiği için pişman olmuştu.

Daha da mühimi Ayaz Sarıcalı beni gördüğüne sevinmişti.

Kalbimin içindeki o katı kütle belki bir gün tamamen erirdi, ne dersiniz?

6

İstanbul'a dönüşümün üzerinden tam tamına sekiz gün geçmişti. Sekiz gündür sokakları denize çıkan bir şehirde yaşamanın hafifletici hissi vardı yüreğimde. Sekiz gündür suratım azıcık asılsa hemen etrafımda beni gülümsetmek için pervane olan ailemle, sevdiklerimle beraberdim. Ve bütün bu olanlar beni pamuk şekeri gibi bir insan yapmıştı. Tamam, etrafa parıltılar saçmıyor ya da evin içinde dans ederek yürümüyordum henüz ama gözyaşı rezervlerimde ciddi bir azalma söz konusuydu. Hani size bahsettiğim o katı kütle var ya... İşte o ara sıra varlığını hatırlatsa bile beni eskisi kadar zorlamıyordu. Ankara'daki son bir ayımı sürekli ağlayan bir terminatör olarak geçirdiğim hesaba katılırsa muazzam bir değişimdi bu.

Şimdi sizlere hızlıca son günlerde olanlardan bahsedeyim. Öncelikle kız kıza eğlence gecemizin ardından ben çenemi tutamamış ve bizim kızlara Berk'in beni aradığını yumurtlamıştım. Ne tepki verdiklerini tahmin edersiniz...

Önce beni telefonu cevapladığım için güzelce azarlamışlar, dakikalar boyunca IQ düşüklüğümden dem vurmuşlar, hemen sonra ise Berk'e delice saydırmaya başlamışlardı. İçimizde en sakin ve kesinlikle en nahif olan Bahar bile Berk'e hakaretler yağdırırken kendinden geçmişti. Nasıl olur da bunca zaman sonra hiçbir şey olmamış gibi beni arayabilir ve özlediğini iddia edebilirdi? Hep birlikte saatler boyu bu sorunun cevabını aramış ve inanın hiçbir mantıklı ya da akılcı bir açıklama bulamamıştık.

Hâlâ ara sıra Instagram'da saçma sapan fotoğraflara etiketleniyordum. Bunu yapan hesabı ilk başlarda engelleyip şikâyet ediyordum ama her kimse fazlasıyla azimliydi ve yeni bir hesapla karşıma çıkıyordu. Onu engellemem yalnızca açtığı hesapların ve paylaştığı fotoğrafların sayısını artırdığı için bundan vazgeçmiştim. Şimdi yalnızca görmezden gelmeye çalışıyordum. Pes edecekti. Buna emindim.

Bütün bu sıkıntılar kocaman ailemizin yani tüm Arıkanların ve Erarslanların bir araya gelip cümbüş dolu bir akşam yemeği yemesiyle eskiyip rafa kalktı. Yemekte onur konuğu bendim. Babam en sevdiğim yemekleri hazırlamış, mutfakta geçen onca senesine rağmen vasat bir aşçı olan annem ise ona yardım etmişti. Nisan teyzem en sevdiğim pastaneden koca bir pasta kapıp getirmiş, Mine yengem ise en sevdiğim tuzlu kurabiyelerinden hazırlamıştı. Ailemle yaşadığım en uzun ayrılık buydu ve her biri beni özlemelerinin yanı sıra nişanlımı bırakıp gelemediğim için onlardan bu kadar ayrı kaldığımı zannederek bana biraz alınmışlardı da.

Babamın tek kardeşi olan Akın amcam birazdan daha fazla alınmıştı aslında çünkü birbirimize çok düşkündük. Hâliyle aramıza soktuğum bu dört aylık ayrılık onu epey incitmişti. Gönlünü almam da tahminimden uzun sürdü çünkü bütün ailemi Berk için geri plana attığıma inanıyordu. Ona Berk'in beni ne kadar üzdüğünü anlatıp boynuna sarılarak ağlamayı çok istesem de bunu yapmadım. Beni mutlu ettiğini düşünürken bile Berk'e kızgın olan bu adamı olan biteni öğrendikten sonra sakinleştiremeyeceğime emindim.

Evet, buradan çıkarılacak sonuç şu ki hâlâ Berk'le ayrıldığımızı, daha doğrusu onun beni terk ettiğini aileme söyleyememiştim. Zaten evde kimse Berk'in konusunu açmıyordu. Parmağımda bir yüzük olmayışını bile sorgulamıyorlardı çünkü daha önce o yüzüğü hiç görmemişlerdi. Babam muhtemelen onu sinirlendirmekten kaçındığım için takmadığımı varsayıyordu çünkü daha önceleri Berk'ten ne zaman bahsetsem tansiyonu yükseliyordu. Ailemin diğer üyeleri de tam olarak aynı sebeple sanki hayatımıza hiç Berk diye biri girmemiş, bana hiç evlenme teklifi etmemiş gibi davranıyorlardı. Sorunlarla baş etmek için eşsiz bir yöntemdi bu. Yokmuş gibi yaparak yapay bir mutluluk alanı oluşturuyorduk hepimiz kendimize. Şimdilik şikâyetim yoktu doğrusu. Ortalık tekrar karışmadan önce biraz kafa dinleyebilmek istiyordum. Buna ihtiyacım vardı.

Toplu aile yemeğimizin ardından bir gün sevgili kuzenim Bahar'ın mangal krizi tuttu. Özellikle havaların ısınmaya başladığı bahar ve yaz aylarında sık sık görülen bir şeydi bu. Boş duvara bakıp kebaplar, köfteler, sucuklar, ızgara tavuklar hayal ederek sessiz sessiz ağlayan Bahar yüzünden sürekli piknik düzenlerken bulurduk kendimizi. İşin ilginç yanı, Bahar dışında kimsenin piknik olayından o kadar çok hoşlanmamasıydı. Gelin görün ki Bahar adeta bir bağımlıydı. Mangal dumanı soluyarak hayata tutunuyordu. Kızarmış etleri tek nefeste yutuveriyordu, o prenses görünümlü asil kız. Onunla bu konuda dalga geçmek bile boşunaydı.

Kardeşlerine asla kıyamayan mükemmel abi Yağız o hafta sonu için derhâl bir piknik organize etti. Nehar'dan da kendisine yardımcı olmasını istedi ve işte o zaman yüzyılda bir görülen bir şey oldu. Nehar piknik hazırlıklarına yardım etmeyi hiç itirazsız kabul etti. İlk başta buna şüphe dolu bir şaşkınlıkla yaklaştım doğrusu. Normal şartlar altında Yağız'ın Nehar'ı ayaklarından tutup sürükleyerek götürmesi gerekirdi çünkü Nehar hiçbir zaman hamaratlığıyla tanınan biri olmamıştı.

Çok geçmeden şüphelerim haklılık kazandı. Nehar'ın sahip olduğu güçleri kötülük için kullandığını ve pikniğimize Efe'nin ev arkadaşı Ayaz'ı da davet ettiğini öğrendim. Nehar'ın bunu neden yaptığını bilmemem bir kenara, nasıl yaptığını da çözememiştim. Yalnızca bir defa gördüğü birini nasıl aile pikniğimize çağırmıştı? Bunun için Efe'yi mi kullanmıştı yoksa direkt Ayaz'la mı konuşmuştu? *Umarım direkt olarak Ayaz'ı davet edecek kadar şuurunu kaybetmemiştir.*

İşin daha kötü kısmı şuydu ki eğer Bahar sadık bir kuzen olmasa Ayaz'ın pikniğe geleceğini piknik günü öğrenecektim. Neyse ki olaylara erken uyanan Bahar, kardeşinin şeytani planını çözer çözmez gelip bana söylemişti de ertesi sabah piknik için hazırlanırken bunun bilincinde olarak kendime biraz çekidüzen vermiştim. Benim bu aile pikniklerine iki farklı renkte çorap giyerek, hatta bazen bu çoraplarla bir de eski terliklerimi kombinleyerek gittiğim bile oluyordu. Nehar bunu bana nasıl yapabilmişti?

Evet, işte olan biten her şey bu şekildeydi. Şu anda Yağız'ın arabasında ön koltukta suratımı asmış bir şekilde oturuyor, arkada dönen muhabbete asla katılmıyor ve piknik yerine vardığımızda da bu hâlimi sürdürmeyi düşünüyordum.

"Ne zamandır pikniğe giderken kırmızı ruj sürüyorsun?"

Yağız'ın kısık sesle sorduğu bu soru bütün planımı altüst etti ve ona dönüp kocaman açılmış, şaşkın gözlerimi kırpıştırdım. "Ne zamandan beri hangi renk ruj sürdüğüme dikkat ediyorsun?"

"Dikkat etmem pek ama bu yakışmış." deyip gülümsediğinde Yağız'a kızmak, *niye beni sorguluyorsun oğlum sen* diye çemkirmek imkânsız bir hâl aldı. Şeytan tüyü vardı bu çocukta. Hem babasının tüm karizmasını almış hem de annesi gibi uyanık olmayı başarabilmişti. Aramızda en iyi gen kombinasyonu ondaydı kuşkusuz.

"Teşekkür ederim." derken ben de gülümsedim çünkü taş kalpli bir cadı değildim. "Sadece, aynaya baktığımda kendimi iyi hissetmek istediğim günlerdeyiz."

Anlayışlı bir şekilde başını salladı Yağız. Birkaç saniye süren sessizliğin ardından, "Aslında İstanbul'a gelirken nişanlını da getirirsin diye düşünmüştüm." diye mırıldandı. "Ama yüzüğünü bile takmıyorsun. Aranız mı bozuk?"

Bunları sakin bir şekilde sorsa da yüzünde gergin ve sert bir ifade vardı. Bir an ona gerçeği söylemekle söylememek arasında gidip geldim ve en sonunda ağzımdan, "Onun gibi bir şey işte." kelimeleri döküldü. Yalan değildi ama gerçeğin saf hâli de değildi.

"Eğer seni üzüyorsa bizim ailede barınamaz Zeynep." dedi Yağız gözlerini yoldan ayırmadan. "Bunu sen de biliyorsun. Zaten babamın, eniştemin ve Akın amcamın geceleri seni Berk'ten uzaklaştırmak için gizli toplantılar düzenlediklerini düşünüyorum."

Kendimi kıkırdarken bulunca biraz şaşırdım ama babamın böyle bir organizasyon ayarladığını hayal etmek öyle kolaydı ki… "Buna inanmak hiç de güç değil." derken başımı koltuğun sırtına yasladım. Yağız neler olup bittiğini öğrenmek için ısrar ederse ne diyeceğimi bilmiyordum.

Neyse ki bana hafifçe gülümseyip konuyu bu hâliyle bırakmaya karar verdi ve arka tarafta didişip duran Bahar ile Nehar'ı azarlamaya koyuldu. Ben de göz ucuyla arkaya baktığımda gördüğüm manzara sırıtmamı sağladı. Bahar ve Nehar çatık kaşları ve huysuz ifadeleriyle iki yanda oturuyor, ortada ise hayattan bezmiş bir şekilde Ateş yer alıyordu. İki kardeşin atışması arasında anbean kan kaybediyor gibi görünüyordu. Yine de arada Bahar'a vurmak için uzanan Nehar'ın ellerini tutup onu sakinleştirecek ve olayın daha kanlı bir hâle bürünmesini engelleyecek kadar kendindeydi. Yolun bir an önce bitmesi için hiç durmadan dua ettiğine adım gibi emindim.

Eh, şanslıydı. Yaklaşık beş dakika sonra ormanlık bir alana giriş yaptık ve arabayı emniyetli bir yere park ettikten sonra piknik alanına indik. Arabadan iner inmez Bahar ve Nehar'ın arasındaki anlaşmazlık da çözülüverdi sanki. Tartışmayı bıraktılar ve bize bir parça huzur bahşettiler. Sessizliğin ve huzurun keyfini çıkarırken bizim arabamızı iki arabanın daha takip ettiğini gördüm. Biri Hare'nin piknik malzemeleriyle dolu pembe arabasıydı, diğeri ise yaklaşık bir hafta önce içinde yolculuk ettiğim kırmızı spor arabaydı. Şoför koltuğunda muazzam görünen saçları ile Ayaz, onun yanındaki yolcu koltuğunda sarı saçları darmadağınık hâlde kardeşim Efe ve arka koltukta ise görür görmez sırıttığım Mahmut Kulaklı vardı.

Birkaç dakika sonra herkes arabalardan inmiş, piknik malzemeleri indirilmeye başlanmıştı. Selamlaşmalar, tanışmalar, hoş geldin beş gittinler uzar giderken nihayet Ayaz'la göz göze geldiğimizde bana gülümsediğini gördüm. Sıcak bir gülümsemesi vardı. Gülümsediği zaman kara gözleri ışıldıyor, düzgün dişleri bembeyaz parlıyordu. Bir diş macunu reklamında da rahatlıkla oynayabilirdi.

Bu gülümsemeye küçük bir tebessümle karşılık verip, "Hoş geldin." dedim.

"Hoş buldum." derken kara bakışları yüzümü dolaştı. Tam başka bir şey söylemek için dudaklarını araladığı sırada boynuma dolanan ve beni kendisine çeken bir kol muhabbetimizi daha başlamadan bitirdi.

"Dünyanın en güzel kızı." diyen Efe'nin göğsüne yaslanmış hâlde buldum kendimi. "Özledim seni, biliyor musun?"

Başka şartlar altında Efe'nin birisiyle muhabbetimi bölmesine kızabilirdim. Onu iter ve beni delirtmemesini söylerdim ama durum şu ki Efe sevgisini çok açıkça ifade eden bir çocuk değildi. Beni sevdiğinden şüphem yoktu –aksini ispat edecek tüm o delillere rağmen hem de- fakat bunu o kadar nadir gösteriyordu ki böyle anların kıymetini bilmezsem elimde pek bir şey kalmıyordu. İşte tam da bu sebeple ben de kardeşime sarıldım. *Kusura bakma Esmer Güzeli, aile her şeyden önce gelir.*

"Ben de seni özledim kara kurbağası." dedim kollarımın arasındaki yavrucağı iyice sıkıp. Her şeye rağmen kalbimde bu çocuğun sevgisiyle yarışabilecek hiçbir şey yoktu. Dünyanın en korkunç kavgalarını etsek bile ona duyduğum sevgide bir azalma asla olmuyordu.

Efe'nin dikkati kolunu onun boynuna dolayıp hızla aşağı çeken Ateş tarafından benden uzaklaştırıldı. Onların boğuşmaları yüzünden bir an devrilecek gibi olsam da hızlıca toparlandım ve tekrar Ayaz'a döndüm. Bıraktığım yerde durmuş bana bakıyordu.

"Uzun zamandır görüşmeyince böyle oluyor işte." diye konuşurken elimi kolumu nereye koyacağımı bilemedim bir an. Kollarım havada manasız bir şekilde sallanırken bir şeyler söylemeye devam ediyordum. "Efe'ye güncelleme yeni gelmiş gerçi. Geçen haftaki karşılaşmamız malum... Biraz olaylı olmuştu. Hatırlıyorsundur ama hatırlamasan keşke... Neyse canım. Boş verelim bunları. Ee, nasılsın? Nasıl gidiyor?"

Art arda sıraladığım kelimelerden yorulduğumda kendimi tokatlamaya hâlim kalmamıştı. Yoksa sallayıp durduğum ellerim için sağ ve sol yanaklarımda muazzam konumlar bulmuştum hani. Kendimi seri şekilde tokatlayarak Ayaz'ın yanından geçip ilerdeki ormanlık alana dalmak ve artık kurtlarla yaşamak istiyordum. Konuşmak yerine ulursam daha mutlu bir hayat sürebilirdim çünkü.

"İyi gidiyor." derken iyice yakınıma geldi Ayaz. Yüzünde eğlendiğini gösteren geniş bir gülümseme vardı. Saçlarından birkaç tel alnında dökülüyordu. Yakınıma gelince, ayağımda düz taban ayakkabılar varken ancak onun omuz hizasına gelebildiğimi fark ettim. Yüzünü görmem için başımı biraz geriye yatırmam gerekiyordu ve havada parlayan güneş yüzünden bunu yapınca gözlerimi kısmak zorunda kaldım. *Adam kelimenin tam manasıyla gözlerimi kamaştırdı üstat.*

"Senin nasıl gidiyor? Aile evine dönmek güzel olmalı."

"Güzel." dedim Ayaz'a cevaben. "İnsan, evinden uzak kalınca kıymetini daha iyi anlıyor."

Ben konuşurken gözlerini bir an olsun benden ayırmayan Ayaz, "Öyle." diye onayladı beni. "Anne yemeği gibisi yoktur sonuçta."

Burada küçük bir kahkaha atmak zorunda kaldım ve Ayaz'ın cümlesini, "Baba yemeği aslında." diyerek düzelttim. "Bizde öyle en azından. Annemin yemekleri çok kötü olur. Ya hazır yeriz ya da babamla beraber hazırlar. Beraber derken annemin sadece salatayı yapmasını kastediyorum."

Sözlerim üzerine Ayaz'dan tatlı bir gülüş sesi duyuldu. "Baban da yemek yapan erkekler kulübünden demek?"

Efe'nin öğrenci evinde yediğim sebzeli omleti hatırlayınca bir anda gözlerim parladı. "Sen de öylesin!" dedim hevesle. Neden bu kadar heyecanlandıysam? Yemek yapabiliyor diye alkışlayacaktım çocuğu az kalsın. Bunlar hep Ankara'da tek başıma geçirdiğim o dört ayda sosyalleşmeyi unutmam yüzünden oluyordu.

Başını sallayarak cevap verdi. "Liseden beri yemek yapıyorum. İlk başta çok sinir olurdum kendim için bir şeyler pişirmeye ama sonra hoşuma gitmeye başladı. Mutfakta olmak rahatlatıcı geliyor artık."

Ayaz'ı beline bağladığı beyaz bir mutfak önlüğü, dirseklerine kadar katladığı gömlek kolları, o muazzam hacimdeki saçlarını geride tutmak için taktığı bir bandanasıyla hayal etmek benim için çok kolaydı. Aklımda canlanan bu görüntüden etkilenmek de öyle tabii. Fakat tam bu anda, bu muhabbet bana talihimin hatırlatıcısı olan bir aramayla bölünüverdi. Elimde tuttuğum cep telefonumun titrediğini gördüm ve ekrana baktığımda gördüğüm isim karnıma o tanıdık ağrıyı saldı. Berk arıyordu.

Berk'le konuşmak istememem bir kenara, etrafım aile bireylerimle çevriliyken bu aramayı cevaplamam söz konusu bile değildi. Derhâl reddedip telefonumu kapattım fakat çoktan tadım kaçmıştı bile.

Bu tat kaçıklığının hemen ertesinde Ayaz'la aramıza tuhaf bir sessizlik girmek üzereydi ki Yağız'ın seslendiğini işittim. "Buraya gelip bize yardım etmeyi düşünüyor musunuz acaba?"

Başımı çevirip kuzenime baktığımda hâlâ Hare'nin arabasından piknik malzemelerini indirmeye çalıştığını gördüm. Ben daha oflayıp puflamaya fırsat bulamadan Ayaz harekete geçti ve bir kahraman misali Yağız'ın yardımına koştu. Yağız, bize uyguladığı taktikle Ateş ve Efe'yi de yardıma çağırdı. Bundan sonrası ise küçük çaplı bir kaostu diyebiliriz.

Hepimiz el birliğiyle pek de çekici görünmeyen bir piknik sofrası kurduk. Nehar piknik örtülerini yamuk yumuk serdi. Hare ve Ateş piknik sepetindeki malzemeleri bu örtülerin üzerine boşalttılar. Ben biraz çekidüzen vermeye gayret etsem de çok albenisi olan bir sofra kuramadık doğrusu. Yine de kimse bunu umursuyor gibi görünmüyordu. Bahar zaten çoktan Yağız'la beraber mangalı yakmaya koyulmuştu. Efe ise annemden aldığı yeteneksizlikle salata için domatesleri doğruyordu. Tam yanındaysa Ayaz vardı. Sürekli ona bıçağı nasıl tutması gerektiğini, domatesi nasıl kesmesi gerektiğini gösteriyordu ama açıkçası Efe'nin bunları umursadığını hiç zannetmiyordum.

"Semaveri yaktım. Yarım saate tavşankanı çaylarınız hazır olur abilerim ablalarım!"

Bu coşkulu ses ise Mahmut Kulaklı'ya aitti. Kendisi, pek de şaşırmadığım bir şekilde bizim grubumuza çok hızlı şekilde adapte olmuştu. Efe'yle Yağız'ı ve elbette beni zaten tanıyordu ama kalanımızla tanışıp muhabbeti koyulaştırması on beş dakika falan sürmüştü. Herkes bir işin ucundan tutmaya başlarken o da hevesle semaveri sahiplenmişti.

"Ellerine sağlık." dedi Bahar elinde pembe bir yelpazeyle mangalı yellerken. "Sen olmasan bizimkiler üşenip yakmazdı semaveri."

"Semavere üşenilir mi yahu?" dedi Mahmut sözcükleri uzatarak. Sonra her birimize kınayan bakışlar yolladı. Hemen ardından da ciddi bir ifadeye bürünüp semaverle ilgili dokunaklı bir hikâye anlatmaya koyuldu. Hikâye, birbirini çok seven iki âşığı içeriyordu. Oğlan tam bir semaver tutkunuydu ama gelin görün ki kız çayı bile sevmiyordu. Mahmut'un anlatımıyla hikâye hepimizi güldürürken olan biten her şeyin sonunda oğlanla kızın ayrıldığını öğrenince kalbimin kırılması elbette çok saçmaydı. *Biriniz bunu gelip kalbime de anlatabilirse çok mutlu olurum sahiden.*

Manasız duygu selimi diğer insanlardan saklayabilmek umuduyla sessiz sakin bir şekilde yerimden kalktım ve sürekli geldiğimiz bu piknik alanına geçen senelerde kurduğumuz salıncağa doğru yöneldim. Bizimkilerin oturduğu yerden onların seslerini duyamayacağım kadar uzak ama ne yaptıklarını görebileceğim kadar yakındı. Huzur bulabileceğim bir konumdaydı yani.

Salıncağın tahtasının üstüne yanımızda getirdiğimiz minderlerden birini koyup oturdum ve ayaklarımı hareket ettirerek ağır ağır sallanmaya başladım. Aklımın içi yine Nedim Berk'in kalbimi kıran sözleri, bu sözlerin getirdiği öfke nöbetleri, ailemle yapmak zorunda olduğum konuşmanın sıkıntısı ve bundan sonra neler olacağının merakı ile doluydu. Aslında bir yanım her şey olup bitsin, Berk hayatımdan tamamen çıksın istiyordu ama diğer yanım da son aylardaki hırpalanışımdan sonra kısa süre de olsa bir sakinliği hak ettiğimi söylüyordu. Ankara'da dedikodularla, iftiralarla, saçma sapan insanların saçma sapan tepkileriyle o kadar yorulmuştum ki tekrar bir karmaşaya dalma düşüncesi beni ağlama raddesine getiriyordu. Bir de içimdeki kamyoncu Zeynep vardı tabii. O da oturmuş bir köşeye, elinde sigarasıyla gelene geçene saydırıyordu. En çok ona hak veriyordum doğrusu.

İç çekerek salıncakta kendimi geriye doğru yatırdım ve gözlerimi kamaştıran gökyüzüne çevirdim yüzümü. Göz kapaklarımı kapatıp ağır ağır sallanırken ve yer çekimi başımı döndürürken derin bir nefes aldım ama çok geçmeden üstüme düşen bir gölge önce kaşlarımı çatmama ardından da gözlerimi açmama sebep oldu. Ve gözlerimi açar açmaz da bir çöp şiş ile karşılaştım. Tam tepemde duruyordu.

Kontrolüne vakıf olamadığım bir kahkaha dudaklarımdan kopup giderken kendimi öne doğru çekerek doğruldum ve çöp şişi tutan adamla, yani esmer güzeliyle karşı karşıya geldim. Genişçe sırıttığı için bembeyaz dişleri kendisini göstermişti ve bakışlarında da yumuşak bir ifade vardı. "İlk çöp şişi senin için kaptım." dedi bana. İnanır mısınız bu, bu güne dek karşılaştığım en güzel hareketti.

Bana uzattığı çöp şişi alırken, "Bir kadını nasıl tavlayacağını çok iyi biliyorsun gerçekten." diyerek güldüm ve salıncak bir kişi için çok fazla geniş olduğundan, yanıma oturması için sağa kaydım. Bana böyle kibar davranan bir beyefendinin ayakta dikilmesine müsaade edecek kadar taş kalpli birisi değildim. Ayaz bir an duraklasa da çok geçmeden yanıma gelip oturdu ve ben çöp şişimi yemeye koyulurken salıncağı sallama görevini üstlendi.

"Çok iyi olmuş." dedim. "Tadına baksana."

Uzattığım şişten bir parça et alıp ağzına attı ve iyice çiğnedikten sonra ağır ağır başını sallayarak, "Çok iyi sahiden." diye beni onayladı.

"Bizim Bahar mangal konusunda bir ustadır." diye söze girip ona artık klasikleşmiş piknik rutinlerimizden bahsetmeye koyuldum. Hanım hanımcık bir kız, tam bir peri masalı kahramanı olan sevgili kuzenimin konu mangal olunca nasıl da bir cadıya dönüştüğünü anlattım. Sanki dünyanın en mühim meselelerini anlatıyormuşum gibi beni dinleyen Ayaz konuştukça konuşmamı sağlıyordu. Onunla konuştukça ise aklımın içindeki karmaşa benden uzaklaşıyor, uzaklaşıyor, uzaklaşıyordu. Onun zeytin karası gözlerine bakıp bir yandan gülüp konuşurken bir yandan da belki ihtiyacım olan budur diye düşündüm; çok az tanıdığım bir adama dertlerim, sıkıntılarım dışında aklımdan geçen her şeyi anlatmak. Karşımdakinin benim hayatımın karmaşasına dair en ufak bir fikri olmaması, hâliyle bana cevaplayamayacağım sorular sormaması... Biraz olsun huzur bulmamı sağlayan buydu belki de. Yine de Ayaz'ın ilgili, sıcak bakışlarının katkısı yadsınamazdı.

Ayaz salıncağı ağır ağır sallıyor, arada ona uzattığım çöp şişten bir parça koparıyor, çoğunlukla da sesini çıkarmadan beni dinliyordu. Eğer kalbim bu kadar incinmiş olmasaydı Ayaz'a tam o anda, bütün ruhumla kapılmış olurdum. Çünkü kolayca kalbinizi kaptırabileceğiniz birisiydi ama ben yapamazdım.

Bu düşünce kalbimi sıkıştırmaya başlayınca huzur dolu ânımın sigara dumanı gibi dağıldığını fark ettim. Tam olarak aynı saniyelerde Nehar'ın hızla önümden geçip ormanlık alana doğru gittiğini, üstelik yüzünde de öfke dolu bir ifade olduğunu görünce aniden durakladım. Çatık kaşlarımla kuzenimin arkasından bakarken bu tuhaflık Ayaz'ın da dikkatini çekmişti.

"Bir şey mi oldu acaba?" diye sordu kaşlarını hafifçe çatıp.

"Çok büyük ihtimalle bir şey oldu." dedim iç çekerek. Sonra da isteksizce salıncaktan kalktım. Zaten fazla bile oturmuştum. "Gidip bir baksam iyi olacak."

Ayaz önce itiraz edecekmiş gibi dudaklarını araladı. Ardından derin bir nefes alıp ayağa kalktı ve peşime takıldı. Boş kalan salıncağa birkaç saniye hüzünle baktıktan sonra kuzenlerimin yanına yürüdüm. Elimde hâlâ Ayaz'ın benim için çaldığı çöp şiş duruyordu. Kalbim ne kadar yorgun olursa olsun bu jesti düşündükçe tebessüm etmeden duramıyordum.

7

Nehar'ın öfkeyle kalkıp gitmesine sebep olan şey, Bahar'la ikisinin, yaz sonunda Trabzon'a yapacağımız ziyaret hakkındaki tartışmasıymış. Annem -ve hâliyle teyzem Nisan- Trabzonlu oldukları için yazları bir haftalığına da olsa orayı ziyaret ederdik. Bahar bu sene arkadaşlarını da davet etmeyi planlıyormuş ama Nehar buna karşı çıkıyormuş. Bahar, işin içine Ateş'i katıp bir de onu kendi safına çekince Nehar çıldırıp gitmiş. Kimse nereye gittiğini bilmiyormuş.

Bütün bunları Hare'den öğrenmem yaklaşık iki dakikamı almıştı ama geçen o iki dakika tekrar salıncağa dönüp Ayaz'ın yanına oturamayacağım kadar da uzundu aynı zamanda. İçimdeki karmaşanın dağıldığına mı sevinmeliydim yoksa sıradan ve güzel bir ânı kaybettiğime mi üzülmeliydim emin olamıyordum.

Piknik örtüsünün üzerine yayılmış bir hâlde, "Neden istemiyormuş Bahar'ın arkadaşlarını?" diye sordum sıkıntıyla oflayarak. "Hiçbir şey anlayamadım."

Hare kızıl kaşlarını çatıp, "Bilmiyorum." diye mırıldandı. "Çok mantıksız geldi bana. Henüz çözemedim."

"Çıkar yakında kokusu." Efe'nin hazırlayıp ikram ettiği köfte ekmeğimden büyük bir ısırık alıp bir yudum meyve suyu içtim. "Ne derdi varsa yakında dökülür. Tutamaz asla içinde."

Ağzım dolu konuştuğum için homurtuyla çıkan sesime rağmen Hare ne demek istediğimi anlamakta zorlanmadı. Elindeki çiğ yeşilbiberin ucunu ısırırken, "Emin değilim." dedi. Sesi gizemli bir olaya kafa yormakta olan usta bir dedektifinki gibi sırlı çıkıyordu. "Nehar bazen bizden bir şeyler saklıyormuş gibi hissediyorum."

Huysuzluğum merakımdan bile fazla olduğu için bu cümleye cevap vermek yerine homurdanmayı seçtim ve tekrar köfte ekmeğimi ısırdım. Bu sırada başımı mangalla uğraşanlardan tarafa çevirdiğimde Ayaz'la göz göze geldik. Mahmut abartılı el hareketleriyle bir şeyler anlatıyor, Ayaz da durmuş bana bakıyordu. İki olayın birbirinden bağımsızlığında kalbimi tekleten bir şey gizliydi, görebildiniz mi? Keşke o an, ağzımın içi koca bir lokmayla tıka basa dolu olmasaydı. Yanağımdaki şişliğin cazibeme cazibe kattığı konusunda biraz şüphelerim vardı çünkü.

Neyse ki tam bu sırada Hare, "Siz ne konuşuyordunuz Ayaz'la salıncakta?" diye sordu da bakışlarımı ondan kaçırmak için bir bahane buldum. Yoksa zavallı Ayaz'ın suratına bakarak köfte yemeye devam edecektim.

"Havadan sudan." dedim hafifçe omuz silkerek. Yalan değildi. "Çöp şiş getirmiş bana." Bu cümleyi kurarken sırıtmamam imkânsızdı. İçimdeki kamyoncu Zeynep sabır çekerek yüzüme bakıyordu.

"E, bu bir çeşit evlilik teklifi." derken Hare hızlıca göz kırptı. Yüzünde her santimi imalarla dolup taşan bir sırıtış vardı. "Nehar çocukça bir hevese kapıldı zannetmiştim ama anlaşılan Ayaz efendi gerçekten hoşlandı senden."

Oflamak ile piknik örtüsünde yuvarlanmak arasında gidip geldim ve en sonunda ekmeğimden bir ısırık daha almayı seçtim. Ağzımdaki lokmayı ağır ağır çiğnerken piknik örtüsündeki boş ve anlamsız bir noktayı izliyordum. "Hoşlansa ne olacak ki?" diye sordum en sonunda iç çekerek. "Berk'le ayrılığım beni dağıtmışken yeni bir ilişki peşinde koşacak değilim. Kalbim bir kere daha kırılmayı kaldıramaz."

Hare yüzünü buruşturup elindeki biberin çöpünü bana attı. "Gönül eğlendirirsin sen de." dedi sanki bu benim her zaman yaptığım basit bir şeymiş gibi. Gönlüm ve ben hayretler içerisindeydik. Zira bugüne dek bir kez bile böyle işlere bulaşmamıştık.

"Efe'nin ev arkadaşıyla gönül mü eğlendireyim?" diye sordum kaşlarımı çatarak.

Hare aynı ciddiyeti hiç bozmadan başını salladı. "Aman, hep erkekler mi gönül eğlendirecek? Bir kere de biz serserilik yapalım Zey. Biraz da biz gönlümüzü hoş edelim."

Bana attığı biber çöpünü ona geri fırlatırken gülerek, "Deli." diye homurdandım.

Çok geçmeden mangalda bütün etler pişirildi ve herkes piknik örtüsünün üzerine yayıldı. Ayaz tam karşıma oturmuştu. Akıp giden, takip etmekte yer yer zorlandığım hoş muhabbetimiz içinde sık sık onunla göz göze geliyordum. Her seferinde bana ya tebessüm ediyor ya da uzun bir bakış atıyordu. Bunlar yüreğime oyun havası oynatan hareketler olsa bile Hare'yle konuştuktan sonra biraz daha gerildiğimi ve hareketlerimin tutuk bir hâl aldığını söylemeden geçemezdim. Yani birini beğenmek güzeldi. Havadaki belirsiz romantizm hoştu. Ama benden gerçekten hoşlanırsa buna nasıl tepki vereceğimi bilemiyordum. *Sanırım ilk önce ailesinin kraliyet mensubu barındırıp barındırmadığını sormalıyım.*

Kendi düşüncelerime surat asmakla meşgulken Ateş'in, "Nehar hâlâ ortada yok." dediğini işittim. Sesi alçak ve sıkıntılı çıkıyordu. "Kaç saat oldu? Birazdan hava kararmaya başlar." Aslında Nehar'ı bir saat kadar önce telefonla aramayı denemiştik ama telefonu bizim yanımızda, piknik örtüsünün üzerinde çalınca bu bir işe yaramamıştı hâliyle.

Bahar umursamaz bir tavırla omuz silkip, "Onu merak edelim diye yapıyor." derken tasasız bir şekilde ekmeğini ısırdı.

"İşe yarıyor o zaman." Ateş oturduğu yerden oflayarak kalktı ve "Ben gidip biraz sağa sola bakınacağım ve Nehar'ın birilerinin başını belaya sokmadığından emin olacağım." dedi.

"Telefonunu yanına al." diye seslendi Yağız. "Bir de seni aramaya çıkmayalım sonra."

Ateş ona başını sallayıp ağır adımlarla Nehar'ın saatler önce koşarak gittiği yöne doğru yürümeye başladı ve çok geçmeden ağaçlık alanda gözden kayboldu. O gittikten sonra ben de Hare'nin dizlerine uzandım. Karnım doymuştu. Hafif bir rüzgâr eserken aynı zamanda güneş tatlı tatlı tenimi ısıtıyordu. Gözlerimi kapatmamak için gösterdiğim direniş maalesef çok uzun sürmedi. Etrafımdaki sesler ninni gibi gelmeye başlarken nefes alışverişim yavaşladı ve en sonunda bal kadar tatlı bir uykunun kollarında buldum kendimi.

Orada öyle ne kadar uyukladım hiç bilmiyorum. Tek hatırladığım ismimi seslenen biri yüzünden gözlerimi kırpıştırarak açtığımda karşımda Ayaz'ı bulduğumdu. Bana tepeden bakarak gülümsüyor ve sıcak bir sesle uyanmamı söylüyordu. İlk birkaç saniye bu ânı güzel bir rüyanın hoş bir parçası zannetsem bile tamamen ayılmam uzun sürmedi. Dirseklerim üzerinde doğrulup oturdum ve yüzüme düşen saçları ellerimle geri attım.

"Uyumuşum." dedim tuhaf ve boğuk sesimle, sanki bu gerçeğin belirtilmesi gerekiyormuş gibi.

"Fark ettim." diye karşılık verdi Ayaz tatlı bir sesle. Ben kendime gelmeye çalışırken o parlayan kara gözlerini üzerimden çekmiyordu.

Onun bakışlarının heyecanından kaçmak ve bir pelte kıvamındaki aklımın sıhhatini korumak için etrafa bakındığımda bizden başka kimsenin ortalarda olmadığını gördüm. "Herkes nerede?"

"Nehar'ı aramaya gittiler." dedi Ayaz.

"Hâlâ dönmedi mi?"

Başını iki yana salladı. "Ateş bulamamış. Hava da kararıyor. Endişelendiler biraz ve hep birlikte aramaya çıktılar."

Bu sözler ayılmama yetti de arttı işte. Hızlıca toparlanıp ayağa kalktım ve Ayaz'a, "Biz de arayalım." dedim telaşla. "Nehar başını derde sokmakta ustadır. Bu zamana kadar ortalarda görünmediyse mutlaka bir şey olmuştur."

Ayaz bana itiraz etmedi. Ben tişörtümü çekiştirerek düzelttikten sonra beraber ağaçlık alana doğru ilerledik. Bu sırada Ayaz da Efe'yi arayıp bizim de Nehar'ı aramaya çıktığımızı söyledi ve hangi yöne gitmemiz gerektiğini sordu. Bizimkiler ikişerli gruplar hâlinde üçe ayrılıp aramaya dağılmışlardı. Biz de onların gitmediği bir güzergâh belirleyip aramaya koyulduk.

Ağaçlık alanda, güneşin iyice azalan ışığı yüzünden etrafı tam seçemeyerek ilerlerken yine Ayaz'ın bakışlarını yüzümde hissettim ve ona döndüğümde kara gözlerinde parlayan farklı bir bakış gördüm. Ben bu bakışa bir isim bulmaya çalışırken Ayaz hafifçe tebessüm etti. "Korkmana gerek yok." dedi usulca. "Eminim Nehar yakınlarda bir yerlerdedir. Birazdan bulacağız."

Ayaz'ın gözlerindeki bakışa odaklanmışken kendi yüzümdeki endişeli ve gergin ifadeyi unuttuğumu o an fark ettim fakat Ayaz'ın gözlerinden kaçmamıştı belli ki. "Nehar çok uçarıdır." derken ofladım bezgince. "Sinirden gözü dönmüş bir şekilde ormana dalmasına niye izin verdik, bilmiyorum gerçekten. Keşke birimiz peşinden gitseydik."

"Şimşek gibi geçti gitti önümüzden." diye mırıldandı Ayaz omuz silkerek. "Ben zaten uzaklaşana kadar fark etm…" Cümlesinin ortasında aniden durdu. Hafifçe öksürdü. Sonra tekrar konuşmaya başladı. "Bu yakınlarda acaba başka piknik alanı falan var mı ki? Yolu kaybedip oralara gitmiş olmasın."

Konunun hızla değişmesi kafamı karıştırsa da üzerinde çok düşünmeden "Bilmiyorum ki." dedim. "Bu piknik alanını Bahar'la Efe bulmuştu zamanında. Sadece onlarla geldim ve hiç bu kadar uzaklaşmadım." Sonra sıkıntıyla başımı gökyüzüne çevirdim. "Hava da iyice karardı."

"Karanlıktan korkar mısın?" diye sordu Ayaz.

"Bilmiyorum." derken yüzümü buruşturdum. "Hiç korkacak kadar karanlıkta kalmadım. Hem zaten evde, kendi odanda karanlıkta kalmakla ormanlık bir yerde karanlıkta kalmak bir mi? Örümcek falan da vardır şimdi buralarda."

Ayaz'ın kısık sesli gülüşünü duydum ama hemen kayboldu. "Örümceklerden korkuyor musun peki?"

Sorusuyla birlikte öyle derin bir iç çektim ki dünyada başka insanlara yetecek oksijen kalmadı. "Korkmak değil de kendilerinden pek hazzetmiyorum diyelim." *Kötü bir geçmişim var örümceklerle Ayaz, eşeleme buraları.*

Aramıza sıcak bir sessizlik aktı. Bir süre etrafta adımlarımızın altında ezilip çıtırdayan dalların çıkardığı sesler dışında bir şey duyulmadı. Bu sırada her ikimiz de etrafa bakıyor, bir hareketlilik gözümüze çarpacak mı diye bekliyorduk.

Sonra Ayaz'ın, "Ben karanlıktan korkardım küçükken. Yüksekten de hâlâ çok korkarım." dediğini işittim. Biraz temkinli bir tavırla, neredeyse utangaçlık denilebilecek bir duygunun etkisiyle söylemişti bunu. Ben bakışlarımı ona çevirdiğimde o bana bakmıyor, gözleriyle etrafı tarıyordu. "Yükseklik korkumu bir türlü yenemedim." diye devam etti ben bir şey söyleyemeden. "Küçükken ağaca falan tırmanamazdım hiç. Dalga geçerlerdi abilerim."

Kendimi gülümserken bulduğumda buna şaşırmadım. Ayaz'ın küçüklüğü gözlerimin önünde canlandığında –o gür, parlak saçlarının o yaşlarda bile aynı böyle gözüktüğüne emindim üstelik- gülümsemek dışında ne yapabilirdim?

"Kaç tane abin var?" diye sordum çok meraklı gözükmemeyi umarak.

Bakışları beni bulduğunda bir an durakladı. Sonra küçük bir tebessümle cevapladı sorumu. "Dört erkek çocuğun üçüncüsüyüm. Rüzgâr, Poyraz, Ayaz ve en küçüğümüz Can Bora."

Zihnimin içi bir anda birbirine benzeyen dört adamın hayaliyle doldu. Poyraz'ı zaten görmüştüm ve Ayaz'la benzerlikleri aşikârdı. Diğer iki Sarıcalı'nın da çok farklı bir görünüşe sahip olacağını zannetmiyordum. Güzel saçları olan, kara gözlü dört esmer adam vardı bu yüzden aklımda ve içlerinde en yakışıklıları bence Ayaz'dı. *Evet, diğerlerini görmeden karar verdim buna, ne olmuş?*

"Kalabalık bir aile." dedim hevesli bir sesle. "Çok güzel. Biz iki kardeşiz ama kuzenlerimle hep bir arada olduğumuz için sanki yedi kardeşmişiz gibi hissediyorum."

"Biz öyle çok bir arada büyüyemedik." derken Ayaz'ın sesi biraz alçaldı. "En büyüğümüz olan Rüzgâr abimle aramda sekiz-dokuz yaş var zaten. Poyraz abimle bu aralar biraz yakınız, o kadar."

Gülümsememem biraz soldu. Kafamda Ayaz'ın ailesine dair söylediği her şey, pikniğin başındaki muhabbetimiz de dâhil, birer soru işaretine dönüşürken merakımın beni alakasız olaylara burnunu sokan bir insana çevirmesine izin vermeden konuyu değiştirdim.

"Demek kulüp işletiyorsun." derken yüzümü yere, basmak üzere olduğum bir yaprağa çevirdim. Yaprağı görmek, bana bu anbean kararmakta olan ağaçlıkta neden yürüdüğümüzü hatırlattı ve derhâl bakışlarımı etrafta gezdirmeye, Nehar'a dair bir şeyler aramaya başladım. Gerçi sevgili kuzenim onu aramak yerine Ayaz ile sohbet ettiğimi duysa beni hiç ayıplamaz, muhtemelen kalkıp alnımdan bile öperdi. Çok da suçlu hissetmemem gerekirdi.

"Evet, abimle beraber işletiyoruz ama ben daha bu işlerde yeniyim. Öğrenmeye çalışıyorum diyelim."

Dudaklarımı büzüp, "Güzel bir iş." dedim. "Eğlencelidir eminim." *Müzik, alkol, kızlar falan... Eminim çok eğleniyorsundur Esmer Güzeli.*

Küçük bir kahkaha atıp başını iki yana salladı ve sonra tek eliyle çenesini saran sakalları sıvazladı. "İşe başlarken ben de böyle düşünüyordum ama bir süre sonra gördüm ki hesaplarla uğraşmak, sarhoşlarla uğraşmak ve sürekli korkunç bir gürültüye katlanmak düşündüğüm kadar eğlenceli değil. Daha ziyade stresli ve yorucu bir iş yani." Önüne gelen bir taşa tekme atıp kendinden uzaklaştırırken yüzünde asılı kalmış gülümsemesi kalp atışlarımı biraz hızlandırdı. "Benim kulüpte çalışmaya başlamam Mahmut'un işine yaradı daha çok. Beleşe eğleniyor herif her gece."

Bu cümle bende neşeli ve oldukça sesli bir gülüşe sebep olunca utanıp ellerimle yüzümü kapadım fakat Ayaz'ın bakışları beni çoktan yakalamıştı. Bakışları iyice kararan şu havada bile nasıl da parlıyorlardı. "Akıllı bir çocuk Mahmut."

"Hiç belli etmez ama öyledir sahiden."

Bu sözleri usulca söylerken beyaz dişlerini gösteren gülümseyişiyle beni izliyordu ve sanırım bu manzara başımı döndürdü. Ayağıma dolanan dalı görmemem ve öne doğru uçarcasına sendelemem çok ani tezahür etti. Neyse ki Ayaz benim sakarlığımdan da hızlıydı ve ben toprağa tutkulu bir öpücük kondurmadan naçiz bedenimi yakalamayı başarabilmişti.

Kolunun belime dolanması, beni hızla kendine çekmesi ve en nihayetinde kolları arasında dönüp iki ayağımın üzerinde dengeye gelmeyi başarmam bir saniye içinde gerçekleşti. Dudaklarımdan kopan tiz bir çığlığın ardından gözlerimi açtığımda Ayaz'ın göğsüne bakıyordum ve onun sıkıca sardığı kollarının arasındaydım. Tüm bu olanlar beynimi uyuşturmuştu. Bunları fark ettikten sonra tepki vermeden önce ilk birkaç saniye nefesimin tekrar ciğerlerime dolmasını bekledim fakat içime çektiğim hava Ayaz'ın kokusuyla harmanlandığı için beynimdeki uyuşukluk iki katına çıktı. Bu uyuşukluğun etkisindeyken başımı kaldırıp Ayaz'ın kara gözlerine, hiç olmadığı kadar yakınımda duran ve beni yakarcasına bakan kara gözlerine bakmam en büyük hatalarımdan biriydi belki de. Zira nutkum tutulmuştu. Tek bir yıldızın delicesine parladığı karanlık bir gökyüzü gibiydi Ayaz'ın gözleri. *Siyah, sonsuz ve hipnotize edici.*

Ben onun gözlerinden gözlerimi ayıramazken Ayaz'ın bakışları hızla yüzümü dolaştı. "İyi misin?" diye fısıltıyla sorduğunda dudaklarından çıkan her harfin yüzüme çarptığını hissettim. Sesindeki endişe tenime işledi.

"İyiyim." derken öyle sarhoş hâldeydim ki az kalsın, *"Sen nasılsın Ayaz?"* diye soracaktım. *Bu mesafe seni de dağıttı mı?*

Ayaz bir kere daha fısıldadı. "Güzel." Fakat beni bırakmadı. Kımıldamadı bile. Ben de kımıldamadım. Sanki ânı dondurmuşuz gibi. Sanki buraya sıkışıp kalmışız gibi. Sanki nefes bile almazsak bu an hiçbir yere kaçıp gidemezmiş gibi.

Oysa bilirsiniz, böyle şeylerin yaşadığımız dünyada yeri yoktur. Her güzel an dağılır ve anı sıfatıyla geçmişte kaybolur. Bizim içinde bulunduğumuz bu an da Ayaz'ın telefonunun çalmasıyla buharlaşıp atmosfere karıştı. Cep telefonunun melodisi aramıza girince ikimiz de hızla ters yönlere çekildik ve birbirimizden bakışlarımızı kaçırdık. Ben saçma sapan bir şekilde kollarımı kendi etrafıma dolarken Ayaz gelen aramayı cevapladı.

Pelte hâline gelmiş beynimle yorumlayabildiğim kadarıyla arayan Efe'ydi ve sanırım Nehar'ı bulmuşlardı. İşte bu haber beni bir miktar kendime getirdi. Derin bir nefes alıp biraz kendime gelmeyi başarabildim. Küçücük bir an içinde kendimi nasıl böyle kaybedebilmiştim?

Birkaç saniye sonra telefonu kapatan Ayaz bana dönüp, "Nehar'ı bulmuşlar." dedi. "Efe konum atıyor şimdi. Anladığım kadarıyla bize yakınlar."

Saçma bir hevesle başımı sallayıp, "Harika." dedim. "Gidelim o zaman." Sesimin bu ıssız yerde böyle gür çıkması ve her yere dağılması karşısında biraz utansam da çaktırmadım.

Ayaz, Efe'nin yolladığı konum bilgisini açtıktan sonra navigasyonun bizi yönlendirmesiyle yürümeye başladık. Hiç konuşmadığımız, hatta neredeyse birbirimize bakmadığımız, benim tekrar sendelememek için üstün çaba gösterdiğim kısa bir yolculuğun ardından tanıdık yüzlerle dolu bir açıklığa vardık. Kardeşim Efe, elleri belinde, kaşları çatık dikiliyor, tam yanında duran Bahar ise benzer bir ifadeyle tam yanında durdukları yokuştan aşağı bakıyordu.

Neler olduğunu anlamak için yanlarına vardığımda gördüğüm manzara kaşlarımın hayretle yukarı kalkmasına sebep oldu. Çünkü biraz önce yokuş sandığım yer aslında epey dik bir kenarmış ve dibinde sevgili kuzenim Nehar yatmaktaymış!

Bu manzara karşısında tutulan nutkum ile beraber, "Ne oldu burada?" diye sordum Bahar'a. "Nehar'ın orada ne işi var?"

Bahar oflayarak ve umutsuz bir bakışla kardeşine bakarak, "Düşmüş." dedi. "Saatlerdir oradaymış."

Duyduklarımla afallayarak iç çektim. "Ne diyorsun? Bir yerini incitmiş mi?" Gözlerim korkuyla açıldı ve Bahar'a iyice yaklaşıp telaşla fısıldadım. "Yaşıyor mu?"

"Yaşıyor, şimdilik." dedi Bahar huysuzca. "Fakat daha sonra ben kendisini öldürebilirim. Bacağını incittiği için yerinden kalkmayı reddediyor. Abimle Ateş onu almaya iniyorlar şimdi. Kenarın daha alçak bir noktasına gittiler aşağı inmek için."

Bu bilgiler içime biraz olsun su serpince temkinli adımlarla kenara yaklaştım ve Nehar'a seslendim. "Nehar? İyi misin? Canın çok acıyor mu?"

Nehar beni görünce sırıtarak el salladı ve "İyiyim, iyiyim." dedi bağırarak. "Bacağımı oynatmadığım sürece rahatım yerinde."

"Oraya nasıl düştün? Saatlerdir orada bekliyor musun böyle?"

"Sinirden gözlerim karardığı için düştüm. Ayağa kalkmayı da sadece bir kere denedim." diye cevap verdi Nehar. "Sonra dünyadaki hiçbir şeyin böyle bir acıya değmeyeceğine karar verip buraya oturdum ve sizi beklemeye başladım. Eninde sonunda beni bulacaktınız nasılsa."

Ben cevap vermeye fırsat bulamadan Bahar'ın, "Bu kız beni delirtecek." dediğini işittim. Haksız sayılmazdı. Muhtemelen uzun vadede Nehar her birimizi teker teker delirtecekti.

Nehar'ı daha iyi görebilmek için ileri doğru bir adım atmamla kolumda nazik bir dokunuş hissetmem bir oldu. Başımı çevirdiğinde Ayaz'ın gözleriyle karşılaştığım için az kalsın Nehar'ın yanına yuvarlanacaktım. Bunu hiç beklemiyordum.

"Dikkatli ol." dedi esmer güzeli, elini hızla geri çekerken. "Sen de düşeceksin."

Bu uyarıyla birkaç adım geri giderken Nehar'ın yüzündeki sırıtışı görmemem imkânsızdı. Hem de bunca mesafeye rağmen. Neyse ki Ateş ve Yağız bu sırada onun yanına varmıştı ki kuzenimin dikkati benden ve Ayaz'dan hızla uzaklaşıp kendi sıkıntısına çevrildi. Ben de böylelikle rezil olacağım bir an daha yaşamaktan kurtulmuş oldum.

Nehar'ı kurtarma çalışmamız yaklaşık yirmi dakikamızı aldı. En sonunda Yağız kardeşini sırtına alıp yola koyulduğunda hava hepten kararmıştı. Piknik yerine geri dönerken, hep birlikte malzemeleri toparlayıp arabaya yerleştirirken hiç Ayaz'a bakmadım. Ondan yana hiç dönmedim. Sanki o yokmuş gibi yapmaya çalıştım. Zira kafamın biraz daha karışmaya hiç ihtiyacı yoktu.

Fakat her birimiz tekrar arabalara bineceğimiz sırada, Yağız'ın arabasındaki yolcu koltuğuna yerleşmeden hemen önce kendimi tutamayıp Ayaz'ın arabasına baktım ve onu şoför koltuğuna kurulmuş, bakışları da bana çevrilmiş hâlde buldum. Kalbimin içinde patlayan havai fişekler mi beni daha çok şaşırtmıştı yoksa Ayaz ile eş zamanlı gülümsememiz mi bilmiyorum. Fakat bu küçük bakışla ona veda etmeden arabaya binmiş olsam kendimi eksik edeceğimi biliyordum. Keşke aynı şekilde bunun nedenini de biliyor olsaydım.

8

Ekrandaki bu bildirime yaklaşık beş dakikadır öylece bakıyordum.

ayazsaricali sizi takip etmek istiyor.

Uykumdan yeni uyanmış, arayan soran var mı diye telefonu elime almış ve ekran kilidini açar açmaz bununla karşılaşmıştım. Normalde beni Berk'in fotoğraflarına etiketleyen sapığımla uyandığım için bu bildirimin gerçek olduğuna inanmam için yaklaşık üç dakika geçmesi gerekmişti. Gerçekliğini kavradıktan sonra bir de şaşkınlıkla yüzleşmiştim. Neye bu kadar şaşırdın diye sorabilirsiniz elbette. Dünyanın en olağanüstü olayı değildi bu, lakin hiç beklemiyordum. Bu yönde bir beklentim olmayışı beni böyle hayretlere sürüklemişti işte. Uzun zamandır moralimi bozan bildirimlerden başka bir şey görmediğim için bir noktada doğal bir tepkiydi sanırım.

Biraz kendime geldiğimde ekran görüntüsü alıp bu haberi bizim kızlarla paylaştım ama gelen cevapları okumadan önce yataktan kalkıp elimi yüzümü yıkadım ve çatal kaşık seslerinin geldiği mutfağa yöneldim. Annemle babamı kahvaltı masasında birbiriyle atışırken görmek beni hiç şaşırtmadı elbette. Kendime bir bardak su almadan önce babamın yanından geçerken yanağına sulu bir öpücük kondurdum.

"N'aber yakışıklı?"

"Annenle uğraşıyorum." dedi babam ciddi olmayan bir sıkıntıyla. "Her zamanki gibi yani." Bu sırada bakışlarını benden alıp anneme çevirmişti. Ona her baktığında yüz ifadesinin o tanıdık memnuniyetle taçlanması bu defa da iç çekmeme sebep oldu. Babamın anneme bakışı eşsizdi. Her ânını beraber geçirdikleri bunca yıla rağmen, daha beş saniye önce ona zaten bakmış olmasına rağmen çocukluğumdan hatırladığım o âşık ve hevesli hâlinden hiçbir şey kaybetmiyordu. *Hangi büyü bu Mayıs Arıkan*, diye sormak istiyordum anneme. Biz niçin başaramıyoruz böyle âşık etmeyi?

"Kim kiminle uğraşıyor acaba?" dedi annem kaşlarını çatıp babama ters bir bakış atarken. Bu ters bakış yalnızca bir saniye sürmüş, peşi sıra cilveli, küçük bir tebessüm gelmişti elbette. *Öyle ölmem sayın Arıkanlar, atom bombası atın.*

Bardağa doldurduğum suyu iki koca yudumda içtikten sonra onlara dönüp iç çekerek, "Bazı şeylerin asla değişmemesi çok güzel." diye mırıldandım ve masadaki boş sandalyeye oturdum. Annem ve babamla sohbet ederek kahvaltı yapmaya başladım. Üniversiteden, mezuniyetimden, yüksek lisans planlarımdan, Ankara'daki ev arkadaşımdan, ev arkadaşımın bu yaz evlenecek abisinden... Kısacası hemen her şeyden bahsettik ama kimse Nedim Berk'in adını bile anmadı. Bu beni geriyor muydu, rahatlatıyor muydu emin de olamıyordum artık doğrusu. Yine de çok eşelemedim ve kahvaltıyı çok da uzatmayarak odama dönüş yaptım.

Telefonumu elime alır almaz milyon tane mesaj geldiğini gördüm. Elbette bunların çoğunluğu bizim kızların Ayaz'ın beni takip edişi ile ilgili yorumlarından oluşuyordu. Açıp baktığımda gruptaki herkesin takip isteğini derhâl kabul etmemde hemfikir olduğunu gördüm. Gerçi onlar itiraz etse dahi muhtemelen ben kabul ederdim. Sonuçta bu alt tarafı bir takip isteğiydi, büyütecek bir şey yoktu. Mesajlara biraz sonra dönmeye karar verip Ayaz'ın hâlâ silmediğim bildirimine dokundum ve isteği onayladım. Sonra ben de onu takip ettim. On beş bin takipçisi arasına katılmamın onun için bir önemi var mıydı bilmiyordum gerçi... *O kalabalıkta beni seçebilecek misin Esmer Güzeli?*

Kızlara son gelişmeleri de bildirdim fakat lafı çok uzatmadım. Mesela onlara şu pikniğin son demlerindeki kazara sarılışımızdan da bahsetmemiştim. Neden bilmiyorum ama kendime saklamak istediğim, anlatsam bir başkasını inandıramayacakmışım gibi hissettiğim büyülü bir andı o. Eğer kızlar eşelerse baklayı ağzımda tutamayabilirdim. Bu yüzden meseleyi hızla kapattım, ardından Nehar'ı görüntülü aradım. Piknik maceramızın ardından hep birlikte onu apar topar hastaneye götürmüştük ve Nehar hastaneden bacağı alçıya alınarak çıkmıştı. Bu durum hepimizi olumsuz etkilemişti zira her birimiz Nehar'ın bize hayatı zindan edeceğini biliyorduk. Bir de onun acı çekmesinden hoşlanmıyorduk tabii. Bu da mühim bir ayrıntıydı.

Görüntülü konuşma sırasında Nehar'ın yanında Ateş ve Yağız da olduğu için Ayaz konusu açılmadı ve kendimi biraz şanslı hissettim. *Şu çıtanın düşüklüğüne bakar mısınız arkadaşlar?* Şaka bir yana, sevgili kuzenim bu meseleyi bir miktar takıntı hâline getirmeye başlamıştı. Oysa ben irdelemek istemiyordum. Bir şey olacaksa bile kendiliğinden olsun istiyordum. Olmayacaksa da kalbim ümitlenmesin, gelip geçici heveslere kanmasın, bir daha kırılmasın. *N'olur kırılmasın artık.*

Tam bunları düşünür, bir yandan da Ateş'in Nehar'ın alçısına imza atışını izlerken bir bildirim sesi dikkatimi çekti. Bildirim panelini kaydırıp baktığında bir kere daha *ayazsaricali* ismini gördüm ve kalbim hop etti.

Hareketlere bak hareketlere... Kırılmayı hak etmiyor da değilsin sen sevgili kalbim.

Ayaz bu defa mesaj göndermişti. Ne yazdığını deli gibi merak etsem de sanki görüntülü konuştuğum kuzenlerim telefonuma gelen bildirimi görebilecekmiş gibi heyecana kapılıp elimi ayağıma dolaştırdım, bir an yanlışlıkla ekranı kapadım ve sonra da sakinleşene kadar bildirime dokunmamaya karar verdim. Şimdi maazallah, kalp falan da yollarım ben bu çocuğu kazara.

Zihnimi zar zor toparlayıp Nehar'la olan konuşmamıza odaklandım. Göğsümde çarpıp duran, merakla bir o yana bir bu yana koşuşturan kalbimi tamamen görmezden geldim. Kuzenimin anlattıklarını –Bahar'ın onu ne kadar sinirlendirdiğini, Ateş'in alçıya attığı imzanın çok çirkin olduğunu, Kuzey eniştemin Nehar'ı kaybettiğimiz için bize ne kadar sinirlendiğini- muazzam bir sabırla dinledim ve en nihayetinde Nehar'ın sözleri tükendiğinde akşama yanına uğrayacağıma söz verip aramayı sonlandırdım. Merakımın artık bir saniye daha beklemeye sabrı kalmadığı için hiç oyalanmadan, azıcık bile beklemeden Ayaz'ın mesajını açtım ve tek bir kelimeyle karşılaştım.

Zeynep.

Ne beklediğimi gerçekten bilmiyordum ama bundan fazlasını görmek istediğim ortadaydı. En azından bir merhaba ummuştum belki de. Ama adam kalkmış yalnızca Zeynep yazmıştı. *Adımla seslendi, nasıl ağırıma gitti, nasıl kırgınım.*

Ben de karşılık olarak yalnızca "*Ayaz.*" yazdım. Çünkü bize bir adım gelene biz de bir adım gideriz, enayiliğin lüzumu yok.

Ben onun mesajını dakikalar sonra açmış olmama rağmen Ayaz hemen cevap yazdı. Artık hiçbir şairane beklentim kalmadığı için, "Nasılsın?" diye sorduğunda hayretim şaha kalkmadı ve aramızda şu şekilde bir diyalog gelişti:

ayazsaricali: Nasılsın?
zeyneparikan: İyiyim, teşekkürler. Sen nasılsın?
ayazsaricali: Harikayım.
ayazsaricali: Seni önemli bir mevzu için rahatsız ettim.
ayazsaricali: Sen de biliyorsundur, haftaya Efe'nin doğum günü.
ayazsaricali: Bir kutlama ayarlamak istiyorum ama eminim siz de bir şeyler yapacaksınızdır.
ayazsaricali: Belki beraber bir organizasyon ayarlarız.
ayazsaricali: Ne dersin?

Ayaz'ın yazdıkları beynimde aniden flaşlar patlamasına sebep oldu. Çünkü evet, Efe'nin doğum gününü tamamıyla unutmuştum. Aniden gelen bu hatırlatma karşısında far görmüş tavşan gibiydim. *Far görmüş kalbi kırık ve yorgun bir tavşanımdır belki sahiden.*

Fakat Ayaz'a ne tavşanlığımı çaktırabilirdim ne de özbeöz kardeşinin doğum gününü unutan vefasız bir abla olduğumu... Bu yüzden hızlıca cevap yazdım.

zeyneparikan: Harika düşünmüşsün.
zeyneparikan: Biz de çocuklarla ne yapsak diye düşünüyorduk.
zeyneparikan: Hep beraber ayarlarız, güzel olur.

Ayaz benden olumlu bir cevap alınca gülümsedi. Yani en azından bir gülümseme ifadesi gönderdi. Gerçekte gülümsemediyse bu onun ayıbıdır sonuçta, değil mi?

ayazsaricali: Eğer size uyarsa bizim kulüpte bir kutlama ayarlayabiliriz.
ayazsaricali: Hem sürpriz yapma şansımız da olur.

Ayaz'ın dünyanın en iyi arkadaşı olması karşısında benim beceriksiz ablalığım hüngür hüngür ağlarken ona tamam dedim. *Tamam, ne olacaksa olsun artık.* Böyle demedim tabii ki. Bu tatlı çılgınlıklar kafamın içinde hep, biliyorsunuz. Tamam, harika olur falan yazdım.

Sonra esmer güzelinden hiç beklemediğim bir hamle geldi. Tam olarak şöyle bir mesaj attı:

ayazsaricali: Peki, seni görmem ve bunu yüz yüze konuşmamız mümkün mü?

Mesajı görmemle birlikte gözlerim kocaman açıldı. Doğru mu okudum acaba diye tekrar tekrar kelimelerin üzerinden geçtim. Ve Ayaz'ın gerçekten benimle görüşmek istediğine ikna olunca kafamda hızlı bir hesap yaptım. Kızlara bunu haber verirsem olayın büyümesini asla ama asla engelleyemezdim. Eğer bu gerçekten Efe'nin doğum gününü konuşmaktan ibaret bir görüşme olacaksa bizimkilerin heyecanı her şeyi daha başka bir boyuta taşırdı ama ben hiçbir şeyi başka bir boyuta taşımak istemiyordum. Kendi kendime gelin güvey olmak da istemiyordum. O yüzden bunu da kendime saklamaya karar verdim.

Elbette Ayaz ile görüşecektim. Zira yapacak daha iyi bir işim yoktu, ayrıca söz konusu olan kardeşimin doğum günüydü. Çok geciktirmeden ona müsait olduğumu ve görüşebileceğimizi yazdım. Ardından da nerede buluşabileceğimizi sordum.

ayazsaricali: Sana neresi uygunsa ben orada olurum.
ayazsaricali: Oraya gelirim*

Ekrana sırıtarak baktığımı fark edince hafifçe kendimi tokatladım. İçimdeki kamyoncu Zeynep, kalbimde yeşeren umutları delicesine tekmelerken bana çıldırdığımı, kafayı yediğimi haykırmaktaydı. Daha aylar önce kalbim paramparça olmuştu. Hâlâ aileme nişanlımın beni terk ettiğini söyleyememiştim. Yani böyle davranmaya hiç hakkım yoktu. *Yok muydu?*

Bu soru içimde cevapsız bir şekilde asılı kalırken Ayaz'a bizim buralara yakın bir kafenin adresini attım. Sonra kamyoncu Zeynep'ten daha fazla azar işitmemek için heyecanımı dizginledim ve dolabımın önüne geçip kendime güzel kıyafetler seçtim. Güzel kıyafetlerden kastım yüksek belli bir kot pantolon ve açık pembe kısa kollu bir tişörtten ibaretti. Dolabım rahat kot pantolonlar, ince kumaşlı uzun etekler ve düz renk tişörtlerle dolu olduğu için çok da seçenek sahibi değildim açıkçası.

Üzerimi değiştirdikten sonra güneşte bir domatese dönüşmemek için kendimi güneş kremine bulayıp hafif bir makyaj yaptım. Saçlarıma da şekil verdikten sonra hazırdım. Buluşacağımız kafe evime oldukça yakın olduğu için evden ayrılmakta acele etmedim. Anneme dışarıda olacağımı, akşama da Nehar'ın yanına uğrayacağımı söyledikten ve babamın zorla cebime harçlık sıkıştırmasıyla mücadele edip kaybettikten sonra ayakkabılarımı giyip kendimi sıcak yaz güneşinin altına bıraktım. Babam arabasını alabileceğimi söylemişti ama almadım. Evin önündeki duraktan otobüsle iki durak öteye gitmek daha kolayıma geldi. En azından park etmekle uğraşmayacaktım.

Kafeye geldiğimde ilk işim telefonuma bakmak oldu fakat henüz Ayaz'dan bir haber yoktu. Tam ona buluşacağımız yere geldiğimi bildiren bir mesaj yazacağım sırada omzumda hafif bir dokunuş hissedip irkildim. Telaşla arkama döndüğümdeyse Ayaz'ın zeytin karası gözleriyle karşılaştım.

"Buradasın!"

Dudaklarımdan bir cıvıldama şeklinde dökülen bu sözcük Ayaz'ın yüzüne sevimli bir gülüş olarak yansıdı. "Orada olurum demiştim."

Yüzümdeki sırıtış yanaklarımı uyuştururken ne yapacağımı bilemeyerek birkaç saniye çocuğun yüzüne boş baktım, ardından Yaradan'a çok şükür, "Hoş geldin." demeyi akıl edebildim.

"Hoş buldum." dedikten sonra oturmamız için bir masayı işaret etti ve böylelikle olay daha mantıklı bir hâle bürünmeye başladı.

Masaya oturur oturmaz başımızda biten garson bize birer menü uzatınca oyalanacak bir şey bulduğum için sevindim. Aç olmadığım için hızlıca soğuk içecekler kısmını açtım ve kendim için bir bardak limonata istedim. Ayaz ise Türk kahvesi rica etti. Bunun ardından garson yanımızdan ayrılınca yine baş başa kaldık.

Neyse ki sessizlik uzamadan Ayaz lafa girdi ve "Geldiğin için teşekkür ederim." dedi. "Kısa bir zaman kaldığı için görüşmek konusunda acele ettim. Piknikteyken de aklımdaydı aslında ama o kalabalıkta fırsat bulamadım."

Bir an *"Neye kısa bir zaman kaldı ya"* diye düşünmem ve hemen ardından Efe'nin doğum günü kutlamaları münasebetiyle buluştuğumuzu hatırlamam bir oldu. Kardeşimin doğum gününü bir değil, tam iki kere unutmuş olmak masaya kafa atma isteğiyle dolmama sebep olsa da sakin kaldım ve Ayaz'a hiçbir şey çaktırmadan, "Evet, çok az kaldı gerçekten." diye mırıldandım. *Benim bu hafızayı alıp balıklara bağışlamama çok az kaldı Ayazcığım.*

"Mahmut, Efe'nin okul çevresini tanıyor. Ben de sık sık takıldığı çocukları biliyorum. E, sen de ailesindensin zaten. Beraber büyük bir kutlama ayarlayabiliriz."

Ayaz'ın sözleri arasında garson önüme koca bir bardak limonata bıraktı ve ben de bardaktaki pipeti dudaklarımın arasına kıstırıp büyük bir yudum aldım. Bu sırada bakışlarım Ayaz'ı takip ediyordu. Giydiği açık mavi tişörtün içini nasıl da doldurduğunu, saçlarını ara sıra eliyle geriye atarken bu hareketin onda ne kadar doğal durduğunu, cümlelerini hep rahat bir tavırla ve etrafa özgüven yayarak kurduğunu fark ediyordum. Herkesin kolayca iletişim kurabileceği, kolayca anlaşabileceği birisiydi Ayaz Sarıcalı. Bu yüzden ondan etkilendiğim için kendimi çok da suçlamıyordum. Muhabbetinden keyif aldığınız birisine ısınmanızdan, ondan hoşlanmanızdan daha doğal ne olabilirdi ki?

Berk asla böyle birisi olmamıştı mesela. İlk tanıştığımızda bir an benimle ilgilenen, bir an sonra soğuk davranan ve bana türlü karmaşalar yaşatan biriydi. Sürekli bir ileri iki geri giderdik. Nihayet benden hoşlandığını söyleyene kadar benimle gerçekten ilgilendiğinden asla emin olamamıştım.

"Sen ne düşünüyorsun?"

Bu soruyla karşılaşınca dudaklarımın arasında pembe bir pipet ve sonuna kadar açılmış iri, mavi gözlerimle kalakaldım. Kafamın içindeki düşünceler beni konudan bir miktar uzaklaştırmış ve ifademi bir parça mahzunlaştırmıştı. İçtiğim yudumu ağır bir şekilde yutup, "Harika bir fikir." dedim. "Biz de çocuklarla bir şeyler ayarlayacaktık ama ne kadar kalabalık, o kadar iyi. Değil mi?"

Ayaz gülümseyerek başını salladı. "Ben de öyle düşündüm. Bizim kulüpte güzel bir eğlence ayarlarız. Hatta sürpriz bile yapabiliriz."

"Sürpriz yapalım." diye atıldım ani ve saçma bir hevesle. "Efe'yi şaşırtmak eğlenceli olur." *Derdimin güzelliğine bakar mısınız?*

"Tamam o zaman." Ayaz da heveslenmiş gibiydi. Kara gözleri bana yine parıltılar saçarak bakıyordu. *Yapma öyle Esmer Güzeli, kalbime denk gelecek,* diye çıkışmak istesem de tek yapabildiğim limonatamı içmekti.

"Bu hafta içi ıvır zıvırı ayarlarız." diye konuşmaya devam etti Ayaz. Kalbimden ve içimdeki çalgı çengiden ya da zihnimin içindeki karmaşadan tamamen habersizdi. "Herkese haber veririz. Haber verme işini Mahmut halleder. Biz de seninle diğer hazırlıklar ve hediyelerle ilgileniriz, olur mu?"

Teklifi beni şaşırtıp biraz heyecanlandırsa da üstünde çok düşünmeden, "Olur, tabii." dedim. Yine kendimi dikenli yollara mı, sarp yokuşlara mı, serin gecelere mi sürüklüyordum Allah bilir.

Ayaz kahvesinden keyifle bir yudum aldı. Sonra aklına bir şey gelmiş gibi hafifçe kaşlarını çatıp, "Eğer…" dedi. "Davet etmek istediğiniz başkaları olursa… Mesela erkek arkadaşın falan varsa... Senin ya da diğer kızların yani. Onlara da haber verebilirsiniz tabii."

Dur Ayaz, vurma, ameliyatlı yerime geldi. Bu soru Berk'in rahatsız edici mevcudiyetini bana daha tatsız bir açıdan hatırlatırken, "Yok ya." dedim. "Bizim grup komple bekâr. Damsız girilmez dersen kapıda kalırız."

Bu sözlerim Ayaz efendinin keyfini yerine getirdi. Kahkahalar atmadı elbette ama dudağına dolanan minik bir tebessüm de çok şey ifade ediyordu en nihayetinde.

Ayaz sözlerime karşılık vermeden ustaca bir manevrayla konuyu değiştirdi ve bana, "Peki Efe'ye ne aldın?" diye sordu.

Hâlâ kardeşlikten reddetmedim onu Ayazcığım, bu da bir hediye sayılmaz mı?

"İtiraf etmem gerekirse..." dedim sıkıntıyla iç çekerek. "Hâlâ alacak bir şey bulamadım."

Bir an beni kınamasını, ablalığından utan diye bağırmasını falan beklerken Ayaz rahat bir nefes verdi ve "Çok şükür yalnız değilmişim." deyip sırıttı. "Günlerdir ne alsam diye düşünüyorum ama hâlâ bir şey bulamadım. Seçeneğim bile yok."

Ayaz'ın da hediyesiz olduğunu öğrenmek vicdanımın üzerinden takriben iki tonluk bir yükü kaldırdı. Bunu çok da çaktırmamaya çalışarak, "Erkeklere hediye seçmek kadar zor çok az şey var." diye mırıldandım. "Kızlara hiçbir şey bulamazsan güzel bir çiçek ya da takı alıp olayı bağlayabiliyorsun. Oysa Efe'ye çiçek alsam, yeniyor mu bu diye sorar. Takı meselesine girmiyorum bile."

Esmer güzeli masanın üzerinden hafifçe bana doğru eğilip gülümseyerek, "Sıkma canını Zeynep." dedi. "Beraber bir şeyler seçeriz. Mutlaka Efe'nin de seveceği bir şeyler vardır."

Gözlerindeki o pürüzsüz ve yumuşacık bakıştan mı, sesindeki bal kıvamındaki o ton yüzünden mi yoksa adımın harflerini kimsenin yapmadığı gibi sarıp sarmalayışından mı bilmiyorum, bu cümleyle Ayaz kalbime bir ok sapladı. Hayali bir ok elbette ama etkisi neredeyse somuttu. Eğer soran olsa, işte tam buraya denk geldi diyerek parmağımla işaret edebilirdim yerini. Neyse ki ben bu ok yüzünden kan kaybından ölmeden Ayaz'a cevap vermeyi başarabildim. Hatta gülümsedim, başımı salladım ve başka şeyler de söyledim. Yutkunmakta zorlandığımı hiç çaktırmadım. Becerebildiğim kadar limonatamı içmeyi sürdürdüm. En sonunda bütün bu hislerden, karışıklıklardan yorulunca ise Nehar'ın yanına gitmem gerektiğine dair yalan sayılmayacak bir bahane uydurdum.

"Seni ben bırakayım." diye ısrar etti Ayaz. "Biliyorsun, arabam çok güzel."

Yüzündeki o çocuk gülüşü yine beni olmayacak işlere ikna etti. Tamam, dedim. Kırmızı, üstü açık spor arabasının kapısını benim için açarken gülümsedim. Ölüme güle oynaya giden adamların hikâyeleri birden daha inandırıcı gelmeye başladı o an. Yine de iç çekip yolcu koltuğuna oturdum. Ayaz'a yolu tarif ederken, rüzgârın yüzümdeki serin hissiyle derin nefesler almaya çalışırken, aklımı Ayaz'ın tam yanımda duruşunun güzelliğinden uzaklaştırmaya gayret ederken tek duam kalbime saplanan bu okun daha derinlere batmamasıydı. Hepsi bu.

9

Arıkan ve Erarslan ailelerinin değerli üyelerine, daha doğrusu yalnızca dişilerine, Ayaz ile konuştuklarımı aktardığımda evde birkaç küçük sinir krizi, bazı tatlı heyecanlar ve çoğumuzun Efe'yi unutmuş olmasının utanç dolu telaşları yaşandı. Sinir krizi geçirenler kızlardı tabii ki. Onlara haber vermeden Ayaz'la buluşmama biraz bozulmuşlardı. Biraz dediğim, Nehar'ın beni kardeşlikten reddetmesiydi ama neyse ki bu krizi kolaylıkla halledebilmiştim.

"İyi o zaman. Demek ki neler konuştuğumuzu öğrenmek istemiyorsunuz." demem ve yerimden kalkmaya yeltenmem kızların vicdanını bir anda yumuşatıvermişti ve her biri büyük bir yüce gönüllülük göstererek beni affetmişti.

Onlara olan biteni anlatmamın hemen ardından Nehar benim için gelinlik bakmaya başladı çünkü artık Ayaz ile bir ömür mutlu bir birliktelik sürdüreceğimize dair inancı tamdı. Bahar da bu konuya olumlu yaklaşıyordu ama gelinlik için henüz erken olduğu kanaatindeydi. Hare ise her zamanki şüpheciliğiyle hafifçe kaşlarını çatıp, "Hmm..." demekten öteye gitmemişti. Ben Hare'nin tarafını tutuyordum.

Diğerlerini bu tatlı rüyalardan uyandırıp gerçeklere döndürmek için sevgili kardeşim Efe'nin doğum gününü devreye sokmuş ve ilgiyi Ayaz'dan itinayla uzaklaştırmıştım.

"Ben Efe'nin hediyesini aldım bile." demişti Nehar keyifle arkasına yaslanarak. Aramızda Efe'yi unutmayan tek kişinin o olması garipti, zira Efe'yle oldukça zıt tabiatlara sahiplerdi. Ne aldığını sorduğumuzda bir süre söylemeyi reddetse bile en sonunda hiç tanımadığım bir futbolcu tarafından imzalanmış Fenerbahçe formasını aylar öncesinden alıp Efe'nin doğum günü için sakladığını itiraf etmişti.

Bahar da bu sırada araya girmiş ve formayla beraber hediye etmek için Efe'ye bir çift krampon ayakkabı alacağını söylemişti. Halı saha maçları uğruna ablasını unutan kardeşim için harika bir hediyeydi. Böylelikle Efe'ye verecek bir hediyesi olmayan yalnızca ben ve Hare kalmıştık.

İşte tam bu sebeple şu anda Hare, ben, Ayaz Sarıcalı ve Mahmut Kulaklı küçük bir şehri içine alabilecek kadar büyük bir alışveriş merkezinin girişinde durmaktaydık. Bu defa üstümde bir kot pantolon ve tişört yoktu çünkü ayağı alçıda olduğu için bizimle gelemeyen Nehar giyeceğim kıyafeti seçmekte ısrar edip bana dizlerimin üzerinde biten kırmızı bir elbise giydirmişti. Ayartıcı bir elbise değildi, sevimliydi ama yine de pantolonumun rahatlığını tercih ederdim.

"Şimdi hiçbirimiz benim biricik sağdıcıma alacak bir hediye bulamadık mı sahiden?"

Bu sorunun kime ait olduğunu tahmin etmekte zorlanmadığınızı biliyorum ama yine de belirtmek gerekirse soru kesinlikle Mahmut'a aitti. Parmaklarında kehribar taşından bir tespihi çevirirken sormuştu.

"Öyle görünüyor." dedi Hare dudaklarını büzerek. "Yazın doğanların doğum günleri hep arada kaynar. Kuraldır bu."

Mahmut çok alınmış gibi ellerini kalbine götürüp, "Buna

hayatta izin veremem." derken başını iki yana salladı. "Şimdi derhâl en kıyak hediyeleri seçeceğiz sağdıcım Efe için. Neler var aklınızda dökülün bakalım. Ayaz? Sen kesin düşünmüşsündür bir şeyler. Akıllı çocuksun sen."

Ayaz –ki kendisi siyah, dar bir tişörtün içinde, her zamanki gibi ahenkle dans eden saçlarının ve yanaklarını saran kirli sakalının eşliğinde kalbimde tatlı sızılara sebep oluyordu– hafifçe omuzlarını silkip, "Klasik seçenekler dışında aklıma bir şey gelmedi doğrusu." dedi. "Kıyafet, saat, parfüm..."

Mahmut bir anda yüzünü buruşturdu ve ağzından tuhaf bir ses çıkardı. "Sıkıcısın sağdıç." Sonra yine saliseler içerisinde yüz ifadesini değiştirip Hare'yle bana döndü. "Hanımlar, eminim siz daha güzel seçenekler düşünmüşsünüzdür."

Hare'yle ikimiz aynı anda kafamızı iki yana sallayınca Mahmut bir kere daha bozuldu.

Gerçek bir hayal kırıklığıyla, "Vah benim Efe'm vah." diye sayıkladıktan sonra en iyisinin mağazaları gezmeye başlamamız olduğunu söyledi ki haklıydı. O kadar çok mağaza vardı ki şimdi başlasak akşama ancak bitirebilirdik.

Girdiğimiz ilk mağaza bir erkek giyim mağazasıydı. Reyonların arasında dolaşırken her birimiz beğendiğimiz şeyleri birbirimize gösteriyor, birbirimizden fikir alıyor ve genel olarak hiçbir ortak beğeni noktasında buluşamıyorduk. Elbette hoşumuza giden tişörtler, gömlekler oluyordu ama onlara da son çare gözüyle bakıyorduk. Bu şekilde iki giyim mağazası daha gezdik ve hepsinden elimiz boş çıktık. Sonraki mağaza kitap, DVD ve kutu oyunları satan bir yerdi. Burası bizi bir miktar daha heyecanlandırmıştı çünkü buradaki seçenekler daha hoş şeylerdi. Mahmut, Efe'yle beraber izleyip sevdikleri bir fantastik serinin Blu-Ray setini almak için film bölümüne yönelirken Hare de onun peşine takıldı ama bunu Efe için değil tamamen kendisi için yaptığını biliyordum zira Hare tam bir bilim kurgu filmi âşığıydı.

Ben de Ayaz'la beraber kitapların olduğu kısma yöneldim. Efe'ye kitap almayı düşünmüyordum çünkü kitap konusunda zevklerimiz bambaşkaydı. Ben romanları, şiirleri, öyküleri severdim. Efe'yse kurgulardan hoşlanmaz, biyografiler ya da belgesel niteliğinde kitaplar okumayı severdi. Yine de kitap dolu bir mağazaya girip de kitaplara göz atmadan, birkaç tanesinin sayfalarını şöyle bir karıştırmadan çıkmak benim lügatimde yoktu.

"Okumayı sever misin?" diye sordu Ayaz, ben yeni çıkmış bir aşk kitabının sayfalarının karıştırırken.

Ona hızlı bir bakış atıp gülümseyerek, "Evet." dedim. Sonra hızlıca gözlerimi kaçırdım. "Aşk romanlarına da bayılıyorum. Dalga geçebilirsin, çekinme lütfen."

Sevimli bir sesle güldüğünü işittim. Bir an trafik polisi gibi cebimden bir koçan kâğıt çıkarıp Ayaz'a ceza kesesim geldi. *Sinyal vermeden gülüp bazı kalplerin fonksiyonlarında tehlikeli hareketlere sebep olduğunuz için kesiyorum bu cezayı. Bundan sonra dikkatli olun sayın Esmer Güzeli.* "Neden dalga geçeyim? Aşk romanı sevmek komik bir şey mi?"

Kirpiklerimin altından ona şüphe dolu bir bakış attım. "Beni kandıramazsın. Bir erkek kardeşim ve iki erkek kuzenimle beraber büyüdüm. Siz erkeklerin aşk romanlarını nasıl küçümsediğinizi çok iyi biliyorum."

Bir şey demeden önce iki adımla yanıma yaklaştı, birkaç saniye gözlerimin içine baktı, sonra raflara doğru döndü. Omzum neredeyse koluna değiyordu. O, bu ayrıntıyı pek de umursuyormuş gibi görünmeden rafa uzanıp pembe kapaklı bir kitap aldı ve yüzünde minicik, saklamak istediği ama kendini belli eden yaramaz bir gülümsemeyle kitabın sayfalarını karıştırmaya başladı. Ne yapacağını iyice merak etmeye başladığım sırada Ayaz hafifçe boğazını temizledi ve yüksek sesle okumaya başladı.

"Leydi Maria, Dük Hemsworth'ün bakışlarını her yerinde hissediyordu."

Ne yaptığını anladığımda ilk önce yüzümdeki gülümseyişi bastırmayı denedim, yapamayacağımı fark edince ise gözlerimi Ayaz'dan kaçırdım ve gülüşümü elimle örtmeyi denedim fakat bu, onu durdurmadı. Derin bir sesle, sakin bir şekilde, benim tepkimi tamamen görmezden gelerek okumaya devam etti.

"Adamın koyu renkteki haşin gözleri, keskin bir bıçağın okşaması gibi hem ürperterek hem de hoş bir hissiyat vererek dolaşıyordu kadının teninde. Zaten Dük'e dair her şey böyle çelişkilerle dolu değil miydi? Ve yine zaten, Leydi Maria'nın kalbini hızla çarptıran, kendini Dük'ün kollarına bırakıp her şeyi unutmak istemesine sebep olan, onun dokunuşlarının hasretini çekmesine sebep olan da bu çelişkiler değil miydi? Birlikte geçirdikleri o geceyi, Dük'ün kendisini ihtirasla öpüşünü, dudaklarının dudaklarındaki, boynun..."

Hızla Ayaz'a doğru dönüp ne yaptığımı çok düşünmeden elimle ağzını kapattığımda onu tam da doğru yerde durdurmuş olduğumu fark ettim. Cümlenin devamının, Ayaz'ın sesli bir şekilde bana okumasını istemediğim bir yere gittiği aşikârdı. Yine de yanaklarımın kızarmasına ve yüzümü ateş basmasına engel olamamıştım.

Ayaz gülerek elimi tutup aşağı indirirken, "Neden durdurdun?" diye sordu. "Tam da işler ilginçleşmeye başlamıştı."

Yüzündeki gülüşü, elimdeki dokunuşu ve sevimlilik dolu sesiyle beni Leydi Maria ile aynı yollarda yürümeye sevk ettiği için hem onu yumruklamak hem de omzuna doğru *bir kere sarılalım mı, ne olursun* diye yılışmak istiyordum fakat ben aklı başında bir kadındım. Bu yüzden ikisini de yapmadım. Elinden kitabı kapıp ondan uzaklaştım ve "Çok ayıp bu yaptığın." dedim. "Aşk romanlarını sesli okuyamazsın. Bu bir kuraldır."

Çok da fazla uzaklaşmama izin vermeden bana yetişti ve "Bunu rafların yukarısında bir yere yazmalılar o zaman." derken elimden kitabı çekip aldı.

Kitabı kolunun altına sıkıştırdığını görünce kaşlarımı hafifçe çatıp, "Ne yapıyorsun Ayaz?" diye sordum.

"Kitabı satın alacağım." dedi masum görünmeye çalışan yaramaz bir gülümsemeyle. "Devamında neler olduğunu çok merak ediyorum."

Ona, ilkokuldaki aşırı ciddi öğretmenimden öğrendiğim ayıplayan bir bakış atıp başımı iki yana salladım. Yaptığı şeyi onaylamadığımı ifade ettiğimden iyice emin olduktan sonra bu 'aşk romanı' mevzusunun beni artık utandırmasını istemediğimden başka bir rafın önünde durdum. Sonra dikkatimi çeken ilk kitabı alıp karıştırmaya başladım.

Ayaz'ın varlığını tam arkamda hissetmem uzun sürmedi. Benden bir baş boyu uzun olduğu için kolaylıkla incelediğim kitabın sayfalarını görebiliyordu.

"Şiir de mi seviyorsun?" diye sorduğunda ben elimdeki kitabın bir şiir kitabı olduğunu yeni fark etmiştim.

"Her zaman değil." dedim dürüstçe. "Ya da her şiiri değil diyelim."

"Ben pek şiirden anlamam." Sesinin saçlarım arasında nasıl dolaştığından habersizce tatlı tatlı konuşuyordu. "Lisede edebiyat hocamız zorla Yahya Kemal'in Sessiz Gemi şiirini ezberletmişti. İstiklal Marşı'nı saymazsak bildiğim tek şiir o sanırım."

Hafifçe sağa dönüp Ayaz'ın yüzünü görebilmek için başımı kaldırdığımda yapmacık bir dram ifadesiyle karşılaştım. Tıpkı aşk romanını okumaya başlamadan önce yaptığı gibi derin bir nefes aldı ve çok da gerçekçi olmayan bir coşkuyla şiiri okumaya başladı.

"Artık demir almak günü gelmişse zamandan...
Meçhule giden bir gemi kalkar bu limandan!
Hiç yolcusu yokmuş gibi sessizce alır yol...
Sallanmaz o kalkışta ne bir mendil ne de bir kol..."

Abartılı mimikleriyle, şiire uymayan tuhaf bir tonlamayla ve mısraların sonunda yükselip alçalan sesiyle muazzam bir performans sergilediğini ve bana küçük bir kahkaha attırmayı başardığını itiraf etmek zorundaydım. Yine de yanımızdan gelip geçerken Ayaz'ın bu iştirakiyle şaşkına dönen ve neye uğradığını şaşıran insanları düşünerek, "Dur artık." dedim. "Zavallı şaire mezarında kan ağlatıyorsun şu an."

Alınmış gibi kaşlarını çatıp başını yana eğdi. "Kalbimi kırıyorsun. Ben lisedeyken bu performansım ile doksan beş almıştım."

Yüzüne şüphe dolu bir bakış atıp, "İtiraf et." derken yine onun kara gözlerinin içine çekiliyordum yavaş yavaş. "Şiirin yarısına geldiğinde hocan devam etmemen için yalvardı ve sana sus payı olarak bu notu verdi."

Sırıtışı genişledi. Düzgün beyaz dişleri gözlerimi kamaştırdı. "Beni yakaladın."

Bu küçük, eğlenceli ânımız Hare ile Mahmut'un yanımıza

dönmesiyle dağıldı ama Ayaz'ın her bir mimiği, ses tonunun her rengi çoktan hafızama kazınmıştı bile. Aslında bundan hoşlanmıştım. Son zamanlarda o kadar çok kötü anı biriktirmiştim ki üstlerini yeni ve güzel olanlarla örtmeye başlamak iyi hissettiriyordu.

Herkes alacağını alıp kasada ödemeyi yaptıktan sonra o mağazadan çıktık ve başka bir mağazaya girdik. Bu seferki, bir kişisel bakım mağazasıydı.

"Burada ne işimiz var?" diye sordu Mahmut yüzünü buruşturarak. "Efe'ye ruj mu alacağız?"

Ayaz ona ters bir bakış attı. "Sana oje alacağım kardeşim. Hangi renk istersin?"

Ben atışmalarını uzaktan izlerken Hare araya girdi ve "Bildiğiniz tek makyaj ürünü oje ve ruj, değil mi?" diye sordu. Onun kahverengi gözlerindeki keskin acımasız bakışların hedefi olmadığım için oldukça mutluydum. O bakışlar insana kendini küçücük hissettiriyordu.

"Ben bir de şeyi biliyorum." diye cevap verdi Mahmut, hiçbir alınma belirtisi göstermeden. Hayatı Hare Arıkan'ın bakışlarından etkilenmeyecek kadar çok seviyor olmalıydı. "Şu kirpiklerinize sürüyorsunuz ya. Makara mıydı maskara mıydı neydi?"

Ayaz ise başını bezgince iki yana sallayıp Mahmut'u erkek reyonuna sürüklemekle yetindi. Hare'yle ikimiz makyaj bölümünü biraz dolaştıktan, birkaç ruju bileğimizde deneyip birbirimize gösterdikten sonra Ayaz ve Mahmut işlerini halledip yanımıza geldiler. Kesin Ayaz şampuanını almak için geldi buraya diye düşünmeden edemedim. Muhtemelen markette satılmayan süslü bir markanın şampuanlarını ve saç kremlerini kullanıyordu o değerli kafası için.

Oradan çıkıp birkaç giyim mağazası, spor malzemeleri satan birkaç yer daha gezdikten sonra benim ayaklarıma artık kara sular inmişti. Ben de birazdan o kara sulara inmek üzereydim. Bu yüzden biraz mızırdanarak, "Bir şeyler yemek için mola verebilir miyiz?" dedim. "Açım ve yoruldum."

Sözlerim işe yaradı. Ya onlar da yorulmuşlardı ya da bana acıdılar, bilmiyorum ama herkes alışveriş merkezinin yemek katına çıkıp karnımızı doyurmayı ve biraz dinlenmeyi kabul etti. Hiç itirazsız en üst kata çıkmak için harekete geçtik. Kısa bir asansör yolculuğunun ardından karşımızda onlarca çeşit yemek seçeneği ve çok rahat görünmeseler de oturup dinlenebileceğimiz bir sürü sandalye vardı.

"Ne yemek istersiniz?" diye sordu Ayaz.

"Pizza." dedim çok düşünmeden. Böyle anlarda bir kişi karar verip ne yemek istediğini söylemezse mesele sonsuza dek uzuyor da uzuyordu. Üstelik hemen hemen herkes pizza severdi.

"Pizza iyi fikir." diyerek bana katıldı Hare. Pizza her zaman iyi bir fikirdir.

Mahmut da bize uyacağını söyleyince hep beraber pizzacıya yöneldik. Boş bir masa bulup oturur oturmaz menüyü incelemeye başladığım için hiç utanmadım. Söz konusu yemek olduğunda benden prenseslik bekleyenleri hiç üzülmeden hayal kırıklığına uğratmaya bayılıyordum çünkü. Birkaç dakika sonra ortaya iki büyük boy pizza ve hepimiz için birer içecek söyledikten sonra rahat bir nefes alıp sızlayan ayak bileklerimin bana nasıl minnettar olduğuna dikkat kesildim. Normalde yürümeyi, uzun yürüyüşler yapmayı severdim ama mağaza dolaşmanın ayrı bir yoruculuğu vardı. Bunu kimse inkâr edemezdi.

Çok geçmeden masamıza servis edilen sıcak pizza dikkatimi ağrıyan ayak bileklerimden ayırmamı sağladı. İlk dilimi almak için aşırı sabırsızlanırken Ayaz'ın elindeki bıçakla ayırdığı ilk dilimi bana vermesi karşısında adeta kalbim eridi. Önce çöp şiş, şimdi de pizzanın ilk dilimi... *Eğer bu işte ciddiysen gel yarın babamdan iste beni Esmer Güzeli.*

"Teşekkür ederim." dedim sandalyede kendi kendime mayışırken.

Ayaz gülümseyip bana yan bir bakış attı. "Pizzaya öyle bir bakıyordun ki ilk dilimi kendime alsam kolumu kemirmeye başlayabilirdin."

Mayışma seansım beni aniden yakalayan bir gülüşle bölündü. "Çok kötüsün." dedim pizzamı ısırmadan hemen önce. "Ama yine de haksız sayılmazsın."

Ayaz centilmenliği elden bırakmamakta kararlı olduğu için bir sonraki servisi Hare'ye yaptı ve çok geçmeden herkes pizzasını yemekle meşgul olduğu için masada kısa süreli bir sessizlik oluştu. Bu sessizliği cep telefonumdaki bildirimlere bakmak için kullandım. Elbette sohbet grubumuza Bahar ve Nehar'dan bir sürü mesaj gelmişti. Biz alışverişteyken aynı evde yaşayan bu iki kız kardeş grupta kavga etmeyi bile ihmal etmemişti. *Ne diyebilirim ki, Efe için şükrediyorum bazen...* Ve yine elbette manyağın biri tarafından alakamın olmadığı fotoğraflara etiketlenmiştim. Açıp fotoğraflara bakma zahmetine girmedim bile. Yalnızca bildirimleri silmekle yetindim.

Pizzayı yarıladığımız sırada Mahmut kız arkadaşının onu aramasıyla masadan kalktı ve rahatça konuşabilmek için alışveriş merkezinin terasına çıktı. Hare de usulca bir hamleyle, bir arkadaşının şu an burada olduğunu ve kısa bir görüşme talep ettiği için onu kıramadığını söylemek suretiyle yanımızdan ayrıldı ve beni Ayaz'la baş başa bıraktı. *Seni sinsi kızıl.*

Yalnız kaldığımızda bir müddet ikimiz de konuşmadık. Sonra Ayaz tek kaşını kaldırıp bana temkinli bir bakış atarak, "Karnın doydu mu? Daha iyi hissediyor musun?" diye sordu. "Gözlerindeki o çılgın bakış kaybolmaya başladı."

Ona itiraz edip bir şeyler söylemek istedim ama ağzım tıka basa pizzayla doluydu. O yüzden homurdanmak dışında bir şey yapamadım.

Yine de Ayaz beni anlayıp gülümseyerek, "Tamam, tamam kızma." dedi. Sonra bir peçete alıp bana uzandı ve burnumun ucunu sildi. "Ketçap bulaşmış. Silmek için biraz doymanı ve sakinleşmeni beklemek zorunda kaldım. Üzgünüm ama aniden elimi sana uzatırsam onu kaybetme tehlikesiyle karşı karşıya gelebilirdim."

"Anlaşıldı." dedim ağzımdaki lokmayı yuttuktan sonra. "Bundan sonra Ayaz efendinin yanında yemek yemeyeceğiz mecbur. Şuna baksana, maskara oldum adeta."

Ayaz ateşli bir itiraz ile başını iki yana salladı. "Mızıkçılık yapma." dedi kara gözlerinde içimi eriten tatlı bir bakışla. "Biraz eğlenmek benim de hakkım."

Onun sevimli suratına havalı bir cevap yapıştırmak üzereydim. Gerçekten. Ama aniden, gürültüyle çalmaya başlayan telefonum ve ekranda beliren isim bütün dikkatimi silip süpürdü. Bir anda kendimi son zamanlarda bulunduğum en rahatsız konumda buluverdim. Karşımda Ayaz duruyor, zeytin gözleriyle bana bakıyor ve bir cevap bekliyordu. Masanın üzerinde duran telefonumun ekranında ise *Berk Arıyor...* yazmaktaydı.

10

Bundan sonraki hayatımda ahret gözlerimle görmek istemediğim üç şeyden biri kesinlikle ama kesinlikle telefonumun ekranındaki *Berk Arıyor...* yazısıydı. Oysa ilk ayrıldığımız günlerde bu aramayı dört gözle beklemiştim. O zamanlarda pişman olmasını, beni aramasını, kapımda sürünmesini falan istiyordum ama şimdi adamın pişmanlığı bile beni bunaltır hâle gelmişti. Artık benden özürler dilemesinin hiçbir manası yoktu benim için. Sürünmesini de istemiyordum. Tek istediğim hayatımdan tamamen çıkıp gitmesiydi. Hızlıca aramayı reddedip Ayaz'a çaktırmadan telefonumu uçak moduna aldım. Eğer şehzademiz tekrar arama lütfunda bulunursa ortamda garip bir hava oluşacaktı ve ben bunu istemiyordum.

"Hayırdır?" diye sordu Ayaz. Kaşları hafifçe çatılmıştı ve göz ucuyla elimdeki telefona bakıyordu. "Bir sıkıntı mı var?"

Koca bir sıkıntı hem de Esmer Güzeli, diye düşündüm. *Adı da Nedim Berk Candar.*

"Yok ya," dedim gülmeye çalışarak. "Geveze bir arkadaş. Şimdi telefonu açsam saatlerce bırakmaz beni." Teknik olarak bu, bir yalan değildi. Nedim Berk gerçekten geveze birisiydi ve telefonu açarsam gerçekten saatlerce ortamlara dönemez hâle gelirdim. Sinirden. Üzüntüden. Yıpranan kalbim yüzünden.

Ayaz ortada bir mevzu olmadığına ikna olup rahatladı ve tekrar arkasına yaslandı. Ben de tabağımdaki yarım pizza dilimine baktım. Birden bütün iştahım kaçmıştı nedense.

"Sana dondurma alayım mı?"

Ayaz'ın sorusuyla bakışlarımı ona çevirdim. Masum ve hevesli bir bakışla bana bakmaktaydı. Yüzümde 'ben bu numaraları yutmam' diye haykıran bir ifadeyle başımı sağa eğip, "Yine benimle dalga geçebilesin diye mi? Teşekkür ederim ama kalsın." dedim.

Kocaman, parlak gülüşü nedeniyle kara gözleri kısılıp küçücük kaldı esmer güzelinin. Kalbimdeki ve beynimdeki bütün Zeynepler AŞIRI FAZLA SEVİMLİLİK YÜKLEMESİ diye bağırarak alarm verirken, her biri zihnimin içinde deli gibi bir o yana bir bu yana koştururken ve kalp atışlarım delirmişçesine hızlanırken bu manzaraya üç saniyeden fazla bakmam benim çılgın kişiliğimin bir göstergesiydi. Peki, Ayaz'ın yaptıkları neydi? *Cevap veriyorum, insafsızlık.*

Masanın üzerinden hafifçe bana doğru eğilip, "Özür dilerim Ay Parçası." dedi alçak bir sesle. Zihnimdeki birkaç Zeynep bunu duyunca nefessiz kalıp olduğu yere bayılıverdi. Kamyoncu Zeynep bile bir sigara yakmadan duramadı. Oysa Ayaz bütün bunların farkında değil gibi konuşmaya devam etti. "Bir daha asla yemek yiyişinle dalga geçmeyeceğim. Anlaştık mı?"

Ay parçası. Hiç beklenmedik bu iki kelimenin etkisi saniyeler sonra bile damarlarımdaki fırtınaları coşturuyordu.

Bu yüzden Ayaz'ın yakınlığını ve sözlerini algılamakta zorlandım. Tam bir aptal gibi gözlerimi kırpıştırmak zorunda kaldım. Ayaz insafa gelir, belki bakışlarını yüzümden çeker ya da biraz aramızdaki mesafeyi açar diye bekledim ama yok... Orada durup bana bakmayı ve kalbime eziyet etmeyi sürdürdü. *Sen sahiden de insafsız birisin Esmer Güzeli.*

"Şimdi tekrar soruyorum. Sana dondurma alayım mı?"

Bir an soğuk bir şeyler yemek ve biraz serinlemek hiç de fena bir fikir gibi gelmedi. Bu yüzden, evet, tamamıyla bu sebeple başımı olumlu manada salladım ve Ayaz'ın geniş, yüzünü aydınlatan bir tebessümle geri çekilişini kalbim sıkışarak izledim. *Genç yaşta tansiyon hastası edecek bu çocuk beni.*

Ayaz yanımdan kalkıp dondurmacıya yöneldiğinde rahat bir nefes aldım. Zihnimin gerilerinde bir yerlerde İlhan Şeşen soruyordu; *Neler oluyor bize, yine neler oluyor gülüm?*

İnan hiçbir fikrim yok İlhancığım, diye mırıldandım kendi kendime. Bir yandan da dondurma dolabının önünde durmuş, alnına dökülen saçlarını eliyle geri iten ve dondurmacı çocuğa büyük bir dikkatle istediklerini işaret eden Ayaz'ı izlemeden yapamıyordum. Zihnimin içinde telaşlı bir Zeynep önüme dönmem gerektiğini, beni kendisini izlerken yakalarsa Ayaz'ın kim bilir neler düşüneceğini fısıldayıp duruyor ama bir türlü yeterince dikkatimi çekemiyordu. Belki de bunun nedeni zihnimin içindeki telaşlı Zeynep'in; esmer bir tene, zeytin gözlere, gür siyah saçlara ve havalı bir kirli sakala sahip olmayışıydı, kim bilir?

Neyse ki tam zamanında, Ayaz dondurma külahlarını eline alır almaz bakışlarımı kaçırdım da onu izlerken yakalanmadım. Evet, bazen doğru zamanlarda doğru hamleler yapabiliyordum ben de işte.

"Al bakalım." dedi Ayaz yanıma geldiğinde kocaman bir külahı uzatıp. "Neyli istediğini söylemediğin için ben tahmin yürütmek zorunda kaldım. Çikolata, çilek ve limon. Nasıl?"

Külahı alırken gülümsememi bastırmak için dudaklarımı büzdüm. "Hımm. Aslında fena değil. Çikolata yerine vanilya olsa daha iyi olabilirdi."

Yerine oturup kendi dondurmasını –ki yalnızca çikolatalı almıştı- yemeye başlamadan önce, "Üçte iki." diye mırıldandı. "Bence oldukça iyi."

Bu sırada Mahmut'un telefonunu kapatmış, yanımıza yaklaşmakta olduğunu fark ettim. Elimizdeki dondurmaları görünce kaşlarını yukarı kaldırdı. "Tatlıya bensiz mi geçtiniz? Aşk olsun size."

"Olsun kardeşim." dedi Ayaz arkasına yaslanırken. "Alayım mı sana da?" Bu çocukta birilerine dondurma almak bir tutku muydu acaba?

"Yok, sağ olasın sağdıcım, kalsın." Mahmut da sandalyesine oturdu ve rahatça yerine kuruldu. "Siz ikiniz hâlâ Efe için alacak bir şey bulamadınız mı?"

"Ben…" dedim derin bir iç çekişle omuzlarımı düşürerek. "Anlamlı bir hediye bulamadığım için pes ediyorum ve Efe'ye istediği o çok pahalı saati alıyorum. Üzgünüm… Bensiz devam edin siz."

Mahmut başını ağır ağır sallayarak, "Pahalı sıfatını ekleyerek sıradan bir hediyeyi çok anlamlı hâle getirdin." diye karşılık verdi. "Seni tebrik ediyorum."

Ona gülümseyerek teşekkür ettikten sonra ikimiz de Ayaz'a döndük. Kendisi kadar esmer, çikolatalı dondurmasıyla oldukça keyifli görünüyordu. Bizim bakışlarımızı üstünde hissedince birkaç saniye bakışları Mahmut ile benim aramda dolaştı. "Aklımda bir şeyler var." dedi en sonunda. "Biraz önce bulduğum bir fikir... Ama buradan almayacağım. İnternetten sipariş vereceğim."

Ona gözlerimi kısarak baktım ve "Neymiş o şey?" diye sordum.

Mahmut ile bana birer kez daha bakıp başını iki yana salladı Ayaz. "Bakışlarınızdan hiç hoşlanmadım. Fikrimi çalma ihtimaliniz olduğunu sezdiğim için bunu size söylemeyeceğim."

"Çok hain bir sağdıçsın." dedi Mahmut, arkadaşına tiksinen bir bakış atarak. "Nasıl olur da sana ihanet edeceğimi düşünürsün?"

Ayaz'ın Mahmut'a ne cevap verdiğini duyamadım çünkü aniden yanımda beliren Hare tüm dikkatimi kendisine çekti. Bu kadar erken dönmesini beklemesem de geldiği için şikâyetçi değildim. Bu alışveriş işini bir an önce halledebilirsek çok sevinecektim çünkü telefonumu uçak modunda çok uzun süre tutarsam sevgili ailem benim yamyamlar tarafından kaçırılıp kuşbaşı doğrandığımı düşünebilirdi. Daha önce yapmadıkları şey değildi hani.

Hare'ye olan biteni özet geçtim, elbette bu arada Ayaz onun dondurma isteyip istemediğini sordu -istemiyordu- ve en nihayetinde on beş dakika sonra masamızdan kalkıp tekrar mağazaların arasına geri döndük. Ben Efe için o çok pahalı saati aldım ve faturayı gözyaşlarım eşliğinde ödedim. Hare de benim taktiğimi izleyerek ona pahalı bir parfüm aldı ve kasadayken, "Keşke bir futbol topu alıp ünlü bir futbolcunun imzasını taklit etseydim." dedi.

Bunun harika bir fikir olduğuna ve seneye uygulayabileceğimize karar verdik.

Hediye işi bittikten sonra alışveriş merkezinden ayrılıp bir süpermarkete girdik ve parti için süsler, balonlar ve tek boynuzlu at maskeleri aldık. Hani şu yüzün yarısını kaplayanlardan, at kafası şeklinde olanlardan değil. Maskeler elbette tamamen dalga amaçlıydı. Yine de biraz hoşuma gitmediklerini söylesem yalan söylemiş olurdum. Bunda maskeyi takıp Ayaz'a döndüğümde onun heyecanla gülümsemesinin, ardından telefonunu çıkarıp bir fotoğrafımı çekmesinin hiçbir etkisi yoktu, yemin ederim. Ben sadece tek boynuzlu atları seviyordum.

Aldıklarımızı kasadan geçirip ödemeyi yaptıktan sonra elimizde bir sürü poşetle otoparka yürüdük. Biz Hare'nin pembe arabası ile gelmiştik ve Ayaz'ın çok sevdiği kırmızı arabasının tam yanında duruyordu. Malzemeleri Ayaz'ın arabasının arka koltuğuna bıraktık çünkü doğum günü kutlaması kulüpte yapılacaktı ve Ayaz'ın aldıklarımızı oraya götürmesi yapılacak en mantıklı şeydi.

Her şey arabalara yüklendikten ve nihayet her şeyin tamam olduğuna emin olduktan sonra hepimiz kısaca vedalaştık, yakın zamanda tekrar görüşeceğimiz temennisiyle birbirimizden ayrıldık ve ben yine, Hare'nin arabasının yolcu koltuğuna oturmadan önce bir saniyeliğine de olsa Ayaz'a bakmadan duramadım. O da yine bana bakmaktaydı. Bakışları almam gereken bir emanetmiş gibi orada öylece bekliyor ve beni her hatırladığımda tekrar tekrar gülümsetiyordu.

11

ayazsaricali: Leydi Maria yalnızca yirmi üç yaşında olmasına rağmen sosyete tarafından evde kalmış olarak görülüyor.
ayazsaricali: Ama otuz üç yaşındaki Dük Hemsworth'ün böyle bir sorunu yok.
zeyneparikan: Çünkü o bir erkek ve bir dük. Ayrıca sosyete aptal dolu.
ayazsaricali: Leydi Maria da tam olarak böyle düşünüyor.
zeyneparikan: Öyleyse Leydi Maria akıllı bir kadın.
ayazsaricali: Ayrıca Dük Hemsworth'ün gür saçlarının, kaslı kollarının ve koyu renk gözlerinin aklını başından aldığını söylüyor.
zeyneparikan: Bu, yalnızca Leydi Maria'yı ilgilendirir.
ayazsaricali: Bence Dük'ü de biraz ilgilendiriyor.
ayazsaricali: Zaten bana kalırsa Dük de Leydi Maria'ya karşı boş değil.
ayazsaricali: Onun evde kalmış olmasını pek de umursamıyor.
zeyneparikan: Sosyete içinde biraz zekâ belirtisi gösteren adamlar görmek hoş oluyor.
ayazsaricali: Kaslı kolların da etkiyi artırdığı aşikâr tabii.

zeyneparikan: Leydi Maria zevk sahibi bir kadınsa bana ancak bunu takdir etmek düşer.

"Şunun sırıtmasına bakar mısınız? Şu beyaz yüzdeki koca, şapşal, kırmızı sırıtışa bakar mısınız? Flört ederken bir palyaçoya benziyor."

Kafamı telefondan kaldırıp bana bu sözleri söyleyen kuzenim Hare'ye öldürücü bir bakış attım. Neyse ki en sadık kuzenim Bahar, hemen onun yanındaydı da elindeki yastığı hiç düşünmeden Hare'nin kafasına indirip, "Kıskanma." dedi. Sonrasında bana dönüp ekledi. "Gün ışığı gibisin hayatım. Çok güzelsin. Işıl ışılsın. Palyaço ile alakan yok."

Nehar'dan bir kıkırtı yükseldi. "Evet! Resmen par-lı-yor-sun."

Onlara boş bir bakış atmayı denedim. Ne kadar başarılı olduğum tartışılırdı elbette. "Sadece düz duruyorum." dedim. "Dümdüz. Farklı anlamlar yüklemeye hiç gerek yok."

"Şu ikisini…" diyerek Bahar ve Nehar'ı işaret etti Hare. "Kandırmaya çalışmanı anlayabiliyorum Zeynep ama benim bunları yutmayacağımı bildiğini umuyordum. Üzdün."

Nehar sağlam ayağıyla Hare'yi dürtükledi. "Bu 'çok zekiyim' havaların yüzünden evde kalacaksın kızım, diyeyim ben sana."

Leydi Hare sosyetenin bu manasız ve gaddarca tavrına yalnızca dudaklarını büzdü. "Hiç zannetmiyorum. Annem âşık olmayı ve birini kendine âşık etmeyi başarabildiyse ben de yapabilirim. Tabii bunu istersem."

Hare'nin annesi Mine yengem ile Akın amcamın aşk hikâyesini hepimiz ezbere biliyorduk. Çünkü çok tuhaf başlayıp çok tuhaf ilerleyen, hatta tuhaflığını hâlâ kaybetmemiş olan bir hikâyeydi. Yer yer hepimize umut aşılıyordu ama içimizden herhangi birinin Mine yengem kadar –amcamın deyimiyle- eşsiz olduğunu zannetmiyordum. "İşlerin o kadar çılgınlaşmamasını umalım sadece." dedim Hare'ye bu yüzden.

Sonra telefonum bir mesaj geldiğini bildirmek için titredi ve Hare'nin cevabını duyamadan çok uzak diyarlara ışınlandım. On sekizinci yüzyıl İngiltere'sine. Kabarık pembe bir balo elbisesinin içinde, yakışıklı kere esmer, esmer kere çekici bir Dük'ün yanında buldum kendimi. Serin bir yaz gecesinde, bir balo salonunun balkonundaydık ve ikimizden başka kimse yoktu. Gecemizi yıldızlar ve bir parça ay aydınlatıyordu.

düksaricali: Aşk romanları düşündüğümden daha eğlenceliymiş.
leydizeynep: İşte! İçten içe aşk romanlarını küçümsediğini biliyordum.
düksaricali: Bu küçümseme değildi.
düksaricali: Yalnızca eğlenceli olabileceklerini düşünmemiştim.
leydizeynep: Bunun ismi ön yargı.
leydizeynep: Bu arada Gurur ve Önyargı'yı da okumalısın.
leydizeynep: Bay Darcy, Dük Hemsworth'ü döver.
leydizeynep: Bütün İngiliz soylularını döver.
leydizeynep: Bay Darcy sevdiğim birisidir.
düksaricali: Bilemiyorum.
düksaricali: Bay Darcy isminden pek de hoşlanmadım.
düksaricali: Bana hiç de gür saçları, koyu renk gözleri ve yakışıklı bir suratı varmış gibi gelmedi.
leydizeynep: Aslına bakarsan yok.
leydizeynep: Ama âşık olduğunda çok düşünceli ve tatlı bir adama dönüşüyor.

leydizeynep: Ayrıca Derbyshire'da Pemberley isimli koca bir malikânesi var.
leydizeynep: Müthiş bir yer.
düksaricali: Siz kadınlar neden zaten düşünceli ve anlayışlı olan bir adama âşık olmak yerine
düksaricali: Pisliğin tekine tutulup onun bir anda dönüşüm geçirmesini bekliyorsunuz?
leydizeynep: Öncelikle bu bir genelleme ve genellemeler saçmadır.
leydizeynep: Zannettiğinden çok daha fazla kadın, iyi çocuklara âşık oluyor.
leydizeynep: Elizabeth için bir savunma yapmam gerekirse
leydizeynep: Tatlı ve düşünceli olduğunu düşündüğü için bir şans verdiği adam
leydizeynep: Yalancı bir ırz düşmanı çıktı...
leydizeynep: Belki de asıl sorun erkeklerdedir.
leydizeynep: Tatlı ve düşünceli olduklarını gizleyip kötü çocuk gibi takılmasalar
leydizeynep: İşler daha kolay yoluna girer ve kimse yalancı prenslere kanmaz.
düksaricali: Elimizden geleni yapıyoruz
düksaricali: En azından bazılarımız.

Telefonla arama giren bir el beni on sekizinci yüzyıl İngiltere'sinden günümüze ışınladı. Balo elbisesi de yakışıklı Dük de kayboldu tabii. Bunun yerine bana, "Hey! Sana sesleniyorum." diye bağıran kuzenim Yağız belirdi suratımın önünde.

"Ne var?" diye sordum huysuzca. *Balonun serin balkonundan beni neden ayırdın Yağız Erarslan? Ne için? Ne uğruna?*

"On dakikadır sana ulaşmaya çalışıyorum." dedi Yağız yanıma otururken. "Bu kadar ilgi çekici ne olabilir o telefonda?"

Kamyoncu Zeynep elini sertçe kornaya çarptı ve "Ne sen sor ne ben anlatayım yiğido." diye bağırdı zihnimin içinde. Bense yalnızca, "Bir şey okuyordum." demekle yetindim. "Kusura bakma."

Yağız olanları dert etmediğini küçük bir omuz silkiş ile ifade etmeyi başardı. "Efe'nin doğum günü partisiyle sen ilgileniyormuşsun?"

Bir an göz ucuyla kızlara baktım ama sinema filmi izler gibi merak ve heyecanla vereceğim cevabı bekledikleri için bana pek de yardımcı olmadılar. "Öyle." dedim ve usulca mırıldanarak ekledim. "Sanırım."

"Ayaz'la konuştum da partiyi kulüpte yapmak iyi fikir. Efe'yi kulübe getirmek gibi mühim bir görevi de ben üstlendim. Bilirsiniz, kendimi ateş hattına atmaktan hiç çekinmem."

Yağız'ın geniş, gururlu gülümsemesine bakıp da gülmemem elde değildi. "Tam bir kahramansın." dedim. "Bütün kızların hayalindeki erkeksin sen."

Gülümseyişi tatlı ve şımarık bir hâl aldı. "Biliyorum, biliyorum." Sonra kızlara dönüp, "Cumartesi akşam dokuzda hepiniz hazır olun." dedi. "Sizi Ateş alacak."

"Sonunda ortalıkta görünmeye tenezzül edecek yani Ateş Bey." diye lafa karıştı Nehar. "Ben de artık bizden sıkılıp ülke değiştirmeye karar verdi falan zannetmiştim."

"Böyle bir şey yaparsa onu suçlayabilir misin?" diye soran da Bahar'dı.

"Ben suçlamam." dedi Hare. "Şikâyet de etmem. Hatta uçak biletini bile alabilirim."

Hare'ye onu anladığımı belirten bir bakış attım. Ben de

Efe için benzer şeyler düşünüyordum. Bazen. Ya da çoğu zaman. Yine de Ateş, Efe'den çok daha iyi bir kardeşti. Bunu da göz ardı etmemek gerekirdi.

Yağız'a dönüp, "Anlaştık o zaman." dedim. "Sen Efe'yi getiriyorsun, biz Ateş ile beraber geliyoruz ve cumartesi akşam dokuza kadar her şey hazır oluyor. Hiçbir sorun çıkmıyor."

"Harikasın." dedi Yağız ve başıma bir öpücük kondurdu. Sonra aklına takılan başka bir şey için Bahar'ın yanına doğru kaydı. Konuşmanın bittiğine emin olunca tekrar telefonuma geri döndüm ve Ayaz'ın cevapsız bıraktığım mesajını tekrar okudum.

ayazsaricali: Elimizden geleni yapıyoruz
ayazsaricali: En azından bazılarımız.

Ne cevap vermem gerektiğini bilemedim. Bunun için emoji klavyesine başvurmaya karar verdim ve ona sevimli bir gülücük gönderdim. Çok geçmeden mesajımın görüldüğünü belirten yazıyı gördüm. Ardından Ayaz da bana bir emoji yolladı. Hilal şeklinde bir ay. Benim manasız emojime karşılık oldukça anlam yüklü, düşünce dolu bir cevaptı bu. Kırık kalbime bir parça merhem çaldı. Dudaklarım iki yana doğru hüzünlü bir gülümsemeyle kıvrıldı. Gözlerimi kapatıp derin bir iç çektim ve anılarıma karışmış o güzel ânı bir kere daha düşündüm. Ayaz'ın söylediği iki kelime zihnimin içinde defalarca yankılandı.

Ay parçası. Ay parçası. Ay parçası.

12

"Süslemeler tamam. İçecek büfesi tamam. Hediyeleri koyacağımız masayı da ayarladım. Çalışanlar misafirlerimizi karşılamak için tam vaktinde burada olacaklar. Geriye yalnızca pastayı almak kaldı. Pastane biraz önce aradı ve pastanın hazır olduğunu söyledi. Almaya kim gidecek?"

Mahmut tam karşımızda durmuş bir bana, bir Ayaz'a bakarak bu soruyu sorduğunda yüzündeki ifadeden pastayı almaya gidecek kişinin o olmadığı hemen anlaşılıyordu. Onu suçlayamazdım çünkü yaklaşık üç saattir Ayaz ile beraber burayı, yani kulübü Efe'nin doğum günü için hazırlamaya çalışıyorlardı. Öncesinde de organizasyonun iletişim kısmını Mahmut üstlendiği için epey yorulmuş görünüyordu.

"Ben alırım." dedim bu yüzden fazla düşünmeden. "Adresi telefonuma yollar mısın?"

"Ben de seninle geleyim." dedi Ayaz. Önerisi kalbime altı şiddetinde bir zelzele salmadı desem yalan söylemiş olurdum. "Yolu biliyorum zaten."

Mahmut işin kendine kalmayışıyla sevinerek, "Harika!" diye şakıdı. "Ben de o zaman eve geçiyorum. Üstümü değiştireceğim. Sonra gidip kız arkadaşımı alacağım. Saat sekiz gibi burada oluruz."

Bizimle kısaca vedalaştıktan sonra kulüpten ayrıldı ve Ayaz ile koca kulüpte baş başa kaldık. Aslında teknik olarak baş başa değildik. Güvenlik görevlileri, birkaç çalışan ve Ayaz'ın abisi Poyraz da kulüpteydi ama o an orada yalnızca ikimiz vardık ve boş bir gece kulübünde, henüz hava kararmamışken, müzik de çalmıyorken öylece dikilmek biraz garipti doğrusu. Geceleri enerji fışkıran, etrafa ışıltılar saçan bu yerin gündüz bu kadar karanlık ve sakin oluşu tuhaftı. Yine de süslemeler hoş görünüyordu.

"Pastane çok uzak mı?" diye sordum Ayaz'a, çantamı omzuma geçirirken.

"Hayır." dedi. "Yarım saate gider geliriz. Sonra sen eve mi geçeceksin?"

"Hayır." deme sırası bendeydi. "Akın amcamların evine gideceğim. Kızlar orada. Akşam da bizi Ateş getirecek."

Ayaz geçmem için kapıyı açarken başını salladı ve arabaya binene kadar başka bir şey konuşmadık. Ayaz'ın çok sevdiği kırmızı arabasına bindiğimizdeyse dayanamayıp ona, "Kitabı bitirdin mi?" diye sordum. Zira kendisiyle son konuşmamızın üzerinden iki gün geçmişti ve bana başka hiçbir şey yazmamıştı. Gerçi bu iki gün içinde tamamen iletişimsiz değildik ama olsun.

Gözlerini yoldan ayırmadı fakat sevimli bir şekilde gülümseyerek, "Evet, bitirdim." dedi. "Leydi Maria artık bir düşes ve Dük Hemsworth'ün güçlü kolları arasında mutlu bir kadın."

"Ne mutlu ona." diye mırıldandım, iç çekme isteğimi bastıramadan.

“Evet ama on sekizinci yüzyıl İngiltere’sinde yaşamak istemediğime karar verdim.” derken başını iki yana salladı esmer güzeli. “Zavallı Dük’ün giymek zorunda kaldığı onca şeyi düşününce... Boyun bağları, kuyruklu ceketler, dar pantolonlar, çizmeler...”

“Moda, acımasız bir şey.” diye mırıldanırken dudaklarımı büzdüm. “Bir zamanlar erkekler için de acımasız olduğunu bilmek beni mutlu etti açıkçası.” Sonra Ayaz’a küçük bir gülümseme ile yaramaz bir bakışı eşleştirerek baktım. “Ayrıca o zamanlarda yaşasan bir Dük olacağına çok eminsin bakıyorum da.”

Tek eli direksiyondayken ve rüzgâr o havalı saçlarını uçuştururken gözlerini yoldan ayırıp bana döndü. Yüzündeki çarpık gülümseyişi nasıl tarif etsem bilemedim. En son böyle heyecanlandığımda bir hız treninin en yüksek noktasındaydım ve var gücümle öğle yemeğimi midemde tutmaya çalışıyordum.

“Ben zaten bir Dük’üm, Ay Parçası. Dedemin İngiltere’de hektar hektar arsaları var. İnanmıyorsan Kraliçe’yi arayıp soralım hemen.”

Alaycı bir kahkaha attım. “Eminim böyle masallarla bir sürü kızı kandırmışsınızdır ekselansları. Ya da en azından denemişsinizdir... Fakat ben üstünüzde bir frak, boynunuzda kabarık bir boğun bağı görmeden buna katiyen inanmam.”

Ayaz tekrar bakışlarını yola çevirirken sırıtıyordu. “Eminim böyle bir fırsatı asla kaçırmazdın ama şansına küs. Son frakımı daha geçen gün şömineye atıp yaktım. Daha doğrusu uşağıma yaptırdım. Bilirsin, Dükler beceriksiz birer odun parçası oldukları için kendi başlarına giyinemezler bile.”

“Peki; durup dururken bayılan, kabarık elbiseli leydiler hakkında ne düşünüyorsun?” diye sordum. Ben de onun gibi yola bakmak ve uçuşan saçlarımla havalı görünmek istiyordum ama onu izlemekten de kendimi alamıyordum.

"Haklı olduklarını düşünüyorum." dedi Ayaz. "O kadar saçmalığın içinde bayıldıkları için kim onları suçlayabilir?"

Bu seferki gülüşüm araba yavaşladığı için daha çok duyuldu ve Ayaz'ın başını çevirip bir kere daha bana bakmasına sebep oldu. Bakışlarımız buluşunca utanıp ellerimle yüzümü kapadım. Ardından da hızlıca önüme döndüm.

"Neden gülüşünü saklıyorsun?" diye sordu Ayaz. Araba artık durduğu için bunu bir fısıltıyla sorması duymam için yeterli olmuştu.

Yanaklarım kızarırken başımı önüme eğdim. Böylelikle saçlarım yüzümü biraz olsun gizleyebildi. "Kocaman bir ağzım var ve dişlerim yamuk." dedim belli belirsiz ve alaya vurmaya çalışarak ekledim. "Gülerken insanlara rahatsızlık vermek istemiyorum."

Ayaz beklemediğim bir şey yapıp bana elini uzattı. Dokunuşunu çenemde hissedince ister istemez ona döndüm. Bakışlarıyla karşılaştığımda ise kaçacak yerim zaten kalmamıştı. En son ne zaman birinin, yalnızca bana değil herhangi bir şeye böyle güzel baktığını gördüğümü hatırlamıyordum bile. Siyah gözlerindeki tüm yıldızlar benim için aynı anda parlamaya karar vermişti sanki. Öyle aydınlık, öyle parlak… *Neredeyse daha akşam düşmeden güneşi gölgede bırakacak.*

"Sen gülünce insanın aklı başında mı kalıyor ki yamuk bir dişi fark etsin Ay Parçası?"

Aniden gülümseyip başımı yana yatırdım ve kaçacak yerim olmadığı için gözlerimi kapatmak zorunda kaldım. Zira bir noktada ben de kalbimin sıhhatini düşünmek zorundaydım dostlar.

"Mübalağa ediyorsun." derken sesim öyle titredi ki kendimi arabadan atmak istedim. *Ben artık devam edemeyeceğim, hoşça kalın!*

"Az bile söylüyorum." dedi Ayaz. Sonrasında sanırım benim bayılmak üzere olduğumu hissedip nihayet elini çenemden çekti. "Hadi gidip şu pastayı alalım yoksa geç kalacağız."

Arabadan inince Ayaz yanıma gelmeden derin birkaç nefes alıp kendimi sakinleştirmeye ve yanaklarımın domatesle benzerliğini azaltmaya çalıştım. O yanıma geldiğinde ise saçlarımı hafifçe savurup havalı görünmeyi denedim. Ne kadar başarabildiğim tartışılırdı elbette. Arabayı park ettiğimiz yerden birkaç metre ötedeki pastaneye ulaşmamız kısa sürdü. Ayaz yine benim için kapıyı açacak kadar centilmendi. İçeri girdiğimizde biraz büyülendiğimi itiraf etmek zorundaydım. Neyse ki bu defa Ayaz yüzünden değil de etrafımızdaki pastalar, çikolatalar ve şekerler yüzündendi. İçerisinin şekerli kokusu bile mest olmama yetmişti.

"Her an tezgâhtaki çikolataları ağzına tıkıştırmaya başlayacakmış gibi görünüyorsun." diyen Ayaz'ı işitene dek iç dünyamı bu kadar dışa yansıttığımı fark etmemiştim.

Yüzümü asarak, "Söz vermiştin." dedim. "Hatırlıyor musun acaba?"

Ayaz omuzlarını yukarı kaldırıp küçük bir çocuk gibi gülümsedi. "Teknik olarak şu an yemek yemiyorsun. Yani sözümü bozmuş falan değilim."

"Hilekâr." diye mırıldandıktan sonra bakışlarımı tekrar çikolatalara çevirdim. Hâlâ biraz önceki kadar leziz görünüyorlardı ama bu defa onlara ağzımın suyu akarak bakacak fırsatı kendime tanımadan tezgâhın arkasındaki görevliye, "Merhaba." dedim. "Bizim bir siparişimiz vardı da."

"Ayaz Sarıcalı adına ayrılmıştı." diye araya girdi esmer güzeli.

Tam bu sırada pastanenin kapısı bir kere daha açıldı ve ikiz kız çocukları olan, muhtemelen tam da bu sebeple çokça yorgun görünen bir kadın telaşla içeri daldı. "İyi günler." derken nefes nefese kalmıştı. "Bizim bir doğum günü pastası siparişimiz vardı. Onu almam lazım, çok acil. Refik Akyalı adına ayrılmıştı."

Görevli bizlere kibar bir gülümseme sunduktan sonra bir dakika beklememizi rica edip pasta dolabına eğildi. Bu sırada ikizler birbirlerine sataşarak ve çığlıklar atarak pastanenin içinde koşturuyorlardı. Aynı tişörtün pembesini giymiş olan kız onlara bakışımı yakaladı ve tehlikeli bir ifadeyle yanıma yaklaşıp, "Şuna bak!" dedi kardeşine. "Bembeyaz. Acaba hayalet mi?"

Üstünde mor tişört olan kız merakla yüzüme baktı. Bir hayalet olma ihtimalim onu heyecanlandırmış olacak ki hevesle, "Hayalet misin?" diye sordu.

"Hayır." dedim başımı iki yana sallayarak. "Sadece bronzlaşacak vaktim olmadı henüz."

"Ama BEMBEYAZSIN!" diye bağırdı pembeli olan. "BEMBEYAZ." Hemen peşine de gür bir kahkaha attı.

Pekâlâ. Bu açıkça savaş demekti. Eğer anneleri onlara bir insanın ten rengiyle alay etmemeleri gerektiğini öğretmediyse bu, kesinlikle benimle problemim değildi. Nereden baksanız beş yaşında olmaları da beni durduramazdı. Acımasız ve kalpsiz birisiydim ben. Gözlerimi kısıp onlara doğru eğildim ve ellerimi dizlerime dayadım. "Aslında..." dedim gizemli bir sesle. "Evet, bir hayaletim ama bu bir sır." İşaret parmağımı dudaklarıma götürüp sessiz olmalarını işaret ettim.

İkisinin de gözleri kocaman açılınca sırıtmamak için zor tuttum kendimi. Sesimdeki korkunçluk seviyesini iki tık daha artırdım ve buna bir de ürkütücü bir gülümseme ekledim. "Pastanelerde gizleniyorum ve buraya çikolata ya da pasta almaya gelen çocukların peşine takılıyorum. Sonra gizlice, adım adım takip ediyorum. Ve eğer yaramazlık yaparlarsa..."

Bir anda benden daha beyaz kesilen iki çocuk da çığlık atarak kapıya doğru koşmaya başlayınca hızla doğruldum ve olan bitenden haberim yokmuş gibi tavana baktım. Çünkü olan bitenden haberi olmayan bütün insanlar tavana bakardı, bilirsiniz. Anneleri –ya da bakıcıları- onların kapıdan koşarak çıktığını görünce elindeki paraları tezgâha fırlattı ve pasta kutusunu kaptığı gibi onların peşinden koştu. Onun için biraz üzülmedim diyemezdim.

Ayaz da bizim pastamızın parasını görevliye uzatırken bana şüpheci bir bakış attı. "O çocukları korkuttun mu?"

Söylediği şey dünyanın en saçma şeyiymiş gibi, "Hah!" dedim. "Ne münasebet? Ne kadar sevimli olduklarını söyledim sadece."

Kaşlarını tereddütle yukarı kaldırırken, "Neden çığlık atarak kaçtılar peki?" diye sordu esmer güzeli.

Dudaklarımı büzüp omuz silktim. "Nereden bilebilirim ki? Çocuklar işte..."

Ayaz, anlattıklarıma pek inanmış gibi görünmese de pasta kutusunu alıp görevliye kolay gelsin, dedi ve beraber pastaneden çıktık. Bu sırada bizden birkaç dakika önce çıkmış olan ikizler siyah bir arabanın etrafında koşturuyorlardı. Zavallı kadın da onları arabaya bindirmeye çalışıyordu ama başarılı olmaktan epey uzaktaydı.

Ayaz'dan önce arabaya binip Efe'nin pastasını kucağıma aldım. Arka koltuktan düşüp bozulmasını istemiyordum.

Ayaz da hızla şoför koltuğuna atladı ve vakit kaybetmeden arabayı çalıştırdı. Yola koyulduğumuzda merakımı zapt etmek gibi bir çabaya bile girişmeden pasta kutusunun kapağını dikkatlice açmaya başladım. Mahmut, Efe için zombi şeklinde bir pasta yaptırdıklarını çünkü Efe'nin zombilerden nefret ettiğini söylemişti. Bu hareketin mantığı elbette tartışılabilirdi ama zombi pastası fikrini sevmiştim fakat ne yazık ki pasta kutusunun kapağını açınca pembe bir zemin üzerine yerleştirilmiş iki Barbie bebek figürüyle karşılaştım.

"İşte bu, Efe'ye gerçek bir sürpriz olacak." derken Ayaz'a döndüm. "Zombi fikrinden vazgeçtiğinizi söylememiştiniz."

"Çünkü geçmemiştik." dedi Ayaz pastaya şaşkınca bakarken. "Bu bizim pastamız değil. Diğer müşterininkiyle karışmış olmalı."

"Eyvah." dedim alt dudağımı endişeyle ısırarak. "Ne yapacağız?"

"Kadına yetişip pastaları değiştireceğiz." diye cevap verdi Ayaz ve ilk kavşaktan dönüp arabanın yönünü değiştirdi. "Neyse ki erken fark ettik. Partide de fark edebilirdik."

Açıkçası Efe'yi pembe, Barbie bebekli bir pastayı keserken hayal etmek benim hoşuma gitmişti. Yine de bu organizasyona verdiğimiz emeğe saygı duyarak bu pastanın bizde kalması konusunda ısrar etmeyecektim elbette.

Pastaneden çok fazla uzaklaşmadığımız için dönüşümüz kısa sürdü. Fakat ne yazık ki kadın, ikizleri arabaya bindirmeyi başarmış ve park ettiği yerden ayrılmıştı. Hızlıca etrafa bakınıp gözlerimle her yeri tarayarak o siyah arabayı bulmaya çalıştım. Pek göze çarpan bir renk olmasa da on metre ilerimizden sağa doğru bir dönüş yaparken gördüm arabayı. "İşte orada!" dedim.

Ayaz gaza bastı ve hızlandık. Zavallı kadın iki küçük haylazla beraber yolculuk ettiğinden bizim kadar hızlı süremiyordu tabii. Bu yüzden ona yetişmemiz çok da uzun sürmedi. Uzun sürmedi fakat arabayı durdurmaya başarmamız da zannettiğimiz kadar kolay olmadı. Aslında bunu düşünmemiz gerekirdi. İstanbul gibi bir şehirde bir araba trafikte peşinize takılır ve sürekli kornaya basıp durursa ve siz arabada iki çocuklu bir kadınsanız elbette usulca sağa çekmezdiniz. Fakat bizim o pastayı geri almamız lazımdı.

En sonunda sakin bir ara sokağa sapınca Ayaz biraz daha hızlandı ve kadını solladıktan sonra biraz ilerleyip arabayı durdurdu. Böylelikle arkamızdaki araba da durmak zorunda kaldı. Kadının tekrar kaçmasından endişe ettiğim için pastayı sıkıca tutarak arabadan atladım ve Ayaz'ı beklemeden siyah arabaya doğru koşturdum. Gerçi beklememe çok da gerek kalmamıştı zira onunla aynı anda arabanın yanına varmıştık.

Bizi gören kadın nihayet arabanın camını indirmeye ve derdimizi sormaya karar verdi fakat o daha sorusunu tamamlayamadan arka kapının da camı açıldı ve beni karşılarında gören ikizler aniden çığlık atmaya başladı. *Hay benim dilimi eşek arısı soksaymış da konuşamasaymışım emi!*

İkizler beni işaret edip, "Hayalet!" diye bağırırken ve oldukları yerde amansızca tepinirken Ayaz olayları kavramaya, bense kadına derdimizi anlatmaya çalışıyordum. Ama her kelimem arka koltuktaki iki çığırtkan tarafından bölünüp duruyordu.

"Biz biraz önce..."

"Hayaleeeet!"

"Pastanedeydik ve..."

"Bizi öldürmeye geldi!"

"Pasta kutuları..."

"İmdaaat!"

"Karışmışlar!"

"Hayaleeet!"

İmkânsız bir monologdu bu yaptığım ve bir yere varmayacağı oldukça açıktı. Bu yüzden hızlıca yeni bir çözüm arayışına giriştim. Tam bu sırada yolcu koltuğunda duran pasta kutusunu ve aynı zamanda yolcu koltuğunun camının sonuna kadar açık olduğunu fark ettim. İletişim bize yardımcı olmadığı için direkt olarak eyleme geçmenin daha mantıklı olduğuna karar verip arabanın etrafından dolandım, camdan içeri uzanıp pasta kutusunu kapıverdim.

"Hayalet pastamızı çalıyor!"

Gözü dönmüşçesine bağıran ikizlere öfkeyle bakıp, "Erkek kardeşimin pastası o zilliler!" diye çıkıştım ve hemen diğer elimdeki pastayı, yani aslında onlara ait olanı arabanın içine atıverdim. Sonra Ayaz'a dönüp, "Koş!" dedim.

Ne olduğunu takip etmekte zorlanıyormuş gibi görünen Ayaz, lafımı ikiletmedi. İkimiz de hızlıca koşarak tekrar arabaya atladık ve gaza basıp oradan uzaklaştık. İkizlerin çığlıkları anbean azalırken nihayet rahat bir nefes aldım ve kalp atışlarım da bunu takip eden saniyeler içinde yavaşlamaya başladı.

"Yanlış mı anladım yoksa biraz önce iki küçük kızdan pasta mı çaldık?" diye sordu Ayaz, olay mahalli görüş alanımızdan tamamen çıktığında.

"Eğer iletişim kurmamıza izin verecek kadar eğitilmiş olsalardı bunu yapmak zorunda kalmazdık." dedim. "Hiç pişmanlık hissetmiyorum."

Ayaz bana dönüp tartan bir bakış attıktan sonra tekrar sordu. "Neden seni görünce hayalet diye bağırdılar?"

"Yani... Bilemiyorum..." Omuzlarımı kaldırıp yüzüme hiçbir şeyden haberi olmayan bir ifade yerleştirdim. "Kesinlikle onlara bir hayalet olduğumu söylemedim oysaki."

Ayaz bu defa söylediklerimi hiç yutmamıştı. İlk seferde de biraz şüpheliydi zaten ama artık benim çocukları korkutan bir kız olduğuma emindi. Keşke bu bir yanlış anlaşılma olsaydı fakat ne yazık ki doğruydu. Her ne kadar o iki zilli bunu hak etmiş olsalar da...

"Neyse ki pastayı zamanında almayı başarabildik." dedi Ayaz bıyık altından gülerken. "Biraz daha geç kalsak hazırlanmaya vakit bulamayacaktık."

Bu cümleler nihayet saate bakmayı akıl etmemi sağladı. Kolumdaki saatin gösterdiği rakamları görünce, "Eyvah!" dedim. "Kızlar beni kesecek!"

"O zaman önce seni bırakalım." diye önerdi Ayaz. "Ben zaten Poyraz abimin evine gideceğim ki kendisi manyak bir işkolik olduğu için gece kulübünden on beş dakika ötede yaşıyor."

"Harika olur." derken rahatlayarak arkama yaslandım. "Çok teşekkür ederim. Bütün bunlar çok güzel. Yani Efe için böyle uğraşmanız ve bunu severek yapmanız..."

Ayaz bu defa açıkça ve oldukça sevimli bir şekilde gülümsedi. "Rica ederim." dedikten sonra biraz duraklayıp ardından tekrar konuşmaya devam etti. "Sen Efe'yi baş belası bir kardeş olarak görüyorsun ama kendisi cidden iyi bir arkadaş ve böyle şeyleri hak ediyor."

Bir an aklımda parlayan soruyu sormak ile sormamak arasında gidip geldim ve en sonunda ne olacaksa olsun diyerek, "Neden Efe ile yaşıyorsun?" diye sordum. "Yani popüler bir gece kulübü işletiyorsun, pahalı arabalara biniyorsun ama Efe ile beraber, çalıştığın yere çok da yakın olmayan bir muhitte, eski bir evde kalıyorsun. Biraz mantıksız."

Ayaz bir süre sessiz kaldı. Bu süre uzayınca onun soruma cevap vermeyeceğini düşündüm ve sorduğum için biraz utanmaya başladım ama çok geçmeden, "Aslına bakarsan sana verebileceğim somut bir neden yok." dedi. "Şu sebeple orada yaşıyorum diyemem. Sadece... Yalnız yaşamaktan hoşlanmıyorum ve Efe çok iyi bir ev arkadaşı."

"Anlıyorum." diye mırıldandım ama bunun bir yalan olduğu ortadaydı çünkü anlamıyordum. Ayaz her şeyiyle kendi kendine yetebilecek bir adamdı. Eğer yalnız kalmak istemiyorsa gece kulübüne on beş dakika mesafede yaşayan bir abisi varken niçin bir öğrenci evinde yaşıyordu, çözemiyordum. Kendi sebepleri olduğu ortadaydı ve o, bu şekilde mutluysa, üstelik biz bu şekilde tanışmışsak bunu eşelemenin de çok bir manası yoktu, değil mi?

Ayaz'a verdiğim tarifle Akın amcamların evinin önüne geldiğimizde onunla kısaca vedalaştık. Birkaç saat sonra onu tekrar göreceğimi bilmenin bana mutluluk verdiğini fark ettim bu sırada. Tıpkı ben içeri girene kadar arabayı çalıştırmadan beklemesi ya da ona son kez el sallamak için arkama döndüğümde onu, beni izlerken bulmak gibi... Şimdiden aradaki birkaç saatin eriyip gitmesini ve onu tekrar görmeyi delicesine istiyor, bekliyordum. Muhtemelen kemiklerime sızacak, bana dünyanın bütün renklerini gösterecek ve çok büyük bir ihtimalle daha tam iyileşmemiş kalbimi bir kere daha kıracak büyük bir sevdadan yalnızca birkaç adım uzaktaydım. Sanırım kalbim asla akıllanmıyordu.

13

Üzerimde siyah bir elbise, ayağımda topuklu siyah ayakkabılar ve dudaklarımda kırmızı bir ruj ile Ateş'in arabasında yolcu koltuğundaydım. Hare, Bahar ve Nehar ise arka koltuğu paylaşıyorlardı. Hepimiz çok heyecanlıydık ve işin üzücü kısmı şu ki bu heyecanın çok azı bugünün Efe'nin doğum günü oluşuyla alakalıydı. *Üzgünüm kardeşim.* Ben daha çok Ayaz'ı göreceğim için heyecanlıydım ve kızlar da ben Ayaz'ı göreceğim için böylesine heyecanlıydı. Saçma bir şekilde onların bu kadar heyecanlı olması beni daha da heyecanlandırıyordu. Durduğumuz yerde bir heyecan enerjisi üretiyorduk yani, böyle giderse kulübe varamadan patlayarak kendimizi imha edebilirdik. *Lütfen kulübe gidene kadar patlamayalım. Lütfen.*

"Bütün hediyeleri aldık, değil mi?" diye sordu Bahar bir kere daha. Giydiği mavi elbisenin içinde sarı saçları ile bir peri kızı gibi görünüyordu. Onun güzelliğine gıpta etmediğimi söylesem yalan olurdu.

"Onuncu kez söylüyorum, evet, hepsini aldık." dedi Hare. Eğer Bahar hediyeler hakkında bir soru daha sorarsa onu boğacak gibi görünüyordu dikiz aynasından görebildiğim kadarıyla.

"Tamam, tamam." dedi Bahar eliyle elbisesinin eteklerini düzeltirken. "Emin olmak istedim sadece."

"Zaten havalı bir partiye ayağımda alçıyla katılmam yeterince kötü. Bir de sizin dırdırınızı çekmek beni öldürüyor." diye çıkış yapan Nehar'dı elbette. "O yüzden susar mısınız hanımlar? Bir şey söylemek isteyen mesaj atsın."

Bahar'ın kardeşine cevap vermeye yeltendiğini gören Ateş akıllıca bir hamleyle radyoya uzandı ve çalan şarkının sesini sonuna kadar açtı. Ani bir gürültüyle karşılaşan Erarslan kızları seslerini duyuramayacaklarını fark edip susmayı tercih ettiler. Böylelikle yolun geri kalanı tartışmasız ve olaysız geçti. Kulübün otoparkına indiğimizde Ayaz'ın arabasının çoktan orada olduğunu gördüm ve hızla çarpan kalbimi sakinleştirmek için derin bir nefes aldım. Bu sırada Bahar yanıma gelip koluma girmişti bile.

"Heyecanlı mısın?" diye sorarken adeta cıvıldıyordu.

"Belli olmuyor mu?" dedim kaşlarımı kaldırarak. "Dizlerim titriyor adeta."

"Büyük bir şeyler olacak." diye fısıldadı Bahar. "Bunu hissedebiliyorum."

"Umarım güzel şeyler olur." İç çekerken bunu gerçekten ama gerçekten umduğumu fark ettim. Güzel bir şeyler olmasına o kadar çok ihtiyacım vardı ki…

Kulüpten içeri girdiğimizde ilk karşılaştıklarımız Mahmut Kulaklı ve hemen yanındaki esmer bir genç kız oldu. Dâhice bir tahmin yapmam gerekirse bu kızın Mahmut'un kız arkadaşı olduğunu söyleyebilirdim.

"Hoş geldiniz hanımlar!" dedi Mahmut bizi gördüğünde neşeyle. "Hepiniz ne kadar da şık olmuşsunuz. Sevgili yârimin biraz gölgesinde kalsanız da…"

Kız arkadaşı gülümsemesini bastırmayı denedi, bunu fark

ettim ama Mahmut'un sevimliliğine direnmek çok zor olmalıydı. Hele de Mahmut'a âşıksa. Onunla empati kurabiliyordum.

"Bu gözünüzü kamaştıran hanımefendi, zat-ı şahaneleri benim kız arkadaşım Beyza." diye yanındaki kızı bize tanıtırken hafifçe eğildi Mahmut ve hemen sonra Beyza'ya dönüp önce beni, ardından kızları işaretti. "Hayatım, bu hanımlar da Efe'nin ablası ve kuzenleri."

Kıza elimi uzatıp, "Ben Zeynep." diyerek kendimi tanıttım. "Çok memnun oldum."

Hemen bir adım arkamdaki kızlar da sırayla kendilerini tanıtırken ben daha fazla dayanamayıp Ayaz'ı görmek için bakışlarımı hızla kulübün içinde dolaştırdım. Tam ortalıklarda olmadığına ikna olup üzüleceğim sırada merdivenlerden inen birisini fark ettim. Nefesimi tutmama bile zaman bulamadan o gür saçları eşliğinde Ayaz'ın yakışıklı suratı göründü. Beyaz bir gömleğin üstüne, siyah, spor bir ceket giymişti. Uyumlu giyindiğimizi fark edip kendi içimde saçma bir sevinç ânı yaşadıktan sonra yüzümdeki ifadeyi zapt etmeye ve küçük bir tebessümle yetinmeye çalıştım. Ama tam bu sırada Ayaz ile göz göze geldik ve ben kendimi kocaman gülümserken buldum. *İstikrar ve kararlılıkta Zeynep gibi ol.*

Hızlı adımlarla yanıma geldiğinde loş ışıkta net göremediğim gülüşü daha net, daha parlak bir hâl aldı. "Çok güzel görünüyorsun." dediğinde kalbimi erimiş dondurmaya çevirdiğinden haberi yoktu. Olmasındı da zaten. *Gerek yok böyle şeylere.*

"Teşekkür ederim." dedim kendi etrafımda dönüp uçuşan eteklerime bakma isteğimi bastırarak. "Sen de çok şıksın."

Ayaz da kendi etrafında dönmek istiyormuş gibi görünüyordu. Ya da erkekler çok sevindiklerinde ne yapıyorlarsa onu yapmak istiyormuş gibi... Bunları benim uyduruyor olma ihtimalim de vardı elbette ama bu düşük bir ihtimaldi.

Çünkü Ayaz çok netti. Gerçekten söylediklerini kast ettiğini bakışlarından okuyabildiğiniz bir adamdı. Tuhaf oyunlar oynamıyor, bir yaklaşıp bir uzaklaşmıyordu. Onunla tanıştığımız günden beri bir defa bile benimle oynadığını hissetmemiş, bana gösterdiği ilgi hakkında şüpheye düşmemiştim. Bu farklıydı. Güzeldi. Keşke onunla bundan birkaç sene önce karşılaşmış olsaydık.

"Her şeyi tam zamanında hazırlayabildik ve zombili pastamız da güvende." derken başıyla bizim kızlara selam verdi. "Açıkçası son âna kadar bir aksilik çıkacak diye bekledim."

"Hâlâ üstümüze bir yıldırım falan düşebilir." diye mırıldandım etrafı incelerken. "Hemen rahatlama bence."

Ayaz kaşlarını çatıp huysuz bir bakış attı bana. Yıldırım ihtimali hoşuna gitmemiş gibi görünüyordu. Fakat bir şey söylemeye fırsat bulamadı çünkü bir anda tanımadığım bir sürü insan kulübüne doluşmaya başladı. Şık bir şekilde giyinmiş gençler birer ikişer içeri giriyorlardı ve her birini Mahmut karşılıyordu.

"Misafirlerimiz gelmeye başladı." diye mırıldandı Ayaz. Ondan sonra bana dönüp, "İzninle ben son ayarlamaları halledeyim. Birazdan Yağız'la Efe de gelir."

Ayaz yanımdan ayrılınca ben de kızların yanına döndüm. Nehar'ı her yeri görebileceği rahat bir köşeye oturtmuşlar ve etrafında toplanmışlardı. Nehar da onlara gece boyu yapılacak şeylere dair talimatlar vermekle meşguldü.

"Beni yalnız bırakmayacaksınız." diyordu ben tam yanlarına vardığımda. "İçinizden birisi mutlaka ama mutlaka benim yanımda olacak yoksa üç adım ötemdeki yangın alarmını çalıştırmakta tereddüt etmem."

"Merak etme." dedi Hare. "Birimiz senin şikâyetlerini dinlemek için mutlaka etrafta olacak."

Yüzünde beliren memnun bir ifadeyle, "Harika." derken beni işaret etti sevgili kuzenim. "Ayrıca ne olursa olsun, bu gece şu kızın Ayaz'la dans etmesini sağlayacaksınız. Romantizm görmek istiyorum. Bu zavallı, hasta kızın tek istediği şey biraz romantizm."

Bahar oflayıp onun başına bir tane vurdu. "Kendini yine hükümdar falan zannetmeye başladın. İçtiğin ağrı kesiciler kafa mı yapıyor, anlamıyorum ki. Nereden geliyor bu saltanat aşkı?"

Nehar başını kaldırıp ablasına ölümcül bir bakış attı. "Kelleni uçurmama çok az kaldı. Haberin olsun."

Onların dikkatini dağıtmak ve tartışmalarına bir son vermek, konuyu da Ayaz'dan itinayla uzaklaştırmak için, "Hediyelerinizi masaya koydunuz mu?" diye sordum. "Bakın herkes bırakıyor, biz de bırakalım."

Bu, sevgili kuzenlerimi harekete geçirdi ve her birimiz hediyelerimizi alıp masanın yanına gittik. Yani Nehar hariç her birimiz... Bu sırada Mahmut hâlâ içeri doluşan gençleri karşılamakla meşguldü. Efe'nin bu kadar çok arkadaşı olduğu konusunda keskin şüphelerim vardı ama sorularımı partinin sonuna saklayacaktım. Ne kadar kalabalık olursa o kadar eğlenceli olurdu, zira bir kulüpte on kişiyle parti yapmanın manası yoktu.

Hediyelerimizi bırakıp Nehar'ın yanına döndüğümüzde Mahmut'un sesini duydum. Kulüpteki diğer herkes gibi. "Beyler, bayanlar, değerli misafirlerimiz. Çocukları pistten alalım ve şöyle bir ortayı açalım lütfen!"

Mahmut'un çağrısı işe yaradı ve herkes masaların başına üşüşüp pisti boşalttı. Mahmut ortada tek başına kaldığında ve bütün gözler ona döndüğünde en ufak bir gerginlik ya da heyecan belirtisi göstermeden konuşmaya devam etti. "İki dakika sonra doğum günü çocuğu aramızda olacak. Birazdan ışıkları söndüreceğiz ve Efe içeri girdiğinde... Ne yapacağınızı söylememe gerek yok herhâlde. Herkes ömründe en az bir Amerikan filmi izlemiştir diye düşünüyorum."

Kalabalık kıkırdayınca Mahmut da gülümsedi ve görevliye ışıkları söndürmesi için işaret verdi. Her yer karanlığa ve sessizliğe gömülünce biraz gerildiğimi hissettim. Sonra sessizliğin içinde birkaç fısıldaşma başladı. İnsanlar birbirlerine bir şeyler söylüyorlardı ama hiçbiri tam seçilmiyordu. Ardından ayak sesleri duydum. Ayak sesleri bana doğru yaklaştı, yaklaştı, yaklaştı. Gözlerim karanlığa alıştığında birinin tam yanımda durduğunu fark ettim. Yüzünü seçemiyordum ama seçmeme de gerek yoktu. Biraz önce beni saran tanıdık parfüm kokusunu tekrar almam yanımdakinin Ayaz olduğunu anlamama yetmişti.

"Selam." diye fısıldadım.

"Selam, Ay Parçası."

Yüzümdeki gülümseme görülmediği için karanlığa minnettar olurken, "Beni bu karanlıkta nasıl buldun?" diye sordum. Tesadüfen falan olduğunu söylerse rezil olacağım, bir saniye sonra aklıma geldi.

Ama neyse ki Ayaz öyle demedi. "Parlıyorsun." dedi yumuşacık, benden başka kimsenin duyamayacağı kadar alçak bir sesle. "Işığına çekildim." Sözleri de söyleyişi de ninni gibiydi.

Bu sessizlikte insanlar kalbimin nasıl çarptığını duyacaklar diye ödüm koptu. Ben ne cevap veremeyeceğimi bilememenin sancısıyla derin, sessiz nefesler alırken Ayaz, "Sen nasıl anladın peki?" diye sordu. "Ben olduğumu yani."

Yüreğim heyecandan ikiye katlandı bir anda. İçimdeki

kamyoncu Zeynep yere çöküp semt oturuşuna geçmem için diretiyordu. Ânın yoğunluğunu dağıtmak için böyle saçma hareketlere ihtiyacım olduğunun o da farkındaydı ama direndim. "Parfümünden." derken yere çökmedim, aniden zeybek oynamaya başlamadım ya da oradan koşarak uzaklaşmadım. *Kim benim güçsüz olduğumu iddia edebilir tam şu an?*

Aramızdaki mesafenin azaldığını hissettim. Omzum neredeyse koluna değiyordu. Tam bu sırada Mahmut bir, "Şşş!" sesiyle fısıltıları durdurdu. Tamamen karanlık ve sessiz bir yerde Ayaz'ın varlığının etkisiyle baş başa kaldım. *Şimdi burada düşüp bayılsam ne yapabilirsin ki Esmer Güzeli?*

Neyse ki bayılmadım. Son ana dek ayakta durmayı başardım. Sessizlikte yankılanan bir çift ayak sesinin duyulmasının ardından kulübün rengârenk ışıkları açıldı ve hep bir ağızdan, "Sürpriz!" diye bağırdık.

O andan sonrası tam bir cümbüştü. Bu kutlama Efe'ye gerçek bir sürpriz olmuştu. Şaşkınlığı o kadar aşikârdı ki tüm bu tantanayı ayarladığımız için mutlu oldum. O ilgiden memnun bir şekilde doğum günü kutlamalarını ve hediyeleri kabul ederken ben de kızların yanında onu izliyordum. Bu arada Mahmut ve Ayaz ortadan kaybolmuşlardı çünkü birinin pastayla, diğerinin de müzikle ilgilenmesi gerekiyordu. Efe'nin etrafındaki kalabalık biraz dağıldığında yanına gidip ona sıkıca sarıldım ve ne kadar iyi ki doğduğundan bahsettim. Başımın belası olmasa ne yapardım hiç bilmiyordum.

Başımın tepesine bir öpücük bırakırken, "İnşallah hediyemi güzel seçmişsindir." dedi. "Ya da değiştirme kartı falan vardır umarım."

Karnına zayıf bir yumruk atıp çenesini kapamasını söyledikten sonra ona sarılmak isteyen diğer insanlara izin verdim. Bu sırada hafif bir müzik sesi etrafı doldurmaya başlamıştı bile. Daha tenha bir yere doğru ilerlerken Ayaz'ın merdivenlerden indiğini görünce gidilecek en güzel yer onun yanıymış gibi hissettim ve kalbimdeki bu hisse ayak uydurdum. Henüz birkaç adım atmıştım ki o da beni fark etti ve bana doğru yürümeye başladı. Belki de onun kalbinde de benzer bir his büyümüştür, diye düşünerek içimdeki umut çiçeklerini biraz suladım.

Nihayet karşı karşıya geldiğimizde kalabalığa hızlı bir bakış atıp, "Efe'nin bu kadar çok arkadaşı olduğunu bilmiyordum." dedim. Aklıma gelen ilk mantıklı cümle bu olmuştu.

"Aslında bu insanların yarısı Mahmut'un arkadaşı ve Efe'yle ben hayatımızda ilk defa görüyoruz." diye cevap verdi Ayaz. "Onun arkadaşlarının, bizim de arkadaşımız olduğuna dair sarsılmaz bir inancı var."

Gülerken kalabalığın arasında birkaç kişiye heyecanla bir şeyler anlatan Mahmut'u bulmam zor olmadı. "Birleştirici bir gücü olduğu inkâr edilemez." dedim. "Hayatımda gördüğüm en orijinal karakterlerden biri."

"Kesinlikle öyle."

Bakışlarımı Ayaz'a tekrar çevirdiğimde gözlerimi hafifçe kısıp uzun bir bakış attım. "Haydi, söyle artık. Ne aldın Efe'ye?" Hediye alışverişi yaptığımız günden beri bunu merak ediyordum ama ısrarcı bir insan gibi görünmemek için bir kere bile sormamıştım. Fakat biraz daha öğrenemezsem ve bu kalabalıkta kaynar giderse çıldırabilirdim.

Ayaz bir an soruma cevap vermeyecekmiş gibi sırıtsa da çok geçmeden elini ceketinin iç cebine götürdü ve iki tane bilet çıkartıp bana uzattı. Çok sevdiğim yabancı bir grubun

İstanbul'da verecekleri konser için en önlerden ayrılmış iki bilet.

"Efe bu grubu çok seviyor." dedi ben içim giderek biletlere bakarken. "Banyodayken hep bu grubun şarkılarını söylüyor ve evin diğer odalarından duyulmadığını düşünüyor."

Kahkaham müzik sesine karışıp yok olurken elimle yüzümü kapatma isteğime yine engel olamadım. Ayaz'ın bir anlık kırgın bakışını yakaladığımda ise üzüldüğümü hissettim ve bu hissi dağıtmak için yine aklıma gelen ilk şeyi söyledim. "Bu grubu ben de çok seviyorum, biliyor musun?" dedim elimdeki biletlere bakarak.

Ayaz'ın dudaklarından garip bir ses döküldü ve elini uzatıp biletleri benden aldı. "Biraz daha böyle bakarsan Efe'ye hediyesini veremeyeceğim."

Öyle kocaman gülümsedim ve aklım başımdan öyle uçup gitti ki yüzümü ellerimle kapamayı düşünemedim bile. "Öz kardeşimin hediyesini çalmam." derken yanımıza yaklaşan Mahmut'u fark ettim. "En azından o hevesini almadan önce çalmam."

"Harika bir ablasın." dedi Ayaz.

Tam o sırada yanımızda biten Mahmut da "Kesinlikle öylesin." diye onayladı onu. Kendini muhabbete bu kadar hızlı dâhil edebilen başka insan görmemiştim. "Pastayı keselim mi artık?" dedi hiç ara vermeden. "Ondan sonra açarız müziği son ses. Coşan coşsun. Ne dersiniz?"

Ayaz başını onaylarcasına salladıktan sonra benden müsaade isteyip beraber ortadan kayboldular. Birkaç dakika sonra üzerinde mumlar ve maytaplar yanan zombili pasta kulübün orta yerindeydi. Tüm kalabalık hep bir ağızdan Efe'ye mutlu yıllar dilerken kardeşim derin bir nefes alıp tek üfleyişte tüm mumları söndürünce büyük bir alkış koptu. Ardından pasta dilimlenip servis edilmek üzere geldiği yeri geri dönerken müzik başladı. İnsanın kendi sesini bile duymayacağı kadar yüksek bir sesle hem de.

Gecenin geri kalanına dair anılarım gürültüden ve renkli ışıklardan ibaretti doğrusu. O kalabalık yavaş yavaş dağılmaya başlayana dek başka bir şeye maruz kalmamıştım. Arada Hare'nin gaza getirişiyle biraz dans etsem bile çoğunlukla Nehar'ın yanında durup onun etraftaki insanlar hakkındaki yorumlarını duymaya çalışmıştım. Yarısını ancak anlayabilmiştim. Üstelik gece boyunca hiç romantik bir parça çalınmadığı için Ayaz'la dans etme hayallerim de iğne batmış bir balon gibi patlayıvermişti. *Ne yazık.*

Partinin katılımcıları azalmaya başladığında her şey biraz daha netleşti ama yine de gürültü ve ışık oyunları azımsanacak gibi değildi. Bu yüzden aileden olmayan son konuğu da yolcu ettiğimizde ve müzik tamamen kapandığında dünyalar benim olmuştu. *Sessiz ve samimi ortamları savunacağız!*

Biz bize kaldığımızda ve bir masanın etrafına doluşup oturduğumuzda yüzünde güller açan sevgili kardeşim, "Harika bir kutlamaydı." dedi. "Hepinize çok teşekkür ederim."

"Ne demek sağdıcım!" diye atıldı Mahmut. "Senin gibi efendi çocuğu bulmuşuz, kutlayacağız tabii."

"Doğum günüm için mekân kapatmadılar da demezsin artık." dedi Yağız gülerek. Bu sırada tam yanımda oturuyordu ve başını omzuma yaslamıştı.

"Bunun için Ayaz'a teşekkür etmek lazım." diye araya girdi Bahar. "Yoksa mekân falan kapatamazdık Efe. Kusura bakma."

Efe, Ayaz'a dönüp teşekkür etmeye yeltenince esmer güzeli elini kaldırıp onu derhâl susturdu. "Lafını bile etmeyeceğiz bunun."

Efe, Ayaz'a uzaktan sulu bir öpücük atıp şapşal bir şekilde gözlerini kırpıştırdıktan sonra bütün herkese hitaben, "Beni çok mutlu ettiniz." dedi. "Şimdi ben de sizi komple bizim eve götürüyorum ve pizza ısmarlıyorum. İtiraz etmek yok, emri bizzat annemden aldım. Hadi bakalım!"

Hep beraber hazırlanıp kulüpten çıkmamız ve arabalara doluşmamız yirmi dakikamızı aldı. Neyse ki gece yarısında yollar çoğunlukla boştu ve eve varmamız uzun sürmemişti. Binanın girişinde dörder kişilik asansör hepimizi almayacağı için küçük ve çılgın bir yarış yapılmıştı. Nehar, Ateş ve Yağız'ın omuzlarına kollarını dolamış ayakları havada, onları koşturarak asansöre doğru giderken, "Sona kalan donakalır!" diye bağırdı ve herkesin bir anda asansörlere doğru hücum etmesine sebep oldu.

Koşmaktan nefret ettiğim ve ayağımdaki topuklular ile koşmaya çalışıp kendimi rezil etme riskine girmeyeceğim için en sona ben kaldım. Bir de ne hikmetse Ayaz tabii ki. Aslında istese Yağız'ın yanına sıkışabilirdi ama istemedi demek ki...

"Üzülme." dedim ona merdivenleri çıkmaya başladığımızda. "Yalnızca dört kat çıkacağız."

"Üzülmüyorum." derken bir basamak arkamdan geliyordu. "Mahmut'la aynı asansörde dört kat çıkacak olanlara sabır diliyorum sadece. Kendisi biraz klostrofobik ama bunu çaktırmamaya çalışıyor."

Kıkırdadım ve sesim apartman boşluğunda yankılandı. "Merdivenlere kaldığım için mutluyum o zaman."

Ayaz'ın sesi bir saniye sonra beni takip etti. "Ben de öyle."

Bu çocuğun söyledikleri yüzünden kalbim delik deşik olmuş da içinden konfetiler fışkırıyormuş gibi hissediyordum sürekli. Ne söyleyeceğimi şaşırtıyordu bana sözleri. Şu birkaç gün içinde ne kadar çok kahkaha atıp güldüğümü ise yalnız Allah bilirdi. İçimin kırılmışlığını yatıştırıyordu hiç farkında olmadan. Bütün bunları habersiz yapıyor oluşu güzelliğini iki katına çıkarıyordu üstelik.

Evin kapısına ulaştığımızda kapının önü ayakkabı doluydu ve herkes çoktan içeri girmişti. Bu yüzden tekrar zile basmak zorunda kaldım ve bunun için biraz homurdandım. Ayaz ise homurdanmama minik bir tebessümle karşılık verdi yalnızca. Bu kadar yorgun olmasam belki de uzanır yanaklarını sıkardım, kim bilir. Kapıyı Bahar açtı. Tam ayakkabılarımı çıkarmaya yeltendiğim sırada yüzündeki bakışı fark ettim. Bana, sanki üzerimden bir kamyon geçmiş gibi dehşetli bir üzüntüyle bakıyordu.

"Ne oldu?" diye sordum kollarımdaki tüm tüyler şaha kalkarken.

Bahar cevap vermedi. Bunun yerine yutkunup Ayaz'a kısa bir bakış attı, sonra tekrar bana döndü. "Şey... İçeride... Yani televizyonda..."

Her ne olduysa Bahar'ın bunu anlatmasının yarım saatimizi alacağını fark edince ayakkabılarımdan çabucak kurtuldum ve hızlı ama temkinli adımlarla salona yöneldim. Salonumuz çok şaşırtıcı bir biçimde sessizliğe gömülmüştü ve yalnızca televizyonda konuşan magazin muhabirinin sesi duyuluyordu. İçeri girmeden önce aile bireylerime şöyle bir baktığımda hepsinin yüzünde Bahar'ınkine benzer bir ifade gördüm. Sadece babam saf bir öfke ve nefretle gözlerini ayırmadan ekrana bakıyordu.

İçeri adım attığım anda beni fark eden herkes ya nefesini tuttu ya da dudağını ısırdı. Nehar bile sus pus bir hâldeydi.

Daha fazla dayanamayıp bakışlarımı televizyona çevirdiğimde ailemin dikkatle izlediği magazin programının büyük harflerle atılmış haber başlığını okumam olan biteni anlamlandırmama yetti.

CANDAR AİLESİNİN TEK OĞLU, BU GECE
AİLE ARASINDA BİR TÖRENLE NİŞANLANDI!

14

Altında kaldığınız en büyük çığ hangisiydi? Benimki bir magazin programında eski sevgilimin eski sevgilisiyle nişanlandığını öğrenmemdi. Bu aslında beni bu kadar sarsmazdı, ailem beni eski sevgilimle hâlâ nişanlı sanıyor olmasaydı eğer…

Nedim Berk'in onu tanıdığım günden beri bana nefret kusan eski sevgilisiyle birlikte nişan pastası keserkenki görüntüsünü beynimden nasıl kazıyabilirdim, bilmiyordum ama bu, daha sonranın meselesiydi. Zira mutfak masasında karşımda annem, babam, Akın amcam ve Mine yengemle kapana kısılmış bir hâldeyken ve Ayaz da salonda eski nişanlımın yeni nişanına dair görüntüleri izlerken düşünülecek şey değildi. Bu arada mutfak masasının örtüsündeki deseni ezberlediğimi gururla söyleyebilirdim. On beş dakikadır başka bir yere bakamıyor olmamın, bunda etkisi büyüktü elbette.

"Sana evlenme teklifi eden zibidi…" diye söze girdi babam. Bu onun, bu cümleyi kurmaktaki üçüncü denemesiydi. İlk ikisinde sinir krizi geçirdiği için baştan almak zorunda kalmıştı. "Nişanlanıyor ama nişanlısı sen değilsin. Zeynep, sence de bu işte bir manasızlık yok mu?"

Cümlenin sonlarına doğru babamın ses tonu giderek yükseldiğinden olsa gerek annem onun koluna dokunup, "Arın." diyerek araya girme ihtiyacı hissetti.

"Çok basit bir soru sordum." dedi babam dişlerini sıkarak. "Ve bunun çok basit bir cevabı olduğuna inanıyorum."

"Ben de öyle." diye arayan giren, bu defa amcamdı. Babamdan pek de farklı bir ruh hâlinde olduğu söylenemezdi. Normalde sakin tabiatlı bir insan olmasına rağmen şu an burnundan alev saçan bir raddedeydi.

Sessizce yutkunup titrek bir nefes aldıktan sonra, "Biz ayrıldık." diye mırıldandım ama etrafımdakiler duymuş muydu bilmiyordum.

Babam sıktığı dişleriyle bir kere daha sordu. "Ne zaman ayrıldınız peki?"

"Yaklaşık dört ay önce."

Bu defa annem, "Bize neden söylemedin peki kızım?" dedi. Haklı olarak.

"İlk başta barışırız zannetmiştim." derken üzüntüden bayılacak gibi hissediyordum kendimi. Ayrıca masa örtüsünün desenini de sıkmaya başlamıştı artık. "Sizi boşuna üzmeyeyim diye söylemek istemedim."

Akın amcam masaya sertçe vurdu. "Sen barışacağınızı düşünürken itoğluit git gidip başkasıyla nişanlandı, öyle mi?"

"Aslında tam olarak öyle değil." derken sesim titreyince sandalyede iyice aşağı kaydım. "En son kesin olarak ayrıldık ama size söyleyemedim çünkü..."

"Çünkü ne? Çünkü ne?"

"Arın!" Annem bana doğru eğilmiş olan babamı geri çekti ve "Sakin ol!" diye çemkirdi.

Babam pek de sakin olmuş gibi çıkmayan sesiyle, "Cevap bekliyorum." dedi.

"Çünkü çok üzüldüm ve benden ayrılır ayrılmaz başkasıyla nişanlanmasını beklemediğim için kendimi daha iyi hissettiğimde bu haberi sizinle paylaşabileceğimi düşündüm. Böylelikle siz de çok... Sinirlenmemiş olacaktınız."

"Harika bir planmış sahiden." derken ayağa kalktı amcam. "Hiç sorunsuz işledi, gördüğün gibi."

"Neden ayrıldınız peki?" diye sordu babam. Akın amcamın kinayesine homurdanmak için bile duraklamamıştı. "Bir itlik yaptı bu çocuk, değil mi Zeynep? O yüzden bir şey anlatmadın. Yoksa ben senin bu zibididen ayrılmana neden sinirleneyim ki? Biliyorsun ki zil takıp oynardım!"

Bu soruya cevap vermemek için sandalyemde biraz daha kayarken masanın altına girmeme birkaç santim kaldığını fark ettim ve bu hiç de fena bir fikir gibi görünmedi gözüme. Belki yavaş yavaş masanın altına girersem yokluğum hemen fark edilmeden mutfaktan kaçıp gidebilirdim. Ama nereye gidecektim? Erkek kardeşim, kuzenlerim ve Ayaz'ın olduğu salona mı? Eminim orada müthiş karşılanırdım.

"Konuşsana kızım." dedi amcam. "Ankara'nın neresinde yaşıyordu bu çocuk hem? Adres istiyorum adres. Neyse sen söyleme, bulurum ben."

Gözlerim korkuyla açılırken Mine yengem imdadıma yetişti ve Akın amcamın elindeki telefonu tek hamlede kapıp, "Canım, biraz mantıklı davransak mı artık acaba?" diye sordu.

"Ne mantığı Ateş Böceği? Mantıklı davranılacak zaman

var, mantıklı davranılmayacak zaman var. Herif ayrıldıktan birkaç ay sonra başkasıyla nişanlanmış, magazin haberlerine düşmüş. Bu mantıklı bir şey mi ki ben mantıklı davranayım?"

Amcamın biraz olsun haklı yükselişi mutfak kapısının açılmasıyla ve Nisan teyzemin alelacele içeri girmesiyle kesildi. Minyon bir kadın olmasına karşın epey heybetli bir giriş yapmıştı. Kapıyı savurarak açmış ve canhıraş bir şekilde yanıma koşturmuştu. "Herkes biraz sakin olabilir mi?" dedi yanımıza varır varmaz. "Şu kızın hâline baksanıza! Sapsarı kesilmiş yavrum. Elin oğlu nişanlandı diye benim yeğenimin suçu ne acaba?" Hızlıca yanıma gelip masanın üzerindeki sürahiden bardağa su doldurdu ve bana uzattı.

Ben minnettar bir şekilde suyu alıp yavaş yavaş yudumlarken teyzem tekrar lafa girdi. "Eğer biraz sakinleşmesine izin verirseniz Zeynep olanı biteni anlatır zaten. Kendinize gelin, benim Karadenizli damarımı kabartmayın. Vallahi kızılcık sopasıyla kovalarım hepinizi."

"Nisan haklı." dedi annem kalkıp yanıma gelirken. "Eğer Zeynep'e sesini yükseltirsen ben de sana sesimi yükselteceğim Arın. Ve bundan hiç hoşlanmayacaksın."

Annem ve teyzemin desteği tam boğulmak üzereyken tutunduğum bir can simidi gibi gelmişti. Amcam ve babamın seslerinin kesilmesiyle biraz rahatladım ve nihayet doğru düzgün bir nefes aldıktan sonra, "Özür dilerim baba." dedim. Sesim biraz öncekine göre daha yüksek ve daha berrak çıkıyordu. "Olan biteni anlatmam gerekirdi ama Ankara'da çok sıkıntılı günler geçirdikten sonra evde Berk'ten tamamen uzak bir dünyanın içinde kendimi çok rahatlamış hissettim. Çok yorulmuştum. Bu yüzden olanları anlatıp tekrar bir karmaşanın içine çekilmek istemedim. Biraz huzur bulmak istedim. Berk'in böyle bir şey yapabileceğini hiç düşünmemiştim."

Son cümlemle beraber dakikalardır tuttuğum gözyaşlarım bir barajdan boşanır gibi yanaklarıma süzülmeye başladı. Ne yapacağımı bilemediğim sırada babamın bana uzandığını fark ettim. Kollarını etrafıma dolayıp bana sıkıca sarıldığında aylardır içimde birikmiş bütün hüznü koyuverdim ve başımı onun göğsüne dayayıp hıçkırarak ağladım. Bunun ne kadar sürdüğünü bilmiyorum. Babam defalarca saçlarımın arasına öpücükler kondurdu, defalarca beni sevdiğini ve üzülmememi söyledi. Bunlar eşliğinde biraz sakinleştiğimde doğrulup yanaklarımdaki yaşları sildim.

Amcam gelip başımı okşayarak, "Şimdi herkesi evden postalayacağım, yalnızca üzgün bir insanla nasıl baş edileceğini bildiği için Bahar'ın kalmasına izin vereceğim. Sen de bu gece güzelce dinleneceksin. Anlaştık mı?" diye sordu.

Başımı salladım ve boğuk bir sesle, "Teşekkür ederim." dedim.

Alnıma bir öpücük kondurduktan sonra amcam gerçekten herkesi önce mutfaktan, sonra evden çıkardı. Evin içindeki seslerin azalmasını, dış kapının birkaç kez açılıp kapanmasını ve buradan zar zor duyulan vedalaşmaları dinledim. En sonunda mutfağın kapısı açıldığında evde Bahar'dan başka kimsenin kalmadığını biliyordum.

Ağır adımlarla ve yüzünde sevimli, şefkatli bir gülümsemeyle yanıma gelen kuzenim, "Babanı evden çıkarabilmek için annemin, Akın amcanın ve teyzemin onu tutup sürüklemesi gerekti." dedi.

Dudaklarımdan neşesiz bir gülüş döküldü. "Onların gitmesine gerek yoktu."

"Akın amca bir söz verdiyse, bunu mutlaka tutar."

"Biliyorum."

Biraz durakladıktan sonra sıkıntıyla iç geçirip, "Ayaz..." dedim ve devamını sormama gerek kalmadı.

"O ve Mahmut biraz daha erken ayrıldı tabii." diye mırıldandı Bahar.

"Ne kadar erken tam olarak?"

Sıkıntıyla küçük yüzünü buruşturdu. "Yağız olan biten hakkında küçük bir açıklama yapıp nişanlanan kişinin aslında senin nişanlın olduğunu söyledikten hemen sonra."

Dudaklarımdan acı dolu bir oflama dökülürken başımı masaya vurdum ve orada kaldım. İçime tekrar bir ağlama isteği dolarken Bahar telaşla sözlerinin devamını getirdi.

"Ama Hare, Mahmut ve Ayaz'ı yolcu ederken laf arasında onlara senin Berk'le dört ay önce ayrıldığını söylemeyi ihmal etmedi. Yani o kadar da kötü sayılmaz."

Bu defa başımı masadan kaldırıp yüreğime serpilen bir avuç suyun serinliğine tutunmaya çalıştım. "Hare'nin zekâsını seviyorum." dedim mırıltı şeklinde. "Keşke birazına da ben sahip olsaydım."

Bahar yanıma gelip sevgi dolu sözcüklerle ve her şeyin iyi olacağına dair masallarla beni yerimden kaldırdı. Kanmaya hevesli olduğum bu masalları anlatmaya devam ederek beni elimi yüzümü yıkamaya ve yatağa girmeye ikna etti. Kendisi de yanıma kıvrıldı ve uyuduğumdan emin olana dek konuşmaya, beni düşüncelerimle baş başa bırakmamak için durmaksızın bir şeyler anlatmaya devam etti. Ona olan minnettarlığım kalbimde katbekat büyürken hem yorgunluktan hem de her şeyden kaçma isteğinden doğan uykuma yenilmem uzun sürmedi. Gözlerimi kapatmadan önce sabah olduğunda her şeyin normale dönmesi için dua ettim.

Ertesi sabah uyandığımda bütün aile bizim evdeydi ve bunu gözlerimi açar açmaz anlamıştım çünkü bu gürültüyü nerede olsam tanırdım. Arıkan ve Erarslanların gürültüsüydü bu. Bolca kahkaha, bağırış çağırış ve arada şarkı sözleri içeren tatlı bir gürültü.

Normalde bu seslere uyanmak beni mutlu ederdi ama bu sabah, üzerimdeki örtünün altında yok olma isteği uyandırıyordu içimde. Kimseyle yüzleşmek, Berk'ten ve aptal nişanından bahsetmek, bir de bütün bunlar arasında Ayaz'ı düşünerek içerlemek istemiyordum. Sadece yatağımda kalıp bütün gün tavanı izlemek istiyordum. Belki bu sırada meseleler kendiliğinden çözülürdü.

Yatağın içinde kaybettiğim cep telefonumu bulup arayan soran var mı diye baktığımda tatsızlığım üç katına çıktı. Deli sapığım beni Berk'in bütün nişan fotoğraflarına etiketlemişti. Bu da yetmezmiş gibi bir milyon tane mesaj gelmişti. Tanıdığım tanımadığım herkes bana Berk'in nişan haberini yollamış, sonra da iyi olup olmadığımı sormuştu. Çoğunun dedikodu peşinde koşan insanlar olduğunu biliyordum. İçlerinden birkaçı, bana haberi yollamadan yalnızca hâlimi hatırımı soranlar ve beni sevdiklerini söyleyenler samimiydi yalnızca.

Bu mesajlar arasında dolaşırken gözlerimin kocaman açılmasına sebep olan bir şey gördüm. Berk de mesaj atmıştı. Hem de dün gece. Gözlerime inanamayarak mesajı açtım ve yazanı okuduğumda içimde delicesine bir öfke parladı.

Zeynep. Konuşmamız lazım.

Aynen böyle yazıyordu. Bütün vücudumu ele geçiren sinirle önce Berk'in numarasını engelledim, ardından daha fazla fotoğrafa etiketlenmek istemediğim için bütün sosyal medya hesaplarımı kapattım. Bu da yeterli gelmeyince her şeyden kurtulma arzusuyla cep telefonumu kapattım ve dünyadan tamamen soyutlanmak için yorganımın altına sığındım. Bütün günü, hatta bütün haftayı bu şekilde geçirmeye karar vermiştim.

Odamın kapısı çalınmadan pat diye açıldığındaysa bu fakir hayalimin gerçekleşmeyeceğini hemen anladım. İçeri dalanlar Hare ve Bahar'dı elbette. Nehar da muhtemelen bu baskına katılamadığı için ayağındaki alçıya lanet ederek salonda surat asıyordu.

"Günaydın gün ışığı!" diye şakıdı Hare pencereye koşup perdelerimi açarken.

"Aydı mı sahiden?" diye sorduğumda sesim kurbağa gibi çıkıyordu.

"Hem de ne biçim aydı var ya." dedi Bahar ve yanıma koşup üstümdeki örtüyü çekiştirerek aldı benden. "Mis gibi bir kahvaltı hazırladık. Mine teyze poğaça yaptı pofuduk pofuduk. Tam senin sevdiğin gibi."

"Hiç iştahım yok." Bunu söylerken kendimi biraz suçlu hissediyordum ama gerçekler ortadaydı. Kendimi kalabalık ve sevgi dolu bir aile kahvaltısına hazır hissetmiyordum.

Hare perdeleri bırakıp yanıma geldi ve yatağın kıyısına oturup, "Çok mu üzüldün Berk'in nişanlanmasına?" diye sordu. Sorusu saf bir merak içeriyordu ve cevabı gerçekten düşünmemi sağlamıştı.

"Aslına bakarsan hissettiğim şey üzüntü değil." Yattığım yerde doğrulup dizlerimi göğsüme çektim ve başımı dizlerimin üstüne yasladım. "Kalbimde hiç aşk acısı yok ama öfkeliyim. Kırgınım çünkü kendimi rezil olmuş ve aşağılanmış hissediyorum."

Hare ağır ağır başını salladığında omzuna dökülen gür, kızıl saçları dalgalandı. "Bu güzel." dedi. "Eğer üzülüyor olsaydın bu Berk'e karşı hâlâ romantik duygular beslediğin anlamına gelebilirdi. Ama biraz zedelenmiş bir gururu toparlamak ve öz saygıyı yükseltmek kırık bir kalbi iyileştirmekten daha kolaydır."

"Öyle mi dersin?" İç çekip ayaklarımı yataktan aşağı sarkıttım ve direnmenin bir manası olmadığını kabullenip yataktan kalktım. "İçerisi bana acıyan bir sürü insanla doluyken gururumu toparlamam biraz zor olacak. Ankara'daki tüm çevremden bahsetmiyorum bile. Telefonuma gelen mesajları görseniz ağlardınız."

"İçerideki kimse sana acımıyor." diye araya girdi Bahar. "Tek bir insan bile. İnan bana. Senin üzüldüğünü düşündükleri için biraz... Özenli davranıyorlar, o kadar. Seni sevdikleri için yalnızca."

Bunun doğru olmasını umarak derince bir iç geçirdikten sonra ayaklarımı sürüyerek banyoya gittim ve yalnızca elimi yüzümü yıkama fikri bana az görününce duşa girip üzerimden dün gecenin tüm felaketini suyla akıttım. Yaklaşık on beş dakika sonra başıma doladığım bir havlu ve üzerimdeki eski püskü eşofman takımıyla mutfağa girdiğimde annem beni kocaman bir gülümsemeyle karşıladı.

"Günaydın güzelim. Sıhhatler olsun." Yanağımdan kocaman bir öpücük çaldıktan sonra tüm neşesiyle konuşmaya devam etti. "Hadi otur da çayını doldurayım. Hepimiz seni bekledik kahvaltıya başlamak için."

Geniş mutfağımızın ortasındaki koca masanın etrafına yerleşmiş aileme baktım ve gülümsemeyi denedim. Her biri günaydınlar, geç oturlar, çok acıktımlar ve benzeri şeyler söylüyor, hepsi oldukça neşeli görünüyordu. *Kıyak oyuncusunuz helal olsun,* diye bağırmakla sandalyeme oturmak arasında bir seçim yapmam gerekince en az yorucu olanı seçip yerime kuruldum.

Beş dakika boyunca buna tahammül etmeye çalıştım ama herkesin aynı anda her şey normalmiş gibi davranması beni geriyordu. Kimse bana bakmıyormuş gibi yapıyor ama herkes göz ucuyla bana bakıyordu ki bu çok sinir bozucuydu. Rahat bir kahvaltı yapmanın tek yolunun bu meseleyi bir an önce aradan çıkarmak olduğu ortadaydı. Bu yüzden derin bir nefes alıp, "Pekâlâ." dedim. "Berk'le dört ay önce ayrıldık. Sebebi ailelerimizin birbirine uymayacağını yolun başında fark etmiş olmamızdı. Sizlere bir türlü söyleyemediğim için özür diliyorum ama bu saçma hadise yaşanmasa yakında her şeyi anlatacaktım. Üzgün değilim, Berk'e umutsuzca âşık falan da değilim. Şimdi tek istediğim şey bu konunun kapanması."

Herkesin hareket etmeyi bile bıraktığı küçük bir sessizlik ânı yaşandı. Ardından babamın iç çekişi duyuldu. "Sen öyle diyorsan..." derken çayından bir yudum aldı. "Berk meselesini sonsuza kadar kapatıyoruz ama bir daha herhangi bir şekilde, herhangi bir bahane veya gerekçe ile yanına yaklaşacak olursa artık Nedim Berk Candar diye birinin varlığından söz edilmez. Soylarını kuruturum o şerefsizlerin."

Başımı bir kere ve sertçe sallayıp, "Anlaştık." dedim. Sonuçta ucu bana dokunan bir şey yoktu. Bir daha Berk'le yolumun kesişeceğini de hiç zannetmiyordum. O artık başka bir talihsiz kızın problemiydi.

Bu kısa konuşmanın ardından ortamdaki gerginlik on dakika içinde azalarak bitti ve bu defa herkes gerçekten normale döndü. Arada Efe kulağıma eğilip, "Babam bu işin peşini bıraktı ama ben geberteceğim o iti." gibi şeyler fısıldasa da onu çok takmadım. Arın Arıkan'ı durdurmayı başardıysak Efe Arıkan'ı hayli hayli durdururduk, değil mi? Gerçi Yağız'ın da o kahverengi gözlerinde tehlikeli şeyler sezmiyor değildim ama biz kızlar olarak daha kalabalıktık sonuçta.

Kahvaltının ardından mutfağı toparlayıp kızlarla benim odama doluştuğumuzda hâlâ kafamın içini kemiren bir mesele vardı; Ayaz Sarıcalı. Kızlar da bunun farkındaydı elbette ve kafa kafaya verip durumu değerlendirmeye almamız uzun sürmemişti.

"Kesin ve net bir dille dört ay önce ayrılmış olduğunuzu belirttim." dedi Hare. "Ayaz'ın bunu duyduğuna ve anladığına da eminim."

Ona içten bir teşekkür ettikten hemen sonra, "Yine de böyle öğrenmesi kötü oldu." diyerek yüzümü astım. "Ama nasıl söyleyebilirdim ki? Birdenbire eski nişanlımdan bahsetmeye başlamak nereden baksanız tuhaf olurdu. Aramızda hiç öyle bir konuşma geçmedi."

"Haklısın." diye onayladı beni Nehar. "Yani ciddi bir ilişkiniz olsa mutlaka bahsederdin Berk'ten. Ortada yalnızca Ayaz'ın yadsınamaz ilgisi var ve hepimiz erkeklerin bir anda, böyle bir şey aslında yokmuş gibi davranabileceklerini biliyoruz."

Benim kalbim bu gerçeğin dile getirilmesiyle ezilirken, "Ayaz'ın öyle davranacağını hiç zannetmiyorum." dedi Bahar.

Nehar ise bu yoruma gözlerini devirdi. "Sen daha düne kadar perilerin gerçekten var olduğuna da inanıyordun."

"Bu doğru değil." Nehar'ın tekrar lafa karışmasına izin vermeden bana dönüp ekledi. "Ayaz'a bir açıklama yapman, her şeyin yoluna girmesine yardımcı olabilir. En azından yanlış anlaşılmalar son bulur."

Hare başını sallayarak, "Katılıyorum." dedi. "Bu ortadaki belirsizliği kaldırır ve kısa vadede olumlu gelişmeleri peşinde sürükleyebilir."

"Hare'nin kelime seçimleri içimi baysa da söylediklerine katılıyorum." diye belirtti Nehar. "Ayaz'la konuşmalısın."

Birkaç saniye kararsız gözlerle kızlara baktım ve bu sırada zihnimde olan biteni hızlıca tekrar yaşadım. Şu kısacık zaman diliminde bile Ayaz'ın kalbimde bir yer edinmeye başladığını inkâr edemeyeceğim kadar çok anı biriktirdiğimizi fark ettim. Işık Apartman beş numaranın kapısını açtığı andan, dün gece merdivenlerde benimle yürüdüğü değerli saniyelere kadar her biri benim için bir şekilde değerliydi. Çok değerliydi. Bana ay parçası deyişini her hatırladığımda kalbim kanatlanıp uçmak istiyordu. Bana bakışını düşündükçe karnıma tatlı bir ağrı saplanıyordu ve bu yüzden de Ayaz bir açıklamayı hak ediyordu. Bunun saçma, yanlış anlaşılmalarla dolu klişe bir hikâyeye dönmesini engellemek de benim elimdeydi.

"Evet." dedim bu yüzden ben de, kararlı bir sesle. Başımı salladım ve "Onunla konuşacağım." diye belirttim. Sonra bir anda, kendimden bile beklemediğim bir performansla yerimden zıpladım ve ekledim. "Hatta bunu tam da şimdi yapacağım. Şimdi gidip Ayaz'la konuşacağım."

Seninle aramıza bir avuç pişmanlığın girmesine izin vermeyeceğim Esmer Güzeli. Duyuyor musun beni?

15

Ayaz'ın benimle konuşmayı erteleme –ya da Allah korusun tamamen reddetme- ihtimaline karşı ona sürpriz yapmaya karar verdim. Üzerime bulduğum ilk kot pantolon ile beyaz tişörtü geçirirken gelmişti bu dâhiyane fikir aklıma. Fakat önce Ayaz'ın nerede olduğunu öğrenmem gerekiyordu ki bunun için Efe ve Mahmut isimli iki seçeneğim vardı. Daha az tehlikeli olanı seçip Mahmut'u aradım ve kısa bir konuşmanın ardından Ayaz'ın, abisi Poyraz'ın evinde olduğunu öğrendim. Hani şu kulübe yakın olan. Adresi alıp bir taksiye atlamam uzun sürmedi. Bir saniyeyi bile kaybetmek, ona bir saniye daha erken varma şansımı hiçbir şekilde elimden kaçırmak istemiyordum.

Yolda defalarca Ayaz'a ne söyleyeceğimin provasını yaptım ve taksicinin garip bakışlarını umursamadım bile. Kendi kendine konuşan ilk insan değildim sonuçta. Ayrıca taksiciden ziyade Ayaz'a, deli gibi görünmeden mantıklı bir açıklama yapmam gerekiyordu ve bu zannettiğiniz kadar kolay bir şey değildi arkadaşlar. Yani çocuk bir anda, bütün bunlardan bana ne de diyebilirdi, değil mi? O zaman çok rencide olurdum fakat bu almam gereken bir riskti. Eğer öyle bir şey derse de… Ben yıkılmıştım zaten yıkılacağım kadar. Biraz da Ayaz için ağlardım, ne yapayım.

Yol umduğumdan daha kısa sürdü. Öyle ki ben daha giriş cümleme bile karar verebilmiş değildim ama taksici taksiden inmemi söylüyordu. Ona dargın bir bakış atıp parasını ödedikten sonra oldukça lüks bir evin önünde indim. Kapıda yaklaşık beş dakika oyalandıktan sonra kendimi, zaten konuşmanın planladığım şekilde değil de Ayaz'dan aldığım karşılıklara göre ilerleyeceğine ikna edebildim ve derin bir nefes alıp binaya girdim.

Kapının önüne geldiğimde zile hiç düşünmeden bastım çünkü biliyordum ki biraz daha beklersem şuracığa düşüp bayılacaktım. Kapının açılmasını beklerken içerden tanıdık bir sesin, "Kapı açık!" diye seslendiğini işittim. Bir an kararsızlıkla kaşlarımı çatsam da kapıyı hafifçe ittim ve açıldığında ayakkabılarımı çıkarıp içeri girdim.

Boş bir holü geçip karşıma çıkan üç açık kapıyla baş başa kaldığımda bir an ne yana gideceğimi bilemesem de işittiğim bir tıkırtı beni sağa yönlendirdi. O tarafa ilerleyip kapıdan içeri girdiğimde buzdolabının önünde yerde, tek dizini göğsüne çekmiş, diğer bacağını ise ileri uzatmış bir şekilde oturan Ayaz'ı gördüm. Elindeki cam şişeden süt içmekle meşguldü ve beni henüz fark etmemişti.

Onu gördüğümde içimde kanatlanan kelebeklere tepkisiz kalamayıp gülümsedim ve ses çıkarmayan çıplak ayaklarımla soğuk parkenin üzerinde küçük adımlarla ona doğru ilerledim. Aramızda birkaç adımlık mesafe kaldığında varlığımı fark edip kafasını kaldırdı ve göz göze geldik. O esmer güzeli yüzünü saran şaşkınlığı keyifle izlerken onun kalkmasına fırsat vermeyip hemen yanına oturdum. Sırtımı buzdolabına dayadığımda ise ona doğru dönüp, "Selam." dedim.

"Selam." derken gözlerindeki hayret sesine de taşmıştı. "Ben... Poyraz abim geldi zannettim. O yüzden açmadım kapıyı. Kusura bakma."

"Mühim değil." Hafifçe gülümseyip elinde tuttuğu süt şişesine baktım. "Afiyet olsun bu arada."

Yüzüne utangaç bir gülümseme yayılınca içimdeki gerginliğin de kırıldığını hissettim. "Bu sıcakta soğuk soğuk iyi gidiyor." derken şişeyi bana uzattı. "Sen de ister misin?"

Başımı iki yana sallayıp, "Süt sevmiyorum." diye kısa bir açıklama yaptım. Ardından ikimiz de biraz sessizleştik. Ben ne diyeceğimi bilememenin cani pençeleriyle boğuşurken Ayaz kim bilir ne düşünüyordu? Belki de burada olmamın saçmalığını tartıyordu o güzel kafasının içinde. Belki de burada olmam gerçekten saçmaydı!

"Ben..."

"Ben..."

İkimiz de aynı anda konuşmaya başlayıp aynı anda durduk ve aynı anda gülüştük. "Önce sen." dedi Ayaz benden hızlı davranarak.

Bunu kabul ettim çünkü dediğim gibi, bu konuşmayı erteledikçe kendi içimde şüpheye düşüyor ve içinden çıkılmaz bir noktaya doğru hızla yaklaşıyordum. En iyisi içimdekileri bir an önce anlatıp neler olacağına bakmaktı. "Ben dün gece için küçük bir açıklama yapmak istedim." diye lafa girdim.

"Buna mecbur değilsin." dedi Ayaz kısık, renksiz bir sesle.

Kendimden emin bir duruşla omuzlarımı dikleştirdim. "Değilim ama istiyorum. Beni dinleyecek misin?"

Dudaklarında çaresiz bir gülüş dolaştı. "Seni elbette dinleyeceğim."

"Güzel." Derin bir nefes aldım. Ardından cümleleri zihnimde mantıklı bir sıraya sokup konuşmaya başladım. "Dört ay öncesine kadar yaklaşık bir buçuk yıllık bir ilişkim vardı. Erkek arkadaşımın adı Nedim Berk'ti, dün gece televizyondan öğrendiğin gibi. Nedim Berk Candar. Dört ay önce ayrıldık ve ben hem babamın tepkisinden çekindiğim hem de bütün bu mesele boyunca çok yorulduğum ve daha da yorulmak istemediğim için ayrıldığımızı bir türlü bizimkilere açıklayamadım. Sürekli erteledim ve Nedim Berk sağ olsun bu işi benim yerime yapmaya karar verdi."

Ayaz, anlattıklarıma bir yorum yapmadı. Olumlu ya da olumsuz bir şey söylemedi. Yalnızca, "Neden ayrıldınız?" diye sordu ki bu soruyu sormamasını umuyordum.

Başımı dizlerime yaslayıp yüzümü saklarken, "Utanç verici bir hikâyesi var." diye mırıldandım. Üstelik sadece ayrılığımızın değil, bütün bir ilişkimizin bana utanç veren bir hikâyesi olduğunu ben de yeni yeni fark ediyordum. Bunu bana fark ettiren de Ayaz'ın tavırları ve hiç şaşmayan ilgisi oluyordu.

Bu cümlemin üzerine kısa ve gergin bir sessizlik doldu aramıza. Sonra Ayaz benden önce davranıp, "O zaman önce ben utanç verici bir hikâye anlatayım." dedi tatlı bir sesle. "Olur mu?"

Başımı kaldırıp ona baktım. Bakışlarındaki sıcaklığı görememekten korksam bile işte oradaydı. Bana dünkünden farklı bakmıyordu. Beni kendinden ya da aramızdaki çekimden şüpheye düşürmüyordu. Bir an bile. "Olur." dedim mırıltı şeklinde. O an bana dünya tarihini anlatmak istese sesimi çıkarmadan dinlerdim.

Ayaz bakışlarını elindeki süt şişesine çevirdi ve "Bu ev aslında epey eski ve çok uzun zamandır aileme ait. Ben bu eve ilk kez geldiğimde on bir yaşındaydım." diye girdi söze. "Annemle babamın ikinci ayrılık girişimiydi. Beni annem, dokuz yaşındaki kardeşim Bora'yı da babam almıştı. Abilerim ileri görüşlü insanlar oldukları için ikisi de yatılı lisede okumayı seçmişti. Biri İzmir'deydi, diğeri Balıkesir'de. Evden uzakta yaşıyorlardı." Duraklayıp sıkıntıyla yanaklarını şişirdi ve bir ara yüzüme denk getirdiği bakışlarını yine benden kaçırıp belirsiz bir noktaya çevirdi.

"Bu eve geldiğim ânı hâlâ hatırlıyorum. Annem valizleri odalarımıza bile sürüklememiş, kapının girişinde bıraktıktan sonra bana evde oturmamı söyleyip gitmişti. O zaman salonda kahverengi, eski bir kanepe vardı. Saatlerce koltukta oturup onu beklediğimi hatırlıyorum." Eliyle hafifçe yüzünü saran kirli sakallarını sıvazladığında farkında olmadan iç çektim.

"Orada öylece hiçbir şey yapmadan oturup annemi bekledim." dedi gittikçe kısılan bir sesle. "Ama gelmedi. Onu arayabileceğim bir telefon yoktu. Ne zaman geleceğine dair bir bilgim yoktu. Hava karardığında ışıkları açmayı denedim ama fark ettim ki evde elektrik de yoktu."

Hiç beklemediğim bir hikâyeyle karşı karşıya kalmış olmanın şaşkınlığı ile Ayaz'ın böyle özel bir şeyi bana anlatıyor oluşunun tarifsiz duygusu doldurmuştu içimi bir anda. Bir şey söylemek istedim ama dilimin ucuna bir kelime bile yürümedi. Ayaz'ın anlattıklarının kalbimi kırdığını hissederken sessizce yüzünü izlemeye ve söylediklerini dinlemeye devam ettim.

"O gece hava kararınca o kadar korkmuştum ki... " dedi

derince iç geçirerek. "Ödüm kopmuştu. Yabancı bir evde tek başımaydım ve her yer karanlıklar içindeydi. Sürekli bir yerlerden tıkırtılar duyuyor, evin içerisinde birileri dolaşıyormuş gibi hissetmekten alıkoyamıyordum kendimi. Üstelik acıkmıştım ve sırt çantamdaki krakerden başka yiyecek bir şey de yoktu. Dakikalar boyunca ışıkları açmayı denedim. Belki elektrikler kesilmiştir, belki bu defa olur diyerek ama çocuk da olsan kendini ancak bir yere kadar kandırabiliyorsun."

"Annen o gece hiç mi gelmedi?" diye sorduğumda sesimin titremesinden utanmadım. Bu hikâyenin hiçbir yerinde utanılacak bir şey yoktu çünkü.

"Hiç gelmedi." derken sanki bu onu üzmemiş gibi gülümsemeye çalıştı Ayaz. "Sonra ben ne yaptım biliyor musun?" diye sordu bir an için yüzüme bakıp. "Kalkıp balkona çıktım. Şansıma ay ışığı o kadar parlaktı ki balkon neredeyse aydınlıktı. Biraz soğuktu ama aldırmadım. Kanepenin minderlerini balkona taşıdım ve bütün gece orada kaldım."

Ne diyeceğimi bilemiyordum. Aklıma sadece Ayaz'ı o hâlde bırakan anneye kızmak, niçin böyle yaptığını sorgulamak geliyordu ama bunlar da söylenecek doğru şeyler değildi. Bunları söylemek hiçbir yarayı kapatmaz, hiçbir şeyin tesellisi olmaz, balkonda uyuyan on bir yaşındaki Ayaz'ın üstüne ince bir örtü bile örtmezdi. Anlamsız ve yetersiz bir söz kalabalığı olurdu ancak bu saatten sonra.

"O günden sonra karanlıktan korkmamak için kendi kendime söz verdim." dedi Ayaz, bu defa ses daha sağlam çıkmıştı. "Ay ışığını hep çok sevdim." Bunu gözlerimin içine bakıp küçücük bir tebessümle söyledi. "Ertesi gün annem geldiğinde ona elektriklerin olmadığını söyledim ama karanlıkta az kalsın korkudan kalbim yarılacaktı demedim. Beni neden bırakıp gittiğini sorsam da cevap alamadım çünkü yıkık bir hâldeydi ve sürekli ağlıyordu. Sonra işte zamanla bu eve de alıştım. Annemin evden çıkıp günlerce ortalarda olmamasına da alıştım. Önce yemek sipariş etmeyi öğrendim. İki üç yıl boyunca yalnızca hazır yemek yedim. Lisenin başlarında yaşıtlarımdan iki kat daha kiloluydum bu yüzden. Bu durum beni sıkıntıya sokmaya başlayınca yemek yapmayı öğrendim. İnternette her şeyin tarifi vardı nasılsa. Sağlıklı olan neyse onu araştırıyor, kendimce bir şeyler yapıyor, sonra da oturup tek başıma burada yiyordum."

Bu sözlerden sonra durakladı ve bakışlarını şöyle bir etrafta dolaştırdı. "Üzerinden neredeyse on dört sene geçti ama hâlâ karanlıkta olmaktan hoşlanmıyorum. Bu evden nefret ediyorum ve hayatım boyunca bir daha asla bir evde tek başıma yaşamak, bir yemek masasında tek başıma yemek zorunda kalmak istemiyorum." Hafifçe yutkundu. "Efe'yle neden o evde yaşadığımı sormuştun ya. Cevabı bu işte. Bu evde kalmak bana kendimi yarım hissettiriyor ve tek başıma yaşamaktan hoşlanmıyorum. Bu yüzden Efe bana ev arkadaşı olmayı teklif edince kabul etmekte hiç sıkıntı çekmedim. Burası olmayan her ev güzelmiş gibi geliyor."

"Bu anlattıklarının utanç verici tek bir noktası bile yok." dedim yuttuğum gözyaşlarımın boğuklaştırdığı sesimle.

"Ben hatırlayınca utanıyorum." diye karşılık verdi Ayaz. "Hâlâ bu şeyler benim hayatımı yönetiyor çünkü. Bunları bir türlü geçmişte bırakamıyorum."

Derin bir nefes aldım. Ona nasıl anlatabilirdim? Böyle üzücü şeylerin başka insanları canavara dönüştürdüğünü, güvensizlik duygusuyla, yalnızlıkla, hüzünle büyüyen çoğu adamın zamanla öfke yumağı hâline geldiğini; zalimleşip insanlara kan kusturduğunu ama onun bu yola sapmayacak kadar güçlü bir adam olduğunu; yaşadığı şeylere rağmen ne kadar kibar, ne kadar iyi bir insana dönüştüğünü ve bunlarla gurur duyması gerektiğini nasıl anlatabilirdim? Belki başka birisi, hem de geçmişinde dahi mutlu, huzurlu bir hayat sürmüş birisi dün geceden sonra böyle oturup beni dinlemezdi. Nedim Berk hayatının tamamını sevilerek ve şımartılarak geçirmişti fakat Ayaz'ın yarısı kadar bile açık yürekli, onun onda biri kadar bile dik duruşlu olmayı öğrenememişti. Onun bana hâlâ kulak vermesinde saklı güzelliği, inceliği ona nasıl anlatabilirdim?

"Sıra sende." dedi ben daha hiçbir şey söyleyemeden. "Anlatacak mısın?"

"Elbette anlatacağım sana Ayaz." dedim tıpkı onun bana söylediği gibi. Ardından hafifçe yutkunup sessizce boğazımı temizledim.

"Berk bana evlenme teklifi ettiğinde yapılacak en mantıklı şey evet demekti. Çünkü o tatlı, zeki, kibar ve anlayışlı bir adamdı. En azından çoğu zaman öyleydi. Bir kadın kendini onun eşi olarak düşlerken hiç zorlanmazdı. Ama sanırım herkesin bilmediğimiz yönleri var. Ya da görmezden gelmeye çalıştığımız... Berk'in bu yönlerinden birini ailesiyle, daha doğrusu annesiyle tanıştığımda öğrendim." Gözlerimi kapatıp başımı iki yana sallamaktan alamadım kendimi.

"Annesi beni görür görmez benden nefret etti." dedim soğuk bir sesle. "Sadece bana baktı ve beni sevmediğine karar verdi." Ardından utanç içinde Ayaz'a örümcek hadisesinden, Berk'in annesine yaptığım atardan bahsettim ve en sonunda uzun uzun tırnaklarımı inceleyerek Berk'in annesi istemediği için benden ayrıldığını söyledim.

"Bana dedi ki... Keşke annesinin sevebileceği bir kız olsaymışım. O zaman her şey çok güzel olurmuş."

Ayaz'ın dudaklarından yükselen homurtu nedense çok hoşuma gitti. "Sen olan biteni anlatmadan önce de Berk'in bir geri zekâlı olmasını ummuştum ama bu kadarını ben bile hayal edemezdim doğrusu."

Gülümsedim ama pek de neşe dolu bir gülümseme sayılmazdı bu. "Öyle işte." dedim. "Bu ayrıntıları annemle babama anlatamadım bile. Efe'ye de tabii. Bilseler ortalığı birbirine katarlar. Bu kadar aşağılandığımı öğrenmek onları çok üzer."

Kaşlarını çatıp ciddi bir ifadeyle, "Haksızlar mı peki?" diye sordu Ayaz. "Bence ortalık birbirine katılmalı bu durumda."

Yine gülümsedim çünkü esmer güzeli çok tatlıydı. "Ama çok yoruldum." derken onunla nihayet göz gözeydik. Kara bakışlarının içine çekilmek o kadar kolaydı ki bilmesem kara delik derdim. Gözleri adeta uzayın sırlı köşeleriydi. Gözlerine kıvrılıp ya da içine çekilip, ne kadar derinse o kadar derine dalıp biraz dinlenmek isterdim. "Ankara'dayken zaten her şey çok bunaltıcıydı. Herkese tek tek Berk'le ayrıldığımızı anlatmak zorunda kalmış, bir de insanların acıyan bakışlarına katlanmıştım. Burada da bunları yaşamak istemedim. İstemiyorum."

"O ana kuzusundan ayrıldın diye sana acıyanın aklı yoktur aklı." dedi Ayaz. "Biraz zekâsı olan, 'Allah kurtarmış.' der. 'Geçmiş olsun, ucuz atlatmışsın.' der."

İç çekip başımı buzdolabına yasladım. "Şimdi bir de Berk başkasıyla nişanlandı. Nişanlandığı kız da benden önceki sevgilisi bu arada... Muhtemelen herkes perişan olduğuma falan inanıyordur. Ankara'ya döndüğümde neler duyacağım kim bilir?"

Bana uzun, tartan bir bakış attık sonra usulca, "Ama perişan değilsin, değil mi?" diye sordu Ayaz. Cevabı beklerken gözlerimin içine bakıyordu.

Gönül rahatlığıyla, "Hayır." dedim. "Değilim. İşin açıkçası üzgün bile değilim. Berk karşıma geçip o sözleri söyledikten sonra içimde bir şeyler kopup gitti. Bir süre ağrısını çektim belki ama artık hiçbir önemi yok. Sadece bu kadar gururum kırılmasın isterdim."

Bu sefer gülümseyen Ayaz oldu. Esmer yüzünde geniş, parlak bir gülümseme belirdi. Gözleri kısıldı ve tüm yüzünü sevimli bir ifade bürüdü. Su olup ona doğru akmak istedim bir anda ama yapabildiğim yegâne şey katı hâlimi korurken gülümseyişine içten bir karşılık verebilmek oldu.

"Peki, ailen nasıl karşıladı olan biteni?" diye sordu Ayaz gülümseyişi küçülürken. "Çok tantana çıkmamıştır umarım."

Dün gece mutfak masasındaki hâlimi hatırlayınca oflayarak, "Pek de hoş karşılamadılar." dedim. "Babamla amcam bir anda havalanıp Ankara'ya doğru uçacaklar diye ödüm koptu. Ama neyse ki teyzem bir kahraman misali imdadıma yetişti ve herkesin sakinleşmesini sağladı. Sonra bu sabah da babam, bir daha Berk'in adının bile anılmaması karşılığında olan biteni sineye çekip konuyu kapatmayı kabul etti."

"Harika. Bu mesele tarih oldu yani artık."

"Aynen öyle."

Nihayet içimdeki her şeyi söylemiş olmanın, aramıza herhangi bir yanlış anlaşılma girmemesinin rahatlığıyla hafiflediğimi hissederken Ayaz seri bir hareketle yerden kalktı ve bana elini uzattı. "O zaman bunu kutlayalım."

Bana uzattığı eline kısa bir bakış attıktan sonra tuttum ve beni yerden kendine doğru çekmesine izin verdim. Aramızdaki mesafenin bir saniye içinde neredeyse sıfıra inmesi kalbimin ritmini şaşırtsa da şikâyetçi değildim. "Kutlayalım."

Ayaz elimi birkaç saniye bırakmadı ve benden uzaklaşmadan gözlerimin içine bakmayı sürdürdü. Bütün bu yakınlığın, böyle iç geçirten kara bakışların benim kalbime neler ettiğinden haberi var mıydı acaba? Yüreğimin ortasında bir senfoni orkestrasını yönetiyordu adam. Tek bir hareketiyle içimdeki tüm çalgılar en güzel notalarını salıveriyordu havaya. Repertuvarımda var olduğunu bile bilmediğim mistik melodilerin esiri oluyordum. *Siz bana neler yapıyorsunuz sayın Sarıcalı?*

Nihayet geri çekildiğinde ve cüzdanıyla telefonunu almak için odasına gittiğinde ne zamandır tuttuğumu bilmediğim nefesimi koyuverdim. Bu sırada fırsattan istifade evde benden haber bekleyen kızlara bir mesaj yollamayı da ihmal etmedim.

Burası ışıltılı ve renkli bir diyar şu an. Döndüğümde her şeyi anlatacağım. Sizi seviyorum 🌙

16

Kendimi, bütün dünyanın aynı anda şarkı söyleyip dans etmeye başladığı, etrafta renklerin uçuştuğu, parıltıların dolaştığı mutlu bir müzikaldeymişim gibi hissediyordum. İnsan, uzun denilebilecek bir süreyi üzüntü ve sıkıntıyla geçirdikten sonra böyle şeyler hissedince, bu hislerin alnı olsaydı da öpebilseydim keşke diyordu. En azından ben diyordum yani.

Berk'in nişanlamasını dünyaya duyuruşunun ardından hayatımda altı şiddetinde bir deprem yaşansa bile can ve mal kaybı olmamıştı. Berk'i saymazsak tabii. Ama niye sayalım ki? Bu deprem beni sadece içimde taşıyıp durduğum bir sıkıntıdan kurtarmış ve nihayet tekrar bekâr oluşumu herkese söyleyebilmeme vesile olmuştu. *Bakın, bu depremin de alnı olsaydı da öpseydim keşke.*

Ayaz'la yaptığımız konuşmanın ve peşi sıra gelen kutlamanın ardından iki gün geçmişti. Arıkan Malikânesi'nde Nedim Berk Candar'ın enkazı tamamen yok edilmiş ve unutulmuştu. Her şey hızla normale dönerken bu olayı böyle ucuz atlattığım için tam olarak ne kadar şükretmem gerektiğini düşünüp duruyordum.

Güzel şeylerin kıyısında durduğumu düşünüyordum. Üstelik bu sefer farklıydı. Berk'le ilk tanıştığımızda asla onun benden hoşlandığından emin olamamıştım. Bir yakın, bir uzak hâlleri beni üzüp yıpratmış ve kendimi divane hissetmeme sebep olmuştu. Bu üzüntüyü kimseye sezdirmemiştim elbette. Hele Berk'e, asla. Fakat yine de onun hislerinden emin olamamak yorucuydu. Nihayet bana açıldığında ve benden hoşlandığını söylediğinde o yorgunlukları unutsam da şimdi hatırlıyordum. Hem de oldukça net bir şekilde. Oysa Ayaz'la durum çok başkaydı. Bana olan ilgisi sorguya yer bırakmıyordu. Yani elbette onun yerine konuşup bana deli divane âşık olduğunu söyleyemezdim fakat benden hoşlandığına emindim. İki ileri, bir geri gidip bana mehter takımı hissiyatı yaşatmıyordu. Bu sebeple aramıza saçma sapan bir yanlış anlaşılmanın girmeyişine minnettardım. Ya Ayaz ile daha başlama aşamasında olan tüm güzel şeyler mahvolsaydı? Ya beni dinlemeseydi ve hakkımda kötü şeyler düşünmeyi tercih etseydi? Bunları sesli bir şekilde sorduğumda Hare gözlerini devirerek cevap vermişti.

"Eğer öyle bir şey yapsaydı seni hak etmeyen bir adam olduğunu çok erken ispatlamış olurdu."

"Ama yapmadı." derken bir yandan da kucağındaki dondurma kutusundan dondurma kaşıklıyordu Nehar. "Ben size diyorum, yüzyılın çiftisiniz siz. Görür görmez anladım bunu ben."

Bahar elindeki kaşıkla Nehar'ın dondurmasına sinsi sinsi yaklaşırken, "Sen sadece romantizmi seviyorsun." dedi.

"Ama kendin yaşamayı reddettiğin için bizim ilişkilerimize burnunu sokuyorsun."

Tam Bahar kaşığını daldırmak üzereyken kâseyi hızla öbür tarafa çekti Nehar. "Ben sadece doğru insanı bekliyorum. Gelmiyor şerefsiz, ne yapabilirim?"

Bahar kardeşine söylediklerinin bir kelimesine bile inanmadığını belirten bir bakış attı. Bu bakışın, Nehar'ı rahatsız ettiği aniden bana dönüp konuyu ışık hızıyla değiştirmesinden belliydi. "Ee, şimdi siz nesiniz tam olarak bu Ayaz efendiyle?"

Bu harika bir soruydu. Muazzam bir soruydu. Ama ne yazık ki cevabı bende yoktu. "Bilmiyorum." dedim omuzlarımı kaldırarak. "Arkadaşız şu an için... Sanırım."

Hare yüzünü buruşturdu. "Of, erkekler! En iyisi bile böyle belirsizliklerde bırakıyor insanı işte."

"Ben yakında Ayaz'dan bir atak bekliyorum." dedi Bahar. "Kendisi kararlı ve ne istediğini bilen bir beyefendiye benziyor. Şu ana kadar sana açılmamış olmasının sebebi de senin kendini biraz daha toparlamanı beklemesidir belki. Kolay şeyler yaşamadın ki. Kalbin kırıldı." Ağzından bal damlayan kuzenim nihayet Nehar'ın dondurmasından bir kaşık çalmayı başarabilmişti.

Onlara "bakalım, göreceğiz" tarzı cümleler kurup konuyu değiştirirken kalbimde bir karmaşa vardı. Ayaz'la bir süre şu anki durumumuzdan daha ileriye gitmek istememem saçma mıydı? Ondan yeterince hoşlanmadığım ya da ona değer vermediğim için değildi elbette bu. Yalnızca bu kadar hız, başımı döndürmekteydi. Şu anki hâlimizi seviyordum. İlerisinin de güzel olacağına emindim ama biraz daha buranın, tam bu yerin keyfini sürmek istiyordum.

Biz böyle onun hakkında konuşup dururken Ayaz mesaj atınca bir anda bütün telaşlarım sakinleşti. Yüzümü belli belirsiz bir tebessüm sardı; yalnızca dudaklarımı değil bütün ifademi, simamı. Heyecanla bildirime tıkladığımda Ayaz'ın bana bir fotoğraf gönderdiğini gördüm. Fotoğrafta kulüptelerdi. Bunu etrafın ışıklandırmasından anlamıştım. Ayaz locadaki koltuğa oturmuş, Mahmut ve Efe ise onun kucağına başlarını koyup zıt yönlere doğru yatmışlar, telefonlarıyla uğraşıyorlardı. Ayaz da ortada, baygın gözlerle kameraya bakmaktaydı. Çok hoş bir manzaraydı sahiden. Uzanıp Ayaz'ın yanaklarını sıkmamı engelleyen tek şey fotoğrafı kimin çekmiş olabileceğini düşünürken aklıma gelen ihtimallerin yarısından hiç de hoşlanmıyor oluşumdu. *Mahmut da Efe de fotoğraftaysa bu deklanşöre kim bastı Esmer Güzeli?* Biraz suratımı assam da çok gecikmeden cevabımı yazdım.

Bu çocukları çok şımartıyorsun.
Ayaz Sarıcalı: Bir gün karşılığını alırım diye umuyorum.
Ayaz Sarıcalı: Sen ne yapıyorsun?
Kızlarla oturuyoruz.
Nehar'ın alçısı çıkana kadar eve hapsolmuş sayılırız.

Ayaz bir süre cevap yazmadı. Bir gece kulübünde kimliği belirsiz şahıslar tarafından fotoğraflanıyor oluşunun üstüne bir de dakikalar boyunca beni cevapsız bırakması eklenince benim biraz moralim bozuldu tabii. Sürekli telefonumu kontrol edip durmaktan hoşlanmadığımı fark edince kendime bir buzlu kahve yapmak için mutfağa gittim ve telefonumu yanıma almadım. *Bu da benim kendi içimdeki pasif direnişim, al bakalım Ayaz efendi.*

Kahvemi büyük bir özenle, hiç aceleye getirmeden hazırladıktan ve ilk yudumunu mutfakta, keyifle aldıktan sonra salona döndüğümde telefonuma bildirim geldiğini gösteren minik ışığın yanıp söndüğünü fark ettim. Bildirimi açınca Ayaz'ın dakikalar önce bir cevap yolladığını görüp keyiflendim. *İşte bu sevda işleri sizi böyle küçük hesapların insanına çeviriyor bir anda.*

Ayaz Sarıcalı: Seni görmek güzel olurdu.

Mesajı okuyunca bir anda kalbimin göğünde havai fişekler patlayıverdi. *Olur muydu sahiden Esmer Güzeli,* diye sorarken sıvı hâlde yere damlamam için bir engel var mıydı? Bence yoktu.

Bir an fotoğraf gönderme düşüncesiyle ön kamerayı açtım ve karşılaştığım görüntü sebebiyle derhâl kapattım. Saçlarım darmadağınıktı. Yüzüm fena değilse bile stresten soyup durduğum dudağım yara olmuştu ve Ayaz'ın bana attığı fotoğraftaki mükemmel görünüşünü düşünürsek bu hâlimle ona fotoğraf falan yollayamazdım. Bu yüzden hızlıca bir cevap düşünmek zorunda kaldım.

Seni de.

Evet, biliyorum. Dünyanın en ince düşünülmüş, en üstüne kafa yorulmuş, en muazzam ve eşsiz cevabıydı bu, biliyorum. Ayaz okur okumaz kendinden geçecek, bana geri dönülmez bir biçimde âşık olacak ve kalan her şeyi unutacaktı kesin. Öyle sihirli bir mesajdı. Ve Ayaz buna bir cevap yazmadı. *Sesi duydunuz mu arkadaşlar? Tam kalbimden geldi.*

Aradan yarım saat geçti. Sonra on beş dakika daha geçti. Telefonumu dakika başı kontrol etmekten ilk on dakika içinde zaten vazgeçmiştim. Şimdi yalnızca beş dakikada bir göz ucuyla bakıyor, bildirim ışığını göremeyince somurtmaya devam ediyordum. Bütün bu olanlar yetmezmiş gibi kızlar bir de romantik komedi türünde bir film açmışlar, beni izlemeye zorluyorlardı. Filmde adam ve kadının flörtleşmelerini izlerken ekrana boş bakışlar atıyor ve içimdeki sıkıntı yüzünden oflamamak için kendimi zor tutuyordum. Bir yandan da kendi kendime nasıl bu kadar hızlı nazar değdirmiş olabileceğimi düşünüyordum.

Derken bir şey oldu. Mucize gibi bir şey. Telefonum titremeye başladı ve ekranda Ayaz Sarıcalı ismi belirdi. Kalbim bir anda ambulans sirenleri gibi ötmeye başlarken telefonu elime aldım ve kızların filmini bölmemek için kendimi odadan dışarı attım. Mutfağa geçtiğimde aramayı cevaplayıp telefonu heyecanla kulağıma götürdüm.

"Alo?"

Sesim titrememişti ama ben heyecandan yerimde duramıyor, mutfağın içinde bir o yana bir bu yana dolanıp duruyordum. Bir telefon konuşmasının bir insana böyle şeyler yapması mümkün müydü? Yoksa bu, Ayaz'ın bana yaptığı bir çeşit büyü müydü?

"Zeynep." dedi Ayaz. Açılışları ismimle yapmayı seviyordu anlaşılan. E, ben de ismimi sesinden duymayı seviyordum. Bir bağlamda ruh ikizi yapmaz mıydı bu bizi şimdi?

Sessiz ve derin bir nefes aldım ve bana bir saattir cevap yazmadığı gerçeğini hatırlayarak usul, soğuk bir sesle, "Efendim?" dedim.

"Aşağı insene biraz."

Bir an duyduğum cümleyi algılayamamayarak gözlerimi kırpıştırdım. Kaşlarım çatıldı ve bir kafa karışıklığı ifadesi yüzümü kuşattı. "Aşağı mı?" diye sorarken şaşkınlık sesimdeki soğukluğu alıp götürmüştü bile. *İşte biz de bu kadar tepkili kalabiliyoruz, ne yapalım?*

"Evet. Sizin evin önündeyim."

Adımlarım aniden durdu. Cümleler zihnimin içinde bir kere daha yankılanırken heyecandan midem buruldu. Ayaz'ın sesindeki ciddiyet, sözlerinin manasıyla bir olup etrafımı sardı ve beni büyülü bir kozanın içine hapsediverdi. Şu an benim evimin önünde olduğu gerçeği ise bu büyülü ortam için bile fazla masalsıydı. *Kalkıp gelmiş iki gözümün çiçeği,* diyordu kamyoncu Zeynep dahi. *Beni görmek için kalkıp gelmiş.*

"Ben..." diyebildim zar zor. "İki dakikaya geliyorum. Bekle, tamam mı?"

Ayaz telefonun öbür ucunda tatlı tatlı güldü. "Tamam."

Telefonu kapatıp hızla odama koşturdum. Çalışma masamın üzerindeki tarağı kapıp saçlarımı taradıktan sonra makyaj çantamdan koyu pembe bir ruj çıkarıp dudaklarımdaki yaraları kamufle ettim. Ardından altımdaki eşofmanı bir pantolonla, üzerimdeki eski püskü tişörtü ise ütülü bir gömlek ile değiştirip odamdan uçarcasına çıktım. Evden çıkmadan önce kızlara, "Ben çıkıyorum!" diye seslendim fakat her biri filme dalmış olduğu için kimse nereye gidiyorsun demedi. Bunun işime geldiğini söylememe gerek yoktu sanırım.

Asansörün bizim kata çıkmasını bekleyemeyeceğimi fark edince merdivenleri ikişer üçer atlayarak inmeye başladım. Son katta küçük bir düşme tehlikesi yaşasam da çıkış kapısına sağ salim ulaşmayı başarabildim ve bu noktada duraklayıp derin bir nefes aldım. Deli danalar gibi koşarak çıkacak değildim Ayaz'ın karşına sonuçta. Sakinleşmem şarttı. Yavaş adımlarla tekrar yürümeye başladım ve dışarı çıktığımda karşılaştığım manzara kalbimi karnaval yerine çevirdi. Ayaz binanın önündeki boş alana arabasını park etmiş, arabanın kaputuna yaslanmış, kollarını göğsünün üstünde birbirine dolamış beni bekliyordu. Yüzünde daha metrelerce öteden seçebildiğim parlak bir gülümseme vardı. Muhteşem görünüyordu.

Ona doğru attığım her adımda benim için geldiği gerçeği yakama yapışıp nefesimi kesiyordu. Hani gelinen yol binlerce kilometre değildi belki ama üç adım öteden bile kalkıp gelmenin bir manası vardı, değil mi? Beni görmek güzel olacağı için ya da onu görmem güzel olacağı için kalkıp gelmiş olmasının bu dünyanın göklerine zar zor sığacak koca bir manası vardı. Yalan mı?

Yaz havasının sıcak meltemi saçlarımı uçuştururken Ayaz'ın tam yanında durup, "Selam." dedim çiçekler açan sesimle.

"Selam." Ben yanına geldiğimde hafifçe doğrulup yana kaydı ve kaputta bana da yer açtı esmer güzeli. Yüzünde benimkine benzer bir ifade vardı. Bir yandan onu izlerken, bir yandan da hızlı bir hareketle kaputun üstüne oturdum ve ayaklarımı sallandırdım.

"Kulüpte meşgulsün zannediyordum." dedim. Aynı zamanda aramızdaki mesafenin onun artık tanıdık gelen parfümünü duyumsayacağım kadar kapanmış olmasını sindirmeye çalışıyordum. *Beş dakika önce ne kadar uzaktaydı, şimdiyse tam yanımda,* diye düşünürken aklımı kaybedecek gibi oluyordum. *Beş dakika önce kalbim karanlık, ıssız bir sokaktı; şimdiyse ay ışığı her yeri aydınlatmakta.*

"Meşguldüm." derken hafifçe bana doğru döndü Ayaz. Gözleriyle gözlerim arasında aşılmayacak tüm yollar bir anda haritadan silindi. Atılmayacak tüm adımlara çelme taktı bakışları.

Sesim nefesimden fısıltıyla çıkıp hiçbir yere sapmadan Ayaz'a ulaştı. Ne söylediğimi çok da bilmeden konuşuyordum. İkimizin arasında söylenecek yanlış bir şey yokmuş gibi geldiğinden pek umursamıyordum. "Nasıl gelebildin o zaman?"

Ayaz, gözlerimin içine öyle derin bir bakış attı ki yalnızca kalbim değil; aklım, ruhum, bütün kemiklerim sızladı. "İşler halledilir." dedi bakışından da derin bir sesle. "Ama insan, hasretle ne yapacağını bilemiyor."

Dilim tutuldu. Şaka yapmıyorum inanın. Ayaz'ın sözleri kalbimin öyle hızlı çarpmasına sebep oldu ki tüm kelimelerim kaçıp bir yerlere saklandı. Söyleyecek tek bir söz bile bulamadım. Çaresizce Ayaz'ın gözlerine baktım yalnızca. *Heyecanımı gör, kalbimin ritmini duy, konuşamıyorum, anla Esmer Güzeli.*

Anlamış gibiydi. Hafifçe doğruldu ve tam karşıma geçti. Gözleri yüzümü ince ince dolaşıyor, en son yine gelip gözlerimde duruyordu. İki elini arabanın kaputuna yaslayıp bana doğru eğildi. Yüzlerimiz aynı hizaya geldiğinde aramızda yalnızca bir santim vardı. Tek bir nefeste aşılabilecek kısacık bir santim.

"Zeynep." dedi boğuk bir sesle. Yapabildiğim tek şey gözlerimi kırpıştırmak oldu.

"Sen..." diye fısıldarken kalbim patlayacak gibiydi. "Sen çok güzelsin. Sen... Sen bu dünyanın duvarına asılmış en güzel fotoğrafsın."

Dudaklarım benden bağımsız hareket etti ve kocaman gülümserken buldum kendimi. Daha önce bu kadar güzel bir söz duymamış olduğum gerçeği içimi talan ediyor, Ayaz'ın sözleri ise talan olmuş kalbime çiçekler ekiyordu. Bu ânın gerçek olduğuna inanmak içimde somut bir ihtiyaç olarak belirince elimi uzatıp usulca Ayaz'ın yanağına koydum. Sıcaklığı gerçekti. Yanaklarını saran kirli sakalın elimi gıdıklayışı gerçekti. Bileğime çarpan ılık nefesi de gerçekti. Zaten hangi rüya böyle kusursuz olabilirdi ki? Başını çevirip yanağındaki avucuma bir öpücük kondurdu Ayaz. Nasıl olup da hâlâ bayılmadım bilemezken tekrar bana döndü. Yüzünde sakin, tatlı bir gülümseyiş duruyordu.

"Sana anlatmak istediğim bir şey var." dedi usulca. "Aslında biraz daha bekleyeyim diyordum, ortalık tamamen durulsun istiyordum ama sabredemiyorum. Beni dinleyecek misin?"

Derin bir nefes alıp hafifçe gülümsedim. "Seni elbette dinleyeceğim Esmer Güzeli."

Ayaz'ın yüzündeki sırıtış bir anda genişledi. Güneşin bir anda doğması gibi. Daha bir saniye önce ortalık kızıl ve loşken birden apaydınlık olması gibi. "Esmer Güzeli mi?"

Dudaklarımdan dökülenleri Ayaz'ın sorusuyla fark edince içimde doğan utanç hızla yanaklarıma yükseldi ve kıpkırmızı kesilirken ellerimle yüzümü kapayıp başımı öne eğdim. Ama esmer güzeli, bileklerimi tutup kendine çekti ve başımı kaldırıp ona bakmak zorunda kaldım. *Ne bu? Dünyanın en tatlı zorunluluğu falan mı?*

"Bir açıklama bekliyorsan..." dedim gülüşümü bastırmaya çalışırken. "Yapmayacağım. Haberin olsun."

"Şimdilik ısrar etmeyeceğim." derken ellerini bileklerimden kaydırıp ellerimi tuttu Ayaz. "Daha önemli mevzularımız var çünkü."

Elimi tutması dünyanın en doğal şeyiymiş gibi geldi. Bugüne kadar niye tutmadın bu elleri diye sormak istedim. Bugüne kadar neredeydin? *Bak, bu ellerin yuvası senin avuçlarınmış meğer. Bunca zaman ellerim yuvasızmış meğer.* "Neymiş onlar?"

"Bekle biraz, aklımı toparlayayım." deyip yüzünü gökyüzüne çevirdi Ayaz. Benim bakışlarım ise ondan ayrılmadı. Daha bir saat önce Ayaz bana bir adım atarsa ve buna hazır olmazsam diye korkan ben değilmişim gibi şimdi nefesimi tutmuş dudaklarından dökülecek sözcükleri bekliyordum. *Meğer ben zaten yolu yarılamışım, Ayaz da beni orada bekliyormuş da haberim yokmuş. Bir adımın aramızda lafı bile olmazmış. Tüm korkularım Ayaz'ın gözlerinin içine bakıncaya kadarmış.*

"Zeynep, ben..." Derin bir nefes alıp gözlerini tekrar gözlerime çevirdi. Yüzünde çılgınca bir şeylere cesaret ettiğini gösteren heyecanlı bir gülümseme vardı. "Ben aslında..."

Bir anda beni kör edecek bir ışık vurdu yüzüme. Hayır, bu sefer Ayaz'ın gülüşü değildi. Bir motor sesinin eşlik ettiği yapay bir ışıktı bu. Bir arabanın farları. Tam olarak muazzam denilecek bir ânı bıçak gibi kesivermişti. Ayaz önce ne olduğunu görmek için bana sırtını döndü, ardından hafifçe kenara çekildi. Bu sayede ben de tam karşımızda duran sarı taksiyi görebildim. Bu romantik anının katilini görmek için gözlerimi kısıp taksinin kapısının açılmasını bekledim. Eğer komşularımızdan biriyse yarın sabah gazetesini kapısının önünde bulamayacaktı ve kimse bunu hak etmediğini iddia edemezdi.

Taksinin kapısı açıldı. Uzun boylu bir adam yalpalayarak taksiden indi. Karanlıkta yüzünü seçemesem de bir yerden tanıdık geliyordu. Bu tanıdıklık hissiyle daha dikkatli bakarken adam olduğu yerde sallandı, ardından bizim binaya doğru sendeleyen iki adım attıktan sonra, "Zeynep!" diye bağırdı.

Şaşkınlık bir top atışı gibi suratımın ortasında patladı. "Berk?"

Sesini duymam onun kim olduğumu tamamen kavrama yetmişti. Kendisi beni dört ay önce terk eden, üç gün önce de eski sevgilisiyle nişanlanan Nedim Berk Candar'dı ve anladığım kadarıyla kör kütük sarhoş bir hâlde karşımda duruyordu.

17

Berk sesimi duyduğunda bana doğru döndü. Sarhoş ve çarpık adımlarla biraz yaklaşıp birkaç saniye yüzüme baktı ve en sonunda beni tanıyarak, "Zeynep!" diye bağırdı. Sonra ben daha ne olduğunu anlamadan üzerime atılıp beni kollarının arasına aldı. Nefesimi kesecek kadar sıkı sarılışından kurtulmak için çırpınsam da beceremedim. Fakat bir an sonra Berk'in geriye doğru çekildiğini ve benden uzaklaştığını hissettim. Özgür kalmanın rahatlığıyla derin bir nefes alırken aramıza giren Ayaz'ı fark ettim.

"Ne yapıyorsun lan sen?" diye bağırıyordu Berk'i iterken. Çok haklı bir soruydu bu doğrusu. Bu Nedim Berk çılgınının ne yaptığını, nereye varmak istediğini ben de çok merak ediyordum şahsen.

Berk yüzünü buruşturdu ve gözlerini kısarak Ayaz'a baktı. "Sen de kimsin? Ben burada sevgilimle konuşmaya çalışıyorum."

Cevabın içindeki şizofreni belirtisi dehşete düşmeme

sebep olurken bakışlarımı Ayaz'a çevirdim. Birkaç dakika önce bana tatlı tatlı gülümseyen dudakları şimdi düz ve sert bir çizgi hâlini almıştı. Dişlerini sıktığı gergin çenesinden rahatlıkla anlaşılıyordu ve kara gözlerinde öyle bir öfke vardı ki bakışlarının hedefi ben olmadığım için çok mutlu oldum.

"Göstereceğim şimdi ben sana kim olduğumu!" diyerek Berk'in üstüne doğru yürümeye yeltendiğinde kendimi hemen onun önüne attım.

"Ayaz!" dedim can havliyle. "Dur lütfen! Babam yukarda ve aşağı inip Berk'i görürse mahvolurum. Kavga çıkmasın, ne olur."

Telaşla bezeli sözlerim onun duraklamasına ve bakışlarını bana çevirmesine neden oldu. Öfke dolu gözleri gözlerimi bulduğunda bakışları biraz olsun yumuşadı. *Çok şükür. Bana öyle öfkeli bakmasına hiç dayanamazdım zaten.*

Nedim Berk bir kere daha, "Zeynep!" diye bağırınca bakışmamız yine bölündü. İkimiz de Berk'e doğru döndüğümüzde onun, "Seni çok özledim sevgilim." diye bağırarak üstüme yürüdüğünü gördüm ve bana tekrar sarılmasından korktuğum için ne yaptığımı pek de düşünmeden Ayaz'ın arkasına saklandım. Bu hızlı hareketimi algılayamayan sarhoş Berk ise aşkla Ayaz'ın boynuna sarıldı. Hem de öyle sıkıca, öyle aşkla sarıldı ki gözlerime bile inanamadım. *Ulan daha ben sarılamadım!*

"Çok özledim seni Zeynep." derken sarhoş gözleri yarım yamalak aralandı ve Ayaz'ın omzunun üstünden onunla göz göze geldik. Buna rağmen yanlış kişiye sarıldığını anlayamadı. Ya da bilemiyorum, belki de anladı fakat Ayaz'a sarılmak hoşuna gittiği için onu bırakmadı. Bu da ihtimal dâhilinde görünüyordu.

Ayaz, Berk'i sertçe itip kendinden uzaklaştırdı. "Çekil lan üstümden, ayyaş." Onu böyle kaba görmeye alışık olmasam bile öfkesine sonuna kadar hak verdiğim için bu durumu yadırgamıyordum. Şimdi Ayaz'ın eski sevgilisi bir yerlerden çıkıp bana sarılsa ben de ortalığı birbirine katmaz mıydım? Hem de nasıl katardım. Bu durumda birkaç kaba lakırtının da lafı olmazdı elbet.

"Beyefendi siz kimsiniz?" diye sordu Nedim Berk bir kere daha. "Hiç tanıyamıyorum ben sizi ama... Hiç."

Bu defa Ayaz cevap veremeden ben araya girdim. "Of!" dedim sıkıntıyla. "Bu, burada böyle bağırıp duracak mı? Ne yapacağım şimdi? Babam Berk'i görürse vallahi alamayız elinden. Bu yaştan sonra hapislere düşer adam."

Ayaz bir iki saniye sessizce düşündükten sonra çenesiyle arabasını işaret etti. "Arabanın kapısını açar mısın? Şunu içeri tıkalım. Kimseye ahtapot gibi yapışmayacağını garanti edelim. Sonra düşünürüz."

Başımı sallayıp onu onaylayarak arabanın arka kapısına koşturdum ve kapıyı açtım. Ayaz, bir çöp poşeti tutuyormuş gibi tiksinen bir ifadeyle Nedim Berk'i kolundan tutup arabaya yönlendirdi. Arka koltuğa oturmasını sağladıktan sonra kapıyı sertçe kapatıp bana döndü. "Arabama kusarsa yemin ediyorum köprüden atarım bu herifi."

"Kusmayacak, kusmayacak." dedim saçma bir inançla. Kusabilirdi oysa. Sonuçta her şeyin içine etmekte tam bir uzmandı ama şu an bunu düşünmemek en iyisiydi. Zaten başımda yeterince iş vardı, fazlasını çağırmaya hiç gerek yoktu.

Sıkıntıyla elini yüzüne götürüp sakallarını sıvazladı Ayaz. Öfkeli olduğu belliydi ama o sert bakışlarını hiç doğrudan bana çevirmiyordu. Çevirse şuracıkta düşüp kalırdım zaten üzüntüden. "Ne yapacağız?" diye sordu, kendini bu meseleye dâhil etmesinin benim için öneminden haberdar değilken. "Bence yol kenarına, bir çöp kutusunun içine bırakalım. Birileri bulur, ilgilenir mutlaka."

Ayaz'la ikimizin Berk'i bir çöp kutusuna tıkıştırdığı bir görüntü zihnimde canlanınca sinirle güldüm. "Bu harika olurdu ama yapamayız."

Omuzlarını hafifçe kaldırıp dudaklarını büzdü Ayaz. "Yapabiliriz bence. Deneyelim mi?"

Bu fikrin güzelliğine iç geçirerek, "Olmaz." dedim. Eski sevgilimi çöp kutusuna tıkmamın başıma açacağı dertlerle uğraşmak istemiyordum. Bu yüzden telefonumu çıkarıp hızla Hare'yi aradım. Telefon ancak üçüncü çalışta açıldı ve bu beni biraz sinirlendirdi.

"Zeynep? Neredesin sen?" Kuzenimin çıkışmasına bakılırsa onu da sinirlendiren bazı şeyler vardı.

Hare'nin telaşlı ve asabi sesini bir oflamayla geçiştirip, "Hemen aşağı iniyorsun." dedim. "Bahar'la Nehar'a da söyle bizi idare etsinler ve ne olursa olsun babamın aşağı inmesine izin vermesinler. Sakın bir şey sorma, her şeyi sonra anlatacağım. Hadi. Çabuk."

Hare'nin kafasındaki en ufak soru işaretini dahi dillendirmesine fırsat tanımadan telefonu kapattım ve Ayaz'la birlikte beklemeye başladık. Gergin bir bekleyişti bu. İkimiz de hiçbir şey söylemiyor, herhangi bir yorum yapmıyorduk. Söylenecek ne vardı ki? *Nasıl da bölündü ama dünyanın en romantik ânı* diye iki lafın belini mi kıracaktık? Eski sevgilimin hayatıma dramatik dalışına dair yorumlar mı yapacaktık? Susup bekliyorduk işte.

Neyse ki bu durum fazla uzun sürmedi ve yalnızca birkaç

dakika sonra kuzenim Hare apar topar binadan çıkıp koşturarak yanımıza geldi. Nefes nefese kalmış bir hâlde, "Neler oluyor?" diye sorduğunda ona arabayı işaret ettim.

Arabadaki adamı gördüğünde Hare'nin kahverengi gözleri kocaman açıldı. "Bunun burada ne işi var?" Sesi dehşet dolu çıkıyordu ve bu konuda çok haklıydı.

"Bilmiyorum. Çıkıp gelmiş işte!" derken ayağımı sinirle yere vurdum. İçimde biriken paniği ve öfkeyi bir şekilde boşaltma ihtiyacı hissediyor, o yüzden böyle agresif tepkiler veriyordum. "Bir de sarhoş. Ne yapacağız hiç bilmiyorum."

Derin bir nefes aldıktan sonra ellerini ileri uzatarak, "Tamam." dedi Hare sakince. Gözlerine çok yakından tanıdığım o odaklanmış bakışı gelip yerleşmişti. Bu, birçok sefer paçamızı kurtaran zekâsının yine iş başında olduğunu gösteriyordu. "Basit düşünelim." diye lafa girdi. "Önceliğimiz sarhoş Berk'i saklayabileceğimiz bir yer bulmak ki bu, kesinlikle üstü açık bir araba değil."

Ayaz başını sallayıp Hare'yi onayladı. "Katılıyorum." Berk'in onun arabasında olmasından hiç memnun olmadığı ayan beyan ortadaydı. Onu suçlayamazdım.

Kısa bir düşünme duraksamasının ardından, "Annemle babam, bu gece evde değil." dedi Hare. Sonra Ayaz için kısa bir açıklama ekledi. "Meteor yağmuru izlemek için şehir dışına çıktılar. Yani Berk'i bize götürmek en mantıklısı bu durumda."

"Ateş ne olacak peki?" diye sordum. "O evde değil mi?"

"Evde ama amcamla uğraşmaktansa abimle uğraşmak daha kolay olur. Bu ailede Nedim Berk'in varlığına en sakin tepkiyi verecek insan abimdir. Bu ailede her şeye en sakin tepkiyi o verir."

İşte bu çok doğru bir noktaydı. Ateş'i karşıma alıp durumu açıklamak, mantıklı bir konuşma yapmak mümkün olabilirdi ama aynı şey Arın Arıkan için geçerli sayılmazdı. "Haklısın." dedim Hare'ye. "O zaman size gidiyoruz." Bunu söyledikten sonra birazcık gevşediğimi hissettim. Küçük de olsa bir planımız olması ve Berk'i evin önünden uzaklaştıracak olmak beni biraz rahatlatmıştı doğrusu.

Ayaz ise hâlâ epey gergin görünüyordu. Hare ile konuşmamıza yalnızca sıkıntılı bir oflamayla katıldı ve en sonunda arabayı işaret edip, "Atlayın." dedi. Acaba bu geceden sonra bir daha yüzüme bakar mıydı?

Arabaya yöneldiğimde bir an yolcu koltuğuna mı yoksa arka koltuğa mı oturayım karar veremesem de Ayaz yolcu koltuğunun kapısını benim için açarak bu küçük sorunuma hızlı bir çözüm getirdi. Hare de hiç şikâyet etmeden arka koltuğa atladı ve yarı baygın bir hâlde kendi kendine bir şeyler sayıklayan Berk'in yanına oturdu. İşaret parmağının ucuyla onu omzundan iterek kendinden uzaklaştırması neredeyse ikonik bir andı.

Yola koyulduğumuzda sessiz bir gerginlikten kaçınmak, bu sırada evdeki durumu da kontrol altına almak için derhâl Bahar'ı aradım ve hızlıca ona olanları özetledim. Arkada Nehar, ayağı alçıda olduğu ve bütün aksiyonu kaçırdığı için isyan ederken Bahar, bizi idare edeceğini söyledi. Elbette tüm gelişmelerden haberdar edilmeyi de talep etti. Ona teşekkür edip telefonu kapattığımda amcamların evine varmak üzereydik.

"Kızlar durumu idare edecek." dedim sıkıntılı bir sesle. Bu sırada dikiz aynasından Berk'e bakıyordum. Artık tamamen sızmıştı, sayıklamıyordu bile. Boş boş konuşup durmasından daha iyiydi bu. Ya da Ayaz'ın arabasına kusma ihtimalinden.

İşin aslı göz ucuyla Ayaz'a da bakmak istiyordum ama kendimi bütün bu olanlar yüzünden geri dönülmez bir biçimde rezil olmuş hissettiğim için bunu yapamıyordum. Mahvolan o güzel ânımızı düşündükçe ise oturup ağlayasım geliyordu. *Belki de Berk'i gerçekten çöpe atmalıydık. Olan biten her şeyi düşünürsek bunu hak etmemiş sayılmazdı.*

Amcamların evinin önünde arabayı park ettiğimizde birkaç saniye hiç kimse kıpırdamadı. Ben kendimi tuhaf bir şekilde aşırı yorgun hissediyordum. Sanki çok ağır yükler taşımışım ya da kilometrelerce koşmuşum gibi... Oysa bütün günüm tembellikle geçmişti. Beni yoran tek şey son yarım saat içinde on beş farklı duyguyu tek bünyede yaşamaya çalışmaktı. Beni yoran şey hayatın ta kendisiydi, ne yazık.

Ayaz bir şey söylemeden şoför kapısını açıp indi. Ben de onu takip ettim ve aşağı atladım. Sonra o arabanın arka kapısını açtı ve Berk'i bir patates çuvalı gibi savurarak arabasından çıkarttı. İkisini böyle yan yana gördüğümde zıtlıkları gözümün önüne serildi. Berk'in kısacık kumral saçları, beyaz teni, biçimli fakat cılız vücudu ve uzun boyu; Ayaz'ın gür saçlarına, esmerliğine, geniş omuzlarına taban tabana zıttı. Ayaz da kısa bir adam değildi ama Berk ile aralarında yaklaşık beş altı santimetre fark vardı. Bu farkın Berk'e hiçbir şey katamadığı gerçeği de vardı tabii. Görüntü olarak gönlüm Ayaz'dan yanaydı. *Gerçi benim gönlüm her hâlükarda, her açıdan Ayaz'dan yana;* görüntü *işin yalnızca tuzu biberi ama söylemek istedim.*

Hare de arabadan inince ikimiz beraber koşturarak kapıya gittik. Hiç vakit kaybetmeden zile bastım zira Hare'yi aşağı alelacele indirdiğim için anahtarını almayı unutmuştu. Zilin tanıdık sesi duyulduktan birkaç saniye sonra hızla yaklaşan ayak seslerini duydum ve hemen ardından kapı açıldı. Bir çift çikolata rengi gözle karşılaşınca biraz afalladım çünkü bu gözler Ateş'e değil, sevgili kuzenim Yağız'a aitti.

Gözlerimi hayretle kırpıştırıp, "Senin ne işin var burada?" diye sordum dehşet içerisinde.

Yağız hafifçe omuz silkip, "Ateş'le oturuyoruz." derken bakışları omzumun üzerinden arkaya, Berk'i sırtlamış olan Ayaz'a kaydı. Yüzündeki sakin ve sıradan ifade hızla karardı. "Bu ne böyle?"

Yere çöküp ağlama ihtiyacım anbean artarken bakışlarımı yardım dilenircesine Hare'ye çevirdim. O da bana üzgün bir bakış attıktan sonra Yağız'a dönüp pat diye, "Berk geldi." dedi. *Zekâsı bitmiş bunun!* "Arın eniştem görüp öldürmesin diye apar topar buraya getirdik biz de."

Bu dünyanın başına bir zombi ya da uzaylı istilası gelecekse işte bunun tam sırası. Bütün Marslıları dünyamızı işgal etmeye davet ediyorum tam şu an. Neredesiniz küçük yeşil adamlar?

Yağız ayağına Mine yengemin terliklerini geçirip kapıdan fırlayınca onu tutma fırsatımız bile olmadı. Ayağına olmayan otuz yedi numara terliklerle şimşek gibi geçti önümüzden. Bir saniye sonrasında bir baktım Berk'in yakasına yapışmış, delicesine sarsıyor adamı.

Ben müdahale etme fırsatı bulamadan, "Baygın şu an, kardeşim." diyerek araya girdi Ayaz. "Uyanınca döversin, yorma kendini."

Yağız bir an Ayaz'a tuhaf, şüpheli bir bakış atsa da çok şükür ki neden burada olduğunu sormadı. Sorsa verecek cevap bulamazdım zira tükenen tek zekâ Hare'ninki değildi. Üstelik bu saçma durumu nasıl açıklayabilirdim ki? Efe'nin ev arkadaşı ve eski sevgilimin ortak paydası neydi?

Berk'in yakasını bırakıp yavaşça geri çekilirken, "Atın şu iti içeri, dışarıda rezillik çıkmasın." dedi ve ayağındaki terlikleri sürüyerek eve ilerledi. O kadar gergindim ki bu görüntünün komikliğine gülümseyemedim bile.

Yağız'ın talimatı üzerine Hare koşup Berk'in diğer koluna girdi ve Ayaz'la ikisi eski nişanlımı sürükleyerek içeri taşıdılar. Salvador Dali'nin tablolarıyla aynı hissiyatı veren, gerçek dışı bir andı. Acele adımlarla onları takip ederek eve girdim. Hep beraber amcamların salonuna vardığımızda Ayaz yine bir patates çuvalı gibi Berk'i kanepeye fırlattı. Olduğu gibi oraya yığılırken en ufak bir tepki bile yükselmedi Nedim Berk'ten. Alkol, onu almış ve çok uzak diyarlara götürmüştü anlaşılan. Şimdilik bu durumdan şikâyetçi değildim zira yarı sarhoş olsa ve ona laf anlatmaya çalışsak her şey daha zor olabilirdi. Yeniden Ayaz'a sarılmaya kalkarsa işler hiç ummadığım kadar çirkinleşebilirdi.

"Neler oluyor burada?" diye soran bu kez Ateş oldu.

Kendimi tekli koltuğa bırakırken, "Bilmiyorum." dedim. Sonra boş bakışlarla izlediğim Berk'i işaret ettim. "Bu salak, bu gece aniden kapımın önünde belirdi."

Yağız'ın yakışıklı yüzü kaşlarını çattığı için sert bir ifadeye bürünmüştü. Sanki bakışlarıyla onu ateşe vermek ister gibi Berk'e bakıyordu. "Geleceğinden haberin yok muydu?"

Sorusuna gözlerimi devirdim. "Elbette yoktu Yağız. Ben davet edecek değilim herhâlde buraya."

"Derdi neymiş peki? Bir şey söyledi mi?"

Başımı iki yana sallayıp, "Hayır." dedim. "Körkütük sarhoştu geldiğinde."

Berk'in tepesine dikilip ellerine beline koydu ve bir süre onun suratına dik dik baktıktan sonra, "Nasıl ayıltacağız bunu?" diye sordu.

Ben cevap olarak yalnızca omuzlarımı silkerken Ayaz, orta

sehpanın üzerinde duran bir bardak suyu aldı ve hiç düşünmeden Berk'in suratına çarptı. Hare ve ben bu beklenmedik hareketle irkilirken Berk'ten hiçbir tepki gelmedi.

"Uyanmaz bu sabaha kadar." dedi Ayaz.

"Salonumda sarhoş bir pisliğin uyumasını istemiyorum." diye araya girdi Ateş. Sesi öyle sakin çıkıyordu ki sanki salonunda sarhoş bir pislik yoktu. Sanki yalnızca farazi bir durumdan söz ediyordu. Ispanaklı börekten hoşlanmıyorum der gibi.

Bunun üzerine Hare'den akıllara zarar bir öneri geldi. "Bence onu balkondaki koltuğa atalım."

Benim şaşkınlıkla gözlerim irileşirken Ayaz, Ateş ve Yağız bu öneriyi tartışmadılar bile. Üçü beraber apar topar Berk'i koltuktan kaldırıp balkona taşırlarken peşlerinden bakakaldım.

"Neden yaptın şimdi bunu?" diye sordum Hare'ye hayretle.

Bana soğuk bir bakış atıp acımasız bir sesle, "Rahat bir yatakta sızıp kalmak istiyorsa kalkıp yeni nişanlısının evine gidebilir." dedi ve başka bir şey söylemeden bizimkilerin peşine takıldı.

Koşturarak balkona gittiğimde gerçekten Berk'i balkondaki koltuğa yatırdıklarını gördüm. Ayaz'ın yüzünde son yarım saattir ilk defa gülümsemeye benzer bir ifade vardı. Sırf bu ifade uğruna dilimi ısırdım ve Berk'in balkondaki eski kanepede yatmasına ses çıkarmadım. Eh, Hare'nin sözleri de bu kararımda biraz etkili olmuş olabilirdi tabii.

Berk'i balkonda bırakıp salona döndüğümüzde ortamda garip bir sessizlik oluştu. Sanırım herkes kafasının içinde yaşananların gerçeklik hesabını yapıyordu. Ben şahsen bütün bunların bir rüya olmasını umuyordum. Ayaz bana ay ışığının altında dünyanın en güzel şeylerini söylerken zavallı kalbim buna dayanamamıştı ve komaya girmiştim. Şimdi de rahatsız edici bir kâbus görüyordum. Bütün bu olanlar için en makul açıklama buydu. Rezil olmadığım tek senaryo da.

"Sizinkiler eve ne zaman dönecek?" Bu stratejik ve mühim soruyu Hare'yle Ateş'e yönelten kişi Yağız'dı.

"Yarın öğleden sonra burada olurlar." diye cevap verdi Ateş. "Sabah bu ayyaşı bu evden çıkarmak lazım."

Oflamaktan kendimi alamadım. "Nereye götüreceğiz peki?"

"Biz niye bu herifi bir yere götürüyoruz ki ya?" dedi Yağız huysuzca. "Bakıcısı mıyız biz bu itin? Salalım gitsin. Ne hâli varsa görsün."

"Ya, tabii." Yüzümde cinnet geçirmeme beş dakika kaldığını belirten sakin bir gülümsemeyle Yağız'a baktım. "Salalım da babamla karşılaşsınlar. Ondan sonra cezaevine temiz çamaşır taşırız."

Ateş araya girip, "Tamam, bir çaresine bakacağız." derken zaten karman çorman olan kızıl saçlarını iyice karıştırdı. "Şimdilik bir şey yapamayız zaten. Uyanana kadar bekleyeceğiz mecbur."

Ne yapacağımıza karar vermek için en azından birkaç saatimiz olduğunu bilmek kaslarımı biraz olsun gevşetti ve rahat bir nefes alabildim. "Ben bir çay demleyeceğim." dedim sıkıntıyla. "Herkes içiyor mu?"

"Ben gideyim artık." diyen Ayaz'ın sesi içime bir yıldırım gibi düştü. "Size afiyet olsun."

Ona kal demek istedim. Gidersen her şey iki kat zor olacak demek istedim ama bunları söylemek çok bencilce gözüktü gözüme. Daha aramızda netleşen hiçbir şey yokken Ayaz'dan eski nişanlımla uğraşmasını nasıl isteyebilirdim? Üstelik şu âna kadar yaptıkları bile ne kadar fazlaydı.

Bu yüzden tek söyleyebildiğim, "Ben seni yolcu edeyim." oldu. Ayaz, bizimkilerle kısaca vedalaştıktan sonra beraber dış kapıya doğru yürüdük.

Tam ayrılmak üzereyken, "Ayaz." dedim. "Özür dilerim bütün bu olanlar için. Aklıma bile gelmezdi gerçekten. Çok mahcubum."

Esmer güzelinin yüzüne yumuşacık bir tebessüm yayıldı. "Senin bir suçun yok Ay Parçası." dediğinde serin bir okyanus dalgası yüreğime çarpıp ortalığı serinletti. *Bir daha bana ay parçası demezsin diye ne kadar korkmuştum bilemezsin.* "Kalmak isterdim ama abime söz verdim birkaç işi halledeceğim diye. Eğer istersen sabah yine burada olurum. İstemezsen de... Sorun değil. Anlarım."

"Seni, sorun çıkaran eski sevgilimle uğraştırmam doğru değil." dedim açık ve net bir şekilde.

Ayaz başını iki yana salladı. "Ben bunu sormadım." Bir adım atıp bana yaklaştı ve gözlerimin içine bakarak tekrar sordu. "Sabah burada olmamı ister misin yoksa istemez misin?"

Son bir saatte yaşadıklarım yüzünden duygusal erozyona uğramış kalbimin selameti için sakin kalmaya çabaladım. Ama bu kadar çok şey hissederken ve Ayaz böyle güzel bakarken bunu yapmam imkânsızdı. Usulca başımı sallarken, "İsterim." dedim en sonunda. Yalan söylemeye dilim varmadı.

Ayaz yeniden, bu kez daha geniş bir şekilde gülümsedi. Öfkenin ve ciddiyetin tüm izleri yüzünden silindi ve esmer siması bu gülümsemeyle aydınlandı. Eğilip yanağıma varla yok arası tatlı bir buse kondurmadan hemen önce, "O zaman burada olacağım." diye fısıldadı. "Senin için burada olacağım."

18

Yarım yamalak ve rahatsız bir uykudan uyanır uyanmaz ilk yaptığım şey balkona koşturup Berk'e bakmak olmuştu. Bir yanım dün gecenin bir rüyadan ibaret olmasını; Berk'in değil balkonda, bu şehirde bile olmadığını görmek istiyordu. Diğer yanım ise yaşananların oldukça gerçek olduğunun farkındaydı ve bana saçmalamamamı söylüyordu. Balkona vardığımda Berk'in hâlâ koltukta baygın bir hâlde yattığını görünce diğer yanımın haklılığı bir kere daha kanıtlanmış oldu. Suratımı asıp banyoya giderken içimde bir şeyleri tekmeleme isteği vardı. Kamyoncu Zeynep çoktan camı çerçeveyi indirmişti bile, şimdi taburesine çökmüş, bilmem kaçıncı sigarasını yakmış, dertli bir şarkı dinliyordu. *Çekmediğim dertler, çile kalmadı.*

Elimi yüzümü yıkadıktan ve odaya dönüp Hare'yi uyandırma girişimimde başarısız olduktan sonra bütün bunalımımı peşimde sürükleyerek çay demlemek için mutfağa yöneldim ve bu perişan hâlimle mutfaktan içeri girdiğim anda gözlerim hayretle kocaman açılıverdi.

Karşımda Ateş ve Ayaz duruyordu. Bu zaten başlı başına beni şaşırtacak olmasına rağmen bu hayreti üçe katlayan şey Ateş'in üstündeki mutfak önlüğü, kıvırcık saçlarını alnından uzak tutmak için taktığı siyah bandana ve hepsinden önemlisi ise Ayaz'ın saçlarını toplamış olmasıydı. O gür, kimsenin dokunamadığı, güzel saçlarını toplamış, yakışıklı yüzünün ayan beyan ortaya çıkmasına izin vermişti. Eminim bunu yaparken benim kalbimin ne hâllere düşeceğini hiç ama hiç hesap etmemişti. Aklının ucundan bile geçmemişti tarumar olacağım, biliyordum. Alelade bir şeymiş gibi, mutfağa belki de her sıradan girişinde olduğu gibi toplayıvermişti o güzel saçlarını. Durup bir an olsun düşünmemiş, kafasında tartmamıştı bunun biçare Zeynep'in yüreğini kanatlandırıp uçuracağını.

Ateş kahvaltı masasına kahvaltılıkları dizerken Ayaz, gömleğinin kollarını dirseklerine kadar katlamış, ocağın başında bir şeyler yapmaktaydı ve ben de elli yılda bir kuzey yarım küre semalarında görülen bir kuyruklu yıldız görmüş gibi onlara bakmaktaydım. *Hesapsız kitapsız işlerin sonu böyle oluyor işte, Ayaz Bey. Kalbimin vahametini düşün bundan sonra en ufak adımında.*

Varlığımı ilk fark eden Ateş oldu ve bana minik bir tebessümle, "Günaydın." dedi.

"Günaydın." derken gözlerimi Ayaz'dan, onun esmerliğinden ve topladığı saçlarından ayırabilmiş değildim. Küçücük bir tokanın böyle çıldırmalara sebep olacağını hiç tahmin edemezdim doğrusu.

Ayaz da bakışlarını bana çevirmekte gecikmedi ve gülümseyerek, "Menemen yapıyorum." diye kısa bir açıklama yaptı. "Sever misin?"

Başımı salladım. "Çok severim. Ellerine sağlık." Sonra bir anda mutfağın ortasında öylece dikildiğimi fark edince sağa sola bakınıp, "Yardım edilecek bir şey var mı?" diye sordum. Yani bana kalsa durup Ayaz'ı izlerdim gün boyu ama Ateş bunu biraz yadırgayabilirdi. Zaten herhangi birisi Ayaz'ın neden burada olduğunu sorsa ne cevap vereceğimi bile bilmiyordum. Meseleyi daha da karışık hâle getirmenin ne lüzumu vardı?

"Hare'yle Yağız'ı uyandırmak dışında yapılacak bir şey yok." dedi Ateş. "Kahvaltı neredeyse hazır."

Onlara bir şeyler geveleyip Ayaz'a kaçamak bir bakış daha attıktan sonra Hare'yi uyandırmaya gittim. Biraz zor oldu ama bu defa kızıl kafayı yataktan kaldırıp banyoya iteklemeyi başarabildim. O elini yüzünü yıkarken Yağız'ı uyandırmak için Ateş'in odasına yöneldim. Neyse ki Yağız kolay uyanıyordu da yalnızca kapıyı tıklatmam kalkıp yeni güne merhaba demesine yeterli olmuştu. Evde uyuyan tek kişi vardı artık; Nedim Berk. Onu da uyandırmaya hiç hevesli değildim doğrusu. Yine de insanlık etmek adına bir yanına uğrayıp seslenmeyi denedim. Elde ettiğim tek şey anlamsız homurtular olunca omuz silkip tekrar mutfağa döndüm.

"Yağız ve Hare geliyor birazdan." dedim kahvaltı masasına bakarken. "Berk de hâlâ uyuyor. Bu normal mi?"

Ateş omuz silkip, "Bilmem." diye cevap verdi. "Hiç sarhoş olmadım."

Bunun üzerine Ayaz'a baktığımda, "Normaldir normal." dedi. "Bırak uyusun. Biz de rahat rahat kahvaltımızı yapalım. Bak, menemen on numara oldu."

Saçlarının toplu hâline hâlâ şaşırırken bir de yüzüne sevimli bir ifade eklenince, Ayaz yüzünden kendimi bunca hengâmenin ortasında sırıtırken buldum. Sanki derdim yokmuş gibi oturup Ayaz'la menemen yemek istiyordum işte. *Yaptığını beğeniyor musun Esmer Güzeli?*

"Biraz acımasızca davranmıyor muyuz?" diye sorarken kendimi bir sandalye çekip oturmaktan da alıkoyamadım.

İlk, "Hayır." diyen mutfak kapısından yeni giriş yapmış olan Yağız'dı. Uykulu gözleri ve boğuk sesiyle kahvaltı masasına yaklaşırken, "Az bile yapıyoruz." dedi. "Banyodaki küvette de uyutabilirdik."

Ona gözlerimi devirdikten sonra oflayıp dirseklerimi masaya dayadım. "Bir an önce uyansa ve gitse o kadar rahatlayacağım ki."

Ateş elini uzatıp teskin edici bir şekilde saçlarımı okşadıktan sonra üzülmememi ve her şeyi halledeceğimizi söyledi. Bunun gerçek olmasını çok istediğim için ona inanmayı seçtim. Her şey yoluna girecekti. Berk uyanacak, ne kadar saçmaladığını fark edecek, herkesten özür dileyecek ve gerisin geri Ankara'ya, nişanlısının yanına dönecekti. Zavallı babacığım katil olmak zorunda kalmayacaktı ve ben de nihayet derin bir nefes alıp kaldığım yerden Ayaz'ı düşünmeye devam edecektim.

Ben böyle umutlara kanıp moralimi yükseltmeye çalışırken Hare de aramıza katıldı. Çaylar dolduruldu, herkes tabaklarına kahvaltılıklardan aldı ve sanki balkonumuzda sarhoş eski nişanlım baygın hâlde yatmıyormuş gibi keyifli bir kahvaltıya başladık. Ayaz'ın yaptığı menemen nefis olmuştu. Bu gönlün ona torpil geçtiği doğru olsa bile bunu abartmadan söylüyordum, inanın.

Bu keyfin saatler ve saatler boyu sürdüğünü, Berk'in balkondan bir anda buharlaşıp uçtuğunu, bir daha asla hayatımıza dâhil olmadığını falan söylemeyi çok isterdim. Ne yazık ki bu küçük, mutlu an yalnızca on beş dakika falan sürdü. Birbirimize kesme şeker uzattığımız, al şunun da tadına bak, bundan ister misin gibi minik diyaloglarla renklendirdiğimiz kahvaltı sofrasına balkon kapısının sesi davetsiz bir misafir gibi gelip çöktü.

Çatalımı usulca masaya bırakırken bakışlarımı mutfak kapısına çevirdim ve çok geçmeden yalpalayan adımlarla, gözlerini ovuşturarak bize doğru gelen Berk'i fark ettim. O kadar berbat bir hâldeydi ki ister istemez ona acırken buldum kendimi. Bundan altı ay öncesinde olduğu gibi iç sızlatan bir acıma değildi bu; yolda düşen birini gördüğünüzde hissettiğiniz anlık empatiyle yüzünüzü buruşturmak gibi bir acımaydı. O kişi ayağa kalkıp konuştuğunda içinizdeki acıma duygusu da kayboluyordu.

Mesela Ayaz'ı bu hâlde görmüş olsaydım hissettiğim şey çok daha başka olurdu. Nedim Berk düştüğü bu hâli hak etmişken Ayaz o diyarlardan fersahlarca uzaktaydı.

Mutfağa girdiğinde etrafa kafası karışık, manasız bakışlar attıktan sonra nihayet beni bulunca Berk'in yüzünde bir gülümseme belirdi. Gerçi bu bir acı ifadesi de olabilirdi. Emin olamamıştım. Dudaklarını araladığında ismimi söyleyecek zannettim. Ama o sadece "Su." dedi ve devamını getirmek için yutkunması gerekti. "Su alabilir miyim?"

"Ayaz, kardeşim, dün gece ikram ettiğimiz su arkadaşı kesmemiş. Bir bardak daha verelim mi?" diye sordu Yağız sandalyesini itip ayağa kalkarken.

Yerimden fırlayıp hemen onunla Berk'in arasına girdim ve bu sırada Hare'ye kaş göz yaparak Berk'e su vermesini işaret ettim. Gece zekâ yüklemesi yaptırmış olacak ki hareketimi anlamlandırmakta hiç zorlanmadı ve hemen bir bardağa su doldurup Berk'e uzattı. Ben de bu sırada Yağız'ı yerine itiyordum.

"Sakin olalım mı biraz Yağız? Ne dersin?"

Yağız bana ters bir bakış atsa da usulca sandalyesine oturdu. Bu sırada Berk de nihayet suyunu içip bitirmişti. Ama bu onun düzelmesine yetmedi. Suyu içtikten sonra teni önce sarımsı, ardından yeşilimsi bir renge döndüğünde çaresizce bana baktı. "Koridorun sonunda, solda!" dedim bir refleks şeklinde ve Berk tuvalete doğru koşturmak için bir saniye dahi düşünmedi.

Onun arkasından birkaç saniye yüzümü buruşturarak baktıktan sonra arkamı döndüğümde Ayaz'ın keyifli yüz ifadesiyle karşılaştım. Dudaklarında yaramaz bir gülüş, gözlerindeyse haylaz bir parıltı vardı. Anlaşılan Berk'in sabah görüntüsü onu epey eğlendirmişti.

Göz göze geldiğimizde bana çenesiyle masanın üzerindeki tabağımı işaret edip, "Soğutacaksın." dedi.

Bir an menemene baktım. Lezzetinden emin olduğum hâlde midemdeki burulma yüzünden yiyebilecek gibi hissetmiyordum kendimi. "Biraz iştahım kaçtı benim."

Ayaz hafifçe omuz silkerken gülümseyişini hiç bozmadı. "O çirkin surattan sonra, seni nasıl suçlayabilirim ki?"

Ona göz devirmeye çalıştım ama yine her nasıl olduysa gülümserken buldum kendimi. Nasıl oluyordu bu her seferinde? *Nasıl benim bütün yollarım dönüp dolaşıp sana tebessümlere çıkıyor Esmer Güzeli, söyler misin?*

Ben zihnimdeki sorunun cevabını bulamadan Berk tuvaletten geri döndüğünde yüzü nihayet normal rengine kavuşmuştu. Suyla ıslayıp düzelttiği saçları ve şişi biraz inmiş gözleriyle kendisine daha çok benziyordu artık. Üstelik bu defa içeri girer girmez beni bulup bana bakmayı başarabilmişti.

"Daha iyi misin?" diye sorduğumda hafifçe gülümsedi. Bir zamanlar neden ona tutulduğumu hatırlamama yardımcı olan, sevimli bir gülümsemeydi bu. Artık kalbimde fırtınalar estirmek bir kenara, yaprak kımıldatmıyordu. Bir sevginin bitişi, nereden bakarsanız bakın hep çok üzücüydü.

"Evet, teşekkür ederim." dedi birkaç adımla yanıma yaklaşırken. "Gece çıkardığım tantana için de özür dilerim. Böyle şeyler yapmam normalde, bilirsin."

Nereden bilebilirim ki Nedim Berk, demek istedim. *Benim bildiğim adam, her nasılsa dört ay önce ortadan kayboluverdi. Sen başka birisin.*

Aklımdaki düşüncelerle sıkıntılı bir nefes aldım. "Sorun değil ama bu şekilde etrafta dolaşamazsın. Gitmen lazım."

Hızla başını iki yana salladı. "Gidemem Zeynep." Sesinde hem çaresizlik hem de tuhaf bir acele vardı. Gözlerimin içine yalvarırcasına bakıyordu ve ben bu adamı hiç ama hiç anlayamıyordum. Daha kısa bir süre önce benden önceki sevgilisiyle nişanlanan o değil miydi? Beni terk eden adam o değil miydi? Onun yüzünden aylardır delinin teki beni sosyal medya zorbalığına maruz bırakmıyor muydu? Şimdi niçin her şeye ben sebep olmuşum gibi benden medet umuyordu?

Benden önce davranan Yağız, "Gidersin aslanım, gidersin." dedi. "Ya da ben seni tek yumrukta Ankara'ya aktarmasız uçururum. Sen bilirsin."

Berk hemen arkamda oturan kuzenime bakınca hafifçe yutkundu. Onu suçlayamazdım. Üçe karşı bir durumdaydı.

İyi bir dövüşçü olmadığı da ortadaydı. Uzun boyuna rağmen Yağız'ın ancak yarısı ederdi cüssesi. Akıllıca bir hamleyle Yağız'a cevap vermemeyi tercih ederek bana döndü ve "Biliyorum." diye lafa girdi. "Bana kızgınsın. Ama inan her şeyi açıklayabilirim."

Hare'nin ofladığını, Yağız'ın da homurdandığını işittim. Ben de benzer tepkiler vermek istesem de yalnızca, "Sana kızgın falan değilim artık. Bir açıklama istemiyorum." demekle yetindim. "Gitmeni istiyorum sadece."

"Anlamıyorsun." dedi Berk omuzlarını düşürürken. "Buraya gelirken her şeyi ateşe atıp geldim. Aileme sırt çevirerek geldim ve seni tekrar kazanmadan geri dönmeyeceğim. Seni... Seni çok özledim."

"Bunun için biraz geç kalmadın mı?" Elimi saçlarımın arasından geçirip ofladım. "Bak, babam seni etrafımda görürse bir sürü tatsızlık çıkacak. Bunları yaşamak istemiyorum. Sadece gitmeni istiyorum."

Berk bir kere daha, "Ama..." diye lafa girmeye çalışınca bu sefer onu durduran Ateş oldu. Yerinden kalkıp Berk'le ikimizin arasına girdiğinde geniş omuzları Berk'i görmemi yüzde doksan oranında engellemişti.

"Bak Nedim." dedi Ateş sakince. "Ben çok fazla öfkelenen bir adam değilim ama sen şu an benim bile sinirimi bozuyorsun. Üç harfli bir kelimeyi anlamak bu... Bu kadar zor olmamalı. Gitmeni istiyoruz. Git."

"Bu Zeynep'le benim aramda." Berk'in diretmesini beklemiyordum doğrusu ama diretti. "Onunla konuşmadan gitmeyeceğim."

"Seninle Zeynep'in bir arası yok artık." derken Ateş'in gerildiğini hissediyordum. "Eğer Zeynep seninle konuşmak isteseydi buradaki kimse bunu engellemezdi. Ama istemiyor ve sen laf anlamıyorsun. Şimdi git, yoksa Yağız'la arandan çekileceğim. Benim aksime o, hiç de sakin bir insan değil."

Berk'in tereddüde düştüğünü hissedebiliyordum. Kafamı uzatıp baktığımda endişeli gözlerle Yağız'ı izlediğini gördüm. Sanırım bir risk değerlendirmesi yapıyordu. Neye karar verdiğini merak ederken o, bakışlarını Ayaz'a çevirdi ve gözlerini kıstı. "Sen..." dedi sert bir sesle. "Sen kimsin? Dün akşam da Zeynep'in yanındaydın."

Ayaz'a baktığımda o kara gözlerinin yine öfkeyle mermer kesildiğini fark ettim. Gözlerini kırpmadan Berk'in suratına bakıyordu ve ifadesi adeta ondan tiksindiğini haykırıyordu.

"Ben sana bilahare tanıtacağım kendimi." dedi neredeyse katı, kırılmaz bir sesle. Göğsümde tuhaf bir duygu yumağının kabardığını ve hepten düğüm olduğunu hissettim.

Berk'in yüzüne gevşek, geniş bir sırıtış yayıldı bir anda. Başını hafifçe yana eğip, "Hiç kimsesin yani." dediğinde bir anda ellerim buz gibi oldu. Kollarımdaki tüm tüyler şaha kalktı. Tepkisini görmek için tekrar Ayaz'a dönmemeyse hiç ama hiç gerek kalmadı. Zira kendisi uçarcasına gelip Berk'in suratına ani, hiç beklemediğim bir yumruk indirirken görüş alanıma girmişti zaten.

Berk yüzüne yediği yumrukla geriye doğru savrulurken benim dudaklarımdan bir şaşkınlık nidası ve Ayaz'ın ismi kopup gitti. Olası artçı yumrukları önlemek adına ileri atılıp onun koluna sıkıca sarılırken ağzım hâlâ bir karış açıktı. Ama ne yazık ki bu durdurma girişimim ters tepti. Zira Berk'in de Ayaz'a saldıracağı hiç aklıma gelmemişti. Artık çocuğu zihnimde nasıl ana kuzusu diye kodladıysam Ayaz'ın üstüne yürüdüğünü görünce hayretim üç katına çıktı ve tam Ayaz'a yumruk atmaya niyetlendiği sırada aralarına girmek gibi berbat bir karar verdim.

Sol kaşımın üstünde patlayan yumrukla beraber bir anda beynimde şimşekler çaktı, fırtınalar tutuştu. Darbe öyle beklenmedikti ki benim için, yumruk yediğimi anlamam birkaç saniyemi aldı. Yana doğru savrulurken düşmekten son anda Ayaz'ın kolları sayesinde kurtuldum. Bu da kafamı mutfak masasına çarpıp ikinci bir darbe almamı engelledi. Ne kadar minnettar olsam azdı yani.

"Zeynep? İyi misin?"

Bu ses de Ayaz'a aitti. Arka planda başka sesler de vardı elbette. Berk özür diliyor, Yağız ona çıkışıyor, Hare'yle Ateş bana sesleniyordu ama en neti buydu. Çünkü en yakınımdan geliyordu.

"Ben..." Konuşma denemem hissettiğim acının ara girmesiyle kesildi ve dudaklarımdan bir inleme döküldü. Herkes apar topar beni bir sandalyeye oturtup başıma üşüştüğünde ancak tek gözümü açabilecek durumdaydım.

"Buzlukta buz torbası var." dedi Ateş. "Hare, getirir misin?"

Hare'nin koşar adımlarla benden uzaklaştığını duydum. Bu sırada Yağız, "Öldüreceğim oğlum seni." diyordu. Kime hitaben söylediğini kestirmek hiç de güç değildi. "Defol buradan. Bak, yemin ediyorum elimde kalacaksın!"

Berk bir kere daha Yağız'ı yok sayarak bana, "Çok özür dilerim Zeynep." dedi. "Sana vurmak istemedim. Çok ama çok üzgünüm."

Acıyla yüzümü buruştururken, "Berk, git buradan." demeyi başarabildim. "Lütfen git artık."

Tek gözümün gördüğü kadarıyla Berk'in suratında kahrolmuş bir ifade vardı. Başını öne eğip üzüntüyle, "Tamam." dedi. "Tamam, şimdilik gidiyorum. Ama seninle konuşmadan Ankara'ya dönmeyeceğim. Kendimi affet..."

"Oğlum hâlâ konuşuyor musun sen ya?" diye kükreyen

Ayaz, Berk'in acıklı konuşmasını böldü. Birden yanımdan fırlayıp gittiğini görünce ona tekrar yumruk atacak zannettim ama bu defa yaka paça dışarı itmekle yetindi. Gitmekte direnip duran Berk'i mutfaktan çıkarması üç saniyesini almıştı. Belki en başından bu yönteme başvurmuş olsak bir yumruk yemek zorunda kalmazdım.

Ayaz geri döndüğünde elinde Hare'den aldığı buz torbası vardı. Buzu nazikçe alnıma bastırırken tek eliyle çenemi tutuyordu. "Özür dilerim." dedi kısık ve boğuk bir sesle. "Çok üzgünüm Zeynep. Böyle davranmamam gerekirdi."

Sesi öyle kederli çıkıyordu ki bir an için kalbimin acısı yüzümdeki acıya baskın geldi. "Bana yumruk atan Berk'ti. Araya giren de bendim. Senin özür dilemen gerekmiyor."

"Her şeyi başlatan da bendim ama." dedikten sonra sertçe yutkundu. "Sakin kalmam gerekirdi. Sakin kalacağıma dair kendime söz vermiştim."

Öyle üzgün görünüyordu ki ona sarılmamı engelleyen tek şey yüzümdeki bir buz torbası ve Yağız ile Ateş'in bize bakıyor oluşuydu. Yani buz torbasını aşardık ama Yağız beni biraz geriyordu doğrusu. "Sana kızgın değilim. Bunun senin hatan olduğunu da düşünmüyorum. Berk'in bir yumruğu hak ettiğini de hepimiz çok iyi biliyoruz."

Tam bu sırada Yağız'ın telefonu çaldı ve konuşmak için mutfaktan ayrılmasıyla biraz rahatladım. Hare de fırsatları değerlendirmek konusunda bir dünya markası olduğu için Ateş'le bir şey konuşması gerektiğini söyleyip onunla beraber mutfaktan çıktı ve nihayet Ayaz ile baş başa kaldık.

"Çok acıyor mu?" diye sordu bana fısıltıyla.

Başımı iki yana sallarken buz torbasını tutan elini aşağı indirdim. Soğuk rahatsız etmeye başlamıştı. "Acımıyor." dedim elimi Ayaz'ın elinden çekmeden. Bu dokunuş ağrı kesici etkisi yapıyordu ve söylediğim yalanı biraz daha gerçekçi kılıyordu.

Ayaz dudaklarında beliren minik bir gülümsemeyle bana baktı. Gözlerinde ise hâlâ o kederli bakış vardı. "Yalancı. Acıdığını biliyorum."

"Nereden bilebilirsin ki?"

"Hiç yumruk yemedim mi zannediyorsun?" derken diğer elini kendi kaşına götürdü Ayaz. "En çok burası ve elmacık kemiği acır."

Dudaklarım istemsizce genişledi ve gülümsemem bir sırıtışa dönüştü. "Ben seni efendi bir çocuk zannediyordum." dedim başımı hafifçe sağa eğerek. "Sen serseri çıktın Esmer Güzeli."

Ona esmer güzeli demem gözlerine yeni bir ifade getirip yerleştirdi; parıldayan, beni heyecanlandıran, eşsiz bir ifade. Gülüşü hafifçe sola kayarken bana doğru eğilip, "Çok efendi bir serseriyim." diye fısıldadı. Sesi, söyleyiş şekli, bakışı, dudağındaki çarpık gülüşü... Her biri birbirini tamamlayıp bir kurşun oldu ve gelip beni tam göğsümden vurdu. Kaşımın acısını unuttum da kalbimdeki ağrıdan iki büklüm olacaktım az kalsın.

Mutfak kapısında ayak sesleri duyulmadan, Yağız ile Hare tekrar mutfağa girmeden hemen önce Ayaz'a içten bir şekilde, "Teşekkür ederim." deme fırsatı bulabildim. "Burada olduğun için." *Elini tutabildiğim için. Saçlarını topladığın ve menemen yaptığın için. Gözlerimin içine böyle baktığın için. Herkesin her duyguyu saklama derdinde olduğu şu dünyada sen hiç çekinmeden hislerini böyle tam ortaya koyduğun, çok efendi bir serseri olduğun için teşekkür ederim Ayaz.*

19

Bahar'ın uzattığı ağrı kesici ve suyu alırken olan biten her şeyi kızlara anlatmayı daha yeni bitirmiştim. Bütün olayları, tek bir noktasını atlamadan tekrar anlatıp bir kere daha yaşayınca baş ağrım yine coşmuştu tabii. Üstelik bir de kaşımın üzerinde koca şişlik ile bu şişliğin refakat ettiği çirkin bir morluk vardı. Annemle babama bunu açıklarken o kadar zorlanmıştım ki en sonunda Hare imdadıma yetişmiş, çok karmaşık, biraz absürt ama insanların yalan olacağına ihtimal vermeyeceği kadar detaylı bir hikâye anlatıp beni kurtarmıştı. Kızartma tavaları ve biraz jonglörlük içeren garip bir hikâye... Önemli olan işe yaramış olmasıydı tabii ki.

Hapı alıp bir bardak suyla içtikten sonra Bahar'a teşekkür ettim. "Bir yumruk yeme ihtimalim bugüne dek hiç aklıma gelmemişti." dedim tam yanımda uzanmış olan Nehar'ın göğsüne doğru yatarken. "Boksörlerin hiç aklı olmadığına karar verdim. Bu acı sürekli çekilmez arkadaşlar."

"Kıyamam sana ben." dedi Nehar kolunu bana dolayıp. "Benim ayağım şu an alçıda olmasa o Nedim Berk'i ne hâle getirirdim de dua etsin sekmeden yürüyemiyorum."

Bahar bana üzgün bakışlar atarken başını salladı. "İlk defa Nehar'ın yırtıcılığını destekliyorum. Onda da sevgili kardeşim yırtıcılık yapamıyor."

"İntikam düşüncesi gerçekten çok hoş ve mest edici." dedi Hare. "Ama daha büyük önceliklerimiz var. Nedim Berk'in hâlâ İstanbul'da olması gibi. Ayrıca şu an abim ve Yağız abim bunu biliyor. Efe de öğrenir yakında. Bir cümbüş daha çıkmadan bu çocuğu Ankara'ya geri postalamamız lazım."

"Çok haklısın." derken suratımı asmadan edemedim. Aramızda yaşça en küçük olanımız Hare'ydi ama bu, her koşulda en mantıklı ve akıllı olanın o olduğu gerçeğine hiç tesir etmiyordu. "O kadar haklısın ki keşke bu kadar haklı olman bizi doğrudan bir çözüme ulaştırsa. Çok haklı olduğun için sorun kendiliğinden çözülse mesela."

Hare bana boş bir bakış attı. "Saçmalıyorsun. Beyin sarsıntısı geçirmiş olma ihtimalin var ve bu beni korkutuyor."

"Beyin sarsıntısı değil bu." dedim iç çekerek. "Aklımı yitirdim sonunda."

Nehar, "Geçmiş olsun." deyip alnıma bir öpücük kondurdu.

Dudaklarımdan homurtuyla gülüş arasında bir ses çıktı. "Ne yapacağız peki?" diye sorarken elimle hafifçe kaşıma dokundum. Hâlâ çok acıyordu. Bir tek Ayaz'ın elini tutarken acımıyordu. Ayaz'ın eli hem derman hem de şifaydı zaten, bildiğimiz şeyler bunlar. Keşke tam şu anda da onun elini tutabiliyor olsaydım. "Adamı alıp kargo poşetine tıkacak hâlimiz yok."

"Yapabilsek güzel olurdu." dedi Bahar iç çekerek. "Ama sanırım tek bir seçeneğimiz var, o da Berk'i gitmeye ikna etmek. Onunla güzelce konuşup her şeyi anlatırsak gider belki."

Nehar sıkıntıyla ofladı. "Laftan anlamıyor ki kıl kuyruk." Bunun devamında kısık sesli birkaç hakaret daha sıraladı. *Ama bunları sizinle paylaşmayacağım, keyfimiz kaçmasın.*

Yine gülmeye çalıştım ve yine gırtlağımdan tuhaf bir ses çıktı. "Evet ama tek yol bu sahiden." diye mırıldandım. Yılgınlığım adeta ağzımdan çıkan her harfe işlemişti. Bu mevzunun kapanmasını öyle çok istiyordum ki... "Berk'le konuşup gitmesini sağlamam gerekecek. Yapabileceğimiz başka bir şey yok."

"Eğer gitmemekte ısrar ederse onu Yağız, Efe ve Ateş'le tehdit et. Hatta direkt Ayaz'la tehdit et. Bir yumruk yediyse devamının geleceğini de biliyordur artık."

Nehar'ın bu dâhiyane önerisine gözlerimi devirdim. "Ben olay çıkmasın diye uğraşıyorum, sen neler diyorsun. Ayaz'ı zaten hiç bulaşmaması gereken bir adamla yeterince yüz göz ettim. Yazık çocuğa."

"İyi de bu sadece tehdit." dedi Nehar masumane bir sesle. Öyle tatlı konuşuyordu ki sanki adam dövmekten değil de kelebeklerden bahsediyordu. "Kimse kimseyi gerçekten dövmeyecek ya."

Eh, haklıydı da biraz. Sevgili kuzenime söylemesem de bu fikri bir acil durum planı olarak köşeye not ettim. Berk'in nasıl davranacağını kestiremediğim için her türlü taktiğe açık hâle gelmiştim. Bugün bana yumruk atan adam yarın neler yapmazdı sonuçta, değil mi?

Günün yorgunluğunun ve yediğim yumruk sebebiyle

içtiğim ağrı kesicilerin etkisiyle Nehar'ın kucağında mayışırken telefonumun çalmaya başlamasıyla kaşlarımı çattım. Hare sehpanın üzerindeki telefonu bana uzatırken ekrandaki isme bakıp yüzünü buruşturunca Berk'in aradığını tahmin etmem hiç de zor olmadı. Aslında onun numarasını nişanlandığını öğrendiğimde engellemiştim ama beyefendi aniden İstanbul'a gelip kapıma dayandıktan sonra bir kere daha kapıma dayanmasından korktuğum için kaldırma kararı aldım. Beni aradığında ulaşabilirse kapıma dayanmazdı çünkü sarhoş olmadığı zamanlarda babamla yüzleşecek kadar cesur birisi değildi. Oflayarak aramayı yanıtlarken şansımın yaver gitmesi ve bu telefon konuşmasının Berk'i geri dönmeye ikna etmesi için dua ediyordum. *Bir mucize olsun, ne olur.*

"Ne var Berk?" diye açtım telefonu. Kibarlığı bir yumruk önce elden bırakmıştım.

"Zeynep. Konuşmamız lazım."

Bu yaratıcı, hiç duyulmamış cevabı karşısında aklıma gelen tepkilerden hangisini versem diye uzun uzun düşündükten sonra, "Konuşacak hiçbir şeyimiz yok." klişesine başvurdum. "Gerçekten. Seninle konuşmak istemiyorum. Açıklama duymak istemiyorum. Özür de istemiyorum. Yalnızca hayatımdan çıkmanı istiyorum artık. Lütfen Ankara'ya geri dön, daha fazla olay çıkmasını hiç istemiyorum."

"Anlamıyorsun." dedi Berk. Asıl anlamayan o olmasına rağmen ısrarla benim anlamadığımı iddia ediyordu. Böyle anlarda delirmemek çok meşakkatli bir işti doğrusu. "Eğer beni dinlersen eskisi gibi olmak için bir şansımız daha olabilir. Çok pişmanım seni üzdüğüm için Zeynep. Yemin ederim köpek gibi pişmanım. Beni bir kere olsun dinlemen lazım."

Derin bir nefes alıp sabırla ve tane tane, "Ben eskisi gibi olmak istemiyorum Berk." dedim. Bundan aylar önce bu sözleri duymayı çok istesem de artık benim için hiçbir şey ifade etmiyorlardı. Ufacık bir tatmin hissi dahi yaşamıyor, aksine Berk konuştukça daraldığımı hissediyordum. "Pişman olman, giden duyguların hiçbirini geri getirmeyecek. Çok geç kaldın. Konuşmanın bize hiçbir faydası olmayacak. Biten bitti artık. Bunu kabul et."

Telefonun diğer ucunda kısa süreli bir sessizlik olunca acaba sonunda söylediklerimin idrakine varabildi mi bu çocuk diye bir umutlanmadım değil. Fakat sonra "O Ayaz denen herife kapıldın, değil mi?" diye sorması umutlarımı tuzla buz etti.

"Sen başkasıyla nişanlısın." dedim sinirle. "Sen benden ayrıldıktan sonra gidip eski sevgilinle nişanlandın Berk. Kime kapılıp kapılmadığım seni hiç ilgilendirmez."

Söylediklerimin yarısını yok sayıp, "O adamı ne kadar zamandır tanıyorsun ki?" diye saçma bir tepki verdi. "Mesela bir gece kulübü işlettiğini ve tek gecelik ilişkileriyle nam saldığını biliyor musun?"

Dudaklarımdan gür ve ani bir kahkaha koptu. Hiç beklemediğim bir anda kendimi gülme krizine girmiş hâlde buluverdim. Gülüşümün sesi odayı doldurdu, duvarlarda yankılandı. Zavallı kuzenlerim bile şaşkınca bana bakmaya başladılar. *Hayırlı uğurlu olsun, sonunda gerçekten delirdim işte. Beni delirtmeyi başardılar. Emeği geçen herkesi Allah bildiği gibi yapsın.*

"Sen ne saçmalıyorsun?" derken gülüşlerimin arasında nefes nefeseydim. "Bu saçmalığı nereden duydun bilmiyorum ama böyle bir şey yok Berk. Boşuna umutlandırma kendini."

Berk, "Var!" dedi sinirle. "Var ve bunu sana kanıtlayabilirim."

"Olmayan bir şeyi kanıtlayamazsın."

"Doğru. Ama bu, olan bir şey ve kanıtlamam mümkün."

Başımın ağrısı anbean artarken, "Ne olur saçmalamayı kes Berk." dedim. "Ayaz'ı tanıyorum. Öyle bir insan olmadığını biliyorum. Beni böyle saçmalıklarla kandırabileceğini mi düşünüyorsun gerçekten?"

Berk'in hafifçe güldüğünü işittim. "Madem ona bu kadar güveniyorsun, bana bir şans ver ve bırak haksız çıkayım."

"Buna ihtiyacım yok." derken sözlerimden oldukça emindim.

Fakat Berk pes etmedi. "Bana kanıtlamak için bir şans ver." dedi yine. "Eğer haksız çıkarsam pılımı pırtımı toplayıp Ankara'ya döneceğim ve beni bir daha görmeyeceksin Zeynep. Sana söz veriyorum."

İşte bu ilgimi çekmişti çünkü bu tam olarak iki gündür duymak için yanıp tutuştuğum şeydi. Nihayet Berk'ten kurtulmak için önümde bir yol açılmıştı. Bunu elbette değerlendirecektim. Ayaz'ın tek gecelik ilişkileriyle meşhur falan olmadığını bildiğim için gönül rahatlığıyla, "Tamam." diye onayladım. "Ama sözünü tutmazsan olacaklardan ben sorumlu değilim." *İşte o zaman artık bizim oğlanları cehennem zebanisi gibi salacağım üstüne Nedim Berk Candar. Bizim insanlığımız da bir yere kadar.*

Berk inanılmaz bir özgüven ile tekrar konuştu. "Tutacağım ama sen de bana bir söz ver. Bu konuşmadan Ayaz'a bahsetmeyeceksin ki delilleri karartmasın."

Gözlerimi devirirken ve alayla gülerken, "Tamam, tamam." diyerek geçiştirdim onu. "Şimdi müsaade edersen uyuyacağım." Bunu söyledikten sonra bir iyi geceler demeye fırsat dahi bırakmadan telefonu kapattım. Başım hâlâ delicesine ağrıyordu ve Berk'le konuşmak bu ağrıya hiç iyi gelmemişti. Fakat iyi tarafından bakacak olursak sanırım sonunda Nedim Berk Candar'dan tamamen ve kesin bir şekilde kurtuluyordum.

Ertesi gün uyandığımda hâlâ başım ağrıyordu. Bilirsiniz, normal baş ağrısından daha kötü bir şey varsa o da uyuduktan sonra bile geçmeyen baş ağrısıdır. Baş ağrısıyla uyanmak azaptır. Baş ağrısıyla bir kaosa uyanmak ise azabın üstüne çikolata sosuyla fıstık ister misinizdir.

Bu acıklı girişi yapmamın nedeni uyanır uyanmaz Efe'yle karşılaşmam ve onun odalara sığmayan öfkesiyle baş etmek zorunda kalmamdı. Berk olayını Yağız'dan duymuş, duyar duymaz da tepeme binmişti. Hayır, sanki ben sarhoş olup olay çıkardım. Sanki ben kendime yumruk attım... *Bana niye hesap soruluyor kardeşim bu olayda sürekli? İşlerin bu raddeye gelmesini istemişim gibi bir hâlim mi var benim? Hem yumruğu yiyorum hem azarı işitiyorum. Nasıl oluyor bu?*

Bu sorunun cevabını bilmiyordum ve erkek kardeşim sesini alçaltmamakta çok ısrarcıydı. Onun sayıp sövmesini birkaç dakika dinledikten sonra daha fazla dayanamadım. "Efe, gözünü seveyim bağırma. Başım çatlıyor zaten."

"Çatlar tabii." dedi eliyle suratımı işaret ederek. "Herif dağıtmış yüzünü."

"Kazayla oldu." derken zar zor kalktığım yatağıma geri devrildim. "Ayrıca bana kızmanın hiçbir manası yok, biliyorsun. Berk'i buraya ben çağırmadım."

"Senin suçun o değil ki kızım." Azalmayan öfkesi iyice sinir bozucu bir hâl almaya başlamıştı. Kendisini benim abim zannetmeye tam olarak hangi noktada son vereceğini merak ediyordum. "Senin suçun o Berk itini gördüğün an beni aramamış olman. Ben onu Ankara'ya kadar tekmelerdim, sen de yumruk yemek zorunda kalmazdın."

Sıkıntıyla iç geçirip, "Bunun için artık çok geç." dedim. "Hem ben onu yollayacağım Ankara'ya, sen merak etme. Bağırıp durmayı da kes. Yoksa babam da olaya dâhil olacak."

"Sana sadece iki gün veriyorum." diye çıkıştı Efe. "İki gün içinde o Berk buradan gitti, gitti. Yok gitmedi, ben götürürüm. Ama Ankara'ya mı götürürüm yoksa cehennemin dibine mi götürürüm bilemiyorum."

Karşımdaki duruşuna baktım. Dağınık sarı saçları, öfkeli mavi gözleri, dişlerini sıktığı için kasılan keskin çenesiyle yakışıklı ve sert bir adam gibi görünüyordu. Ama ben onun ablasıydım. Ne kadar sert davranırsa davransın benim gözümde sevimli ya da sinir bozucu olmaktan öteye gidemiyordu. Berk görse ürkerdi eminim ama ben kalkıp Efe'nin yanaklarını sıkmak istiyordum. *Büyüdün mü sen kara kurbağası? Kocaman adam mı oldun?*

"Tamam, tamam." diye geçiştirdim onu. "Merak etme, halledeceğim."

Bana birkaç saniye şüpheli bakışlar attıktan sonra tam olarak ikna olmamış gibi görünse de daha fazla uzatmadı ve çıkması gerektiğini söyleyip beni yalnız bıraktı. Bunun için ona minnettar olurken telefonumun zil sesini duydum. Yine mi Berk arıyor acaba endişesiyle telefona baktığımda gördüğüm isim kalbime baharlar getirdi. *Yan yana gelip senin adını oluşturan harfler bile yetiyor artık buna Ayaz Sarıcalı.*

Hafifçe boğazımı temizledikten sonra aramayı yanıtlayıp, "Alo?" dedim.

"Zeynep." diye giriş yapması beni elbette şaşırtmadı. Adımla başlamayı sevdiğini daha önce de fark etmiştim.

"Ayaz." diye karşılık verdim. Sesime hemen üstünü örtemediğim bir neşe bulaşmıştı. Biraz önce Efe'ye ölgün bakışlar atıp kurbağa sesiyle cevap veren kız ben değildim sanki.

"Nasılsın? Nasıl hissediyorsun kendini?" Benim sesimde neşe, Ayaz'ın sesinde ise bir çuval endişe vardı. Bu da bana dün gözlerinde gördüğüm o kederli bakışı hatırlatmıştı. Etrafımız kuzenlerimle çevrili olduğu için cesaret edip tamamen silemediğim şu bakışı...

Bu yüzden, "Çok iyiyim." derken sesimin oldukça canlı çıkmasına dikkat ettim. "Harikayım hatta. Sen nasılsın?"

Fakat Ayaz sorumu görmezden geldi. "Kaşın nasıl?" diye sordu devam eden endişesiyle.

"İyi." dedim düz bir sesle. "Selamı var sana."

Bu defa Ayaz'dan küçük bir gülüş sesi yükseldi. "Dalga geçme." derken sesi yumuşak bir tondaydı. Erimiş çikolata kıvamında. "Çok merak ediyorum. Aklım sürekli sende."

Bu masalı hepimiz biliyorduk artık sayın okuyan. Yine Ayaz konuşuyor, yine benim kalbim kendinden geçip karnaval meydanına dönüyordu. Herkes herkese güzel sözler söyleyebilirdi, bunu herkes biliyordu. Fakat Ayaz'ın sözleri bir başkaydı. Cümleleri yalın, söyleyişi ise öyle içtendi ki "Aklım sürekli sende." dediğinde en ufak bir şüpheye mahal bırakmıyordu. Aklının sürekli bende olduğuna tüm kalbimle inanıveriyordum. Ne söylese anlamını da kendisiyle beraber sürüklüyordu. Konuştukça sözlerin içini boşaltan insanlara inat, Ayaz her kelimeye en güzel anlamı yüklüyordu.

"Gerçekten iyiyim." diye üsteledim. Biraz önce değilsem bile artık iyiydim. Yalanım yoktu.

"O kadar üzgünüm ki." dedi Ayaz bir kere daha. "Saçma sapan bir lafın beni böyle sinirlendirmesine izin verdiğim için kendimi aptal gibi hissediyorum."

Derin bir nefes aldım ve tüm ciddiyetimi sesime giydirdim. "Ben üzgün değilim ve senin de öyle hissetmeni istemiyorum. Bir daha kavga eden iki insanın arasına girmemem gerektiğini de artık çok iyi biliyorum. Faydalı bir ders oldu benim için. Hayata artık başka bir açıdan bakıyorum."

Ayaz bir kere daha güldü fakat istediğim randımanda bir gülüş değildi bu. Neşe ve mutluluk saçmıyordu. Biraz içli bir gülüştü. "Seni bugün görme ihtimalim ne?" diye sordu gülüşünün ardından.

Hiç düşünmeden, "Sıfır." dedim. Beni bu hâlde görmesini hiç ama hiç istemiyordum. Ne zamanki morluğum makyajla kapatılabilir duruma gelirdi, o zaman çıkardım Ayaz'ın karşısına. Kaşımın üstündeki koca yumruyla asla olmazdı. *Adam her hâlimize çok güzel bakıyor diye şansımızı zorlamanın manası yoktu sonuçta.* "Evde olacağım bütün gün." diye hızlı bir bahane uydurdum. "Annemle babam da evde olacak. Ailecek takılacağız yani."

"Anladım." dedi Ayaz usulca. "Ben... Bir sıkıntı olursa aramaktan çekine, tamam mı? Seni merak edeceğim."

Başımın altındaki yastığı kollarımın arasına alıp Ayaz'a sarılır gibi sıkıca sarılırken gülümseyerek, "Tamam." diye mırıldandım. "Ama merak etme. İyi olacağım."

Birkaç saniye süren kısa bir sessizliğin ardından Ayaz, "Görüşürüz Ay Parçası." dedi.

"Görüşürüz Esmer Güzeli."

Bunu söyledikten sonra hızlıca aramayı sonlandırdım ve alev alev yanan yanaklarıma ellerimi bastırdım. Sıradan bir telefon konuşmasının bile beni bu hâle getirmesi normal miydi? Bence normaldi. Sıradan birisiyle konuşmuyordum sonuçta. Ayaz Sarıcalı'ydı bu. Ortadoğu ve Balkanların en birinci esmer güzeli. *Onunla konuşurken heyecanlanmayacak olan varsa bir kalbini yoklasın efendim, taş mıdır çelik midir yürek diye taşıdığı bir kontrol etsin.*

Aşk sarhoşluğum sabah mahmurluğumu üstümden atmama vesile olduğu için yataktan kalkıp banyoya gittim ve hızlı bir duş alıp mutfağa geçtim. Babamın kahvaltı hazırladığını görünce, "Günaydın." deyip ona yardım etmeye giriştim. Yıkadığım domatesleri ince ince dilimlerken annemin nerede olduğunu sordum.

"Nisan teyzenin bir konuda yardıma ihtiyacı varmış." dedi babam. "Sen kahvaltıyı hazırlayana kadar ben gelirim diyerek çıktı evden. O âna kadar kahvaltı hazırlayacağımdan haberim yoktu."

Küçük bir kahkaha attım. "Mayıs Arıkan işini biliyor." derken domatesin köşede kalan minik dilimini ağzıma attım. "Sen de ona hiç kıyamıyorsun."

Babam genişçe sırıttı. Yakışıklı yüzüne yayılan çapkın bir sırıtıştı bu. Annemle konuşurken ya da annemden bahsederken sık sık yüzünde göreceğiniz türden bir sırıtış. "Kıyamıyorum, evet. Güçsüz bir adamım."

"Harika bir adamsın." deyip zeytinyağına uzanırken babamın yanağından bir makas aldım. "Annemle iletişiminizi kıskanmamak da mümkün değil."

Dudaklarından keyifli bir gülüş dökülürken, "Sen onu bir de bana sor." dedi babam. "Bir keresinde yüzüme kurbağa fırlatmıştı, biliyor musun? Hem de beni sevdiğini kanıtlamak için."

Annemin bunu yapabilecek bir insan olduğunu bildiğimden hikâyeyi hiç sorgulamadım ve küçük bir kahkaha attım. "Ne diyebilirim ki? Eşsiz bir kadın."

"Kesinlikle öyle."

Tam bu sırada zil çalınca, "İyi insan lafının üstüne gelirmiş." dedim ve elimi mutfak havlusuyla hızlıca kuruladıktan sonra kapıya koşturdum.

Kapıyı açtığımda karşımdaki yüz sarışın bir kadına ait, yuvarlak ve sevimli bir yüz değildi. Anılarımın en korkunç olanları arasından fırlamış, her köşesi kibir ve aşağılamayla bezeli rahatsız edici bir yüzdü. Hafif çekik gözler, çıkık elmacık kemikleri, memnuniyetsizlikle büzülmüş incecik dudaklar... Gelen Mayıs Arıkan değil, Refika Candar'dı ve daha önce hiç kimsede görmediğim bir nefretle bana bakıyordu.

"Oğlumu benden bu kadar kolay koparıp alabileceğini mi zannettin seni sarı çıyan?"

20

Kendimi sürekli absürt şeylerin yaşandığı saçma bir filmin içindeymişim gibi hissetmeye başlamıştım. Refika Candar beni itip kaba bir şekilde evime dalarken olan biten her şeyin tek açıklaması buymuş gibi geliyordu. Başka hangi türlü eski nişanlımın kendini kraliçe zanneden annesi evimin içinde, "Nedim Berk!" diye bağırıyor olabilirdi ki? Uzay-zaman bükülmesi yaşayıp paralel evrene de geçmiş olabilirdik tabii. Ben kendi boyutumda yeterince rezillik yaşamamış gibi başka boyutlarda farklı farklı rezillikler yaşayan Zeynepleri ziyaret etmeye başlamıştım belki de. Bu da mümkün görünüyordu.

Kafamdaki saçmalıkları bir kenara ittiğimde aniden evimin ortasında beliriveren bu çirkef kadının arkasından kapıyı kapatmaktan başka yapabilecek bir şey bulamadım. Bu sırada babamın mutfak kapısında kaşları çatık bir hâlde dikildiğini gördüm. Üstünde mutfak önlüğü, elinde ise büyük bir bıçak vardı. Aniden evimizde beliren kadına biraz şaşkın, biraz da temkinli bir şekilde, "Neler oluyor burada?" diye sordu.

Ben kulağa mantıklı gelen, aynı zamanda babamın sakinliğini bozmadan elindeki bıçağı bir kenara bırakmasını sağlayacak bir cevap ararken, "Oğlumu almaya geldim!" diye cırladı Refika cadısı. "Nerede benim oğlum? Nedim Berk! Neredesin?"

Babamın yüzüne doğru yükselen öfke ateşini fark etmemek imkânsızdı. Işık hızında ilerlemiş, boynundan alnına ulaşması saliseler bile sürmemişti. Mavi gözlerini kısıp ağır bir adımla Refika'ya yaklaşırken bir anda ağzından alevler saçmaya başlayacakmış gibi görünüyordu. Üstelik bıçak da hâlâ elindeydi. "Ne saçmalıyorsun sen?"

Arın Arıkan'ın öfke ve azap dolu sesi öyle tehditkârdı ki hiç yüksek çıkmamasına rağmen Refika'nın duraklayıp bir adım geri çekilmesine neden olmuştu. Ama korkunç kadın, genetik bir sebepten kaynaklandığını düşündüğüm büyük bir idrak problemi yaşadığı için, "Oğlumu arıyorum." demeyi sürdürdü. "Burada olduğunu biliyorum! Hemen oğlumu bana geri verin!" *Alın işte, kendini Hürrem Sultan zannediyor şimdi de!*

Babam bir anlığına bakışlarını bana çevirdi ve aynı korkunç sesle, "Bana o Nedim Berk denen itin bu evde olmadığını söyle." dedi.

"Yemin ederim ki burada değil." derken az kalsın düşüp bayılacaktım. Neyse ki hızlı ve ani cevabım babamı ikna etmeye yetti de bakışlarını benden alıp tekrardan Refika'ya çevirdi.

"Siz kendinizi ne zannediyorsunuz da benim evime dalıp böyle bağırıp çağırabileceğinizi düşünüyorsunuz?" Babamın sorusu, inanın hiç abartmıyorum bir ejderhanın öfkesini taşıyor ve buram buram aşağılama kokuyordu. Tam Refika cadısının hak ettiği gibiydi yani.

"Nerede yetiştiğinizi hiç bilmiyorum ama benim yetiştiğim yerde böyle bir saygısızlık kabul edilemez." diye devam etti bakışlarını karşısındaki kadından ayırmadan. Bu sırada ağır adımlarla Refika'nın üzerine yürüyor, onun adım adım dış kapıya gerilemesini sağlıyordu. "Bana yapılan saygısızlığı affetmek gibi bir ihtimalim her zaman söz konusu. Fakat aileme, özellikle de kızıma yapılan herhangi bir saygısızlığı es geçebileceğimi, görmezden gelebileceğimi ve dahi affedebileceğimi düşünüyorsanız çok yanılıyorsunuz. Şimdi derhâl bu kapıdan çıkıp gidiyorsunuz. Aksi takdirde polis çağırmak, hakkınızda haneye tecavüz suçlamasında bulunmak ve hemen ardından o çok sevdiğiniz magazin muhabirlerine haber vermek durumunda kalacağım. Eminim bu haber oğlunuzun ani nişanından daha çok ilgi görecektir. Size şu kapıdan çıkıp gitmeniz için yalnızca on saniye veriyorum ve çoktan başladı."

Babam sözlerinin sonuna geldiğinde Refika cadısı biraz önce lap diye içeri daldığı kapının tam önündeydi. Yüzü mosmor olmuş bir hâlde bir babama, bir bana bakıyor, titreyen dudaklarını aralayıp da bir şey söyleyemiyordu. En sonunda hırslı bir hıhlama dudaklarından döküldü ve kapıyı açıp dışarı çıkarken, "Bu iş burada bitmedi." dedi. Ama cümlesinin yarısında babam ona doğru bir adım attığında koşar adımlarla uzaklaştığı için sözlerinin son kısmı pek net duyulmadı.

Kapı kapandıktan sonra birkaç saniye babam da ben de yerimizden kımıldamadık. Benim kalbim resmen ağzımda atıyordu. Babamın ne hissettiğini ya da düşündüğünü ise anlayamıyordum. Bütün bu yaşananlar yüzünden öyle büyük bir utanç hissediyordum ki zamanda yolculuk yapma şansım olsa Berk'le tanıştığım güne geri döner ve ilk kez karşılaştığımız arkadaş buluşmasına gitmemek için kendimi sertçe tokatlardım. *Uzay-zaman bükülmesine tam şu an ihtiyacım var aslında.*

"Eh." dedi babam gerginlikle geçen saniyelerin sonunda. Sesi umduğumdan daha sakin çıkıyordu. "Ailelerimizin uyuşmayacağı konusunda haklıymışsınız. Bu kadınla akraba olmaktan daha kötü çok az şey vardır eminim."

Bana kızmadığını ya da beni ayıplayıp suçlamadığını görünce ne zamandır tuttuğumu bilmediğim nefesimi koyuverdim. Sonra da koşup babama sıkıca sarıldım. O da hiç düşünmeden bana sarıldı ve saçlarımın arasında minik bir öpücük kondurdu. "Hadi annen gelmeden kahvaltıyı hazırlayalım. Onu evden kovamam çünkü, biliyorsun."

Biraz gevşeyerek mutfağa dönsem de kahvaltı sofrasını kurarken hâlâ yüzüm asıktı. Refika Candar'ın evime geldiğine ve bana sarı çıyan dediğine inanmakta güçlük çekiyordum fakat yaşanmıştı bu. Yaşanan son gelişme sayesinde resmi olarak Berk yüzünden başıma gelmeyen bir şey kalmamış oluyordu sanırım. Her türlü hakarete uğramış, bir de yetmezmiş gibi beyefendiden yumruk yemiştim. En kısa zamanda onu Ankara'ya postalamazsam bir çöp konteynırında ölü bulunma ihtimalim çok yüksekti.

Annemin eve dönüşüyle uzun zaman sonra ilk defa çekirdek ailemle bir arada kahvaltı yaptım. Babam olanlardan anneme bahsetmedi. En azından tam o anda bahsetmedi. Daha sonra bir şekilde konunun açılacağına ve Mayıs Arıkan'ın olan biten her şeyi öğreneceğine şüphem yoktu tabii ki. Efe ise olaylar sırasında dışarıda olduğu ve kahvaltıya ucu ucuna yetiştiği için hiçbir şey duymamıştı. Bu yüzden kahvaltımız sakin geçti.

Kahvaltının ardından ev bana dar geldiği ve olan biteni birilerine anlatma ihtiyacıyla tutuştuğum için Hare'yi aradım ve beraber Erarslan ailesinin yolunu tuttuk. Yolda ona olanlardan kısaca bahsettikten sonra kızlarla buluşunca her şeyi en ufak ayrıntısına kadar anlattım ve anlattıkça içimin hafiflediğini hissettim. *Sizin derdinizi kendi derdi bilecek insanların olması kalkandır. Bu insanların kuzenleriniz olması hem kılıç hem kalkandır.*

"Yuh ama artık." dedi Nehar oturduğu yerde doğrulurken. "Bu kadarına izin veremeyiz. Derhâl o Refika denen cadı kılıklıya bir ders vermemiz gerek."

"Hayır." diye itiraz ettim hemen. "Tek yapmamız gereken çok değerli Nedim Berkciğini evine yollamak. Sonra Refika da defolup gider zaten."

"Nasıl yollayacağız peki? Ayaz'ın söylediği gibi biri olmadığı ortaya çıkınca paşa paşa dönecek mi evine sahiden?" diye soran kişi Bahar'dı. Bebeksi yüzündeki tatlı öfke beni bir anlığına gülümsetmişti.

"Dönmezse artık Yağız ile Efe'yi devreye sokacağım." dedim omuzlarımı kaldırıp. "Ben rezillik çıkmasın diye uğraştıkça o daha çok rezillik çıkarıyor. Ne yapabilirim? Çok bile dayandım."

Nehar bir şey söylemeye hazırlanırken telefonum çalınca konuşmamız bölündü. Ekrana bakıp Nedim Berk'in ismini görünce yüzümü buruşturup ofladım.

"Ne var?" diye öfkeli bir soruyla açtım telefonu.

Nedim Berk her zamanki gibi ne söylediğimi ya da nasıl söylediğimi umursamadı. "Bu akşam seni sekizde alacağım, söylediğim şeyi kanıtlamak için." dedi gayet sakin bir sesle. "Evinden mi alayım?"

İçimdeki öfke, koca bir ağlama isteğine dönüştü. Ne evi, ne alması, sen neden bahsediyorsun diye bağırmamı engelleyen tek şey içeride sakin sakin televizyon izleyen teyzemi telaşlandırmaktan çekinmemdi. "Saçmalama Nedim Berk." dedim sinirle. "Beni hiçbir yerden almıyorsun. Adresi veriyorsun, ben kendim geliyorum."

Telefonun diğer ucunda kısa bir sessizlik oldu. Ardından Berk iç geçirip, "Tamam." dedi. "En geç dokuzda Ayaz'ın işlettiği gece kulübünün önünde ol o zaman."

"Tamam." derken sesimde bir tereddüt vardı zira Ayaz'ın işlettiği gece kulübünün önünde olmam demek, Ayaz'ın beni görme ihtimali olduğu manasına geliyordu. Fakat Nedim Berk'ten kurtulmak için tek şansım da buydu. Yani kan dökülmeden kurtulmak için tek şansım…

"Çok güzel olacak." diye mırıldandığını işittim Berk'in. Salaklığı beynimi uyuşturduğu için cevap vermeye bile tenezzül etmeden telefonu kapattım.

Akşama kadar kızlarla durum değerlendirmesi, acil durum planları, olası tehlikelere karşı alınacak önlemler üzerinde uzun uzun düşünüp kafa yorduktan sonra akşam saat sekizde, dar bir kot pantolon üzerinde giydiğim, düz renk, bol bir tişörtle hazırdım. Nedim Berk için bundan daha fazlasını yapacağımı düşünen varsa çok yanılıyordu. Aslında bu bile çoktu ama gece kulübüne pijamayla gidip tüm bakışları üzerime çekmek istemedim doğrusu.

Hare ve Bahar benimle gelmek isteseler de onlara engel oldum ama en ufak bir aksilik, terslik söz konusu olduğunda arayacağıma dair söz verdim. Nehar'ın çantama zorla sokuşturduğu biber gazını da yanıma alarak bir taksiye atladığımda içim daralıyordu. Bu gecenin bir an önce bitmesini, Nedim Berk'in hayatımdan sonsuza dek çıkıp gitmesini öyle çok istiyordum ki bu istek beni boğmaya başlamıştı.

Keşke şimdi Ayaz yanımda olsaydı diye düşünmeden, bunu ummadan edemiyordum. Başımı onun omzuna koyma hayali bile içimi ısıtıyor, bana nefes aldırıyordu. Bir de elini tutsam kim bilir neler olurdu? Kim bilir göğsüm nasıl genişlerdi de içime kaç gök sığardı... Ama bunlara daha vardı. Biraz daha sabretmem, Nedim Berk'ten kurtulmam lazımdı. Ondan sonra ilk durağım Ayaz'ın kolları olacaktı, kendime verdiğim bir sözdü bu.

Gece kulübünün önüne geldiğimde taksiciye ücretini ödeyip arabadan indim. Berk'i bulmam hiç zor olmadı zira yolun kıyısında sırık gibi dikiliyordu. Yüzümde en ufak bir mimik dahi olmadan yanına doğru yürürken onun yüzündeki gülümsemeyi de silip atmak istiyordum. Nasıl böyle pişkin olabildiğini aklım almıyordu. Öfkeden üstümü başımı parçalamamı engelleyen tek şey yakında ondan kurtulacağımı bilmekti. Öyle ya da böyle. Bu Nedim Berk işi bu gece bitiyordu.

"Hoş geldin sarı papatyam." dedi onun yanına vardığımda. Üstüne kusmam için mi yapıyordu tüm bunları bilmiyordum.

"Hoş gelmedim Nedim Berk. Bir an önce bu mesele bitsin diye geldim." derken kollarımı birbirine dolayıp iletişime açık olmadığımı bir de beden dilimle anlatmak istedim. Malum beyefendi ile konuşarak anlaşmak imkânsıza yakındı.

Cümlelerim onun için yine bir anlam ifade etmedi. Beğeni dolu bakışlarla beni süzdükten sonra, "Çok güzel olmuşsun." dediğinde gerçekten ama gerçekten ağlamak istedim. Sinirden.

"Berk... Beni duymuyor musun sahiden sen?"

"Tamam, tamam." dedi ve yanında yürümem için eliyle işaret etti. "Bana kızıyorsun ama bu akşam her şey düzelecek Zeynep. Sana beni sevdiğini hatırlatacağım."

Bu defa onun taktiğini uygulamaya, onun sözlerini görmezden gelmeye ve sanki hiçbir şey söylemiyormuş gibi davranmaya karar verdim. Berk bu taktikle mutlu mesut yaşamını sürdürebiliyorsa ben de belki kendimi bir miktar sakinleştirebilirdim. Bu düşünceyle ne dediğini hiç umursamadım. Kulübün güvenliğinden geçip içeriye girdiğimizde ilk işim etrafı gözlerimle taramak ve Ayaz'ın ortalarda olup olmadığını kontrol etmek oldu. Ona benzer kimseyi göremeyince hem biraz rahatladım hem de hasret yüreğime battı.

"Şöyle geçelim." diyerek beni bar kısmına yönlendirdi Berk. Ardından bir şey içmek isteyip istemediğimi sordu. İşin doğrusu alkol kullanmıyordum ama bir an şöyle sert bir şeyle sarhoş olasım geldi. Yine de uslu bir çocuk olup sadece su istedim.

Suyumdan bir yudum alırken Berk hafifçe bana doğru eğilip, "Ankara'da yağmura yakalandığımız geceyi hatırlıyor musun?" diye sordu.

Ona boş bir bakış atarken zihnimde tozlanmış anı hızla silkelendi ve parladı.

Berk ile ağır ağır yürüyoruz. Her yer karanlık. Hava soğuk. Yüzüm rüzgârdan kıpkırmızı kesilmiş ama dudaklarımda kocaman bir gülümseme var. Berk ile gelecekte yapmak istediklerimizden bahsediyoruz. Yüksek lisans planları. Çalışmak istediğimiz yerler. Gezmek istediğimiz ülkeler, şehirler... Derken yağmur başlıyor. Bardaktan boşanırcasına hem de. Sokağın ortasında sığınacak bir yer bulamıyoruz ve

Berk elimi tutup koşmaya başlıyor. İlk kez elimi tutuşu bu. Beni peşinde sürükleyerek en yakın otobüs durağına kadar koşturuyor. Benim kalbim öyle hızlı atıyor ki yağmuru zar zor hissediyorum. Otobüs durağına sığındığımızda ise ikimiz de gülüşüyoruz.

"Birazdan otobüs gelir." diyor Berk elimi bırakmadan. Ben de sadece kafa sallıyorum.

Sonra bana dönüp, "Ben gelecekte yapmak istediğim ne varsa seninle yapmak istiyorum." diyor. Aniden. Hiçbir ipucu vermeden beni sevdiğini söylüyor. Ben mutluluktan yerimde zıplamak istiyorum ama tek yapabildiğim benim de onu sevdiğimi söylemek oluyor.

Bu anı ağzımda acı bir tat bırakarak boğazıma çökerken başımı salladım. Karşımdaki adam bana bunları yaşatan adamla nasıl aynı kişi olabilirdi, aklım almıyordu. O gece kalbimi ısıtan adamla beni bin bir türlü rezilliğin başkahramanı yapan bu adam... Nasıl ikisi tek bir insan olabilirdi? Ama son zamanlarda önceden görmediğim bazı işaretleri fark ediyordum. Berk'in benim sözlerimi görmezden gelmesinin yeni bir şey olmadığını, ancak ben planlarına uyduğum sürece beni geleceğine dâhil etmek istediğini, benden önce hep kendisini düşündüğünü... İçimde ona karşı beslediğim sevgi tükendikçe gerçekleri daha net bir şekilde görüyordum.

"Üzerinden çok zaman geçti." derken gözlerimi ondan kaçırıp bardağıma çevirdim. Geçmişin hayaletini gözlerimde görüp yanlış yorumlamasını istemiyordum. Ben sadece harcadığım bunca zamana, aptal yerine konulmama ve en sonunda gururumun parça pinçik edilmiş olmasına üzülüyordum. Ona değil.

"O kadar zaman geçmedi." diye itiraz Berk. "O gün hâlâ hayatımın en güzel günü. O yağmuru hiçbir şeye değişmem."

Oysa beni ne çok şeye değiştin, demek istedim. Ama buna gerek var mıydı? Olanlara içerlemiyordum bile artık. Sadece deli gibi yorgundum. Bütün bu yağmurları ardımda bırakıp beni saran sıcak bir ayazda dinlenmek istiyordum.

"Bunları konuşmanın artık bir manası yok Berk."

Berk gülümsedi ve tam o sırada kulüpte tanıdık bir melodi çalmaya başladı. Sözsüz, sakin bir şarkı. Berk ile ikimizin şarkısı. "Manası var." diye fısıldadı Berk. Ardından ben ne olduğunu anlamadan elimi tutup beni boşalan pistin ortasına sürükledi. Etrafa şaşkın bakışlar atarken insanların neden geri çekildiğini, neden bizi dans pistinin ortasında baş başa bıraktığını anlamaya çalışıyordum.

"Neler oluyor burada?" diye sorarken kaşlarımı çatıp Berk'e baktım.

"Küçük bir organizasyon yaptım." dedi gülümseyerek. "Aşkımızı sana hatırlatmak ve görmesi gereken herkese göstermek için."

Beni kendine çekip kollarını belime doladı ve ben ne yapacağıma karar veremeyecek kadar telaşlanırken ağır ağır dans etmeye başladık. "Bu nasıl bir saçmalık tam olarak?" dediğim sırada herkes bizi izlediği için utançtan ölmek üzereydim.

Berk başını iki yana sallayıp, "Saçmalık değil." dedi. "Bak, bu bizim şarkımız. İlk dansımızda bu çalıyordu. İlk kavgamızın ardından senden özür dilerken bu şarkı çalıyordu. Sana evlenme teklifi ederken bu şarkı çalıyordu. Şimdi seni tekrar kazanmaya çalışıyorum ve yine bu şarkı çalıyor.

Bu şarkı bizim uğurumuz Zeynep. Bu şarkının ardından hep güzel şeyler geldi. Yine gelecek, inanıyorum."

"Berk, lütfen. Ben bütün bunları..."

"Bana kızgınsın, biliyorum. Ama bir kere olsun dinle. Ne olur, dinle. Çok pişmanım. Ne kadar pişman olduğumu anlatmama izin ver Zeynep." Kolları beni daha yakınına çekti ve bana daha sıkı sarıldı. "Annemin beni parmağında oynattığını biliyorum. Ama buna bir son verdim. Anlıyor musun? Nişan işi hep onun başının altından çıktı ama ben nişanı atıp sana geldim. Sensiz yapamayacağımı anladım çünkü. Sana âşığım ve sen de bana âşıksın biliyorum. El ele yağmurlu sokaklarda koşturduğumuz günden beri âşığız birbirimize."

Etraftan birkaç iç çekiş yükselince seyircilerin farkına bir kere daha vararak iyice paniğe kapıldım. Kendimi Berk'in kollarından kurtarmak için onu itmeyi denediğimde bir santim uzaklaşmayı bile başaramadım.

"Berk, beni bırakır mısın?" dedim çaresiz bir sesle. "Ben sana âşık değilim."

Yine beni duymadı. Beni bırakmadı da. "Biz birbirimiz için yaratılmışız." diyerek yüzüme doğru eğildi. Beni öpeceğini anladığımda paniğim büyüdü, büyüdü, büyüdü ve beni öfkeli bir canavara dönüştürdü.

Can havliyle geri çekildim ve Berk'i iterek kollarından kurtulduktan sonra sert bir tokadı hiç düşünmeden suratına patlattım. Ellerim, kollarım ve bacaklarım zangır zangır titrerken, "Sen ne yaptığını sanıyorsun ya?" diye bağırdığımı işittim. Tüm uzuvlarım, hatta sesim bile benden bağımsız hareket ediyor gibiydi. Gözyaşlarım görüşümü bulanıklaştırdığı için artık etraftaki insanları görmüyordum bile.

"Bana ne yaptığını görmüyorsun, değil mi?" derken yanaklarım ıslanmaya başlamıştı. "İlişkimiz boyunca yaşadığımız bütün sorunları boş ver, yalnızca ayrılığımıza bakalım. Önce annen beni istemediği için beni terk ettin. Aylarca ama aylarca benden uzak durdun. El ele yağmurda koşuşturmalarımız ne hikmetse o zaman hiç aklına gelmedi. Ben senden bir haber beklerken sen bunları hiç düşünmedin!

Sonra ben nihayet üzüntümü, başıma üşüşüp neden ayrıldığımızı sorup duran insanları, sosyal medyada beni rahat bırakmayan ruh hastalarını aşınca ve biraz huzur bulunca sanki hiçbir şey olmamış gibi beni aramaya, mesajlar atmaya başladın. Sonra sanki bunları da hiç yapmamış gibi, benden ayrıldıktan sadece dört ay sonra gidip başkasıyla nişanlandın. Eski sevgilinle nişanlandın Berk. Tüm Türkiye'nin önünde yaptın bunu. Beni aileme, sevdiklerime rezil rüsva ettin.

Olsun, ben bunu da atlattım. Her şeye rağmen hayatıma devam etmeye karar verdim derken birden sarhoş bir hâlde kapımda belirdin ve yeşeren tüm güzel ihtimalleri bir kere daha çürüttün. Bu da yetmedi. Annen evimi bastı. Babamın önünde bana hakaret etti. Bana çirkin yakıştırmalar yaptı. Aileme bir kere daha rezil oldum. Peki, bu kadar mı? Elbette hayır! Beni saçma sapan sözlerini kanıtlamak için buraya çağırdın ve gitmeni istediğim hâlde, beni bırakmanı istediğim hâlde beni bu deliliğin içine sürükledin."

Elimin tersiyle ardı arkası kesilmeyen gözyaşlarımı temizlerken boğazımdan yükselen bir hıçkırığı zar zor yuttum. "Bana hiç saygı duymadın. Ne birlikteyken, ne ayrılırken, ne özür dilerken... Beni bir an bile düşünmedin. Ne duruma düştüğümü, ne kadar incindiğimi hiç önemsemedin. Bu yüzden tüm o *seni seviyorumlarına*, *pişmanım affet beni* demelerine inanmıyorum, inanmayacağım! Şimdi sana son kez söylüyorum Nedim Berk Candar, sana âşık değilim. İçimde sana ait bir parça sevgi dahi kalmadı. Eğer şu andan itibaren hayatımdan defolup gitmezsen olacaklardan da sorumlu değilim. Bende sana tahammül edecek sabır yok artık."

Sözlerimi bitirdiğimde titreyen vücuduma zar zor söz geçirip arkamı döndüm ve tam orada, birkaç adım ötemde duran Ayaz'la göz göze geldim. Kaşımın üstünde kocaman, mor bir şişlik, ağlayınca küçülen gözlerim ve kızaran burnum eşliğinde pespaye bir hâlde onun karşısında olmak zaten kırılmış kalbimi bir kere daha kırdı. Yine de gözlerine baktığım o küçük anda, gözlerindeki yıldızları gördüğümde kendimi daha iyi hissettim. Her şeye rağmen güzel. Her şeye rağmen güçlü. Her şeye rağmen asil. Sadece bana bakarak bile içimdeki onlarca kırığa şifa üfledi.

Sonra Ayaz bana elini uzattı. Hiçbir şey söylemeden, yalnızca elini uzattı. O elini uzatınca etrafımızdan kalabalıklar silindi, Nedim Berk dünyanın öbür ucuna gitti, gözyaşlarım durdu, içimin acısı dindi. Uzanıp elini tutarken hiç düşünmedim. Kalbimde en ufak tereddüt yoktu. Yürünecek başka hiçbir yol göremiyordum. Elbette onunla gidecektim.

21

Elimi Ayaz'ın avucuna koyduğum andan sonra kalbime bir uyuşukluk yayıldı. İçime batan milyonlarca cam parçası eriyip yok oldu. Yaralarım hâlâ sızlasa bile artık kanamıyorlardı ve tüm bunlar yalnızca bir dokunuş ile olmuştu. Elim onun elindeyken hızlı adımlarla kulüpten çıktığımızda; Berk'i, kalabalığı ve yaşananları geride bıraktığımızda bir müddet hiç konuşmadık. Olayları takip etmekte güçlük çeker hâldeydim zaten. Aklım biraz yerine geldiğinde Ayaz'ın arabasının ön koltuğunda oturuyordum ve dünya etrafımızdan akıp gidiyordu. Yüzüme sertçe çarpan, beni serinleten ve gözyaşlarımı kurutan rüzgâr aynı zamanda zihnimin de durulmasını, hissettiğim uyuşukluğun yavaş yavaş geri çekilmesini sağlamıştı. Bedenimi saran titreme ise iyice azalsa bile tamamen yok olmuş değildi.

Dakikalar sonra gözlerimi yoldan ayırmadan çatlayan sesimle Ayaz'a, "Nereye gidiyoruz?" diye sordum.

Ayaz'ın yüzüme baktığını hissetsem de dönüp bakışlarını

karşılayacak gücü kendimde bulamadım. "Benim için çok özel bir yere." dedi usulca. Benim içimde daha yeni yeni yatışan fırtınalara tezat, Ayaz'ın sesi oldukça sakindi.

Başka bir şey söylemedim. Beynimin içini karıncalar basmış gibiydi. Her biri sırtında canımı acıtan düşünceler taşıyarak oradan oraya koşturuyorlardı. Bunun nasıl bir his olduğunu hayal edebiliyor muydunuz? Üstelik bütün bunlarla ne yapacağımı da hiç bilmiyordum. Şimdi ne olacaktı? Berk gerçekten gidecek miydi? Annesi bir daha kapımıza dayanacak mıydı? Bütün bu olanlardan sonra Ayaz'ın gözündeki yerimin biraz bile sarsılmamış olma ihtimali var mıydı? Karıncalar her bir soruma olumsuz yanıtlar veriyorlardı. Karıncalar biraz zalimdi.

Yol uzadıkça uzadı. Benim zihnimdeki karmaşa çözülmedi ama ellerimdeki titremeler yok oldu. Ciğerlerim de nihayet derin nefesler alabileceğim kadar genişledi. Nihayetinde Ayaz arabayı bir yol kıyısına park ettiğinde en azından nerede olduğumuzu ve ne yapmakta olduğumuzu anlayabilecek kadar kendime gelmiştim. Onun şoför kapısını açıp arabadan inmesiyle ben de aşağı indim. Yürümek içinse yanıma gelip elimi tutana kadar bekledim.

Ayaz, sanki yapılacak en doğal şey buymuş gibi elimi kavradı, parmaklarını parmaklarıma kenetledi ve bir şey söylemeden yürümeye başladı. Ben de onun adımlarına ayak uydururken bu durumdan hiç şikâyetçi değildim. Etrafa bakındığımda deniz kıyısında olduğumuzu fark ettim. Anladığım kadarıyla Salacak sahilindeydik. Sessizce yürüdüğümüz birkaç dakikanın ardından Kız Kulesi'nin tanıdık manzarasıyla karşılaşınca haklı olduğumu anladım.

Birçok boş bankın önünden geçtikten sonra nihayet durduk

ve birine oturduk. Kız Kulesi'ni rahatlıkla görebildiğimiz, denizin sesini ve o hep bahsedilen tuzlu kokusunu rahatça duyumsayabildiğimiz bir konumdaydık. Etraf çok da kalabalık değildi ama yine de insanların konuşma seslerinden oluşan bir uğultu arada sırada bize çarpıyordu. Kulübün gürültüsünden sonra bu ortamın sakinliği uzun saatler boyu çekilen migren ağrısının azalarak bitmesi ve tekrar normal hâline döndüğünü fark ettiğin o ilk an gibi hissettirmişti. Ağrının hatırası tazecikken sağlığın kıymetini daha net gördüğün o biricik an.

"Bana senin hakkında bilmediğim şeyler olduğunu söyledi." derken neden aniden konuşmaya karar verdiğimi bilmiyordum. Sadece Ayaz'ın sesini duymak istemiş de olabilirdim elbette. Ya da kendi sesim kafamdaki karıncaların varlığını bastırabilir gibi gelmişti. "İnanmadım tabii. Söylediği şeyler bir gece kulübü sahibi olman ve yaşadığın tek gecelik ilişkilerle nam salman gibi şeylerdi. İlk duyduğumda kahkaha attım."

Sözlerim Ayaz'ın hafifçe gülmesine sebep oldu. Bir saniye süren melodik bir ses işittim ve bu kadarı bile sineme sürülüp şifa oldu.

"Ona kanıtlamam için bir şans vermemi istedi." diye devam ettim. "Eğer yanıldığı ortaya çıkarsa çekip gideceğine söz verdi. Yanılacağına emin olduğum için tamam dedim ben de."

"Aslında..." dedi Ayaz usul bir sesle. "Söyledikleri doğru."

Ne dediğini bir an idrak edemeyerek kaşlarımı çattım ve şaşkın bakışlarımı ona çevirdim. "Nasıl yani?"

"Söyledikleri doğru." diye tekrarladı. "Sadece isimleri karıştırmış. Bahsettiği kişi Ayaz Sarıcalı değil. Poyraz Sarıcalı. Kulübün sahibi o ve gerçekten tek gecelik ilişkileriyle nam salmış birisi. En azından önceden öyleydi ama o da son bir iki senedir kendisini epey toparladı. Artık o taraklarda bezi yok."

Boğazımdan çirkin bir gülüş sesi yükselirken Ayaz'ın omzuna cılız bir yumruk attım. "Beni böyle korkutma bir daha."

Yüzünde minik, yaramaz bir gülümseme peyda oldu ama bana bakarken yavaş yavaş soldu. "Eğer sen de bir daha böyle ağlamayacağına söz verirsen..." derken sesi boğuk çıkıyordu.

Benden ağlamamamı isteyişinin beni tekrar ağlatmaya başlaması komikti. Ya da değildi. Bilmiyorum. Ama dolan gözlerime ve beni hiç dinlemeden yanaklarıma akan gözyaşlarına engel olamıyordum. "Bütün bu yaşananları görmeni o kadar istemezdim ki..." Cümlenin her bir kelimesinde sesim tekrar tekrar kırıldı ve tüm kırıklar kucağımda birikti.

Ayaz bedenini hafifçe bana doğru çevirdi. Şimdi bankta dizlerimiz birbirine değiyordu. Sonra uzanıp yüzümü avuçlarının arasına aldı ve gözyaşlarımı sildi. "Ben de bu yaşananları görmek istemezdim. Daha doğrusu, bütün bunları senin hiç yaşamamış olmanı isterdim."

"Güzel olurdu sahiden." derken hiçbir tesellinin yapamadığını Ayaz'ın elleri nasıl yapıyor anlamaya çalışıyordum. Nasıl yatıştırıyordu beni? Nasıl bunca şeye rağmen bir anda durulmamı ve kalbimin kanatlarını çırpmasını sağlıyordu?

Ben onun binlerce sırrından birinde oyalanırken Ayaz yüzümü hafifçe kaldırıp ona bakmamı sağladı ve ılık bir sesle, "Sana bir şey anlatacaktım, hatırlıyor musun?" diye sordu.

Hafifçe burnumu çekip başımı salladım. Hatırlıyordum elbette. Berk hayatımın içine bir el bombası gibi düşüp her yanıma şarapneller saplamadan birkaç saniye öncesiydi. Aradan yıllar geçmiş gibi gelse de yalnızca birkaç gün olmuştu. "Evet, hatırlıyorum."

"Bu... Bir hikâye." dedi Ayaz. Ne söyleyeceğini zihninde tarttığını gösteren bir tereddüt vardı sesinde. "Gerçek bir hikâye ama."

"Meraklanıyorum." dediğimde Ayaz ellerini yüzümden çekti ve tekini saçlarına götürdü. Biçimli elinin gür saçları arasında kaybolmasını iç çekerek izledim.

Ayaz ise ellerine ve saçlarına olan sevdamdan habersiz anlatmaya başladı. "Bundan neredeyse iki sene önceydi. Sıkıntılı bir gündü." Bakışları bir beni buluyor, bir Kız Kulesi'ne dönüyordu. Heyecanlandığını anlamak zor değildi. Onu neyin bu kadar heyecanlandırdığını öğrenmek içinse yanıp tutuşuyordum.

"Bütün gün saçma sapan işlerle uğraşmış, erkek kardeşimin karıştığı kavga yüzünden hapse düşmemesi için karakolda koşturup durmuş ve günün bitiminde tek başıma kalmıştım. Gece çökünce buraya gelip bu banka oturdum. Etrafta insanlar vardı, yürüyorlar, gülüp konuşuyorlar ya da sadece oturuyorlardı. Tıpkı benim yaptığım gibi."

Sesi, anlattıkça koyulaşıyor, koyulaştıkça beni içine çekip yaşanan kötülüklerden uzaklaştırıyordu. Sesinde büyüler, sesinde tılsımlar vardı. Zaman yavaşlıyordu Ayaz konuşurken, yıldızlar daha kuvvetli parlıyordu. Civardaki tüm kediler gelip eteğime kıvrılıyordu.

"O geceye dair hiç aklımdan çıkmayan, hâlâ ilk günkü gibi net bir şekilde hatırladığım üç şey var." dedi büyülü sesiyle. "İlki Kız Kulesi. Zaten yüzyıllardır aynı olduğu için onu hatırlamak kolay tabii. İkincisi ise gökyüzünde asılı duran ay. Kusursuz bir hilal şeklindeydi. Tıpkı bu geceki gibi ama o gece bu kadar parlak değildi."

İkimiz de başımızı göğe çevirip aya baktık. Şehrin ışıkları yüzünden görebildiğimiz az sayıda yıldız etrafına boncuk gibi serpilmişken bulutsuz gökyüzünde, tıpkı masal kitaplarında resmedildiği o tanıdık şekliyle ışık saçmaktaydı.

Ben gözlerimi ayın manzarasından ayırmadan, "Üçüncüsü ise tam şu ağacın altında gördüğüm kız." diye devam etti Ayaz. Söylediği cümle bakışlarımı yeryüzüne indirip gösterdiği yöne bakmama sebep oldu. "O gece burada otururken ve sessizce etrafı izlerken şu ağacın altında beyaz elbiseli bir kız gördüm. Dümdüz sarı saçları omzunun üstündeydi. Yüzü bu dünyadan olmayacak kadar kusursuz bir sevimlilikteydi. Dergilerde gördüğümüz güzellikler gibi değildi, ancak rüyalarda görülebilecek bir güzellikteydi. Sana yemin ederim o gece aydan daha çok ışık yayıyordu."

İçimde büyüyen kıskançlık çok ani ve beklenmedikti. Kalbimden köpükler saçarak yükselip tüm göğsüme yakıcı bir hisle yayıldı. Kamyoncu Zeynep öfkeyle ayaklanıp, *"Kim ulan bu kız? Kim, söyle bana?"* diye bağırmaya ve etrafı tekmelemeye başladı.

Derken Ayaz bir kere daha konuştu ve içimdeki tüm tantanayı tek cümleyle susturdu. "Bu benim seni ilk görüşümdü."

Zihnimde nefret bulutları arasında kaybolan görüntü bir anda netleşti. Bulutlar dağıldı ve burada, Salacak sahilinde o ağacın altında beyaz elbisemle kızları beklediğim bir anı tüm ışığıyla hatıramda parladı. Kalbim sakinleşti, kıskançlıktan arındı ve saf bir sevgiyle doldu. Kamyoncu Zeynep bile aniden duruldu. *Benden bahsediyormuş iki gözümün çiçeği.*

"Hiç unutmuyorum. O kız o kadar güzeldi ki ona bakınca göğsüm hafiflemişti. Ona bakınca karanlık dağılmıştı. Neye uğradığımı şaşırmıştım. Hayal mi görüyorum acaba demiştim kendi kendime. Mümkün mü böylesi?"

Yüzüme yayılan gülümseme o kadar kocamandı ki muhtemelen ağzım tüm suratımı kaplamıştı. Fakat umursamıyordum. Gülüşümü saklamayı da düşünmüyordum. Yalnızca Ayaz'a bakıyor, onu dinliyor, konuşmaya devam etmesini umuyordum.

"Ben kendime gelip seninle tanışmayı akıl edene kadar senin yanına üç kız daha geldi. Hiçbirine dikkat etmedim. Muhtemelen kuzenlerindi ama onlara dair tek bir ayrıntıyı dahi hatırlamıyorum. Sadece gelip seni götürdüklerini biliyorum."

"Neden daha önce söylemedin?" derken sesimi bahar dalları sarmıştı adeta. Sözcüklerim çiçeklenerek uzanıyordu Ayaz'a.

"Söyleyecektim." dedi Ayaz. "Sana anlatacaktım. O günden sonra nasıl aklıma kazındın, içime işledin... Yani sadece bir görüntüydü elbette ama insan bazen geleceğini hayal eder, hayallerinde yanına bir adam ya da kadın iliştirir ya. O günden sonra benim yanıma iliştirdiğim kız o sahildeki kızdı. Bir daha asla göreceğimi düşünmediğim, yeryüzüne düşmüş bir ay parçasına benzettiğim kız."

Ayaz derin bir nefes aldı. Göğsü ağır bir ritimle kalkıp indikten sonra gözlerimin içine bakarak gülümsedi. "Seni evimin kapısında gördüğüm an ne kadar şaşırdığımı hayal edebiliyor musun? İnanamadım gözlerime, kulaklarıma... Gerçek olduğuna kendimi ikna etmek için tüm gece Efe'nin gelmesini ve *"Evet, evimizde gerçekten böyle bir insan var."*

demesini bekledim. Ertesi sabaha kadar kendimi neredeyse rüya gördüğüme ikna etmiştim ama rüya değildin. Gerçekten hayallerimin arasından çıkıp bir anda hayatımın ortasına düştün. Zeynep... Sen benim için gerçekleşen bir mucizesin."

Yine gözlerim doldu fakat bu defa hissettiklerimin üzüntüyle bir alakası yoktu. Güzelliklerden ve aşktan oluşan bir buket tazecik his boğazımı düğümlemişti. Ayaz'ın beni gördüğüne inanamaması gibi ben de bu ânın gerçekliğine inanamıyordum. Kıpırdarsam, biraz derin bir nefes alırsam bozulacak diye çok korkuyordum.

"Seni tekrar görmek, seninle tanışmak harika bir şeydi ama beni korkuttu da." diye devam etti Ayaz konuşmaya. "Ya hayallerimin gölgesinde kalırsan diye endişelendim. Ya ben o güzel kızı hayallerimde büyüttüysem ve sen çok farklı birisi çıkarsan? Ama sonra seni tanıdıkça... Sürekli tuhaf durumlara düşmelerin, her birinden asilce sıyrılmaların, Efe'ye sinirlendiğinde çıldırmaların ama beş dakika sonra yine ona sevgiyle bakmaların... Bütün üzüntüne rağmen büyümeyi reddetmeden dik durmaların... Sen konuştukça ben hayalimdekinden daha güzel, daha gerçek bir insan tanıdım. Seni tanıdıkça, 'Oğlum.' dedim, 'Bu kız seni tüm karanlıklardan çeker alır. Bir daha hiç korkmazsın.'"

Son cümlesi zar zor zapt ettiğim gözyaşlarımın prangalarından kurtulmasına ve yanağıma süzülmesine sebep oldu. Kalbimdeki duygu yoğunluğu öyle artmıştı ki birazdan bu ağırlığa dayanmayıp, kendi içime çöküp bir kara delik oluşturabilirdim.

Ayaz sanki bunun gerçekleşmesini istiyormuş gibi konuşmaya devam etti. "Sana âşığım Ay Parçası." dedi. Sesi aydan bile, güneşlerden bile daha parlaktı. Sesinde altınlar, elmaslar, yıldız tozları vardı. "Bugünü yarını yok. Ezelden ebede âşığım sana. Anlıyor musun? Ben sana dağların denize paralel uzanması gibi doğal sebeplerle âşığım. Sana, ses boşlukta yayılmadığı için âşığım. Öğle vakti güneş ışınları üzerimize dik açıyla düştüğü için, bitkiler yeşil ışıkta daha az fotosentez yaptığı için âşığım. Bugüne kadar ispatlanmış tüm teoriler benim sana olan aşkımın kanıtıymış gibi hissediyorum. Arşimet, 'Eureka!' diye bağırdığında keşfettiği şey benim sana nasıl tutulduğummuş, Galileo aslında mahkemede benim aşkımı savunmak istemiş gibi. İzafiyet Teorisi bir noktada ikimizden bahsediyor. Oyun Kuramı bizim etrafımızda dönüyor. Bütün bunlara rağmen bilimin açıklayamadığı şeylerin başında benim sana hissettiklerim geliyor. Dünyanın en zeki adamları bir araya gelse senin gibi bir mucizeye açıklık getiremez, bunu biliyorum. Senin benim karşımda oluşuna, bana bakışına, bana gülüşüne..."

Ellerimi uzatıp onun yüzünü avuçlarımın arasına alma sırası bendeydi. Kalbimdeki baskı tahammül edebileceğim noktayı çoktan geçmişti. İçimden taşmak isteyen onca duyguyu dilime nasıl aksettireceğimi bilemedim. "Asıl mucize sensin." dedim en yalın hâliyle ve uzanıp Ayaz'ın dudaklarına bir öpücük kondurdum.

Bir İstanbul gecesinde, karşısında Kız Kulesi dururken dönüp bana baktığı için öptüm onu.

Beni gördüğünde güzelliğime bakışıyla olmayacaklar anlamlar yüklediği için.

Hiçbir gök cismiyle alakam olmadığı hâlde ay ışığını bana yakıştırdığı için.

Bunca yıkıntının, üzüntünün, sıkıntının arasında hiç devrilmeden, biraz bile gidecek gibi olmadan, taktik yapmadan, bahaneler bulmadan yanımda olduğu için.

Dağlar denize paralel uzandığı için, ses boşlukta yayılmadığı için.

Ama en çok, eğer öpmesem aramızdaki on santim mesafenin hasretini yüreğim daha fazla kaldırmayacağı için öptüm.

Geri çekildiğimde Ayaz'ın gözleri kapalıydı. Yüzündeki ifade ise beni ağlatacak kadar güzeldi. "Asıl mucize sensin." dedim bir kere daha, fısıltıyla. *Beş yüzyılda bir görülen ihtişamlı bir kuyruklu yıldızmış Ayaz. Ben yalnızca gökte, bir kerecik görmeyi umarken gelip önüme düşmüş. Öyle bir mucizeymiş. Öyle bir şans.* "Ben bir daha kimseyi sevemeyeceğim zannetmiştim. Birinden hoşlansam bile ona güvenebilmek hayal gibi gelmişti. Kalp kırıklığını bir kere tadan herkes gibi bu sevda işlerinden elimi eteğimi çekmek istemiştim ama seni sevmeye nasıl karşı koyabilirim, bilmiyorum. Karşı koymak da istemiyorum. Senin kadar güzel şeyler söyleyemiyorum ama gerçekten mucize sensin."

Kara gözlerini aralayıp tekrar bana baktığında dünyadaki en güzel kadın bendim. "Benim baktığım kadar güzel bir şeye bakmıyorsun." dediğinde artık cinayete teşebbüs suçundan yargılanmayı hak ediyordu. "Umarım karşı koymazsın."

Elimle ağzını kapatıp, "Sus artık." dedim. "Kalbim dayanmıyor."

Geniş gülümsemesini avucumda hissettim. Eliyle elimi tuttu ve bir öpücük kondurduktan sonra aşağı indirdi. "Kusura bakma." derken sesi yumuşacıktı. "Epeydir susuyorum, o yüzden…"

Gülerek başımı yana yatırdım. "Teşekkür ederim." diye fısıldadım gözlerine büyük bir sevgiyle bakarken. "Böyle berbat bir geceyi, bu kadar güzel bir hâle ancak sen getirebilirdin."

Elini uzatıp saçlarımı okşadıktan sonra bir süre kaşımın üzerindeki şişliğe baktı ki ben onun varlığını tamamen unutmuştum. “Artık Berk hakkında endişelenmene gerek yok.” dedi bana ciddiyetle. “Şu anda paket hâlinde Ankara’ya geri dönüyor muhtemelen.”

Gözlerimi kırpıştırırken şaşkınca, “Nasıl?” diye sordum.

“Poyraz abimin meşhur olduğu tek şey tek gecelik ilişkiler değil ve bana bir iyilik yapmayı kabul etti.” dediğinde gözlerim kocaman açıldı. Ayaz ise dudaklarını büzüp, “Abim mafya babası falan değil elbette. Sadece biraz öfkeli bir adam. Kimseye zarar vermez ama istediklerini yaptırmanın bir yolunu bulur. Özellikle gencecik kızların kalbini kıran kötü adamlara.” diye minik bir açıklama daha ekledi.

Bu Berk meselesini kimseyi dâhil etmeden çözebilmeyi her şeyden çok istediğim doğruydu. Fakat Ayaz’ın sözleriyle rahatladığımı da inkâr edemezdim. Artık gücüm kalmamıştı ve biraz yardım almaktan zarar gelmezdi. Bu düşünceyle gülümsedim ve sahte bir korkuyla, “Ona bulaşmasam iyi olacak o zaman.” dedim.

Ayaz gülerek başını iki yana salladı. “Sana bir şey yapmaz.” Sonra elimi tutup bir kere daha dudaklarına götürdü. “Bundan sonra kimse sana bir şey yapamaz. Denemeye kalkanı da Poyraz Sarıcalı’ya duacı ederim.”

Boğazımdan yükselen kahkaha beklenmedikti. Gecenin ılık havasına karışıp göğe yükseldi. “Sen gerçekten serserisin.”

“Çok efendi bir serseriyim.” derken sesi, beni buna ikna edecek kadar tatlı çıkıyordu.

Orada daha ne kadar öyle oturduk ve hangi saçma sapan meselelerden konuştuk, bilmiyorum ama dakikalar geçtikçe ben yüreğimdeki yüklerden birer birer kurtuldum. Berk’in kalbimde sebep olduğu huzursuzluk ve korku hissi tamamen kayboldu. Yerini Ayaz'a duyduğum sevdanın çiçekleri sardı. Kaşımın üzerindeki şişliği, ağlamaktan gözlerimin küçücük kalmış olmasını, saçlarımın dağınıklığını... Her şeyi unuttum. Ayaz'ın bakışları bana şifa oldu, merhem oldu. Onunla el ele, bir İstanbul gecesinde, ay ışığının altında ve Kız Kulesi'nin karşısında oturmanın keyfi dışında bir şeye yer bırakmadım zihnimde. Her şeyle daha sonra ilgilenilirdi. Her şeyle daha sonra tek başıma ilgilenmek zorunda bile değildim ve bu dünyanın en sıcak hissiydi.

22

Ayaz Sarıcalı resmi olarak benim erkek arkadaşımdı. Bu bilgi belli aralıklarla zihnimin içinde neon ışıklı bir tabelada yanıp sönüyordu ve ben her seferinde yerlerde yuvarlanmaya, aniden dans etmeye, manasız şarkıları yüksek sesle söylemeye başlıyordum. Elimde olsa kuzey yarım kürenin göğünü havai fişeklerle doldurur, tüm sokaklara konfetiler yağdırırdım ama elimde değildi. O yüzden ben de kendi içimdeki delirmeler ile yetinmek durumundaydım.

"Bir kere daha o bet sesinle bağırarak *ah ne güzel ne güzel* dersen alçıyı bacağımdan çıkarıp kafana geçireceğim Zeynep. Yeter!"

Nehar'ın huysuz suratına koca bir sırıtışla bakarken tüm gücümle bir kere daha, "Ah ne güzel, ne güzel!" diye bağırdım. "Onu sevmek. Ah ne güzel, ne güzel!"

Nehar alçısını çıkartamadı belki ama kucağındaki koltuk minderini suratıma fırlattı. Aniden yüzüme çarpan minder kaşımın üzerinde koyulaşmaya başlayan morluğu biraz acıtsa da moralimi bozamadı çünkü Ayaz Sarıcalı benim erkek arkadaşımdı. Nehar isterse sehpayı bile kafama fırlatabilirdi. *Umarım yapmaz tabii.*

"Sanki Ayaz'ın adını ilk duyduğun andan beridir bu sonuca ulaşmaya çalışan sen değilmişsin gibi şikâyet edip durmanı anlamsız buluyorum." dedi Hare, Nehar'a. Yine çok haklıydı, yine çok doğru şeyler söylüyordu. Bu kız sahiden bir zekâ küpüydü, size söylüyorum.

"Ben de." diye katıldı Bahar. "Asıl sen dans edip oynarsın diye bekliyorduk biz."

Nehar yüzünde ciddi bir ifadeyle ağır ağır başını salladı. "Zeynep için çok mutluyum." derken hafifçe kaşlarını çatmıştı. "Ama böyle mutluluk sarhoşu olması bende biraz şey yaptı... Ne derler? Kıskançlık."

Gülerek yerimden kalktım ve Nehar'ın yanına gidip kollarımı boynuna doladım. Yüzüne sulu öpücükler kondurmaya başlamadan hemen önce, "Ya sen kıskandın mı?" diye sordum kelimeleri gereksizce uzatarak. "Ben en çok seni seviyorum hâlâ. Kıskanma sakın."

Öpücüklerim Nehar'ın huysuz çırpınışları ve kendini tutmaya çalışmasına rağmen boğazından kaçan kahkahalarına karıştı. "Seni kıskanmıyorum akıllım." derken beni itmeye çalışıyordu. "Âşık insan mutluluğunu kıskanıyorum."

Aklıma gelen dâhiyane fikirle, "Sen de âşık ol o zaman!" diye atıldım.

Bahar kardeşini âşık olarak tasavvur edemediğinden olsa gerek bu fikre sessizce itiraz ederken Nehar oflayarak, "Uğraşamam hiç." dedi. "Her aşk böyle mutlu mu ediyor insanı zaten? Benim karşıma çıkacak olan yakar kavurur kesin."

Alnına düşen bir kızıl saç tutamıyla oynarken, "Yakıp kavurmayacak olanı bul sen de." diye önerdi Hare.

Başımı sallayarak onu onayladım. "Çok haklı. Hatta ne var biliyor musunuz? Hadi, hepiniz âşık olun!"

Hare oynadığı saç tutamını serbest bırakıp yüzünü buruşturdu. "Hiç uğraşamam."

"Benim âşık olduğum insanları yanıma yaklaştırmıyorsunuz ki." diye çıkıştı Bahar da. "Ben âşık oluyorum, siz sabote ediyorsunuz."

Evet, bunu gerçekten yapıyorduk ama kötü insanlar olduğumuz için değil. Tam tersine, Bahar'ı korumaya çalıtığımız için. Bahar içimizde belki de en güzelimizdi. Fakat aynı zamanda biraz saf bir kızdı. Çok saf sayılmazdı ama kardeşinin kurnazlığından nasibini almadığı kesindi. Onu kandırmak üç yaşında bir çocuğu kandırmak kadar kolaydı ve bu yüzden Nisan teyzem onun hastanede karışmış olabileceğine inanıyordu ama Kuzey eniştem karışmadığına emindi. Hastanede görür görmez âşık olduğu kızının başından bir an olsun ayrılmadığını iddia ediyordu, bu sebeple karışmış olmasının da imkânsız olduğunu söylüyordu. Her neyse. Sonuç olarak Bahar çok iyi niyetli bir insandı ve hep kötü çocuklara âşık oluyordu. Biz de mecburen etrafına yıkılmaz surlar inşa edip onu kulelere kapatmak, kötü çocuklara karşı onu korumak için ejderha rolünü üstlenmek durumunda kalıyorduk.

"Sen doğru birine âşık olduğunda tamamen aradan çekileceğiz ve seni alıp götürmesine izin vereceğiz." dedi Nehar içtenlikle. "Biz de yorulduk yani etrafındaki it kopukla uğraşmaktan."

"Nehar haklı." dedim. "Hepinizin doğru kişilere âşık olması lazım. Böylelikle hep beraber mutlu olup hep beraber şarkılar söyleyebiliriz."

Nehar beni tamamen üstünden itip, "Aşkı meşki bırak şimdi." diye konunun seyrini değiştirdi. "Biz bu Nedim Berk zırtapozundan tamamen kurtulduk mu onu söyle. Bak, bir yerden daha aniden çıkıverirse onu sonsuza dek ortadan kaybederim artık."

"Ayaz'ın söylediğine göre Poyraz abi onu bir güzel paketlemiş. Uçakla bile uğraşmamış, otobüsle yollamış Ankara'ya. Bir daha gelirsen dönmek istersin ama dönemezsin haberin olsun demiş bir de. Berk'in ne kadar ödlek olduğunu göz önünde bulundurursak, zannetmiyorum bir daha karşıma çıkacağını."

Anlattıklarım bitince Nehar birden ıslık çalıp alkışlamaya başladı. Böyle büyük bir coşku beklemediğim için şaşıp kaldım tabii. "İşte bu be! İşte bu! Bu aileye zaten bir tane mafya babası lazımdı. Ortanca kaynın bu açığı gayet güzel kapatacak gibi görünüyor."

Bahar neşeli bir kahkaha attı. "Ben normalde şiddete karşıyımdır ama bu o kadar yerinde olmuş ki Poyraz Bey'i tebrik etmek istedim. Şu yumruk olayından sonra Berk'e yapmak istediğim şeyi yapmış tam olarak."

"Bahar'a katılıyorum." dedi Hare. Kızlar kadar aşırı tepkiler vermese de keyifli olduğu sesinden anlaşılıyordu. "Berk o kadar salak birisi ki ancak böyle doğrudan direktifleri ve tehditleri algılayabilir. Onun için üzülemiyorum."

İtiraf etmem gerekirse ben Berk için bir parça üzülüyordum. Yani tam olarak üzülmek de değildi bu. Ona acıyordum sanırım. Bizim aramızdaki güzel şey bitmiş, hatta çok çirkin bir hâle gelmişti. Fakat bütün bunların öncesinde tanıdığım Berk iyi bir adamdı. Kendi ayakları üzerinde durabilmesini ve hayatının kontrolünü eline alabilmesini isterdim. Bunu doğru zamanda yapsa her şey çok farklı olabilirdi. Gerçi ben olan bitenin şu anki hâlinden ölesiye memnundum, hiçbir şikâyetim yoktu. Dediğim gibi, sadece Berk'e biraz acıyordum...

"Berk için bu şekilde olmasını hiç istemezdim." dedim dudaklarımı büzerek. "Ama olay babama sirayet etmeden kapandığı için çok mutluyum. Refika cadısından sonra Berk'i de kapımızda görse geçireceği sinir krizini hayal edemiyorum. Zavallı adamı kimlerle muhatap edip durdum."

Dördümüz de bir an babamın Nedim Berk ile karşılaştığı bir sahne hayal ettik ve gözümüzde beliren manzara ile titreyerek bu düşünceyi derhâl bir kenara bıraktık. Sonra Nehar tekrar araya girdi. "Sıradaki soru." dedi düz bir sesle. "Ayaz ile yeni filizlenen ilişkinizi bizimkilere ne zaman söylemeyi planlıyorsun?"

İşte bu beklemediğim bir soru ve üzerinde hiç ama hiç düşünmediğim bir konuydu. Mutluluktan kıvrımlarını kaybetmiş olan beynim böyle bir gerçeği itina ile göz ardı etmiş olmalıydı. Yine de bir noktada aileme Ayaz'dan bahsetmem gerekiyordu. Fakat şu aralar aşk hayatımla o kadar çok gündeme gelmiştim ki bunu yapmayı hiç istemiyordum. Zaten Ayaz istiyor muydu onu da bilmiyordum. En nihayetinde erkek kardeşim onun en yakın arkadaşlarındandı ve ona bu ilişkiyi açıklamak konusunda bazı çekinceleri olabilirdi. Hem zaten hemen herkese söylememize gerek var mıydı ki? Bir süre sessizce, gizli saklı bir şekilde takılsak ve bizim dünyadan haberimiz olmasa, dünyanın bizden haberi olmasa harika olmaz mıydı? Bence olurdu. Kendi dünyamızda Ayaz'la ay ışığı altında el ele oturur, hiçbir şeyden de yakınmazdık.

"Buna Ayaz ile beraber karar vermemiz gerekiyor sanırım." derken başımı Nehar'ın boynuna gömdüm ve alakasızca, "Parfümün çok güzelmiş ya." diye ekleme ihtiyacı hissettim.

"Bahar'ın hediyesi." diye açıkladı Nehar. "Arada güzel şeylere vesile olabiliyor sevgili ablam." Bunu söylemesiyle yan koltukta oturan Bahar'dan cılız bir tekme yemesi bir oldu ama pek de umursamadı. "Bence çok da fazla saklamayın insanlardan." dedi bir önceki konuya geri dönerek. "Sonra işleri elinize yüzünüze bulaştırırsınız kesin."

Bahar başını sallayarak kardeşini onayladı. "Nehar'a hak vermekten çok hoşlanmıyorum ama arada sırada doğru bir şey çıkıyor ağzından. Ne yaparsın."

O da bir şey söylesin, fikrini belirtsin diye Hare'ye baktığımda kaşlarını yukarı kaldırıp omuz silkti. "Bence bekleyin biraz ortalık durulsun. Şu Nedim Berk bir unutulsun. Acelesi yok ya."

İstediğim şeyi söylediği için Nehar'ın yanından kalkıp onun yanına geçtim ve kedi gibi kucağına kıvrıldım. "Sana katılıyorum." dedim geniş, rahat bir gülümseme yüzüme yayılırken. "Hiç acelesi yok." Şimdilik bütün bunları düşünmeyi bir kenara bırakacak ve kalbimde yeşeren bu saf, taze mutluluğun keyfini sürecektim. Onca şeyden sonra bu kadarını hak etmiştim.

Ertesi gün bulutların üzerinde yürüyerek Ayaz'ın evine gittim. Daha doğrusu orası Efe'nin eviydi ama Efe saatler boyu evde olmayacağı için Ayaz ile baş başa olacaktık. Bana yemek hazırlayacaktı iki gözümün çiçeği. Bu teklifi ilk duyduğumda balıklama atladığımı tahmin ediyorsunuzdur. Yakışıklı erkeğin sevdiği kadına yemek hazırladığı sahnelere filmlerde bile bayılırken gerçek hayatta elime geçen böyle güzel bir fırsatı çarçur edecek kadar aptal değildim. *Harika olur,* yanıtını vermek için Ayaz'ın cümlesini bitirmesini zar zor beklemiştim. Sonrası zaten mutluluk sarhoşluğu, heyecan çılgınlığı, birtakım şarkılar türküler...

Şimdi bir kere daha Işık Apartman beş numaranın önünde duruyordum. İlk seferin aksine yanımda beş tonluk bir valiz yoktu, keyfim de oldukça yerindeydi ve bu defa bana kapıyı açan esmer güzelini çok iyi tanıyordum. Bu defa bana kapıyı açan esmer güzeline ben deli gibi, çılgınlar gibi âşıktım. İşlerin bu noktaya gelmesinden memnun bir şekilde sırıtarak bana hoş geldin diyen Ayaz'a, "Hoş buldum sevgilim." dedim.

Sevgilim kelimesi onun yüzündeki gülümseyişi kocaman bir hâle getirdi. Elimi tutup beni içeri çekip ardından sıkıca sarılırken onu saran çocuk neşesini her zerremde hissedebiliyordum. Sevgisine karşılık bulduğuna inanamıyormuş gibi davranıyordu bazen. Ona bir sevgi sözcüğü söylediğimde gülümseyerek bana bakıyor ve sanki bu ânın gerçek olup olmadığını anlamaya çalışıyordu. Bunlar minik kalbimi ince ince delip kanatan detaylardı. Kamyoncu Zeynep Ayaz'ı yakalarından tutup hızla sarstıktan sonra, "Var mı lan bu aşka değer başka adam? Söyle var mı? Yok tabii ki!" diye bağırmak istiyordu. Sonra belki öperdi Ayaz'ı. Niçin öpmesin? Sevgilisi sonuçta.

"Ne yemek hazırladın bana?" diye sorarken onun kollarından hafifçe sıyrılıp esmer yüzüne baktım. Hatta bir kere yetmedi bir kere daha baktım. Böyle güzel yüze bakmayanın aklı yoktur, deyip biraz daha baktım.

"Ev pizzası, ton balıklı salata, tatlı olarak da magnolia." diye hiç takılmadan saydığında kalbimle birlikte midemde de kıpırtılar hissettim. Oldukça acıkmıştım ve menü leziz görünüyordu.

"Bu kadar yetenekli bir adam..." derken tüm hayranlığım sesimde toplanmıştı. "Nereden çıktı karşıma hiç bilmiyorum."

Şımarmayı bilmiyordu, bu hem karakterinden hem de büyürken etrafında şımaracak birilerini bulamayışından kaynaklıydı sanırım. Yalnızca utangaç bir şekilde gülümseyip yanağıma tatlı bir buse kondurdu. Ardından elimi tutup beni mutfağa sürükledi. Sürükledi diyorum çünkü ben yolda aşktan bayılmıştım biraz.

Güzelce hazırlanmış yemek masasındaki iki sandalyeden birine oturduğumda dirseğimi masaya, çenemi de avucuma dayayıp, "Neden saçlarını toplamadın?" diye sordum Ayaz'a. *Kalbime kast etmek istemiyorsun galiba artık? Sonunda insafa gelmiş olabilir misin Esmer Güzeli?*

Pizzaları dilimlerken bir saniyeliğine bana döndü Ayaz. "Yemek yaparken toplamıştım ama işim bitince çıkardım tokayı."

Geç kalmıştım yani. Bu biraz üzdü beni doğrusu. Şimdi adama git saçlarını topla da denmezdi. Yani zaten hangi hâlinin daha yakışıklı olduğuna da karar veremiyordum ki. Saçları böyle ensesine dökülürken de çok güzeldi.

"Bakalım beğenecek misin?" diye sorarken hazırladığı şık bir tabağı önüme bıraktı. Pizzanın nefis göründüğünü söylemek zorundaydım. Bol malzemeli incecik hamurun üstünde eriyen mozerella peyniri… Bu görüntünün beni heyecanlandırmaması imkânsızdı.

Ayaz'ın kendi tabağını alıp karşıma oturmasını bekledikten sonra pizzadan ilk ısırığımı aldım ve damağıma yayılan tada inanamadım. Lezizdi. "Mükemmel olmuş bu." dedim Ayaz'a, ağzımdaki lokmayı yutma zahmetine bile girmeden. "Nasıl yaptın?"

Kendi pizzasını benden daha medeni bir şekilde yemekte

olan Ayaz, "Mutfak sırlarımı ilk randevuda öğrenebileceğini zannediyorsan yanılıyorsun." diyerek sırıttı. "Ama beğenmene sevindim."

"Sana kızmak istiyorum şu an." derken ikinci bir ısırık için hazırlanıyordum. "Ama pizza o kadar güzel ki yapamıyorum bunu."

Sonraki dakikalar çok lezzetli geçti. Her anlamda. Hem dünyanın en leziz pizzasını yiyordum hem de dünyanın en yakışıklı esmer güzeliyle sohbet ediyordum. Onunla konuşmak çok kolaydı. Zaten tüm ailemi tanıdığı için anlattığım şeyleri eksiksiz anlıyor ve her seferinde en doğru tepkileri veriyordu. Gözlerimin içine öyle büyük bir dikkatle bakıyordu ki ağzımdan çıkan her kelimenin önemsendiğini hissediyordum. Bana bakıyor, beni görüyordu. Beni duyuyor, beni dinliyordu. Bunlar küçük şeyler gibi görünse de değildi. Bunlar kocaman şeylerdi, tüm kalbimi kaplıyordu.

"Çok konuştum." dedim tabağımdaki son pizza dilimini de yediğimde. Masayı kaldırırken Ayaz'a yardım edip o çay suyunu koyarken tezgâha oturmuş ayaklarımı sallandırıyordum. "Biraz da sen anlatsana."

Tam önümde durup yüzümü süzerken, "Ne anlatayım?" diye sordu Ayaz.

"Bilmem." diyerek omuz silktim. "Ailenden bahset mesela. Üç tane erkek kardeşin var. Eminim anlatacak bir şeyler vardır."

Birkaç saniye sessizce düşündükten sonra ellerini tezgâha, benim iki yanıma dayayıp hafifçe bana doğru eğildi. Yüzlerimiz aynı hizadaydı ve gözlerinin içinde rahatça kaybolabiliyordum. "En büyük abim Rüzgâr tam bir aile babası. Balıkesir'de, yani çocukluğumu geçirdiğim yerde yaşıyor. İki tane yeğenim var. İkisi de erkek. İkisine de deli oluyorum ama içten içe bir kız yeğen istemiyor değilim. Yengem Melis, dünyanın en tatlı insanlarından biridir, kendisini çok severim."

Biraz duraklayıp hafifçe gözlerini kıstı. Zihnini taradığını ve bana anlatacak şeyler aradığını görebiliyordum. "Poyraz abimi zaten tanıyorsun." dedi sonra. "O biraz babama benzer. Kabadayı gibi görünmeyi seviyor ama aslında iyi adamdır. Yardımseverdir. Henüz hayatını yoluna koyabilmiş değil, buna üzülüyorum biraz. Okulu bitirdiğimde bana kendisiyle çalışmamı teklif eden o oldu. Yakında da işlerini sadece benim yürüteceğim başka bir kulüp açacağız ve bana çok yardımcı oluyor."

Üçüncü kardeşinden bahsetmeden önce derin bir nefes aldı. "Bir de Can Bora Sarıcalı var tabii." dedi. "Bak, Poyraz abim kabadayı gibi görünür, ters adamdır ama asla durduk yere olay çıkarmaz. Hatta birisi damarına basmadığı sürece çok kibar birisidir. Bora ise tam tersi. Tam bir baş belası. Liseye başladığı zamandan beri abimler de ben de onun arkasını toplamaya çalışıyoruz. Hep bir gün yola gelecek, durulacak diye bekliyoruz ama nafile. Adam yakında üniversiteyi bitirecek, hâlâ it kopukluk peşinde."

Eh, her ailede bir ipe sapa gelmez çocuk olduğunu zaten hepimiz biliyorduk. Sarıcalı ailesinin ipe sapa gelmez çocuğunun Ayaz olmayışı içimi rahatlatırken Bora Sarıcalı'ya hayatında başarılar dilemekten başka ne yapabilirdim? Ayaz'ı üzmediği sürece serserilikleri beni ilgilendirmiyordu.

"Yeğenlerinin ismi ne?" diye sordum elimi uzatıp Ayaz'ın alnına düşen bir tutam saçı geriye atarken. Fakat hemen sonra saçlarına dokunulmasını hoşlanmadığını hatırlayıp elimi çektim ve "Affedersin." dedim.

Ayaz başını iki yana sallayıp, "Sorun değil." dedi ve gülümsedi. "Yeğenlerimin adı Eren ve Eymen. Sana fotoğraflarını gösteririm."

"Harika olur." Bu sırada Ayaz'ın bir tutam saçı yine alnına düştü. Ellerim adeta o saça dokunup onu geri atmak için kaşınırken tek yapabildiğim dudaklarımı büzüp Ayaz'a bakmak oldu.

Sonra onun sırıttığını fark ettim. "Zeynep." dedi ismimdeki her harfi şefkatle okşayarak. "İstersen saçıma dokunabilirsin, biliyorsun değil mi?"

Bunu nasıl anladığını bilmiyordum ama aniden geniş bir sırıtış yüzüme yayıldı. "Hani hoşlanmıyordun saçına dokunulmasından?" derken adeta cıvıldıyordum.

Küçük, neşeli bir kahkaha attığında başını geri yatırdı. Çenesini öpmemi engelleyen herhangi bir kanuni yaptırım yoktu. "Mahmut'un saçıma dokunmasından hoşlanmıyorum. Ya da Efe'nin. Ya da parmakları kıllı kazık kadar herhangi bir herifin…" dedi gözlerini tekrar bana çevirdiğinde. "Ay ışığı saçlarımın arasında dolaşmak isterse bunu engelleyecek değilim."

Al işte, diye bağırıp mızırdanmamak için kendimi zor tuttum. *Yine vuruldum kalbimden.* Bu kalp böyle sevda kurşunlarına daha ne kadar dayanır hiç bilmezken elimi uzatıp parmaklarımı Ayaz'ın saçlarının arasında dolaştırdım. O da bana iyice yaklaşıp alnını omzuma yasladı. Dünyanın tüm huzuru işte bu andaydı. Ayaz kollarımın arasında, ellerim de onun yumuşacık esmer saçlarındaydı. Tüm yorgunluğum, kırgınlığım, karmaşam buhar olup uçuvermiş, yalnızca güzel şeyler kalmıştı bana. Muhteşem bir histi.

"Seni seviyorum." diye fısıldadım kendim bile fark etmeden. "İyi ki varsın Ayaz."

Ayaz'dan, "Ben de seni seviyorum." minvalinde bir karşılık beklerden hiç ummadığım bir öksürük sesi işittim. Bir an algılayamasam da hemen sonra bu sesin Ayaz'dan gelmediğini fark edip dehşet içinde başımı kaldırdığımda mutfak kapısında durmuş bana sırıtan Mahmut ve hemen yanında kaşlarını çatmış duran Efe ile karşılaştım. Sanırım artık ilişkimizi çocuklara ne zaman açıklayacağımız konusuna kafa yormamıza gerek kalmamıştı.

23

"Herkes sakin olsun!" diye bağırdı Mahmut dramatik bir tavırla kendini Efe'yle Ayaz'ın arasına atarken. Kollarını iki yana açmış, Ayaz ve Efe'yi birbirinden ayırmaya çalışır gibi duruyordu. Yüzünde öyle bir telaş ifadesi vardı ki ben bile sarsılmıştım. Sesindeki dehşet ve kesinlik bile muazzamdı. Bu ânı saçma kılan yegâne şey ise herkesin zaten oldukça sakin oluşuydu. Fakat Mahmut bunun farkında gibi görünmüyordu. Daha çok kafasının içinde bambaşka bir an yaşıyor gibiydi. Bu anda da sanırım Ayaz ve Efe benim yüzümden kavga ediyordu.

Efe'ye doğru bir adım atıp elini onun göğsüne dayadı Mahmut. "Çılgınca bir şey yapmadan önce bir dur ve düşün Efe!" Canhıraş bir şekilde söylediği bu cümleye aldığı tek tepkinin küçük bir kaş çatış olması onun umurunda bile değildi. Coşkusunu ve heyecanını hiç kaybetmeden devam etti. "Elini kana bulamaya değer mi bir düşün! Belki her şeyin bir açıklaması vardır. Belki her şey bir yanlış anlamadır."

Bunu söyledikten sonra hızlı bir şekilde Ayaz'a döndü. "Sağdıcım... Sen de bir şeyler söylesene! Açıklayabilirim desene!" Mahmut'un bakışları dehşetle bezenmişti. Artık onları bir anda karşımda görmenin şaşkınlığından ağır ağır sıyrıldığım için bu görüntü içime kahkaha atma isteği doldurdu.

Ayaz, Mahmut'a bomboş bir bakış attı. E tabii o, sağdıcının bu tarz hareketlerine bunca sene boyunca bağışıklık kazanmıştı. Bu yüzden benim gibi şoklara sürüklenmiyordu. Gayet sakindi. "Mahmut." dedi sadece. "Kendine gel."

Fakat Mahmut bir kere daha, "Hayır!" diye bağırdı. "İki sağdıcımın birbirini öldürmesine izin veremem. Anlıyor musun? İzin veremem!"

Bu gerçekten çok düşünceli bir davranıştı elbette. Tek sıkıntı Efe'nin de Ayaz'ın da birini öldürme niyetinde olmaması, benimse olan biteni tezgâhtan ayaklarımı sallandırarak izlememdi. Yine de Mahmut'a gidiş yolundan puan verecektim. Ortalıkta kan gövdeyi götürmüyorsa bu Mahmut'un hatası değildi sonuçta.

"Allah razı olsun kardeşim." dedi Ayaz elini uzatıp Mahmut'un omzunu sıkarken. "Sen olmasan ne yapardık hiç bilemiyorum."

Mahmut Ayaz'ı bırakıp ani bir hareketle Efe'ye döndü. "Gerçek aşkın karşısında duramazsın sağdıç." derken başını iki yana salladı. Sesini tuhaf bir biçimde kalınlaştırmış, yüzüne de ciddi bir ifade yerleştirmişti. Performansı gerçekten ayakta alkışlanacak cinstendi. "Yapamazsın bunu. Onları ölüm bile ayıramaz. Birbirlerine nasıl bakıyorlar, görmüyor musun?"

Efe, asabı bozulmuş gibi güldü önce. Ardından Ayaz'a

ters bir bakış atıp, "Görüyorum, görüyorum." dedi ve Mahmut'un bir kere daha önüne atlamasına izin vermeden mutfak masasına yürüdü. Masanın üzerindeki sürahiden bardağa su doldururken de bana baktı. Pek de mutlu olmadığı gözlerindeki bakıştan anlaşılıyordu. "Keşke görmeseydim tabii."

Ayaz elini sıkıntıyla saçlarının arasına atarken, "Böyle görmeni ben de istemezdim kardeşim." diye mırıldandı. "Ama bir şeyleri saklama peşinde de değilim."

Efe bardaktaki suyu ağır ağır içerken huysuzca Ayaz'a bakmayı sürdürdü. En sonunda suyu bittiğinde bardağı dudaklarından çekti ve bana kısacık bir bakış attı. "Gidip yine Nedim Berk gibi bir tip bulmasından o kadar korkuyordum ki bu duruma hakkıyla öfkelenemedim." dediğinde bıyık altından güldüğünü görebiliyordum. *Seni hain kara kurbağası!* Bardağı masayı bırakıp hafifçe omuz silkti. "Bu yüzden ilişkinizi onaylıyorum ama tek bir şartım var. Elli beş yaşına gelene kadar benim yanımda birbirinizi tanımıyormuş gibi davranacaksınız."

"Of!" dedim dudaklarımı zorlayan gülüşü bastırırken. Kahkahalar atmakla sinir olmak arasında gidip geliyordum. "Senden kim izin istedi ki şimdi?"

Efe bana dönüp gözlerini devirdi. Bunu yaparken babama öyle çok benziyordu ki her seferinde şaşırıp kalıyordum. "Seninle konuşmuyorum kızım ben. Damatla konuşuyorum. Karışma biraz."

"Sen bilirsin Efe Bey." derken tezgâhtan aşağı atladım. "Gün gelecek ben de gelinimle konuşacağım ve anlatacağım o kadar çok şey var ki..."

Tehdidim kardeşimin yakışıklı suratının buruşmasına ve keyfinin hepten kaçmasına sebep olurken ben sırıttım. Efe ise bir kere daha Ayaz'a dönüp, "Bundan sonra sen uğraşırsın bununla." dedi. Ardından Mahmut'u kolundan çekiştirerek kapıya yöneldi. "Aldın mı biletleri? Çıkalım artık. Yeterince geç kaldık zaten."

Mahmut anahtar kelimeyi duyunca kaşlarını yukarı kaldırdı ve "Doğru ya." dedi. "Biletler."

İki şaşkın unuttukları biletleri, artık neyin biletiyse, alıp evden ayrıldıklarında Ayaz ile tekrar baş başa kaldık. Onları yolcu ettikten sonra mutfağa, yanıma döndüğünde yüzünde minik bir tebessüm vardı. "Berk en azından bir işe yaradı. Görüyor musun?"

Tebessümü beni de gülümsetti. "Efe'yle aranız bozulursa üzülürdün, değil mi?"

"Çok üzülürdüm." dedi Ayaz ciddiyetle. "Kardeşini çok seviyorum. Farkında olmadan bana çok destek oldu."

Kollarımı onun beline dolayıp başımı göğsüne yasladım. "Sen de ona destek oluyorsun. Böyle güzel bir arkadaşlığınızın olması beni sevindiriyor."

Ayaz eğilip saçlarımın arasına bir öpücük kondurduktan sonra derin bir nefes aldı. "Hâlâ bu anların gerçekliğine inanmakta o kadar zorlanıyorum ki Ay Parçası. Her şey bir rüya çıkacak diye ödüm kopuyor."

Küçük bir kahkaha atıp başımı geri çektim ve onunla göz göze geldim. Tüm ruhumu görüyormuş gibi bakan kara gözlerinin içine çekilmem çok kolay oldu. "Eğer bu bir rüya olsaydı, inan bana ikimizin hayal gücü de Nedim Berk'in yaptıklarına yetmezdi."

Sinirli bir gülüş dudaklarını sardı ve boğazından boğuk bir ses çıktı. "Ömrümün kalanında Nedim ya da Berk isimleri duymak istemiyorum." derken başını iki yana salladı. "İkisini bir arada hiç duymak istemiyorum."

"Ben de." dedim hemen. "İnan bana, ben de istemiyorum."

Olan bitenin beni çok yorduğu ve hatta delirme noktasına getirdiği doğruydu. Hatta bütün bunlar beni bir parça delirtmiş bile olabilirdi, emin değildim. Yine de eğer Nedim Berk'le hiç karşılaşmasaydım, beni böyle yarı yolda bırakmasaydı, kalbimi hırpalayıp bana dünyanın gerçeklerini göstermeseydi Ayaz'ın kıymetini hemen anlamayabilirdim. Elinizde gerçekten kötü bir örnek varken, iyi olanın aslında ne olduğunu daha kolay öğreniyordunuz. Ayaz'dan bu kadar emin olmamı, kendimi tereddütsüz ona bırakmamı sağlayan kişinin Nedim Berk olması da bu yüzdendi. Bana bütün yanlışları tek tek öğrettiği için doğruları tanımam hiç de uzun sürmemişti. Ona teşekkür edecek falan değildim elbette ama yaşananların boşa gitmemiş olduğunu görmek güzeldi.

"Aslında bugün senle bir şey konuşacaktım." dedim Ayaz'a düşüncelerimden hızla sıyrılırken. "İlişkimizi çocuklara hemen söylemesek olur mu başlıklı bir konuşmaydı. Fakat sanırım artık pek gerek kalmadı."

Ayaz hafifçe güldü. Gülüşünün sesi kalbime sızıp yine bir ton çiçek açtırdı içimde. "Evet, gerek kalmadı. Hem zaten Yağız'la Ateş de mevzuyu epey çakmıştı. Eski sevgilini yumruklamam ve aniden etrafında belirip durmam yadsınamaz ipuçlarıydı."

Küçük bir kahkaha atarken başımı tekrar Ayaz'ın göğsüne yasladım. Buraya yuva kurasım geliyordu, bu gerçeği inkâr edecek değildim. "Evet. Yağız'ın bakışlarından belliydi zaten." Derin bir nefes aldım ve kokusunun ciğerlerime sinmesini bekledim. "Peki, ailelerimize söyleyecek miyiz?"

Ben aileme söyleme kısmında çok sıkıntı yaşamazdım. Babam ilk başta biraz huysuzlansa bile zamanla kabullenirdi. Nedim Berk'ten sonra Ayaz'a şükür bile edebilirdi. Fakat

Ayaz'ın ailesi farklı bir hikâyeydi ve eğer bir kere daha Candar ailesiyle yaşadıklarıma benzer bir şey yaşarsam üzüntüden mevta olabilirdim. Yârime kavuşamadan göçüp giderdim bu dünyadan. Kamyoncu Zeynep de aracını bile bile şarampole sürerdi, istedim vermediler sen şoförsün dediler diyerek... Birtakım trajediler yaşanırdı anlayacağınız. Bu sebeple Ayaz'ın ailesi mühimdi.

"Bilmem." dedi Ayaz. "Söylemek ister misin?"

"Babam öğrenmek için biraz daha bekleyebilir." dedim fazla düşünmeden. "Ama anneme anlatırım. Seni zaten tanıyorlar. O yüzden çok zor bir konuşma olmaz."

Ayaz kısa bir süre sessiz kaldı. Ardından neredeyse duyulmayacak bir sesle, "Ben annemle görüşmüyorum." dedi. Basit bir cümleydi ama gelip taş gibi göğsümün ortasına oturuverdi. Yutkunmakta zorlanırken onun konuşmaya devam ettiğini işittim. "Babamla Rüzgâr abime anlatırım. Onlar Balıkesir'de oldukları için hemen tanışamazsınız ama Poyraz abimle tanıştırabilirim seni. İster misin? Gerçi zaten uzaktan tanışıyorsunuz."

"Çok isterim." diye cevap verdim fazla düşünmeden. Poyraz abiden biraz çekiniyordum aslında ama Ayaz'ı böyle boynu bükük bir cevapla bırakacağıma kellemi şu masaya bırakmayı tercih edebilirdim. Bu yüzden tüm hevesimi sesimde toplamayı başarmıştım. "Yeğenlerinle tanışmayı da çok isterim. Zaten sen benim tüm ailemi tanırken benim kimseyi tanımamam çok büyük haksızlık." Sonra duraklayıp tereddütlü bir sesle, "Peki ya Bora?" diye sordum. "Onunla da tanışır mıyım?"

Ayaz tatlı bir sesle gülünce biraz rahatladım. "Korkarım ki tanışırsın." dedi. "Ama biz bu aralar pek görüşmüyoruz.

Kendisi şehir şehir gezmekle meşgul. Seninle tanışmadan önce biraz adam olması için dua edeceğim yalnızca."

Ânın huzuru tüm hücrelerime ağır ağır işlerken genişçe gülümsedim. Bu defa doğru yerdeydim. Yanlış durakta bir süre oyalansam bile varacağım yeri sonunda bulmuş olduğum için mutluydum. Kalbimde en ufak bir şüphe yokken kendime Ayaz'ın kolları arasında dünyanın en güzel bahçesini kuracağıma emindim. Hem kendim yeşerecek hem de onun kalbini yeşertecektim.

24

Poyraz abiyle tanışma işinin bu kadar hızlı olacağını hiç düşünmemiştim. Ayaz'la yaptığımız konuşmadan yaklaşık bir hafta sonra Ayaz abisine benden bahsetmiş, o da hemen beraber bir yemek ayarlamak istemişti. Ayaz bu konuda öyle heyecanlı ve hevesliydi ki ona korktuğumu belli etmeye hiç kıyamamıştım. Hiç itiraz etmeden üçümüzün beraber yiyeceği bir akşam yemeğinin harika olacağını söylemiş ve bunu sabırsızlıkla bekliyormuş gibi ellerimi çırpmıştım. Şimdiyse aynanın karşısında durmuş nasıl göründüğüme bakarken bu yaptığımın doğru olup olmadığı üzerinde kafa yoruyordum. İşte ben hep böyle mükemmel zamanlamaların insanıydım. Her şeyi hep en doğru vakitte düşünürdüm.

"Çok güzel görünüyorsun." dedi nihayet ayağındaki alçıdan kurtulmuş olan Nehar. "O kadar güzelsin ki Ayaz bu dünyanın en şanslı adamı olabilir."

Geniş bir sırıtış yüzüme yayılırken aynadan Nehar'a bakıp bir öpücük attım. "İnşallah bu defa aileyle tanışma işini

kotarabilirim." derken mint yeşili elbisemin eteklerini çekiştirerek düzelttim. Zaten düzgündü ama ben daha da düzelttim. Bu gerginlikle bir şeyler yapmazsam titreyerek kriz geçirmeye başlardım çünkü.

"Bu defa her şey çok güzel olacak. Çünkü kıl kuyruk Berk değil, Ayaz Sarıcalı var yanında." diyen Bahar'dı. Makyajımı yapmayı birkaç dakika önce bitirdiği için makyaj malzemelerini düzenlemekle meşguldü. Nehar ve Hare gibi o da Ayaz'ı çok seviyordu. Onun beni ne kadar mutlu ettiğini gördükçe iyice benimsiyorlar, tıpkı benim gibi onlar da Ayaz'ın beni üzmeyeceğine inanıyorlardı. Sonuçta Berk'le olduğum zamanlardaki gibi ağlayarak onları aramalarım ya da korkularımdan bahsederkenki kıvranışlarım yoktu artık. Aradaki fark herkes için oldukça netti.

Hare başını sallarken, "Bahar'a katılıyorum," dedi. "Bu defa her şey çok güzel olacak. Kıymetini bilecekler senin. Bilmeyenlere ne olduğunu gördüler sonuçta."

Kıymetimi bilmeyenler bu yaz eski sevgilisiyle evleneceklerdi fakat öncesinde magazine yansıyan ciddi bir kavga ve ayrılık yaşamışlardı. Berk'in müstakbel karısı ve eski sevgilisi olan şahsın bazı skandalları ortaya çıkmıştı. Anlaşılan beni sosyal medya üzerinden taciz edip duran oydu çünkü bunu başka insanlara da yapmıştı ve o insanlar bu kızı ifşa etmekten hiç çekinmemişlerdi. Berk'e azıcık yaklaşan insanlara attığı tehdit mesajları gündemi epey oyalamıştı doğrusu. Bir sürü rezilliğin ardından kızcağız yine de istediğini elde etmeyi başarmış, gazetenin magazin köşesine göre çoktan gelinlik provalarına başlamıştı. Ben bütün bu olanları izledikten sonra onlara mutluluk dilemekten ve artık sosyal medya üzerinden taciz edilmeyeceğim için memnun olmaktan başka bir tepki vermemiştim.

Arkama dönüp kuzenlerime sevgi dolu bakışlar attım. "Siz olmasaydınız ne yapardım ben?" diye mırıldanırken hafiften gözlerim doluyordu. Yaşadığım duygu değişimleri yüzünden yakında kalbim emekliye ayrılmayı talep ederse hiç şaşırmazdım doğrusu.

"Çok canın sıkılırdı." dedi Nehar düz bir sesle. "Bomboş bir insan olurdun. Ayaz seni hiç sevmezdi."

Bütün duygusallığım bir anda yanıp kül oldu ve Nehar'a yüzümü buruşturdum. "Sen öyle zannet."

Saat sekizde cep telefonum çaldığında ve Ayaz beni aşağıda beklediğini söylediğinde kalbimdeki heyecanı bastırmak için derin bir nefes aldım, bana şans dileyen kuzenlerime bir öpücük atıp evden çıktım. Ayaz beni yine arabasına yaslanmış ve kollarını birbirine dolamış bir şekilde, zavallı yüreğime hiç acımayıp gözlerime muhteşem bir manzara sunmuş hâlde bekliyordu. Ona doğru attığım her adımda kalbimden bir kuş havalandı ve aya doğru uçtu. Nihayet yanına vardığımdaysa sanki ay, yeryüzüne inivermişti. Yoksa akşamın bu vaktinde etrafın böyle aydınlık olması nasıl mümkün olabilirdi ki? *Belki de Ayaz'ın gözlerinde sakladığı yıldızlardandır.*

Uzanıp yanağına minik bir öpücük kondururken, "Selam." dedim.

"Selam." Bakışlarını uzun uzun yüzümde dolaştırdı. "O kadar güzelsin ki biraz daha yakından bakarsam sanırım kalbim duracak."

Uzanıp elini tutarken gülümsemem artık dünyanın her yerindeydi. Yalnızca evimin önünde değil, İstanbul'un her yerinde. Afrika'da, Avrupa'da ve hatta Antarktika'da bile gülümsüyordum. "Benim de heyecandan kalbim duracak."

dedim titreyen sesimle. "O yüzden bir an önce gidelim ve bitirelim şu işi."

Avucundaki elimi dudaklarına götürüp bir öpücük kondurduktan sonra arabanın kapısını benim için açtı Ayaz. Çok geçmeden yola koyulduk. Ayaz'ın beni sakinleştirmek için Poyraz abi ile küçüklüklerine dair birkaç anı anlattığı, sevimli ama ne yazık ki kısa bir yolculuğun ardından restoranın otoparkında durduğumuzda kendime korkulacak bir şey olmadığını söyledim. Sonra zaten Ayaz yanıma gelip elimi tuttu ve korkulacak bir şey, bir zamanlar vardıysa bile o saniyeden sonra artık yoktu.

Restorana girdiğimizde Poyraz abinin bizden önce geldiğini ve masaya çoktan yerleştiğini gördük. Ayaz ile beraber ona doğru yaklaşırken yüzüme sakin, minik bir tebessüm kondurmaya çalıştım ve becerebildiğimi umdum. İçimden bir ses katil bebek Chucky gibi göründüğümü söylese de buna aldırmamayı denedim.

"Hoş geldiniz." dedi bizi görünce ayağa kalkarak. Ayaz'ı anımsatan yüzü hatırladığımdan daha yumuşak ve sevecen görünüyordu. Yine de kahverengi bakışlarındaki keskinliği ne yaparsa yapsın gizleyemiyordu.

Bana uzattığı elini tutup sıkarken, "Hoş bulduk." dedim. "Çok bekletmedik umarım."

"Şimdi geldim ben de. Birkaç dakika oldu."

Onların Ayaz ile sarılmasını izlerken heyecanım biraz yatışsa da midemdeki garip duygu hâlâ yerindeydi. Sandalyelerimize oturduğumuzda Poyraz abi, Ayaz ile beni karşısına almıştı. Masanın altından elimi uzatıp Ayaz'ın elini tutmak istiyordum ama daha ilk dakikalardan rezil olmayı göze alamadığım için sabit durmayı tercih ettim.

Garson yanımıza gelip menüleri uzatırken, "Anlatın bakalım gençler." dedi Poyraz abi. "Nasılsınız? Nasıl gidiyor?"

Menüyü açarken hızlıca Ayaz'a bir bakış attım ve o da hafifçe gülümseyerek beni konuşmam için cesaretlendirdi. "İyi gidiyor." derken ağzımdan çıkan her kelime çok saçma geliyordu. Sanki başka bir dil konuşuyormuş gibi hissediyordum kendimi. "Siz nasılsınız?"

Poyraz abi yüzünün önüne tuttuğu menüyü yavaşça indirdi ve bana tek kaşını kaldırıp tuhaf bir bakış attı. "Ne sizi yahu? Rica ediyorum sen diye hitap et. Abi de hatta. Resmiyeti hiç sevmem."

Samimi tavrı biraz daha gevşememi sağladı ve "Nasıl istersen." dedim usul bir sesle. Fakat tam sakinleşeceğim sırada bu adamın Berk'le olan maceramın en utanç verici anlarından birine şahit olduğu aklıma geldi ve yine kendimi masanın altına girmeyi arzularken buldum. Neyse ki bu sırada garson tekrar yanımıza geldi ve ben menüden gözüme çarpan ilk şeyi sipariş edip sahneyi Ayaz ile Poyraz abiye bıraktım.

Onlar da yemeklerini sipariş ettikten sonra masaya kısa süreli bir sessizlik çöktü. Poyraz abi bir bana, bir Ayaz'a bakıyor ve çarpık bir şekilde gülümsüyordu. "Ne kadar yakışmışsınız siz böyle." derken sesi cüssesine zıt bir şekilde sevimli çıkmıştı. "Ama sen kulübe ilk geldiğinde anlamıştım ben biliyor musun? Bu Ayaz, bütün gece kendi kendine sırıtıp durmuştu."

Bir gülümsemeyle dudaklarım iki yana kıvrılırken sağıma dönüp Ayaz'a baktım. O da benimkine benzer bir gülümseme ile abisine bakıyordu. "Beni utandırmak için en azından yemeklerin gelmesini beklersin diyordum ama sen hızlı başladın."

Poyraz abi küçük bir kahkaha atıp, "Tabii oğlum." dedi. "Bir abi olarak vazifem bu benim. Senelerdir bu ânı bekliyordum."

Ayaz gülerek başını hafifçe salladı. "Allah razı olsun. Ne diyebilirim ki?"

Poyraz abi ona kısa bir bakış attıktan sonra bana döndü. "Bunun böyle akıllı uslu görünmesine sakın aldanma Zeynep. Az kavgalardan toplamadım ben bu çocuğu. Sessiz sakin görünür ama az değildir hani."

Kavga lafı açıldığında elim istemsizce kaşıma gitti. Neyse ki kafamdaki şiş inmiş, azıcık kalan morluk da makyajla kolayca kapanmıştı. Yoksa "Asıl serseri benim Poyraz abi." demek zorunda kalacaktım mecburen. "Biliyorum, biliyorum." diyerek başımı sallarken Ayaz'a yandan bir bakış attım. "Kendisi de biraz bahsetti. Çok efendi bir serseri olduğunu iddia ediyor."

Garson getirdiği yemekleri masamıza bırakırken, "Bak bunu doğru söylemiş işte." dedi Poyraz abi. "Kardeşim diye söylemiyorum, gerçekten gördüğün göreceğin en efendi serseridir."

Bu sözler üzerinde uzanıp Ayaz'ın yüzünde beliren utangaç gülümsemeyi öpmemeyi nasıl başardım inanın bilmiyorum. *Öyle güzel gülümsenir mi oğlum*, diye bağırıyordu kamyoncu Zeynep kuru fasulye pilavını kaşıklamayı bırakırken. *İştah miştah kalmadı işte, midem kelebeklerle, börtü böcekle doldu.*

Yemeğin devamında heyecanım iyice azaldı ve yarım saat sonra neredeyse hiç kalmadı. Poyraz abi bana Ayaz'ın anlatmadıklarından, çocukluklarının beraber geçen kısmında yaptıklarından, Rüzgâr abinin çocuklarının Ayaz'ı ne kadar sevdiğinden ve elbette Ayaz'ın onları çılgınlar gibi şımarttığından bahsetti. Konuşması kolay, muhabbeti keyifli birisiydi. Kardeşine bakarken de göğsü kabarıyordu. Sanki onun şu an olduğu kişi olması Poyraz abinin gururlanmasına yetiyor gibiydi. Ayaz'ın başka bir şey başarmasına gerek yoktu.

Yemeğin ortalarında, Poyraz abi Eymen ve Ayaz'ı içeren sevimli bir anıyı anlatırken aniden cep telefonu çalmaya ve titremeye başladı. Masanın üzerinde duran telefonun ekranında bir anda beliren sarışın kadının yüzü dikkatimi anıdan koparıp kendine çekti. Poyraz abi de benim yaptığımı yaptı fakat bendeki meraklı bakışlar yerine onun gözlerinde bir aciliyet duygusu belirmişti. Kaşlarını çatıp ciddileşen yüzüyle telefona uzanmadan hemen önce, "Başımın belası." diye mırıldandığını zar zor işittim. İzin isteyip masadan ayrıldığında ise o kadının kim olduğunu Ayaz'a sormamak için alt dudağımı dişlemem gerekti. *Acaba gelecekteki eltim falan mıydı?*

"Nasıl? Abimi sevdin mi?" diye sordu Ayaz ben kadın hakkında kafa yormayı sürdürürken.

Sesiyle beraber ona dönüp genişçe gülümsedim. "Evet. Çok sevdim. Hiç de mafya babasına falan benzemiyor. Ayrıca o da beni sevmiş gibi."

Ayaz sandalyesini yanıma yaklaştırıp elini yüzüme uzattı ve hafifçe yanağımı okşarken, "Seni sevmeyenin aklı yoktur Ay Parçası." diye mırıldandı. "Bu bağlamda ben de dünyanın en zeki insanı falan oluyorum."

Gülüşüm tuhaf bir melodiyle boğazımdan yükselirken başımı eğip yanağımı Ayaz'ın avucuna yasladım. Yuvam artık burasıydı. Ayaz'ı seviyordum ve ailesiyle tanışmak artık hiç de korkutucu değildi. Ayrıca başımıza en kötüsü gelse, kimsecikler beni sevmese bile Ayaz'ın elimi bırakmayacağına inanıyordum. Kalbini şemsiye yapıp başımın üstüne tutar, beni üzerimize yağan tüm sevgisizliklerden korurdu. Buna inanmanın adı sevdaydı işte. Bütün mesele buna inanabilmekten ibaretti.

Aynı zamanda aşk, benim de ona kalbimi şemsiye yapmaya gönüllü olmamdı. Gerektiğinde onun yapacağı gibi ben de Ayaz'ı dünyanın bütün sevgisizliklerinden koruyacaktım artık. Karanlıktan korkmasına, yalnız yaşamasına ve bir masada tek başına oturmasına asla izin vermeyecektim. Onun da buna inandığını umarak bir saniyeliğine gözlerimi kapadım ve ikimiz için bir dua mırıldandım. *Lütfen hiç ayrılmayalım. Lütfen biz hep aynı hikâyenin ayrı düşmeyen kahramanları olarak kalalım.*

25

Hayatın karmaşık olduğu konusunda birçok kişiyle aynı fikirde olduğumuzu düşünüyordum. Bazen içinden çıkılmaz bir hâl alıyordu fakat çok basit noktaları da vardı. Sevginin çoğu şeyi kolaylaştırdığı gerçeği oldukça yalın ve basitti mesela.

Yaz tatili için ailemin yanına gelirken ve kardeşimin asansörsüz binasının merdivenlerinde beş tonluk bir valizi sürüklerken umutsuz ve perişan bir hâldeydim. Yazın sonunu düşünmek, okulumu bir dönem uzattığım için tekrar Ankara'ya döneceğim günü aklıma getirmek karnımın ağrımasına sebep oluyordu. Çünkü bir kere daha oradaki ortamla yüzleşebileceğime hiç inanmıyordum. Bana acıyarak bakan insanlarla, ağzımdan laf alıp dedikodu malzemesi koparmaya çalışan arkadaşlarla ya da Nedim Berk'i sık sık görmekle baş edemeyeceğime emin gibiydim. Fakat sonra hayatıma Ayaz girmişti ve her şey bir anda kolaylaşıvermişti. Böyle, şak diye. Artık bunların hiçbiri umurumda değildi. Artık insanlar bana istedikleri gibi bakabilirler, hakkımda istedikleri kadar konuşabilirlerdi. Hiçbirini umursamazdım çünkü artık Ayaz vardı. Onun sevgisi vardı. Çünkü ben artık onlardan çok daha başka bir dünyadaydım.

Tabii bu dünyanın da kendine ait zorlukları yok değildi. Ankara'ya gitmek artık korkutucu değilse bile hâlâ çok zordu çünkü bu, ayrılık demekti. Sevgi çoğu şeyi kolaylaştırsa da ayrılığın kolaylaşacak hiçbir yanı yoktu doğrusu. Bütün bir yazı sevdiklerimle gülerek, eğlenerek, kısa tatiller için deniz kenarlarına kaçarak geçirdikten sonra tek başıma olacağım Ankara'ya dönmek nereden bakarsanız bakın kalp kırıcıydı. Üstelik geride bıraktıklarım arasında artık Ayaz da vardı. Bu da kalbimin yarısını İstanbul'a emanet ediyorum demekti. Fakat elden ne gelirdi ki? Bu ayrılığın yalnızca dört ay süreceğini, bu dört ay boyunca her fırsatta İstanbul'a geleceğimi ve Ayaz'ın da sık sık Ankara'ya yolunun düşeceğini söyleyerek kendimi teselli etmekten başka bir şey gelmiyordu doğruşu.

Ayaz da bu ayrılıktan hiç mutlu değildi. Elinde olsa her hafta sonu beni görmek için Ankara'ya gelebileceğini söylüyordu ama işleri fazlasıyla yoğundu. Yeni açacakları kulübün bütün sorumluluğu ondaydı ve ben Ankara'ya gitmek için ayrılırken açılışa çok kısa bir zaman kalmıştı. Bu yüzden gece gündüz çalışıyor, abisinin güvenini boşa çıkarmamak için canını dişine takıyordu. Yani her hafta sonu gelmesi mümkün değildi ama en küçük bir fırsatı bile değerlendirdiği apaçık ortadaydı. Ara sıra şöyle mesajlar alıyordum.

Görüşme pazartesi gününe ertelendi. İlk uçakla oradayım.

Sonra sahiden de ilk uçakla burada oluyordu ve bir hafta sonunu beraber geçiriyorduk. Zor olsa da kısa sürede alıştığımız bir döngü olmuştu bu. Durumu kabullenmiş ve elimizdekiyle yetinmeye karar vermiştik. Yeni rutinimiz buydu.

Elimdeki poşetleri yere bırakıp kapıyı anahtarla açarken rutinimizi bozan bir sürprizin peşindeydim. İçine adım attığım bu daire İstanbul'daydı ve sevgilim tarafından bir hafta önce kiralanmıştı. Ayaz hâlâ tek başına yaşamaktan, tek başına bir sofraya oturup yemek yemekten nefret eden bir adamdı. Fakat işleri yoğunlaşmaya başladığında artık Efe'yle yaşayamayacağını anlamıştı. Çünkü Efe'nin evi yeni açılacak olan kulübe çok uzaktı ve İstanbul'da, yol ciddi bir sorundu. Ayaz bir müddet bu sorunu görmezden gelmeye çalışsa da yorgunluğu en sonunda onu ele geçirmiş ve bazı gerçekleri kabullenmesini sağlamıştı. Taşınması gerekiyordu.

Gönülsüz de olsa kulübe yakın, güzel bir daire bulmuş ve kiralamıştı. Dün Efe, Mahmut, Yağız ve Ateş hep birlikte Ayaz'ın eşyalarını yeni evine taşımışlardı. Sevgilim son akşamını arkadaşlarıyla yine eski evinde geçirmişti ve bugün resmi olarak tek başına yaşamaya başlıyordu. Ona sürpriz yapmak ve bundan sonra nerede yaşarsa yaşasın asla yalnız kalmayacağını söylemek için bundan güzel bir fırsat yakalayamayacağımı düşünmüştüm ben de. Hemen kuzenlerimle hızlı bir plan yapmış, sessizce İstanbul'a gelmiştim. Dairenin yedek anahtarını Mahmut'tan ödünç aldıktan sonra markete uğrayıp akşam yemeği için bir dünya alışveriş yapmayı unutmamıştım.

Çok yetenekli bir aşçı değildim ama Ayaz'a kendi ellerimle bir akşam yemeği hazırlayabilirdim. İnternette kolay ve lezzetli tarifler bulmak zor değildi. Üstelik burada önemli olan o yemeği birlikte yiyeceğimiz gerçeğiydi, değil mi?

Market poşetlerini sürüklemek suretiyle mutfağa taşıdıktan sonra merakımı zapt edemeyerek evi şöyle bir dolaştım. Daha önce Ayaz'la yaptığımız görüntülü konuşmalarda evi görmüş olsam da bu, buraya ilk gelişimdi. Küçük bir daireydi ama düzeni güzeldi. Açık konseptli bir evdi, küçük mutfağı salondan bir yemek masası ayırıyordu. Etrafta çok fazla eşya yoktu, Ayaz yalnızca temel şeyleri satın almış, Efe'nin evinde kullandığı yatağını ve dolabını buraya getirmişti.

Kısa gezim sona erdiğinde fazla vaktim olmadığı için hemen mutfağa geçtim. Malzemeleri tezgâhın üzerine çıkardım ve işe girişmeden önce çantama uzandım. Ayaz'la bu yaz çektirdiğimiz, ikimizin de kocaman sırıttığı bir fotoğrafı iki küçük mıknatısla buzdolabının üzerine kondurduktan sonra kollarımı sıvadım ve güzel bir köfte yapabilmek için internetten bulduğum tarifi adım adım takip etmeye başladım.

Köfteleri hazırlayıp fırına attıktan sonra fesleğen soslu makarnamın hazırlığına girişip kaynaması için ocağa bir tencere su koydum. Bu sırada cep telefonuma kısacık bir göz atma şansım olmuştu. Kızlar neler yaptığımı, işlerin nasıl gittiğini merak ediyorlardı. Mahmut ise Ayaz'ı saat kaça kadar oyalaması gerektiğini soruyordu.

Kafamın içinde hızlı bir hesap yaptıktan sonra en az bir saate ihtiyacım olduğuna karar verdim. Henüz yemekler bitmemişti ve benim de hazırlanmam gerekiyordu. Mahmut'a ve kızlara ayrı ayrı cevaplar yazdıktan sonra işleri hızlandırdım. Makarna pişerken salatanın malzemelerini yıkayıp doğradım. Sonra çabucak iki kişilik bir sofra düzeni kurdum. Fırını kapatıp köfteleri çıkardıktan sonra makarnanın sosunu pişirdim ve ardından üstümdeki pespaye kıyafetleri çıkarıp yanımda getirdiğim siyah elbiseyi giydim. Saçlarımı tarayıp makyajımı tazelememin ardından hazırdım. Tam bu esnada Mahmut, Ayaz'ın eve doğru yola koyulduğunu bildiren bir mesaj yollamıştı.

Ayaz'ın kulüpten yeni evine gelmesinin on beş-yirmi dakika kadar süreceğini bildiğim için heyecanım bir anda tavan yaptı. Son kez her şeyin hazır olup olmadığını kontrol ettikten sonra bir elimi kalbime koyup kapıda duyacağım anahtar sesini beklemeye başladım.

Boynumda Ayaz'ın bana hediye ettiği altın bir kolye asılıydı. Bu hilal simgesini, bana Ankara'ya gitmeden hemen önceki akşam vermişti. Onunla oynayıp durduğum uzun dakikaların sonunda nihayet küçük bir tıkırtı işittim. Anahtar kapı deliğinde döndü ve evin kapısı aralandı. Ayaz'ın içeri girdiğini duyduğumda kalbim yerinden çıkacak gibi atıyordu. Adım sesleri yaklaştı, yaklaştı, yaklaştı. En sonunda Ayaz salondan içeri girdiğinde göz göze geldik. Yemek masasının başında durmuş öylece onu bekliyordum. Beni gördüğünde öylece donakaldı. Şaşkınlığın yüzünün her yanına yayılmasını, ardından bu ifadenin sevinçle yer değiştirmesini izledim. Gözlerindeki yıldızlar kuvvetle parıldadı ve hayretle ismimi fısıldadı. "Zeynep."

"Selam." dedim heyecandan yerimde duramayıp ileri geri sallanırken. "Sürpriz."

Aramızdaki kısa mesafeyi kapatıp beni kollarına alması ve sıkıca sarılması yalnızca bir saniye sürdü. "Hoş geldin." dedi benden bir santim bile uzaklaşmadan. "Muhteşem bir sürpriz bu. Hoş geldin."

Ona doya doya sarılıp haftalardır biriktirdiğimiz hasreti eritirken, "Hoş buldum. Yeni evindeki ilk gününde seni yalnız bırakmak istemedim." dedim. Hafifçe geri çekilip gözlerinin içine baktım. "Aslında bundan sonra seni hiç ama hiç yalnız bırakmayacağımı göstermek istedim ve sana yemek yaptım."

Hafifçe yutkunduğunu fark ettim. Bunun onun için sıradan bir sürpriz olmadığını biliyordum. Bunun ikimiz için de ne anlama geldiğini çok iyi biliyordum. Uzanıp dudaklarını alnıma bastırdığında gözlerimi kapattım. Bir an duyguların bizi sarmalamasına, kalbimizi doldurup taşmasına müsaade ettik. Sonra Ayaz hafifçe uzaklaştı ve "Teşekkür ederim." diye fısıldadı.

Bu kadar duygusallığın yeterli olduğunu düşündüm. Zira Ayaz'ın gözlerine biraz daha bakarsam ağlayabilirdim ve eğer ağlamaya başlarsam bin bir zahmetle hazırladığım yemeklerin soğumasından korkuyordum. Bu yüzden Ayaz'a sofraya geçmeyi önerdim. O ellerini yıkamak için lavaboya gittiğinde ben de çabucak tabaklarımızı hazırlamaya giriştim. Masanın üstüne koyduğum küçük mumları yaktığım sırada geri döndü. Bana hâlâ, burada olduğuma inanamıyormuş gibi bakıyordu. Bana hep burada olduğuma inanamıyormuş gibi bakıyordu.

Nihayet geçip karşımdaki sandalyeye oturduğunda yeni evindeki ilk akşam yemeği resmi olarak başladı. Bu, beraber yediğimiz en keyifli yemeklerden birisiydi. Genelde yemekleri hazırlayan Ayaz olurdu ama ben de kötü bir iş çıkarmamıştım. Köfteyi biraz kurutmuştum ama makarnam çok lezzetliydi. Üstelik Ayaz her lokmasını, sanki dünyanın en güzel yemeğini yiyormuş gibi afiyetle yiyordu. Ben de mutluluktan çiçekler açıyor ve bu sırada Ayaz'a yeni evini ne kadar beğendiğimden söz ediyordum.

"Tek başıma yaşayacak olmaktan hoşlanmasam da..."

dedi buruk bir tebessümle. "Evet, güzel bir ev. Bol ışık alıyor ve oldukça kullanışlı. Ayrıca balkonu da çok hoş."

Bu sözlerinin üzerine ona aldığım ama henüz veremediğim hediyeleri hatırladım. Hızla masadan fırladığımda onu biraz şaşırtsam da kısa süre sonra elimde bir hediye kutusuyla döndüğümde aklındaki soru işaretleri birer cevap buldular.

"Ev hediyesi." dedim. Kutuyu önüne iterken yüzümde kocaman bir gülümseme vardı. "Küçücük bir şey ama bence işimize epey yarayacak."

Ayaz usulca kutunun kapağını kaldırdı ve içinden çıkan ahşap parçalara şaşkın bir bakış attı. "Çok hoş." diye mırıldanırken elindeki aparatların ne işe yaradığını çözmeye uğraşıyordu. "Bu... Tam olarak... Ne?"

Gülerek uzandım, ahşap parçaları alıp hızlıca birleştirdim. Ortaya şık görünümlü bir stant çıktığında masanın üzerindeki cep telefonumu alıp standa yerleştirdim. "Aynısından bir tane kendim için de aldım." dedim. "Böylece telefonumuzu ya da tabletimizi bu standa yerleştireceğiz ve..." Standı ona doğru çevirdim. "Başka şehirlerde olsak bile akşam yemeklerimizi beraber yiyebileceğiz."

Ayaz genişçe gülümsediğinde kendimi alkışlamak istedim. "Bu..." dedi standı işaret ederek. "Muhteşem bir hediye."

Başımı salladım. "Biliyorum." Sonra derin bir nefes alıp, "Tek başına akşam yemekleri yemek zorunda kalmayacaksın." diye ekledim. "Artık hiç yalnız kalmayacaksın Esmer Güzeli çünkü ben varım ve söz veriyorum, seni asla yalnız bırakmayacağım."

Kara gözlerinden bir mutluluk parıltısı geçti. Masanın üzerinden uzanıp elimi tutarken dudaklarında huzurlu bir tebessüm bekliyordu. "Biliyorum." dedi bana boğuk bir sesle. "Artık hiç yalnız kalmayacağım çünkü sen varsın."

"Seni çok seviyorum."

Gülümseyerek karşılık verdi. "Ben seni daha çok seviyorum Ay Parçası."

Bu ev Ayaz'ın daha önceki evlerinden farklıydı. Çocukluğunu geçirdiği o evlerde karanlıktan ve yalnızlıktan korktuğunu biliyordum. Geçmişe gidip o küçük çocuğu teselli etme şansım ne yazık ki yoktu ama şu an için elimden gelen bir sürü şey vardı. Hayatın çoğu zaman karmaşık olduğu doğruydu fakat çok basit noktaları da vardı. Sevgi bütün yaraları kapatmaya yetmiyordu belki. Her şeyi kolaylaştırdığını da söyleyemezdim ama birçok şeye iyi geldiğini biliyordum. Birine bir evi sevdirmeye yetiyordu. Bazen karanlıkları aydınlatmaya yetiyordu. Bazen tek başımıza kaldığımızda aslında tek başımıza olmadığımızı bilmemize yetiyordu.

Sevgi basit bir şeydi. Doğru anda, doğru insanlar arasında filizlenip büyüdüğünde dünyanın en güzel şeyine dönüşüyordu. Birbini seven iki insan, bu dünyada asla yalnız kalmıyordu. Aralarında kilometreler olsa bile. Bu, her şey demek değildi belki ama birçok insan için çok şey demek olduğunu biliyordum. Benim için öyleydi.

Final

"Düğünümüze yalnızca bir gün var. Bir gün bile değil, saatler var ve benim kuzenlerim ortalıkta yok!" diye ağlamaklı bir sesle bağırdığımda Ayaz uğraşmakta olduğu iş her neyse bırakıp kafasını kaldırdı ve bana temkinli bir bakış attı. Şu son bir haftayı ona biraz zehir ettiğim doğruydu ama bu konuda tek suçlu ben değildim. Kesinlikle değildim. Hiçbir iş yolunda gitmiyor, hiçbir şey zamanında hallolmuyor ve kızlar sürekli ortadan kaybolup duruyordu. Her şeyle tek başıma uğraşıyorum diyemezdim ama sık sık her şeyle tek başıma uğraşıyormuş gibi hissediyordum.

"Sakin ol Ay Parçası." dedi Ayaz. Oturduğu sandalyeden ağır bir hareketle doğrulup ayağa kalktı. Yanıma gelip tek eliyle çeneme dokundu ve öfkeli yüzümü kendine çevirdi. "Neredeyse her şeyi hallettik ve kızlar da birazdan burada olur."

Onun kara gözlerine bakarken öfkeli kalabilmek dünyanın en zor, en çetrefilli işi olsa da bunu başardım ve "Hiçbir şey hallolmadı!" dedim. "Kızların kıyafetleri kuru temizlemeciden alınmadı. Üçü de o kadar çok denediler ki kıyafetlerini düğünden önce, kuru temizlemeye vermek zorunda kaldık ama hâlâ alamadık. Düğünüme pijamayla mı gelecekler Ayaz?"

"Bahar kıyafetleri almaya gitti." dedi esmer güzeli yumuşacık bir sesle. "Unuttun mu?"

"Gitti ama gelmedi." derken ayağımı yere vurdum. "Telefonu da kapalı üstelik." Ayaz elini yanağıma yasladığında kedi gibi avucuna kıvrılırken öfkemin son kırıntılarına tutundum. "Peki, kulüpteki işlerin hâlâ bitmemiş olmasına ne diyeceksin? Babam düğünü bir gece kulübünde yapmamız fikrinden zaten nefret ediyor. Bir de yarım yamalak bir organizasyon görürse dilinden kurtulamazsın."

Ayaz küçük bir kahkaha attı. "O konuda içim çok rahat çünkü Hare kulüpteki işlerle ilgileniyor ve bu sabah kulübe geldiğinde o kadar öfkeliydi ki insanlar ondan azar işitmemek için çıldırmış gibi çalışıyorlardı."

İşte bu, beni de güldürdü. Çünkü Hare'nin neden o kadar öfkeli olduğunu çok iyi biliyordum. "Hani şu kızlarla sürekli gittiğimiz bir kafe var ya." dedim Ayaz'a sırıtırken. "En iyi masayı kapabilmek için bir bilmeceyi ya da matematik problemini ilk çözen olman gerekiyor."

Esmer güzeli ağır ağır başını salladı. "En iyi masayı her seferinde sizin kaptığınız yer, değil mi?"

"Evet." diye onayladım. "Soruyu her seferinde Hare çözüyordu ve kimse ona yetişemediği için o masa bizim masamız gibi olmuştu. Geçmiş zaman eki kullanıyorum çünkü dün gittiğimizde, gizemli bir beyefendi soruyu Hare'den tam iki saniye önce çözmüş ve ona sırıtarak masayı kapmış. Ben orada değildim ama Nehar anlattı. Bu yüzden Hare dünden beri öfke kusuyor." Hare'nin yanında bu konu hakkında bir yorum yapmaya cesaret edemesem de o burada olmadığı için özgürce kıkırdadım. "Bu başına ilk defa geliyor ve onu tamamen delirtmiş durumda."

Ayaz da bana katılıp tatlı bir sesle güldüğünde bir dakika kadar önce ne kadar öfkeli olduğumu hatırladım ve bir anda öfkemden nasıl da kurtulduğumu fark ettim. Tüm gerginliğim adeta bedenimden akıp gitmiş, evrenin köşelerine dağılmıştı. Bir dakika önce dünyayı yıkmayı planlarken şimdi sevdiğim adamın kollarında yeni yetme âşıklar gibi kıkırdıyordum. Bu adam bana her seferinde bunu yapıyordu. Beni sakinleştiriyor, huzura kavuşturuyor, kalbimi yatıştırıyordu. Başımı onun göğsüne yaslarken, "Ama Nehar'ın nerede olduğunu ve ne yaptığını kimse bilmiyor. Bazen düğünüme bile yetişemeyecek diye korkuyorum." dedim.

"Nehar'ı biraz tanıdıysam ki beraber geçirdiğimiz üç sene boyunca tanıdığıma inanıyorum, iki eli kanda olsa bile senin düğününü kaçırmaz." derken saçlarımı okşadı müstakbel eşim. "Hem seni çok sevdiği için hem de böyle bir organizasyonu kaçırırsa geceleri gözüne uyku girmeyeceği için."

Mayışmış bir şekilde gülerken Ayaz'ın doğru söylediğini biliyordum. "Haklısın. Nehar hayatta bunu kaçırmaz."

Ayaz beni hafifçe kendisinden uzaklaştırdı ve başımı kaldırıp gözlerine bakmamı sağladı. "Her şey yolunda gidecek, her şey zamanında bitecek ve düğünümüz harika olacak Ay Parçası." dedi sıcacık bir sesle. "Evleneceğiz ve evliliğimiz de harika olacak. Ömrüm, sırf içinde sen varsın diye her ânıyla harika olacak. İnan bana."

"Sen dünyanın en mükemmel adamısın." derken ayak parmaklarımın ucuna yükselip dudağının kenarına bir öpücük kondurdum. "Sen yanımda olduğun sürece başka hiçbir şey mükemmel olmak zorunda değil."

Tekrar birbirimize sarılırken gerçekten her şey önemini yitirmişti. Fakat Ayaz'ın bu uyuşturucu, akıl uçurucu etkisinden kurtulduğum ilk anda kuzenlerimi eşek sudan gelene dek pataklayacağımı çok iyi biliyordum. Her biri bunca saat nereye kaybolduğunu bana bir bir anlatana dek yakalarını bırakmayacaktım ve geç kalmalarının bedelini hepsi tek tek ödeyecekti. Ben Ayaz'ın sakinleştirici etkisinden sıyrıldığım ilk anda.

Bahar

Murphy Kanunlarını biliyorsunuzdur. Mutlaka bir yerlerde duymuşsunuzdur ya da ilk defa şimdi duyacaksanız bile mutlaka bunları yaşamışsınızdır. Bizlere hayat hakkında negatif şeyler söyleyen o sevimli kanunlar bunlar. Mesela bir tanesi der ki *"Bir işin ters gitme olasılığı varsa o iş mutlaka ters gider."* Bir başka kanun da bunu görür ve artırır. *"Birkaç şeyin ters gitme olasılığı varsa bunların arasında en kötü sonuçlar doğuracak olanı ters gider."* Bütün bunların bu kadarla sınırlı kaldığını düşünmek isteyebilirsiniz elbette, bu sizin hakkınız. Fakat ne yazık ki Murphy kötü haberler vermeye devam eder ve ekler. *"Bir şeylerin ters gitmesi bir doğa kanunudur. Bu yüzden her şey yolunda gidiyor gibi görünüyorsa dikkat edin; mutlaka ters giden bir şeyler vardır!"*

Eğer zamanında Murphy'nin bu uyarılarına kulak asmış olsaydım kendimi bu kaosa biraz olsun hazırlayabilirdim. Fakat her şeye iyi yanından bakmaya çalışmak gibi kötü bir huyum vardı ve olumlu düşünmüştüm. Her şeyin yolunda gidebileceğini zannetmiştim ama görünen o ki Murphy'yi biraz daha fazla dikkate almalıydım. Bu sayede günümü çıldırmadan tamamlamak için gerekli mental sağlığa bir nebze olsun erişmem belki mümkün olabilirdi.

Oysaki her şey güzel bir sabah kahvaltısıyla başlamıştı. Sebepsiz bir şekilde sürekli ortadan kaybolup duran kız kardeşim bile masadaydı ve abim de Paris'ten kalkıp gelmiş, kahvaltıya yetişmeyi başarabilmişti. Tüm ailenin bir arada olduğu güzel bir sabahtı ve o gün yapmam gereken yalnızca iki şey vardı. İlki yarınki düğün için ayarladığımız kuaför ile kısa bir görüşme yapmak, ikincisi ise kuru temizlemedeki elbiseleri alıp Zeynep'in yanına gitmek. Bu akşam hepimiz Mayıs teyzemlerin evinde kalacaktık. Zeynep, Hare, Nehar ve ben sırf bütün bir geceyi beraber geçirebilmek için kına gecesi ile düğün arasına bir gün koymuştuk ve benim tek yapmam gereken kuru temizlemedeki elbiseleri almaktı.

Yapamamıştım. Çoktan Zeynep'in yanında olmam gereken şu saatte hâlâ koşuşturmaktaydım.

Yola çıktığımda da her şey yolundaydı aslında. Arabamın radyosunda en sevdiğim şarkı bile çalıyordu. Neşeliydim, heyecanlıydım, mutluydum. İşte tam olarak bu sebeple her şeyin yolunda gideceğini düşünmüştüm ama ilk önce arabamın kliması arıza verdi. Bunu çok da takmayıp camları açtım. Biraz modum düşse bile hâlâ oldukça iyiydim. Derken arabam teklemeye başladı, durdu ve birden kaputtan dumanlar yükseldi. İşte tam bu sırada biraz dehşete kapıldım. Ne yapacağımı bilemeyip arabadan atladığımda etrafıma bir sürü insan doluştu. Yaşlı başlı amcalar, orta yaşlı beyefendiler, genç çocuklar... Her biri yolda kalmış bir kadına yardım etme dürtüsü güdüyordu eminim ama hiç yardımcı olamadılar. Herkes farklı bir şey söylerken bir süre sonra olay, kimin ne dediğini asla takip edemediğim, şaşkın ördek gibi insanların suratlarına bakıp durduğum garip bir âna yuvarlandı.

Pes edip teknik servisi aradığımda aracımı alması için bir çekici göndereceklerini, bir yere ayrılmamamı söylediler ve iki saat boyunca çekiciyi bekledim. Nihayet geldiğinde ve arabamı alıp gittiğinde kuaför ile görüşmeme çoktan geç kalmıştım. Bir taksi çevirip tekrar yola koyuldum ve kısa sürede kuaföre ulaştım ama bir görüşme yapabilmek için kuafördeki müşterilerin işlerinin bitmesini beklemek zorunda kaldım. Yarım saatlik bir görüşme için bir buçuk saat bekledikten sonra totalde dört saatlik, nur topu gibi bir gecikme ile kuaförden ayrıldım ve kuru temizlemeciye gittim.

Kuru temizlemecide ne ters gidebilir ki diye düşünürken kıyafetlerin fişlerini teknik servis tarafından çekilip götürülen arabamda unuttuğumu fark ederek ağlama noktasına geldim. Neyse ki gözlerim dolu bir şekilde işletme sahibine yalvarmam, hatta bir noktada cep telefonumu çıkarıp kızlarla kıyafetlerimizi denerken çektirdiğimiz saçma fotoğraflarımızı ona göstermem işe yaradı ve yarım saatin sonunda elbiseleri alabildim.

Derin bir nefes aldığımı tahmin edersiniz ama bu, aksiliklerin peşimi bıraktığı anlamına gelmiyordu. Biraz bile gelmiyordu hem de. Çünkü bu sırada cep telefonumun şarjı bitmişti ve elimde üç koca elbise poşetiyle iyice kararmış havada bir başıma kalmıştım. Oysa Hare'yi arayıp beni almaya gelmesini söyleyecektim.

Gözlerim bir kere daha dolmaya başladığımda derin bir nefes aldım. Kendimi sakinleştirip kolayca bir taksi çevirebileceğim gerçeğine odaklandım. Elbette Hare'nin arabasıyla rahat bir yolculuğu tercih ederdim ama bir taksi de iş görürdü. Çaresiz değildim ve günün bitmesine çok az kalmıştı. Sabretmeliydim. Gelin görün ki bir taksi çevirmek de beklediğim kadar kolay olmadı.

Bir sarı taksi kaldırımın kıyısında durduğunda elimdeki elbise poşetlerini zar zor taşıyarak taksiye koşturdum. Tam yetişmiş ve kapıyı açıp arka koltuğa atlamıştım ki benimle aynı anda taksiye binen başka bir adamı fark ettim. Hem de ne adam! Tek başına arka koltuğun yarısını kaplayacak kadar heybetli birisiydi. Muhtemel ki koşturmaktan dağılmış kahverengi saçları, gür kahverengi sakalı ve çatık kaşlarıyla bir o kadar da ürkütücü ve ciddi görünüyordu. Beyaz tenli yüzündeki en yumuşak yer gri bakışlarıydı ki onlar da neredeyse çelik gibiydiler.

Göz göze geldiğimizde karşılaştığım bu görüntü karşısında yutkunma ihtiyacı hissetsem de tüm narin görünüşüme karşın kolay pes eden birisi değildim. Bu yüzden soğuk bir sesle, "Beyefendi." dedim. "İlk önce ben bindim."

Adam tıpkı benim ona yaptığım gibi ama her nasılsa daha etkileyici bir şekilde yüzümü süzdü ve "Çok ilginç." diye cevap verdi. "Oysa bir ayağın hâlâ taksinin dışında."

Benim resmi tavrıma karşılık onun hiç çekinmeden senli benli konuşması kaşlarımın çatılmasına sebep olurken dışarıdaki ayağımı zar zor taksiden içeri aldım ve kucağımdaki elbiselerle adamın yanına sıkıştım. "Koca cüsseniz bir anda taksiyi kaplayıverdiği için zavallı ayağımın dışarıda kalması normal tabii." derken taksiden inmeyeceğimi anlaması için kapıyı kapattım.

Adam elimdeki elbise poşetlerine yüzünü buruşturarak baktı. "Demek ki senden önce ben binmişim."

"Hiç de değil." dedim. O gür sakalları ve çelik bakışlarıyla beni korkutabileceğini sanıyorsa haklıydı elbette ama korktuğumu belli edeceğimi zannediyorsa... İşte orada çok yanılıyordu. "Önce ben bindim ve taksiden inmeyeceğim. Zaten korkunç bir gün geçirdim. Bir adım daha atmaya hâlim yok artık."

Elini sıkıntıyla gür sakallarında gezdirdi ve sesli bir şekilde ofladıktan sonra şoföre seslendi. "Kaptan, önce hanımefendiyi bırakacağız. Sonra da Beyoğlu'na."

Bir an şaşkın şaşkın gözlerimi kırpıştırdım, sonra hemen ardından benden adres bekleyen taksiciyle göz göze geldim. Hızlı bir durum değerlendirmesi yaptığımda bu koca, kaba adamla tartışmanın beni yalnızca daha çok sinirlendireceğini ve Zeyneplere zaten fazlasıyla geç kaldığımı fark ettim. Fakat elbette yabancı bir adamın yanında da gideceğim yerin tam adresini söylemeyecektim. Sadece semt ve mahalle ismi verdim taksiciye, devamını da mahalleye geldiğimizde tarif edeceğimi söyledim.

Sonra takside gergin, sessiz bir yolculuk başladı. Ben elbise poşetlerini kucağımda tutmak için büyük bir gayret sarf ederken, çelik bakışlı adam cep telefonu ile ilgileniyordu. Öyle ilkel bir görüntüsü vardı ki elindeki telefon onda biraz abes duruyordu. Gerçi epey karizmatikti de. Burnu çok düzgün ve güzeldi. Dudakları da kalın ve düzgün şekilliydi. Yüzünün yarısını kaplayan sakalı ise oldukça güzel kesilmiş ve bakımlı görünüyordu. Bir anda bana dönen gri gözleriyse bir bıçak keskinliğindeydi.

"Bir problem mi var?"

Sorusu beni hazırlıksız yakaladığında hafifçe dudaklarımı büzdüm. "Size insanlar yalnızca bir problem olduğunda mı bakıyor beyefendi?"

Sorumu birkaç saniye zihninde tarttıktan sonra, "Bana insanlar bakmıyor genelde." dedi.

"Sebebini tahmin etmek hiç de güç değil." dediğimde asabı bozulmuş gibi gülerken başını bir anlığına pencereden dışarı çevirdi ama hemen ardından yine bana döndü.

"Sen neden bakıyorsun o zaman?"

Güzel bir soruydu. Elbette ben tamamen merakımdan bakıyordum ama bunu ona söylemek istemedim. "Taksinin camı çok kirlenmiş. Dışarıyı izleyemiyorum, içeriyi izleyeyim dedim."

Anlık gülüşü sert yüzünü bir anlığına yumuşattı. Başını hafifçe yana yatırıp, "İzle bakalım," dedikten sonra tekrar telefonuyla ilgilenmeye koyuldu. Ben de önüme döndüm tabii ki. Onu daha fazla şımartmaya hiç de niyetim yoktu.

On beş dakika sonra taksi Zeyneplerin mahallesine vardığında biraz rahatladığımı hissettim. Öyle ya da böyle gün bitiyordu işte. Murphy'ye rağmen bitiyordu hem de. Şoförü evin önüne kadar götürmek istemediğim için sokak başında durdurdum taksiyi. Tam parayı vermek için cüzdanıma uzanıyordum ki yanımdaki kimliği belirsiz şahıs elini uzatıp beni durdurdu.

"Gerek yok. Ben hallederim."

Kaşlarım bir kere daha çatılırken, "Ne münasebet beyefendi?" dedim. "Benim taksi ücretimi siz niye hallediyorsunuz?"

Adam, sanki onu çok bunaltıyormuşum gibi bir kere daha oflayıp, "Taksiyi kullanmaya devam edeceğim ve burası yol üstüydü." diye ısrar etti. "Hallederim işte. Ayıp öyle yol üstünde inen insana para ödetmek."

Ona manasız bir bakış fırlatıp birkaç kere gözlerimi kırpıştırdıktan sonra sabır dileyerek cüzdanımdan birkaç banknot çıkarttım ve itiraz etmesine fırsat bırakmadan şoförün eline tutuşturup taksinin kapısını açtım. Tam aşağı adımımı atacağım sırada, "Dur, dur, dur." dedi adam. Ona doğru döndüğümde çatık kaşları ve çelik bakışları ile karşılaştım. Ne var dercesine baktığımda, "Çok ıssız burası." diye mırıldandığını işittim. "Hava da karardı. Burada mı evin sahiden?"

Gözlerime de kulaklarıma da inanamadım bir an için. Bu adam kendini ne sanıyordu gibi klişe cümleleri havaya savurmama ramak kalmıştı. "Bir yabancının yanında evimin tam adresini vereceğimi düşünmediniz herhâlde?" diye sorarken en öldürücü bakışımı fırlatıyordum. "Malum devir kötü."

Sözlerim beklediğimin çok tersi bir etki yarattı. Adamın gri bakışları takdir dolu bir ifadeyle dolarken başını salladı. "Bak, bunu iyi düşünmüşsün işte. Çok haklısın. O zaman şöyle yapalım, sen burada in. Ben on dakika taksiyi bekleteceğim. Bir sıkıntı çıkarsa buralarda olurum."

Derin bir nefes alıp bir saniyeliğine gözlerimi kapattım. Böyle korkunç bir günü böyle garip bir adamla noktaladığıma inanmakta zorlanıyordum. İçimden bir ses bu adamı Murphy'nin bile öngöremeyeceğini söylüyordu. Yalnızca taksi yolculuğunu beraber yaptığı bir kadın için böyle endişelenmesi takdir edilesi miydi yoksa hadsizce miydi karar veremiyordum doğrusu. Bir yanım ona öfkelenirken, diğer yanım iyi niyetli hareketine haksızlık ettiğimi söylüyordu. Hangisine kulak asacağıma karar veremeyince, "İyi akşamlar." deyip taksiden atlamakta buldum çareyi.

Taksinin kapısını kapatmadan önce adamın, "Allah'a emanet!" diye seslendiğini işitince bir an elimde olmadan gülüverdim. Sabır dileyerek ve elbise poşetlerini sürükleyerek dik bir yokuşu tırmanırken böyle bir adamla karşılaşmış olmanın şokunu üstümden atmaya çalışıyordum bir yandan da. Ama hareketleri, tuhaf iyi niyeti, can sıkıcı kabalığı bir kenara, sadece çelik bir bıçağı anımsatan ve insanın için oymak için an kollayan bakışları bile kolay atlatılabilecek gibi değildi. Yüzü şimdiden zihnimin içine kazınmıştı. Kızlara anlatırken aklımdaki bütün detayları tarif etmekten gocunmayacaktım.

Nihayet Zeyneplerin evine geldiğimde günün bittiğini ve başka hiçbir şeyin ters gidemeyeceğini düşünerek gülümsedim. *Sonunda,* diye düşünerek zile basmamla kapının açılması ve yüzünde yeşil bir maske ile Zeynep'in önümde belirmesi bir oldu. Yüzündeki öfke ifadesini gördüğümde biraz önceki gülümsememin biraz aceleye geldiğini fark edip hafifçe yutkundum.

"Neden bu kadar geciktiğini ve saatlerdir neden sana ulaşamadığımı en ince ayrıntısına kadar anlatacaksın ve umuyorum ki anlattıkların geçerli mazeretler olacak." dedi Zeynep buz gibi bir sesle. "Aksi takdirde seni eşek sudan gelene kadar dövmek zorunda kalacağım Bahar. Seni ve diğerlerini."

Hare

Hayatımda örnek aldığım ve eğer onun gibi olabilirsem kendimi şanslı sayabileceğim tek bir insan vardı; annem Mine Arıkan. Kendisi zeki, güçlü, bağımsız, kendine özgü ve sevgi dolu bir kadındı. Fakat ne yazık ki ben ne onun kadar kendime özgüydüm ne de sevgi dolu birisi sayılırdım. Sıkıca tutunabileceğim tek benzerliğimiz ikimizin de çok zeki oluşuydu. Parlak ve keskin bir zekâdan bahsediyordum, en çetrefilli matematik problemlerini birkaç dakika içinde çözmekten ya da satrançta altı-yedi hamle sonrasını hesap edebilmekten.

Hayranı olduğum insan ile tek inkâr edilemez benzerliğim buyken -bir de kızıl saçlarımız vardı tabii- ve bu tamamen objektif bir gerçekken bu konuda neden mütevazı olamadığımı insanların anlaması gerekiyordu. Zekâma güveniyor oluşumun diğerlerine itici gelmesi üzücü olsa bile bunu değiştirebileceğimi zannetmiyordum.

Fakat bazen zekâma çok fazla güveniyordum ve bu durum birtakım sıkıntılara sebep olabiliyordu. Bazen, her zaman değil ama arada sırada, diğer insanların zekâsını biraz küçümseyebiliyordum ve bu anların bazısında ortaya çıkan sonuçlar beni hayal kırıklığına uğratabiliyordu. Tıpkı dün kafede yaşadığım sinir bozucu an gibi.

Geçen sene keşfettiğimiz Rubik's isimli kafenin teması matematik ve fizik dâhileriydi. Duvar kâğıtlarında çeşitli matematik formülleri yazıyordu, her yerde tanınmış dâhilerin fotoğrafları asılıydı. Oturduğumuz puflar Rubik küp deseniyle süslüydü ve bu kafenin en eğlenceli yanı, kafedeki en iyi masaya oturabilmek için zekâ gerektiren bir soru cevaplamak zorunda olmaktı.

Kafeyi keşfettiğimiz günden beri en iyi masada biz oturuyorduk. Kafeyi keşfettiğimiz günden beri cevaplanması gereken soruyu en hızlı şekilde cevaplayan ben oluyordum. Hatta ilk üç ayın ardından kafeye girdiğimde karşıma herhangi bir rakip bile çıkmıyordu. Herkes sonucun çoktan belli olduğuna inanıyordu ki gerçekten de öyleydi. Ta ki düne kadar.

Aklıma dolan tatsız anı yüzümü buruşturup öfkeyle solumama neden olurken gözlerimi kapattım ama bu yanlış bir karar olmuştu çünkü bir cam kadar berrak ve bir filinki kadar kuvvetli olan hafızam olayı tüm ayrıntılarıyla tekrar zihnimde döndürmeye başladı. Her şey sırasıyla, teker teker yeniden yaşandı.

Önce Bahar, Nehar ve ben kafeden içeri girdik. Artık tanıdık olan işletme sahibini selamlayıp her zamanki masamıza doğru ilerlerken bir grubun daha oraya yaklaşmakta olduğunu gördük. Dört genç adamdan oluşan, daha önce oralarda hiç görmediğimiz bir gruptu bu. Serserilere benziyorlardı. Bilirsiniz, deri ceketler, siyah kotlar, kirli sakallar…

Kafenin sahibi Atilla abi bana bakıp gülümsedi ve "Anlaşılan bugün bir rakibin var." dedi.

Ben de ona gülümsedim ve "Sorun değil." dedim ve rakibim olan adama şöyle hızlı bir bakış attım.

Siyah ve gür saçları, aynı renkteki gür kaşları ve eladan yeşile çalan gözleri hâlâ tüm detaylarıyla aklımdaydı. Birkaç günlük kirli sakalı ve dudağındaki alaycı, çarpık gülüşüyle tam olarak bir serseri gibi görünüyordu. Hani şu aklı bir karış havada olan, tek dertleri nasıl daha havalı görüneceklerini bulmak olan serserilerden…

İnsanları görünüşleriyle yargılayan birisi değildim. Genelde. Fakat bu çocuğa baktığım anda nedense aynı kulvarda olmadığımızı düşünmüştüm. Hani klişe Amerikan lise filmleri olur ya. Orada belli başlı klişe karakterler vardır. Öyle bir filmde olsaydık ben okul birinciliğine oynayan, asosyal, zeki kız olurdum. Bu çocuk ise futbol takımının kaptanı olan, derslerini zar zor geçen, ancak futbol bursuyla bir üniversiteye gidebilecek olan serseri pislik olurdu. En azından o an ben böyle düşünmüştüm.

Bunun rahatlığıyla yan yana duran, epey eski model ve sadece bu bilmeceler için kullanılan iki bilgisayardan birinin başına geçtiğimde aklımda bir an önce her zamanki masamıza oturup en sevdiğim tatlıyı sipariş etmek vardı. Ekranda soru belirdi, tatlımın yanına hangi içeceği almak istediğimi düşünürken klavyedeki tuşlara basıp cevabı girdim ve onayladım. Birkaç saniye sonra sonuçlar ekranda belirdiğinde ise şaşkınlıktan bembeyaz kesilmiştim. Amerikan lisesi serserisi soruyu benden tam iki saniye önce cevaplamıştı. Hem de doğru bir şekilde.

Sonucu doğru gördüğümden emin olmak için gözlerimi

kırpıştırırken ve bilgisayarın eski püskü monitörüne vurma dürtümle savaşırken çocuğun sesini işittim.

"Yalnızca iki saniye gerimdesin." diyordu. "Oldukça iyi."

Öfkenin parmak uçlarıma kadar yayılıp beni hırçın, kızıl bir dalga çevirmesi saniyenin onda birine denk gelmişti. Neye öfkelendiğimi bile tam olarak anlamadan bir fırtına gibi kafeden çıkmış, oraya kuzenlerimle gittiğimi dahi unutmuştum. Peşimden koştura koştura gelip beni teselli etmek için saçma bir çabaya girdiklerinde varlıklarını hatırlamıştım.

Benim teselliye ihtiyacım yoktu. Küçük bir başarısızlıkla elbette başa çıkabilirdim. Sonuçta kimsenin hayatta her şeyi kazanması mümkün değildi. Hem zaten altı üstü aptal bir masa kapma oyunuydu... Onlara da böyle söylemiştim ama pek de inanmışa benzemiyorlardı. Yine de anlayışlı insanlar oldukları için çok fazla üstelememişler ve başka bir yere gidip oturmaya razı gelmişlerdi. Sonuç olarak her zamanki masamız dediğimiz yeri kaybettiğim, en sevdiğim tatlıyı yiyemediğim ve etrafa somurtup durduğum bir gün olmuştu.

Bugün de çok farklı değildi doğrusu. Yapmam gereken işlerle meşgul olsam bile zihnimin gerisinde bir yerde aynı sahne dönüp duruyordu. Sürekli o serseri kılıklı herifin bana sırıtarak, "Oldukça iyi." deyişi kulaklarımda yankılanıyordu.

"Aptal adam." diye mırıldanırken buldum kendimi aniden. Sanırım gururum ilk defa bu kadar sert bir darbe alıyordu ve dürüst olmak gerekirse ben bununla nasıl baş edeceğimi tam olarak bilemiyordum. Oysa ilgilenmem gereken bir düğün ve bir gece kulübü vardı. Yarın kuzenim evleniyordu.

Üniversitede çift ana dal yaparak iki diploma almış olmama rağmen kariyerimi hangi yönde ilerleteceğime hâlâ karar verebilmiş değildim. Yönetici olmak seçeneklerim arasındaydı ve babamın şirketiyle kalıcı bir anlaşma yapmadan önce gerçekten istediğimin bu olup olmadığını anlamak için Ayaz ile bir iş anlaşması yapmış, bir sene onun kulübünde yöneticilik yapmaya karar vermiştim. Kendisi bu arada mutlu ilişkisi ve düğün telaşesiyle meşgul olduğu için bu anlaşmanın çok işine geldiğini söylüyordu. Bense bazı geceler yanlış bir şey yapacağım korkusuyla uyuyamıyordum.

Fakat yanlış bir şey yapmadığım ortadaydı. Rakamlar harika bir iş çıkardığımı gösteriyordu ve ben etrafa karşı oldukça kendinden emin bir tavır sergiliyordum. Kimsenin benden kuşkusu yokken benim de kendime dair en ufak bir kuşkum yokmuş gibi. Ama bir sürü kuşkum vardı ve dünkü küçük hadiseden sonra her biri biraz derinleşmiş gibiydiler. Kendime çok fazla güvendiğimde neler olduğu ortadaydı.

"Hare Hanım, sandalyeler geldi. Nereye koyalım?"

Bana seslenen çalışanın sesi beni kendi iç dünyamdan gerçek dünyaya ışınladı. "Alt katta kalsınlar." dedim fazla düşünmeden. "Ben birazdan gelip planın son hâline bakacağım. Ona göre yerleştiririz."

İsminin Okan olduğunu hatırladığım çalışan beni onayladıktan sonra yanımdan ayrıldı. Ben de dakikalardır boş boş oturup durduğum sandalyemden nihayet kalktım ve merdivenlerden inip kuzenimin düğünün yapılacağı geniş alana doğru ilerledim. Dekorasyon işleri birkaç küçük rötuş dışında tamamen bitmişti. Sandalyeler ve masalar yerleştirildikten sonra düğün için gereken her şey hazır olacaktı.

Düğün için hazırlanmış yerleşim planının son hâlini elime alıp hızlıca göz gezdirirken bir yandan da bara doğru ilerliyordum. Bir önceki planda gözüme çarpan küçük hatalar düzeltilmiş gibi görünüyordu. Her şey istediğim gibiydi.

Bir yandan kâğıdı inceler, bir yandan bar taburelerinden birine otururken yanımdaki siyah giyimli adamın Okan olduğunu varsayarak, "Bu plana göre yerleştirelim sandalyeleri de." dedim.

Küçük, erkeksi bir gülüşün hemen ardından çok da yabancı gelmeyen bir sesin, "Yerleştiririz güzelim." dediğini işitince kaşlarım çatıldı. Konuşanın Okan olmadığını anlamıştım ve bu hadsiz yorumu yapanın kim olduğunu görmek için başımı yana çevirdiğimde bir çift ela göz tarafından esir alındım.

Hayır, bu abartılı bir tabir değildi. Tanıdık simasıyla tenimi aniden karıncalandıran ve midemin öfkeyle büzülmesine sebep olan bu adam, o cüretkâr ela bakışlarıyla tam manasıyla beni esir almıştı. Bakışları bir saniye içinde yüzümün her köşesini dolaşmış, sonra gelip gözlerimde duraklamıştı. *Hadi benimle savaş,* dercesine bakıyordu. *Bana sataş, bir şey söyle.* Tüm sinirlerimi geren, beni rahatsız eden, hatta neredeyse kaşındıran bir bakıştı bu. Meydan okumasını görüyor ve kılıcımı kuşanıp karşısına çıkmaya adeta can atıyordum. Beynimin mantıklı işleyen kısmı bana sakin olmamı söylese bile bunu dikkate alamıyordum.

Önce bir anda karşıma çıkıp kafedeki masamı çalmıştı. Şimdi de işlettiğim kulübe gelip bana meydan okuyordu. Dudaklarımı saran alaycı tebessümün eşliğinde burnumu hafifçe yukarı kaldırdım. "Sen de kimsin?" diye sorarken sesim neredeyse tiksintiyle çıkıyordu. "Ve hadsizliğin yüzünden seni buradan attırmadan önce bana bunu yapmamam için mantıklı bir sebep sunabilir misin?"

Bar taburesinde hafifçe, ağır bir hareketle döndü. Şimdi tamamen bana bakıyordu. Tek dirseği bara dayanmıştı ve yüzündeki gülümseme hâlâ aynıydı. "Bunu denediğini görmeyi öyle çok isterim ki Kızılcık." derken gözleri bir kere daha beni süzdü. "Seni nereden tanıyorum?"

Dudaklarımdan dökülen küçük hıhlama neşemin biraz olsun yerine geldiğinin işaretiydi. Zira beyefendi beni hatırlamadıysa zannettiğim kadar zeki olmayabilirdi. "Tanımıyorsun." dedim düz bir sesle. "Ama bilmen gerekirse buranın yöneticisiyim ve seni burada istemiyorum."

Gülüşü iyice genişlerken bana doğru eğildi. Geri çekilme dürtüme karşı koydum çünkü bu adama karşı bir kere daha kaybetmeye niyetim yoktu. Birkaç saniye bir şey söylemeden bana bakmasına ve beni incelemesine izin verdikten sonra, "Gözlerinle saçların neredeyse aynı renk." diye fısıldadığını işitince biraz bocaladığım doğruydu. Böyle bir yorum beklemiyordum. Bunu söylerken o ela bakışların çapkın bir renge bürünmesi ise tam anlamıyla bir sürprizdi.

Hızlı düşündüm ve bu cümleyi görmezden gelmeyi seçtim çünkü bu yoruma nasıl cevap verilir bilmiyordum. "Kendi rızan ile mi ayrılacaksın yoksa güvenliği çağırayım mı?"

Adam sıkıntıyla iç çekerken gözlerini benden ayırdı. "Buradan defolup gitmeyi ne kadar istediğimi tahmin bile edemezsin." diye mırıldandı etrafa şöyle bir göz gezdirip. Bakışları tekrar beni bulduğunda irileşen göz bebeklerinde kendi yansımamı gördüm. "Fakat sen bile beni buradan kovamazsın çünkü büyük patronun emriyle buradayım."

Kaşlarım bir saniyeliğine merakla çatıldı. "Poyraz Bey'in mi?"

Serseri kafasını iki yana salladı. "Yok, o değil. Bir küçüğü."

"Ayaz mı?"

Yine gülümsedi. Sinsi bir şekilde. "Bakıyorum da abimle epey samimisin."

Ona en soğuk, kan dondurucu bakışımı yolladım. "Evet. Yarın akşam kuzenimle evlenecek." Hemen sonra cümledeki "abim" kelimesi dikkatimi çekti. Geç bile kalmıştı. Kafamda tüm parçalar yerine otururken karşımdaki adamın daha önce namını duyduğum Can Bora Sarıcalı olduğunu anladım. Onu kulüpten yaka paça dışarı attıramayacak olmak kalbimi kırdı. Yani aslında çok istersem yapardım ama Ayaz'ın hatırı büyüktü ve olanları Poyraz abiye açıklarken dünkü tatsız hadiseden de laf açılabilirdi. Bunu hiç istemezdim.

"Madem abinizi bekliyorsunuz Bora Bey..." dedim bar taburesinden aşağı atlayıp. "O zaman bunu yukarıda, onun ofisinde yapın. Burada işlerimiz var." Cevap vermesine müsaade etmeden, "İyi günler." diye ekleyip aceleci adımlarla onun yanından ayrıldım. İyice gerilen sinirlerim eşliğinde çalışanların yanına yürürken bu serserinin buralarda kalıcı olmamasını umuyordum.

Nehar

Havalimanında İzmir'den İstanbul'a dönüş uçağımın saatini beklerken uçağın rötar yapmaması için bildiğim bütün duaları okuyordum. Herkesten habersiz İzmir'e gelmiş olmam yetmezmiş gibi bir de Zeynep'in düğününe geç kalırsam sevgili ailemin bana neler yapacağını düşünmek bile istemiyordum. Üstelik bana yapacakları şeylerde hiç de haksız sayılmazlardı. Sonuçta onlar benden habersiz bir adım dahi atsalar dünyayı başlarına yıkan bendim ve bu durumda benim de herkese karşı açık olmam beklenirdi ama olamazdım. Çünkü içinde bulunduğum ahval ve şeraitte ben, kendime bile zar zor açık olabiliyordum.

Esasında şehir değiştirmek, ailemden uzaklaşmak, hayatımı bu yönde devam ettirmek planlarım arasında yoktu. Birkaç hafta öncesine kadar yoktu yani. İtiraf ediyorum, birkaç hafta öncesine kadar bir planım bile yoktu arkadaşlar. Üniversiteyi bitirdiğimden beri boş boş oturup insanlara sataşmak dışında bir şey yapmıyordum ama sonra herkesin hayatında değişiklikler olmaya başladı. Zeynep evlenmeye karar verdi; bu defa doğru adamla. Hare kariyeri için güzel bir adım atarken, benden bir yaş büyük ablam Bahar açacağı işletme için kolları sıvadı. Kızları geçtim, oğlanlar bile hayatına çekidüzen vermeye başladı. Yağız hayalleri için Fransa'ya gitti. Efe babasıyla çalışmaya başladı. Bir de Ateş'in yeni bir sevgilisi vardı.

Bunu hatırlamak kalbimdeki yanardağın tekrar lavlar püskürtmeye başlamasına sebep olunca oturduğum bankta iki büklüm oldum. *Neden bunları hissetmek zorundayım,* diye bağırarak etrafı birbirine katmak istesem de bunu yapamayacağımı biliyordum. Havalimanıydı burası. Biraz sesimi yükseltsem beni paketleyip alırlardı hemen. O yüzden hırçınlığımı daha sonrası için sakladım. Bütün hırçınlığımı biriktirip tüm fırtınalarıma rağmen topraklarında yaprak kımıldatamadığım Ateş'e sakladım. Bunların hepsi onun hakkıydı.

Oflarken saatime baktım ve hâlâ yarım saatten fazla vaktimin olduğunu gördüm. Telefonuma şöyle bir göz attığımda Zeynep'ten on tane mesaj geldiğini görünce iyice ağlamaklı oldum. Karşıma tüm sevdiklerimi alıp, *inanın işlerin böyle gelişmesini ben de istemezdim,* diye tane tane derdimi anlatmak istedim. Ama mülteci isteklerdi bunlar. Kim kime neyi anlatabilmişti ki bugüne kadar?

Yine de size biraz anlatmayı denemek isterim arkadaşlar. Bunun için ilk önce kalbimdeki yanardağ ile tanışmanız gerek. Siz ona Ateş Arıkan diyeceksiniz elbette. Hikâye on altında yaşında kalbimdeki bu yanardağın ilk kez tutuşması ve etrafa lavlar püskürtmesiyle başlıyordu. O güne kadar yalnızca babamın en yakın arkadaşının oğlu olan Ateş'ti benim için. Kendisiyle dalga geçildiğinde bile göz devirmekten öte tepki vermediği için beni pek de eğlendirmeyen, havalı, sessiz çocuk. Hakkında pek de düşündüğüm birisi değildi. İkimiz küçüklüğümüzden beri iyi arkadaşlardık ama hepsi o kadardı. Dahası yoktu.

Derken lise üçüncü sınıfa başladığım sene her şeye değişti. Boş derslerden birinde, sınıf arkadaşlarımın saçmalıklarından sıkılıp sataşacak yeni insanlar aramak için okulu şöyle bir dolaşayım dediğimde yolumun arka bahçedeki basketbol sahasına düşmesine kader mi dersiniz yoksa tesadüf mü bilmiyorum. Fakat orada arkadaşlarıyla basketbol oynayan, sektirdiği turuncu topla koşturup zıplayan ve o güne dek hiç görmediğim bir yönüyle karşıma çıkan Ateş Arıkan'ı gördüğümde bunun ilahi bir ceza olduğunu düşünmüştüm.

Kızıl ve kıvırcık saçlarının o hareket ettikçe nasıl dağıldığını, topu basket potasından geçirdiğinde yüzünü nasıl da yaramaz bir gülüşün kavradığını, o sessiz sakin çocuğun sahada koştururken gerçekten bir ateş parçasına dönüşüp kalbimi bir anda nasıl tutuşturduğunu çok iyi hatırlıyordum. *Kızıl ve kıvırcık saçları.* Zaten onları hiç ama hiç aklımdan çıkaramıyordum.

İşte boş dersimin olduğu o gün, Ateş'i basket sahasında görmek kalbimde bir ihtilal başlatmış, uykudaki yanardağı uyandırmıştı. Bu yanardağın doğduğum andan beri yüreğimde olduğuna inanıyordum. O gün tutuşmuştu ve o günden beri söndüremiyordum. Küllendiği zamanlar oluyordu elbette. Sakinleşip başı dumanlı normal bir dağdan farksızlaştığı zamanlar... Ama sonra Ateş bir şey yapıyordu. Bana gülümsüyordu. Bir şey söylüyordu. Ya da insanı yutan o sonsuz buz mavisi gözleriyle bana bakıyordu. Ve bom! Her yer yine lavlar altındaydı.

Fakat kendisi benim ona karşı hissettiklerimin aynısını ne yazık ki bana karşı hissetmiyordu. Nereden biliyorsun demeyin. Beni Hare'den farksız gördüğüne yemin edebilirdim. Zira bunca sene boyunca yanlış yorumlayıp umutlanabileceğim bir cümle dahi duymamıştım ağzından. Birlikte çok eğlensek, çok gülsek, harika vakit geçirsek bile bunların arkadaşça bir manadan fazlasını barındırmadığını, en azından onun için böyle olduğunu çok iyi biliyordum. Sevgi saklanamazdı. Ben Ateş'e bakarken sadece bakışımla ona serenatlar yapıyordum. O ise dümdüz bakıyordu işte. Diğer tüm insanlar bana nasıl bakıyorsa öyle.

Buna rağmen seneler boyunca ondan vazgeçmemiş, buna niyetlenmemiştim bile. Kalbimdeki yanardağı nasıl yok edebilirdim ki? Edemezdim. Peki, şimdi ne değişmişti? Eh, bunun cevabını biraz önce vermiştim. Herkesin hayatında bir şeyler oluyordu ve benim hayatımda da bir şey olmuştu. İnsanlık için küçük ama benim için büyük bir şey.

Birkaç hafta önce, oldukça sıradan bir günde tüm Arıkan ve Erarslan çocuklarının olduğu ortak konuşma grubumuza konum atıp, "Buraya yakın olan varsa beni alsın." yazdığımda ilk cevap veren Ateş olmuş ve eğer beklersem on beş dakika sonra gelebileceğini söylemişti. Kalbimde magmatik hareketler hemen başlamıştı tabii ki. Gönlümün Ateş Arıkan'a kayıtsız kaldığı günler çok eskiden varsa bile senelerdir yoktu sonuçta.

Bulduğum ilk umumi tuvalete hızla dalıp hiçbir şeye değmemeye çalışarak üstüme başıma çekidüzen vermiş, makyajsız yüzüme nahoş bir bakış atıp hiç değilse dudaklarımı renklendireyim diyerek hafif bir ruj sürmüştüm. Birbirine girmiş saçlarımı yatıştırmam zor olsa da Ateş gelmeden önce görüntümü biraz olsun düzeltmeyi başarabilmiştim.

Ateş'in siyah arabası önümde durduğunda hiç beklemeden yolcu koltuğuna atlamış ve ona kocaman gülümseyerek, "Selam!" demiştim. Gözlerim onun yakışıklı yüzünü, dağınık kızıl saçlarını, burnunun üstündeki tatlı çilleri, kimselerde benzerini bulamadığım maviş gözlerini hızla dolaştıktan sonra onun konuşmasını beklemeden orada ne işim olduğuna dair gereksiz ayrıntılar vermiş, birkaç dakika boş boş konuşmuş ve onun beni dinlerken dudağında beliren küçük tebessümünün keyfini sürmüştüm.

Ateş, benim olduğum her şeyin tam zıddıydı. Ben ne kadar heyecanlıysam o, o kadar sakindi. Ben bir şeyi anlatırken en uzun yolu seçerken, o hep kelimelerden tasarruf ederdi. Benim yaşadıklarım düşük çenem yüzünden herkes tarafından bilinirken, Ateş'in hayatının her köşesi bilinmezlerle çevriliydi. Bu hayatta benim tutabildiğim tek sır Ateş'e olan aşkımdı. Ateş ise kendi başına koskoca bir sırdı.

Keşke böyle tek tek, maddeler hâlinde olmazları açıkladığımızda gönlümüz meseleyi kavrayıp bizi olmayacak sevdalardan azat edebilseydi. Bu gerçekten hayatımızı inanılmaz derecede kolaylaştırmaz mıydı? Ne yazık ki dünya bu şekilde işlemiyordu.

Anlatacağım bir şey kalmadığına karar verdiğimde derin bir nefes almış, ardından hayatımın hatasını yapmış ve bunun farkında olmamanın getirdiği saçma neşeyle, "Ee, sen ne arıyordun buralarda?" diye sormuştum Ateş'e.

O da minik bir gülümseme ile "Kız arkadaşımın yanına geldim." demişti.

Kalbimdeki yanardağ bir kere daha tutuşmuştu böylelikle. Ama bu, bambaşka bir tutuşmaydı. Tüm iç organlarım, kemiklerim hatta ruhum bile bunun ateşiyle eriyip yok olmuş, ben de tüm bunlar yaşanırken yüzümde aptal bir gülümsemeyle Ateş'e bakakalmıştım. Ağlamamak için bir şeyler yapmam gerekiyordu. Konuşmak için Ateş'i ve kız arkadaşını içermeyen bir mevzu bulmam gerekiyordu. Bir şeyler söylemezsem oturduğum koltukta eriyip gidecekmiş gibi hissediyordum. Bu yüzden aklıma gelen ilk şeyi söyledim.

"Ben İzmir'e gidiyorum." dedim. Ne öncesini ne de sonrasını düşünmüştüm bunu söylerken.

Araba, Ateş'in ani freniyle sarsılarak durduğunda önce karşımızdaki kırmızı ışığı, sonra da şaşkınca bana bakan Ateş'i gördüm. "Ne İzmir'i?" diye sordu o kızılımsı kaşlarını çatarak.

Omuz silkip, "Bildiğimiz İzmir işte." derken gülmeye çalıştım. "Birkaç sene çekirdeğe çiğdem demeye karar verdim."

Ateş esprime gülmedi. Tebessüm bile etmedi. "Ne yapacaksın ki İzmir'de?"

Yine aklıma gelen ilk şeyi söyledim. "Yüksek lisans." Aklıma böyle şeyleri yerleştirenler hep bizim kızlardı. Onlar kariyer diye tutturmasa ben de şimdi böyle şeyler konuşuyor olmayacaktım işte. *Hayatımı kimler kaydırdı diye soran olursa söylersiniz.*

Ateş bu cevabıma tepki vermemişti. Yüzünden bir şeyler okumak öyle zordu ve ben kalbimdeki enkazdan ötürü öyle halsizdim ki yolun geri kalanını neredeyse hiç konuşmadan tamamlamıştık. Arabadan inmeden önce ona İzmir konusunu şimdilik saklı tutmasını, kızlara düğünden sonra anlatacağımı söylemiştim. O da başını sallamış ve yine bir yorum yapmadan konuyu kapatmıştı.

O gece yatağımda tavanı izlerken İzmir meselesi gitgide mantıklı gelmeye başlamıştı. Ateş'e açılacak, aşkımı ilan edecek falan değildim. Bir sevgilisi yokken bile bu beni korkutan bir şeydi. Güzel, içimi ısıtan, beni mutlu eden bir arkadaşlığımız vardı ve hiçbir yere varmayacak bir mesele yüzünden bunu ziyan etmek istemezdim. Ama burada kalıp Ateş'i başkasıyla izlemek de bir seçenek değildi. Benim canım tatlıydı. O kadar yanıp tutuşmayı kaldıramazdım.

Belki de İzmir'de geçireceğim iki sene gerçekten de bana iyi gelirdi. Ateş'i görmeden geçecek iki sene... Yani düşüncesi bile ağlama ihtiyacı doğuruyordu içimde ama mantıklı da geliyordu. Ona olan aşkım tamamen bitmese bile belki zamanla beni daha az incitecek bir şeye dönüşürdü. Belki o kadar azalırdı ki artık yokmuş gibi yapabilirdim. Belki iki sene sonra Ateş'in gözlerine her yanımı alevler sarmadan bakabilirdim.

İşte bu düşüncelerle, kimseye haber vermeden girdiğim bu yolda başvurum kabul edilince üniversiteye gelip lisansüstü kaydımı yaptırmıştım ve eve dönüş uçağını beklerken karşılaşacağım, kendimi aniden ortasında bulacağım meselelerin hiçbirinden haberim yoktu. Ateş'ten kaçmak için girdiğim bu yolun beni yine döndürüp dolaştırıp Ateş'e getireceğini asla tahmin edemezdim.

Uçağımın anonsu nihayet yapılırken hızlıca Zeynep'e, *"İki saate oradayım."* yazıp yolladım. O an geleceğe dair emin olduğum tek şey, eve vardığımda Zeynep'in beni eşek sudan gelinceye kadar dövecek olmasıydı.

SON

Zeynep

"Evlenemeyeceğim." derken dolu gözlerle karşımdaki kuzenlerime bakıyordum. "Her şey mahvolacak ve ben hayatımın aşkıyla evlenemeyeceğim. Biz evlenmeyelim diye tüm dünya bize komplo kurmuş durumda. Dışarıda ordular bekliyor biz bu düğünü yapmayalım diye. Üzerimize atom bombası salmak için komut bekliyorlar merkezden. Merkez neresiyse artık. Of! Mahvoldu her şey, mahvoldu!"

Sızlanmalarım karşımdaki üç suratta farklı farklı reaksiyonlara sebep oldu. Hare yalnızca kızıl kaşlarını hafifçe çatarken Bahar güzel yüzünü hüzünle düşürdü. Nehar ise gözlerini devirip, "Bu düğün olmazsa şu sızlanmaların yüzünden Ayaz kaçıp gittiği için olmayacak." dedi. "Ve hiçbirimiz onu suçlamayacağız Zeynep. Hem de hiçbirimiz."

Nehar'ın sözleri dudaklarımın iyice bükülmesine sebep olunca Bahar dar elbisenin eteği içinde hareket edebildiği kadar hızlı bir şekilde yanıma gelip, "Sen ona bakma." dedi.

"Ne söylediğinden haberi yok onun." Kuaförün şekil vermek için saatlerce uğraştığı saçlarımı dikkatle okşarken ekledi. "Yine de biraz sakinleşsen çok güzel olur. Gerginliğin kimseye bir yararı yok."

Hare araya girip dümdüz bir sesle, "Alt tarafı Ayaz'ın kravatına su döküldü Zeynep." deyince bakışlarımı ona çevirdim. "Şu an kurutuyorlar. Beş dakika sürmez."

"Sorun kravat değil ki." diye mırıldanırken ağlamamak için hızlı hızlı kirpiklerimi kırpıştırdım. "Her şey ters gidiyor! Efe'yle Yağız ortada yok. Nehar'ın düğüne yetiştiğine şükrediyorum. Kimse hazırladığımız oturma düzenine uymaya zahmet etmiyor, hepsini görüyorum ben buradan." Ayaz'ın gelin odası olarak kullandığımız ofisinin iç cephedeki penceresinden kulübün içine göz atıp tekrar ofladım. "Bu kadar zor mu gösterilen yere oturmak canım?"

Pekâlâ. Size dürüst olacağım. Böyle çıldırmamın, feryadı figanı birbirine karıştırmamın esas sebebi ne Ayaz'ın kravatı ne konukların kafasına göre bir yerlere oturması ne de Efe'yle Yağız'ın ortadan kaybolmasıydı... Aslında sonuncusunun dolaylı olarak bir ilgisi vardı ama çıldırmamdaki asıl sebep Ayaz'ın annesinin, davetli olmadığı hâlde düğüne gelmiş olmasıydı. Üstelik bundan kimsenin haberi yoktu. Yani benim, Efe'nin, Mahmut'un ve Yağız'ın dışındaki kimsenin. Aslında kızlara söylemek istiyordum ama odanın diğer köşesinde müstakbel eşim ve iki kardeşi dururken bunu yapamıyordum. Ben de kendime saçma bir kriz yaratıp ofisten bir anlığına olsun çıkabilmek için saçmalamaya başlamıştım. Aradan geçen üç yıllık zaman dilimi plan yapmadaki başarıma hiçbir katkı sağlamamıştı gördüğünüz gibi.

"Benim hava almam lazım." dedim en sonunda. Bu hava-

yı nerede alacağıma dair bir açıklama yapmadan ve Ayaz'ın şaşkın bakışlarına aldırmadan gelinliğimin kabarık eteklerini toplayıp ofisten çıktım. Tam tahmin ettiğim gibi kuzenlerim paytak paytak peşime dizildiler. Hepimiz ofisten çıktığımızda hızlı bir el hareketiyle Hare'ye kapıyı kapatmasını işaret ettim ve hepsini Hare'nin ofisine sürükledim.

"Neler oluyor?" diye sordu Nehar bana delirmişim gibi bakarak. "Niye geldik buraya? Ne yapıyoruz biz şu an?"

"Biz şu an mahvoluyoruz." dedim açıkça. "Ayaz'ın annesi düğüne geldi ve şu an oğlanlar onu buradan uzak tutmaya çalışıyor. Ama elli yaşındaki sivri dilli bir kadına çok fazla karşı çıkacak iradeleri olduğunu zannetmiyorum. Düğünüm her an basılabilir."

Bahar'ın gözleri dehşetle irileşirken, "Neden gelmiş ki? Sen nereden öğrendin bunu?" diye sorduğunu işittim.

"Neden geldiğini bilmiyorum ama Mahmut fark etmiş ve gelip hemen bana söyledi. Düğüne katılmak istemiş herhâlde kadın. Doğrusunu isterseniz bence bir sakıncası yok, hatta Ayaz'ı bile yatıştırabilirim ama Semra Hanım içeri girdiği anda, Ayaz'ın babası ve bütün kardeşleri, özellikle de Can Bora çekip gider. Bu da ne kadar büyük tatsızlığa neden olur siz düşünün. O yüzden Semra Hanım'ı geri göndermemiz ya da düğün bitene kadar bir yerlere saklamamız gerek."

"Koskoca kadını nereye saklayacağız ki?" diye oflayan kişi Nehar'dı.

Omuz silkip, "Bilmiyorum." dedim. "Ben gelinim. Benim işim evlenmek. Böyle şeyleri siz düşüneceksiniz."

Sıradaki soru Hare'den geldi. Bu seferki sızlanmalardan uzak, bir strateji oluşturmaya yönelik, mantıklı bir soruydu. "Semra Hanım şimdi nerede ve yanında kimler var?"

"Kulübün arka girişinde Efe, Mahmut ve Yağız tarafından oyalanmakta." Omuzlarımı yorgunlukla düşürüp başımı iki yana salladım. "Bu ilişkide tüm güzel anlar niye birileri tarafından basılıyor ya? Kimin laneti bu arkadaşlar?"

Bu soruyu sorduğum anda ofisin kapısının pat diye açılması ve içeri şüpheli ela bakışlarıyla sevgili kayınbiraderim Can Bora'nın girmesi tam bir ironiydi. "Neler oluyor burada?" diye sordu Can Bora hiçbir kibarlık telaşına girmeden. "Siz neler çeviriyorsunuz? Heyecandan yerinde duramayan abim bu telaşlı gelin ayaklarını yutmuş olabilir ama ben yutmadım, haberiniz olsun."

Hare'nin yüzünü buruşturduğunu görünce olan biten her şeye rağmen bir an gülesim geldi. Hâlâ ilk karşılaşmalarındaki o eşsiz ânı unutabilmiş değildi anlaşılan. Ben de unutabilmiş değildim ama ezkaza Hare'nin yanında buna gülmeyi denersem kellemi kaybedebilirdim. Bu yüzden unutmuş gibi davranıyordum. "Bir sorun yok." derken elimin tersiyle ofisten çıkmasını işaret ettim. "Sen gidip abinle ilgilensene Bora. Elbise giymeyenlerin buraya girmesi yasak."

Can Bora hepimizi tereddüt ve şüpheyle tek tek süzdükten sonra başka bir şey söylemeden ofisten çıkınca rahat bir nefes verdim ve kızlara dönüp, "Bu işi hemen halletmemiz lazım." dedim. "Bahar, sen benimle kalıyorsun çünkü en çok sana tahammül edebiliyorum. Hare ve Nehar, siz de gidip Semra Hanım'la mantıklı bir konuşma yapmayı deniyorsunuz. Ayrıca belirtmeme gerek var mı bilmiyorum ama konuşma kısmına sen hiç karışmıyorsun Nehar."

Kızlar bana önce göz devirdi, ardından talimatlarımı uygulamak için harekete geçti. Hare ve Nehar aşağı inerken ben de Bahar'ı peşimde sürükleyerek arka taraftaki girişi görebileceğimiz bir pencere arayışına girdim. En sonunda muhasebecinin ofisinin penceresinden güzel bir görüş yakaladığımızda Hare ve Nehar çoktan Semra Hanım'ın yanındaydı. Oğlanlar onların gelişiyle bir köşeye çekilse de oradan hâlâ ayrılmamışlardı. Mahmut bile her zamankinden durgun görünüyordu doğrusu.

Sarıcalı ailesindeki herkes gibi Semra Hanım da esmerdi. Yaşına rağmen oldukça güzeldi ve şık bir kadındı da üstelik. Ellilerinin ortasından ziyade kırklarının başlarında gibi görünüyordu ve daha önce fotoğraflardan gördüğüm kadarıyla karşı konulmaz Türkan Şoray bakışları vardı. Şu anki konumumdan o bakışları göremiyordum elbette. Zira kabarık bir gelinlikle bir pencereden sarkmak çok da kolay bir iş değildi. Buna rağmen var gücümle kulak kabartıp ne konuştuklarını duymaya çalıştım.

Hare'nin dediklerinin bir kısmını kaçırsam da "Buradan gitmeniz lazım, çok üzgünüm." deyişini duyabilmiştim. Kafa sallayarak istemsizce onaylarken buldum kendimi.

"Gidemem." diye diretti Semra Hanım. "Bakın, yılın annesi falan olmadığımı biliyorum. Ama o benim oğlum ve ikinci kez bir oğlumun düğününü kaçırmayacağım!" Semra Hanım'ın sadece ilk oğlu Rüzgâr'ın düğününe katılabildiğini, o düğünün de epey olaylı geçtiğini ve ikinci oğlu Poyraz'ın düğününe çağırılmadığını Ayaz'ın anlattığı hikâyelerden biliyordum.

"Bu düğün için aylardır uğraşıyoruz." dedi Hare. "Oğlunuz da Zeynep de güzel bir organizasyon ayarlayabilmek için günlerdir uyku uyumuyorlar. Şimdi bu kapıdan içeri girerseniz ki üzgünüm ama giremeyeceksiniz, bütün bu çabaları mahvetmiş olacaksınız. Lütfen bunu yapmayın."

Hare'nin sözlerine hak veriyordum. Fakat Semra Hanım'ın uzun sessizliği içimdeki bir şeylerin çatırdayarak kırılmasına sebep olmuştu. "Ama o benim oğlum." dedi kadın çaresizce. "Gelinimi daha göremedim bile. Sadece beş dakika, nikâh kıyılırken orada olsam yeter. Sonra sessizce giderim."

Bu sefer duraklama sırası Hare'deydi. Kuzenim çok akıllı bir kız olabilirdi ama ani duygusal patlamaları ustalıkla yönettiği çok nadir görülmüştü. Bu nedenle kadının üzgün suratına bakarken ne diyeceğini bilemediğini tahmin ediyordum. İşin aslı ben de ne diyeceğimi bilemiyordum. Yani, ne denirdi ki?

"Sizi içeriye alırız."

Fakat anlaşılan Nehar ne diyeceğini biliyordu. Şaşkınlıkla açılan gözlerimle, kafasını kaldırıp bana bakmayacak olan kuzenime dehşet dolu bakışlar atarken Hare'nin, Efe'nin, Mahmut'un ve Yağız'ın aynı anda, "Ne?" diye bağırdığını işittim. Hepsine çok hak verdim. Gerçekten... *Ne?*

Nehar ellerini sallayıp herkesi susturduktan sonra bizimkilere dönüp, "Kadını yaka paça buradan kovacak hâlimiz yok." dedi. Hemen sonra Semra Hanım'a döndü. "Ama sizi alenen içeri alıp düğünü mahvedecek hâlimiz de yok. O yüzden karşı caddedeki kuaföre gidip size hızlı bir kamuflaj yapacağız. Herkesin yerine oturduğuna emin olduktan sonra sizi gizlice içeri alacağız ve nikâh kıyılır kıyılmaz da buradan ayrılacaksınız. Kabul mü?"

Semra Hanım fazla düşünmedi. "Kabul."

Hare bir an tereddütle kadına baksa da itiraz etmedi ama küçük bir ekleme yapmayı uygun gördü. "Eğer düğünü bölecek bir şey yaparsanız... Nehar'ın sözlerine çok güvenmeyin. Sizi yaka paça dışarı da atabiliriz."

Semra Hanım öyle bir şey yapmayacağına dair kuvvetli sözler verdikten sonra Nehar ile birlikte hızlı adımlarla oradan ayrıldılar ve ben arkalarından bakakaldım. Pencereden geri çekilip Bahar'a dönünce, "Buna inanabiliyor musun?" diye sordum. O da hemen yandaki pencereden olan biteni izlemişti.

Omuzlarını hafifçe yukarı kaldırıp çaresiz bir ifadeyle yüzüme baktı. "Belki en mantıklı çözüm budur."

Gözlerimi devirdim ve eteklerimi toplayıp hızlı adımlarla oradan ayrılırken Bahar'dan, Hare'yi bulmasını rica ettim. Tekrar gelin odasına döndüğümde içeride yalnızca Ayaz'ın olduğunu gördüm. Güzelce geriye doğru taradığı gür saçları, kurutup tekrar boynuna taktığı ince siyah kravatı, üstüne tam oturan smokiniyle öyle güzel görünüyordu ki iç çekmeden duramadım. Ona doğru hızlı adımlarla yaklaşırken içimdeki karmaşa da adım adım çözüldü. Nihayet tam karşısında durup elimi göğsünün üstüne yerleştirdiğimde çoktan her şeyin kusursuz olacağına inanmaya başlamıştım.

"Ay Parçası." diye fısıldadı Ayaz yüzümü dikkatle süzerken. "Neler oluyor?"

Bugüne dek ona hiç yalan söylememiş ya da bir şeyleri ondan saklamaya çalışmamıştım. Hayatlarımızı tamamen birleştirmemize dakikalar kala da bunu yapacak değildim. Bu yüzden usulca, "Annen geldi." dedim. "Düğüne katılmak istiyor."

Yüzüne rahatsız, sıkıntı dolu bir ifadenin yayılmasını anbean izlerken kayıtsız kalamadım ve o güzel yüzünü avuçlarımın arasına alıp, "Sorun yok." dedim. "Sıkıntı yok. Ben hallettim."

Hafifçe gülümsedi ve oyunbaz bir tavırla tek kaşını kavislendirdi. "Nasıl hallettin tam olarak?"

Sırıtmamak için yanaklarımın içini ısırdım. "Nehar ve Hare'yi gönderdim annenin yanına."

"Şu an meselenin halloldüğuna dair çok büyük şüphelerim var." dedi Ayaz sakince. Eh, haksız da değildi hani.

"Evet. Onlar da anneni kılık değiştirip içeri almaya karar verdiler."

Ayaz önce güzel yüzünü buruşturdu, ardından sıkıntıyla ofladı. "Sizin bir araya gelip bir şeylere müdahale etmeniz yasaklanmalı."

Yüzüme onun karşı koyamayacağı, üzüntülü bir ifade yerleştirip, "Düğüne katılmayı gerçekten çok istiyordu ama..." dedim titreyen bir sesle. "Onu geri çevirmeye gönlümüz el vermedi. Sadece nikâhı izleyip gidecek."

Müstakbel kocam birkaç saniye bir şey söylemedi. Aklından geçen tereddütleri kara gözlerinden bir bir okuyabiliyordum. "Keşke gitseydi." diye mırıldandığını işittiğimde bunu aslında istemediğini bilecek kadar iyi tanıyordum artık Ayaz'ı. "Keşke hiç gelmeseydi." *Seni yalancı Esmer Güzeli.*

"Annenle sonsuza kadar küs kalamazsın." derken şefkatle onun yanağını okşadım. "Onu tamamen affedebilir misin bilmiyorum ama belki de bu, ilişkiniz için yeni ve güzel bir adım olur."

Ayaz buna yorum yapmadı. Annesiyle arasındaki problemleri düzeltebileceğine pek inanmadığını biliyordum. Bazı yaralar o kadar derindi ki kapansalar dahi izi hiç silinmiyordu. "Umarım düğünü mahvetmez." dedi en sonunda ve eğilip burnumun ucuna bir öpücük kondurdu. "Bugünü öyle çok bekledim ki."

Ona cevap verme, romantik bir şeyler söyleme ve belki de ondan bir öpücük çalma fırsatı bulamadan gelin odasının kapısı tıklandı ve Bahar ile Hare içeri girdi. O andan sonrası ise çok hızlı gelişti. Nihayet tüm misafirler kendilerine gösterilen yerlere oturdu. Nikâh memuru geldi. Ayaz ile ben, sevdiğimiz bir şarkının eşliğinde içeri girdik. Nikâh masasına oturduğumuzda gözlerim babamı buldu. Yüzündeki gülümsemeyle, gözlerindeki hüznün birleşimi kalbimi sızlatırken ona uzaktan bir öpücük yolladım. Sonra anneme döndüm ve aynı anda birbirimize gülümsedik. Neşesi ruhuma işledi ve sadece bir annenin yapabileceği gibi beni her şeyin iyi olacağına inandırdı. Kardeşim Efe de onların tam yanında yüzünde minik bir tebessümle bizi izliyordu. Benimle göz göze geldiğinde küçük bir göz kırpış ikram etmeyi ihmal etmedi.

Nikâh memuru klasik konuşmasını yaptı ve ilk soruyu bana sordu. Hiçbir baskı altında kalmadan, tamamen kendi istek ve irademle yanımdaki adamı, yani Ayaz Sarıcalı'yı kocalığa kabul ediyor muydum?

Gözlerim esmer güzelinin artık zihnimdeki her bir hücreye nakşedilmiş tanıdık yüzünü bulduğunda genişçe gülümsedim. Onunla ilk karşılaştığımız andan bugüne dek geçip giden koskoca üç sene sahne sahne gözlerimin önünde belirirken hiç tereddüt etmeden, gözümü bile kırpmadan, "Evet." dedim. Bu cevap Kız Kulesi manzarasının önünde diz dize oturduğumuz günden beri bir kere olsun değişmemişti kalbimde.

Sonra nikâh memuru aynı soruyu Ayaz'a sordu. O da bana bakarak hafifçe gülümsedi. İkimizin aynı şeyleri düşündüğüne ve hissettiğine daha çok emin olduğum bir an olmamıştı bugüne dek. "Evet." derken sesindeki güven her yerimi sardı. Onun en doğru adam olduğundan bilmem kaçıncı kez emin oldum.

En sonunda Ayaz'ın şahidi Mahmut ve benim şahidim Bahar *-kızlarla sırayla birbirimizin nikâh şahidi olacağımız bir düzen ayarlamıştık-* şahit olduklarını onayladıktan sonra imzalar atıldı ve ben artık Zeynep Sarıcalı'ydım. Aile cüzdanımızı aldıktan ve Ayaz'ın alnıma bir öpücük kondurmasına müsaade ettikten sonra bizi alkışlayan kalabalığa döndüm. Bir köşede, başında sarı bir perukla oturmuş, gözlerini kurulayan tanıdık bir kadın görünce bakışlarımı sevgili eşime çevirdim. O da annesine bakıyordu. Hem de inanamadığım kadar büyük bir özlemle.

Etrafımız kalabalıklaşmaya başlarken Ayaz'ı hafifçe dürtüp, "Yanına gitsene." dedim. "Kimse fark etmez bu cümbüşte."

Ayaz bir an tereddütle kaşlarını çattı ve bana emin olmayan bir bakış attı. Bense onu cesaretlendirmek için genişçe gülümsedim. "Git hadi."

Ben etrafımızı saran kalabalığı, bizi tebrik etmeye gelen aile bireylerimizi oyalarken Ayaz hızlıca onların arasından sıyrıldı ve kapıya en yakın köşede duran kadının yanına gitti. Göz ucuyla onları izliyordum. Önce karşı karşıya geldiklerinde ne yapacaklarını bilemez hâlde durduklarını gördüm. Sonra Ayaz bir şeyler söyledi. Semra Hanım da cevap verdi. Hemen ardından Ayaz'ın hafifçe gülümsediğini görünce kalbimdeki ağırlık bir anda yok oldu. En sonunda Ayaz, beceriksizce annesine sarıldı. Kısa bir sarılmaydı ama güzel şeyler vaat ediyordu. Sonra kadın, Ayaz'ın yanağına minik, acele bir öpücük kondurdu ve geldiği gibi sessizce ayrıldı salondan.

Ayaz'ın bana doğru çocuksu bir gülümsemeyle yürüdüğünü görünce Nehar'a teşekkür etmeyi ve ona en sevdiği tatlıdan ısmarlamayı aklımın köşesine hemen not ettim. Zira Semra Hanım'ın düğünde olması zannettiğimin aksine oldukça güzel şeylere yol açmıştı. Ayaz'la yeni bir geleceğe, onun çok sevileceği ve kıymet göreceği bir geleceğe adım atmaya hazırlanırken, geçmişimdeki yaraların da artık kabuk bağlamasını, artık hiç kanamamasını istiyordum.

Düğünün geri kalanı çılgınlar gibi eğlenerek geçti. Sevdiğim herkes yanımdaydı. Ailem, kuzenlerim, arkadaşlarım, kendimi kabul ettirmekte hiç zorlanmadığım yeni ailem Sarıcalılar, Ayaz'ın yeğenleri. Üstelik Ecrin adında bir minik de geçen sene aramıza katılmıştı. Rüzgâr abiyle eşinin üçüncü çocuklarıydı Ecrin ve Ayaz sonunda bir kız yeğeni olduğu için mutluluktan delirme raddesine gelmişti. Poyraz abiyle Ayaz, Ecrin'in kalbini çalabilmek ve favori amca olabilmek için birbiriyle yarışsa da Ecrin'in bu ailedeki favorisi Şafak yengesiydi. Poyraz abinin eşi yani. Elbette hikâyemizin en güzide karakteri Mahmut ve sevgili eşi Beyza Kulaklı da buradaydı. Hepimiz bir aradaydık. Bir an Efe'yle dans ederken, bir an sonra Poyraz abinin koluna girmiş halay çekerken buluyordum kendimi. Sonra bir bakmışım eltilerimle göbek atıyorum. Soluklanmak için durakladığımda Ayaz ile Ecrin'in dans edişini izleyip kalbimdeki sevdayı üçe beşe katlıyordum. Delice dans eden, durmadan birbirine sataşan kuzenlerimin arasında kahkahalar atarak dolanıyor, hâlâ evlenmiş olduğum gerçeğiyle baş etmeye çalışan babama sarılıyordum sık sık.

Sıkıntılı yollardan geçtiğim doğruydu. Kocasıyla sahnenin ortasında halay çeken, bir yandan da Kuzey eniştemle dalga geçmeyi ihmal etmeyen Nisan teyzemin de sık sık hatırlattığı gibi hayatta her zaman bahar olmuyordu. Bazen çetin kışlardan ya da sıkıntılı güzlerden geçmek gerekiyordu. Kendi kışımı geride bırakmış ve beri saran sıcacık bir ayaza kavuşmuş olmanın kıymetini kalbimin hep en güzel yerinde taşıyacaktım. Hayatım her şeyiyle istediğim gibiydi.

Ben, Zeynep Arıkan Sarıcalı, bir İstanbul gecesinde benden bile habersiz başlayan büyülü hikâyemin vardığı bu noktadan her şeyiyle çok memnunum. Dilerim ki sizler, bu satırları okuyan sevgili arkadaşlarım, sizler de hikâyelerinizin vardığı yerden en az benim kadar memnun olursunuz. Aranızda yanlış aşklarda vakit kaybetmiş olanlarınız varsa, lütfen umudunuzu yitirmeyin. Belki benim gibi, siz de kendi hikâyenizin nerede başladığından tamamen bihabersinizdir.

Yazar Notu

Bu kitabı 2018 yılında yazdığımda tek istediğim insanlara romantik ve yormayan bir aşk hikâyesi okutabilmek, bunu kaleme alırken de mutlu hissetmekti çünkü tam olarak buna ihtiyacım vardı. Bir İstanbul Gecesi'nin sonuna geldiğimde hem bunu başardığımı görmüştüm hem de hikâyenin bana açtığı yeni kapıları. Zeynep'le başlayan macera Nehar, Bahar ve Hare'nin kitaplarıyla devam ederken kendimi koskocaman, eğlenceli bir dünyanın içinde buldum. Şimdi hikâyem kitaplaştığında ve benim güzel kızlarım yeni okuyucularla tanışmaya başladığında kalbimde yine o ilk günkü heyecanı hissediyorum. Her karakterin kendi ruhuyla şekillenen bu kitapların başlangıç noktası Bir İstanbul Gecesi olduğu için mutluyum. Diliyorum kısa zaman içinde diğer kızlarımın ve hatta Yağız ile Efe'nin hikâyeleri de kitaplığımdaki yerlerini alırlar, böylece ben, bu aileyi sevgiyle izleme şansına erişebilirim.

Bu yolculukta bana eşlik eden bütün arkadaşlarıma, beni çevrimiçi platformlarda sürekli destekleyen güzel okurlarıma, yayınevime, bu kitap için çalışan, didinen, sevinen herkese çok teşekkür ediyorum. Sizler beni her zaman bir sonraki hikâye, bir sonraki kitap için heyecanlandırmayı başarıyorsunuz ve bu dünyanın en güzel şeyleri listesinde benim için ilk onda.

Bir İstanbul Gecesi umarım okuyanları gülümseten, sevgiye inandıran ve kalpleri ısıtan bir kitap olur.

Sevgilerimle
Kübra Nur

Bir İstanbul Gecesi Çalma Listesi

Beni Aşka İnandır - Kolpa
Ay Tenli Kadın - Ufuk Beydemir
Uslanmıyor Bu - Zeynep Bastık
Hepsi Geçiyor - Oğuzhan Koç
Moral of the Story - Ashe
Uyursam Geçer mi? - Eskitilmiş Yaz
Ho Hey - The Lumineers
Gözleri Aşka Gülen - Nilipek
Sen Bir Aysın - Burcu Yeşilbaş
Bırakma Kendini - Kaan Boşnak
Seni Buldum - Redd
Baharda Kuşlar Gibi - Özdemir Erdoğan
Bana Ellerini Ver - Özdemir Erdoğan
Madem - Dolu Kadehi Ters Tut

Youtube çalma listesi için aşağıdaki QR Kodu okutabilirsiniz.

Spotify çalma listesi için aşağıdaki QR Kodu okutabilirsiniz.

Pansiyonumun hemen yanı başında gece kulübü açma girişiminde bulunan bu adamdan daha ilk bakışta, hatta adını duyduğum ilk anda nefret etmiştim. Hem de bütün kalbimle ve inanılmaz bir şiddetle.

Eğer içinde yaşadığımız dünyanın düzenini biraz olsun kabullendiyseniz şunu bilirdiniz; böyle ani ve büyük nefretlerin yalnızca iki sonucu vardır. Ya siz silahlarınızı kuşanıp nefret ettiğiniz kişiyi mahvedersiniz ya da hiç hesapta yokken ona âşık olursunuz ve o sizi mahveder.

Benim başıma hangisinin geldiğini tahmin etmek hiç de zor değil. Ama hikâyemin bütün detaylarını sizinle paylaştığımda ve nihayetinde beni yakından tanıdığınızda artık çok yakın iki arkadaş olacağımızı ve beni anlayacağınızı ümit ediyorum. Başlayalım mı?